KB202250

김동리

무녀도

Published by MINUMSA

The Portrait of Shaman and other stories
Copyright © 2005 by Kim Dongri
All rights reserved.
Printed in Seoul, Korea.

For information address Minumsa Publishing Co.
506 Shinsa-dong, Gangnam-gu, 135-887.
www.minumsa.com

First Edition, 2005

ISBN 89-374-2001-5(04810)

오늘의 작가 총서 1

김동리

무녀도

민음사

차례

화랑의 후예

1

황 진사(黃進士)를 처음 알게 된 것은 지난해 가을이었다.

아침을 먹고 등산을 할 양으로 신발을 신노라니 윗방에서 숙부님이 부르셨다.

"오늘 네 날 따라가 볼래?"

숙부님은 방문을 열고 툇마루로 나오시며 이렇게 물었다.

"어디요?"

"저 지리산에서 도인이 나와 사주와 관상을 보는데 아주 재미나단다."

"싫어요, 숙부님께서나 가슈."

나는 단번에 거절하였다.

"왜, 싫긴?"

"난 등산할 참인데······."

"것두 좋긴 하지만…… 오늘은 특별히 한번 따라와 봐……. 무슨 사주 관상 뵈이는 게 재미나단 말이 아니라, 그런 데서도 배울 게 있느니……. 더구나 거기 모여드는 인물들이란 그대로 조선의 심벌들이야."

"조선의 심벌이오?"

나는 반쯤 웃는 얼굴로 이렇게 물은즉, 숙부님도 따라 웃으며,

"그렇지, 심벌이지."

하였다.

이리하여 '조선의 심벌'이란 말에 마음이 솔깃해진 나는 등산하려던 신발을 끄르기 시작하였다.

파고다공원에서 뒷문으로 빠지면 서울 중앙 지점치고는 의외로 번거롭지도 않은 넓은 거리가 두 갈래로 갈라져 있고, 바로 그 두 갈래로 갈라지는 길목에 '중앙 여관'이란 간판을 걸고 동남쪽으로 대문이 난 여관이 있고, 이 여관에 소란한 차마(車馬) 소리와, 사람의 아우성과, 입김과 먼지와, 기계의 비명이 주야로 쉬지 않는 도시의 심장 속에——접신(接神) 통령(通靈)의 간판을 내걸고 손님을 기다리고 있는 '도인'이 있다.

방안에는 많은 사람이 있었다. 술이 묻고 때가 전 옷을 입고 눈에 핏발들을 세우고 볼에 살이 빠져 광대뼈들이 불거진 불우한 정객 불평 지사들이며, 문학가, 철학가, 실업가, 저널리스트, 은행원, 회사원 들이 무수히 출입하고 금광쟁이 기마꾼들이 방구석에 뒹굴고 있었다.

나는 무슨 아편굴 속에나 들어온 것처럼 기분이 불쾌했다. 내가 얼굴을 붉히며 숙부님을 향해 얼른 다녀 나가자는 눈짓을 했을 때, 그러나 숙부님은 나의 눈짓에 응한다느니보다는 분명히 묵살을 하고 나를 좌중에 소개를 시키셨다. 바로 그때,

"아, 이분이 김 선생 조카 되시는 분이구랴."

하고, 거무추레한 두루마기에 얼굴이 누르퉁퉁한, 나이 한 육십 가량 된 영감 하나가 방구석에서 육효를 뽑다 말고 얼굴을 돌리며 어눌한 음성으로 이렇게 물었다. 그는 하도 살아갈 지모(智謀)가 나지 않아 육효를 뽑아보았노라 하면서 반가운 듯이 삼촌 곁으로 다가앉았다. 그의 까닭 없이 벗겨진 이마 밑의 두 눈엔 불그스름한 핏물 같은 것이 돌고 있었다. 내가 자리를 고치고 머리를 굽히려니까,

"괘, 괜찮우, 거, 그 자리에 앉으우."

하고 손을 내저으며,

"나 황일재(黃逸齋)우. 이 와, 완장 선생과는 참 마, 막역지간이우."

하는 것이었다.

좌중의 시선이 모두 나에게 집중된 듯하였다. 바로 그때였다. 나와 바로 마주 앉은 접신 통령의 도인은 그 손톱 자국과도 같이 생긴 조그마한 새빨간 눈으로 몇 번 나의 얼굴을 흘낏흘낏 보고 나더니,

"부모와는 일찍이 이별할 상이야."

불쑥 이렇게 외쳤다.

"형제도 많지 않고, 초년은 퍽 고독해야."

하고, 또 인당이 명료하고 미목이 수려하니 학문에 이름이 있으리라 하고, 준두와 관골이 방정해서 중정에 왕운이 있으리라 하고, 끝으로 비록 부모가 없더라도 부모에 못지 않은 삼촌이 계셔서 나의 입신 출세에 큰 도움이 되리라 하였다.

나는 어쩐지 쑥스럽고 거북하여져서 얼굴을 붉히며 그만 자리를 일어나버렸다. 내 뒤를 이어 숙부님이 일어나시고 숙부님을 따라 황일재 황 진사가 밖으로 나왔다.

파고다공원 뒤에서 황 진사는 때묻은 헝겊 조각 같은 모자를 벗어 쥐고 그저 몇 번이나 절을 하고 나서 공원으로 들어가버렸다.

"어디루 가우?"

숙부님이 물으신즉,

"나 여기 공원에서 친구 좀 만나구……."

했다.

해는 오정이 가까웠다. 구름 한 점 없이 갠 하늘엔 북한산이 멀리 솟아 있었다. 안타까움에 내 몸은 봄날같이 피곤하였다.

2

나뭇잎이 다 지고 그해 가을도 깊어졌을 때다. 삼촌은 금광에 분주하시느라고 외처에 계시고 없는 어느 날 아침 막 밥상을 받고 있으려니까, 문 밖에서 '에헴', '에헴' 연달아 헛기침 소리가 나더니,

"일 오너라 ──."

하고, 부르는 소리가 났다. 밥 숟가락을 놓고 문 밖으로 나가보니, 어느 날 관상소에서 육효를 뽑고 있던 그 황 진사였다. 이 날은 처음부터 그 '조선의 심벌'이란 생각을 머릿속에 가지지 않은 탓인지, 처음 보았을 때처럼 그렇게 불쾌하거나 우울하지도 않고, 그보다도 다시 보게 된 것이 나는 오히려 반갑기도 하였다.

"웬일로 이 치운 아침에 이렇게……."

인사를 한즉,

"꽤, 괜찮우, 거 완장 어른 안 계슈?"

하는 소리는 전날보다도 더 어눌하였다. 그 푸르죽죽하고 거무스레한 고약 때 오른 당목 두루마기 깃 밖으로 누런 털실이 내다뵈는 것으로 보면 전날보다 재킷 한 벌은 더 입은 모양인데도 그렇게 몹시 추운 기색이었다.

"네, 숙부님 마침 출타하셨어요."

한즉,

"어디 출타하신 곳 모루, 예서 얼마나 머, 멀리 나가셨슈?"

"네."

"언제쯤 도, 돌아오실 예, 예정……."

"글쎄올시다, 아마 수일 후라야……."

한즉, 갑자기 그는 실망한 듯이,

"아아, 이."

하는 소리가 저 목구멍 속에서 육중한 신음과도 같이 들려왔다.

"어쩐 일로 오셨다가…… 춘데 잠깐 들오시죠."

한즉, 그는 두루마기 속에 찌르고 있던 손을 빼어 모자를 쥐려다 말고 한참 동안 무엇을 망설이며 내 눈치를 보곤 하더니, 모자를 잡으려던 손으로 콧물을 닦으며 왼편 손은 사뭇 두루마기 속에서 무엇을 더듬어 찾고 있었다.

"이거 대, 대, 댁에 잘 간수해 두."

하며 종이 조각에 싼 것을 주는데 받아서 보니 이건 흙에다 겨 가루를 심은 것같이 보였다.

"……?"

내가 잠자코 의아한 낯빛으로 그를 쳐다보려니까, 그는 어느덧 오연(傲然)한 태도를 가지며 위엄 있는 음성으로,

"거 쇠똥 위에 개똥 눈 겐데 아주 며, 며 명약이유."

한다. 나는 그의 말뜻을 바로 이해할 수 없어 어리둥절해 있으려니까,

"허어, 어떻게 귀중한 약인데 그랴!"

하며 그 물이 도는 두 눈에 독기를 띠고 나를 노려보았다. 내가 민망해서,

"대개 어떤 병에 쓰는 게죠?"

하고 물은즉,

"아, 거야 만병에 좋은걸 뭐."

하며 나를 흘겨보고 나서,

"거 어떻게 소중한 약이라구……. 필요할 때는 대, 대갓집에서두 못 구해서들 쩔쩔매는 겐데, 괘니……."

그는 목을 내두르며 무척 억울한 듯한 시늉을 하였다. 나는 왜 그가 이렇게 공연히 분개하고 억울해 하는지를 알 수 없어, 한순간 내 자신을 좀 반성해 보고 있으려니까 그도 실쭉해서 잠자코 있더니, 갑자기,

"괘애니 모르고들 그랴."

또 한 번 고함을 질렀다.

내가 막 아침 밥상을 받았다 두고 나간 것을 언짢게 생각하고 몇 번이나 힐끔힐끔 밖을 내다보시고는 하던 숙모님이, 기다리다 못해,

"얘, 무얼 밖에서 그러니?"

하고, 어지간하거든 손님을 모시고 안으로 들어오라는 듯이 '밖에서'란 말에 힘을 주어 주의를 시킨다. 바로 그때였다.

"거, 아침밥 자시고 남았거든 좀……."

하며, 입가에 비굴한 웃음을 띠고 고개질을 하는 양은 조금 전에 흙가루를 내놓고 호령할 때와는 딴판이었다.

나는 그를 방에 안내한 뒤 나의 점심밥을 차려 내오게 하였더니 그는 밥상을 받으며 진정 만족한 얼굴로,

"이거 미안하게 됐소구랴."

하였다.

그는 밥을 한입에 삼킬 듯이 부리나케 퍼먹고 찌개 그릇을 긁고 하더니, 숟가락을 놓기가 바쁘게 곧 모자를 쥐며 자리에서 일어났

다. 몇 번이나 절을 하곤 했으나, 아까 하던 약 말은 아주 잊어버린 듯이 다시는 아무런 말도 없었다.

그 후 사흘째 되던 날 아침에 또 황 진사가 찾아왔다. 이번에는 그의 친구라면서 그보다 키는 더 크고 흰 두루마기는 입었으되 그에 지지 않게 눈과 코와 입이 실룩거리는 위인이었다. 이 흰 두루마기 친구는 어깨에 먼지 투성이가 된 자그마한 책상 하나를 메고 왔다. 황 진사는,

"이거 댁에 사두."

하고 거의 명령하듯이 말했다.

"글쎄올시다, 별루……."

"아아이, 값이 아주 염하니 염려 말구 사두."

"그래두, 별루 소용이 없는걸……."

"아아이, 값이 아주 염하대두 그래."

"……."

"자 오십 전 인 주."

황 진사는 그 누르퉁퉁하고 때가 묻은 손바닥을 내 앞에 펴보였다.

"글쎄, 온, 소용이……."

"그럼 제에길, 이십 전만 내구 맡아두."

"……."

"것두 싫우?"

"……."

"그럼 꼭 십 전만 빌려 주."

황 진사는 어느덧 콧구멍을 벌름거리며 애걸을 하였다.

"나 그날 댁에서 그렇게 포식한 이래, 여태 굶었수다. 여북 시장해서 이 친구를 찾아갔겠수, 아 그랬더니 이 친구도 사정이 딱했던지 사무 보는 이 책상을 내주는구랴."

그는 손으로 콧물을 닦아가며 한참 신이 나서 떠들어대었다. 그의 친구란 사람은 연방 입을 실룩거리며 외면을 하고 서 있었다.

한 오 분 뒤, 내가 안에 들어가 돈 이십 전을 주선해 나와 그들에게 주었을 때, 그들 두 사람은 무수히 절을 하고 나서 책상을 도로 메고 가버렸다.

3

길바닥이 얼어붙고 먼 산에 눈이 치고 그해는 이른 겨울부터 몹시 추웠다. 그동안 숙부님은 몇 번이나 집에 다녀가시고 관상소 출입도 더러 있는 듯하였다. 그러나 황 진사의 얼굴은 그 뒤로 보이지 않았다. 다만 삼촌을 통해서 그의 시골이 충청도 어디란 것과, 그의 문벌이 놀라운 양반이란 것과, 그의 조상에는 정승 판서 따위가 많이 났다는 것과, 그 자신도 현재 진사 구실을 한다는 것과, 그의 머릿속은 자기 가벌에 대한 자존심으로 가득 차 있다는 것들이었다.

그런데 그 가운데 한 가지 우스운 것은 그가 곧장 진사 노릇을 한다는 것이다. 그것도 처음 관상소에서 어느 장난꾼이 농담 삼아 그에게 서전과 춘추를 외게 하여 급제를 주고 진사라 부르기 시작한 것인데 그 후로 만나는 사람마다 반 조롱으로 '황 진사', '황 진사' 부르게 되니, 그러나 '황 진사' 자신은 조금도 어색해하지 않고 오히려 그럴싸하게 여겨 이즘 와서는 아주 뽐내고 진사 행세를 한다는 것이다.

어느 몹시 추운 날이었다. 아궁에 불을 넣고 방구석에 숯불을 피우고 나는 온종일 책상에서 일을 하고 있었다. 낮이 짐짓했을 때다. 밖에서,

"일 오너라 ──."

하는 소리가 마치 '사람 살리우' 하는 소리같이 바람결에 싸여 들어왔다. 나가보니 황 진사가 연방 손으로 콧물을 닦고 서 있는 것이다. 나는 대체 얼어 죽지나 않았나 하고 궁금해하던 차라 이렇게 다시 보게 된 것이 진정 반가웠다.

나는 곧 그를 나의 방에 안내한 뒤,

"그런데, 그동안 어떻게 지냈어요?"

한즉,

"거야 친구 집에서 지냈지요, 뭐, 흐흐……."

하며, 재미난 듯이 웃었다.

"아, 참, 완장 선생은 여태 안 왔시우?"

"수차 다녀가셨지요."

"아, 그렇거루 난 여태 한 번두 못 뵈었으니 이거 죄송해서 흐흐……."

그는 숯불을 안고 앉아 또 히히거리고 웃었다.

흰떡을 사다 숯불에 구워서 그에게 대접을 하고 나는 아까 하다 둔 일을 마저 해치울 양으로 잠깐 책상에 앉아 있으려니까, 그는 언 것 구운 것도 가리지 않고 한참 부지런히 집어먹더니 그동안 흥이 났는지 아주 목청을 뽑아서,

"관관저구(關關雎鳩)는 재하지주(在河之洲)로다, 요조숙녀(窈窕淑女)는 군자호구(君子好逑)로다."

하는 대문을 외곤 하였다.

나는 그동안 책상에 앉아 있느라고 모른 체하고 있으니까,

"아, 성인께서도 실수가 있단 말야!"

그는 나를 바라보며 이렇게 소리를 질렀다.

"아, 공자님께서 시전에 음군을 두셨거던!"

그는 무슨 큰 문제나 발견한 듯이 나 있는 쪽을 옆눈으로 흘겨보

며 마구 기를 뽑아 이렇게 외쳤다.

그래도 내가 모른 체하고 있으려니까 그는 화로 곁에서 일어서
더니, 두루마기 자락을 뒤로 젖히고 저고리 섶을 위로 쳐들고 손을
넣어 무엇을 꺼내는 시늉을 하였다. 나는 속으로 옷의 이를 잡아내
어 숯불에 넣으려는 겐가 하고 있는데 그는 또 한 번 나 있는 쪽을
흘겨보고 나서 배에 두르고 있던 때묻은 전대 하나를 꺼내었다. 전
대 속에서는 네 귀가 다 이지러지고 종이빛까지 우중충하게 묵은
모필 사책 한 권과, 백지로 싸서 노끈으로 친친 감아 맨 솔잎 한 줌
과, 휴지 조각 몇 장이 나왔다.

"거 무슨 책이유."

내가 이렇게 물은즉,

"아, 주역 책이지 그랴."

하고 된 소리를 질렀다. 과연 그 이지러진 네 귀마다 넓적넓적한 괘
가 그려져 있는 것으로 보아 주역 책임에 틀림은 없는 모양이었다.
그런데 주역 책은 왜 하필 전대에 넣어서 두르고 다니느냐고 물은즉,

"아, 공자님께서도 역은 삼천독을 하셨다는데 그랴."

하고, 된 소리를 질러놓고 나서, 다시 조용히 음성을 낮추어,

"아, 여북해 지략의 조종이요, 조화의 근본 아니오."

하였다. 나는 처음 관상소에서 그를 보았을 때부터 '하도 지모가
나지 않아 육효를 뽑아보았노라.' 한 것을 들은 일이 있어서 그가
평소 얼마나 이 '지략'과 '조화'를 부려보고 싶어하는 위인인가를
짐작은 할 수 있었지만, 이와 같이 언제나 몸에 지닌 솔잎 한 줌과
네 귀 모지라진 주역 속에서 우러난 음양오행의 지모 조화가 겨우
'쇠똥 위에 개똥 눈' 흙가루 약과, 친구의 책상을 들리고 다니는 것
쯤인가, 하고 생각할 때 나 자신도 모르게 한숨이 새어나왔다.

저녁때가 되어 그는 전대를 다시 배에 두르고 돌아갔다. 종종 오

라고 한즉, 매양 신세를 끼쳐서 미안하다고 하며 절을 몇 번이나 하였다.

그해 겨울 그는 내가 성이 가시도록 자주 나를, 아니 내 삼촌을 찾아왔다. 그는 언제나 나를 볼 때마다 오랫동안 삼촌께 못 뵈어 죄송하다고 하였다.

그는 나에게 한시를 지어달라면서 사오 차나 운자를 가지고 왔다. 어디 쓰느냐고 물으면 친구의 환갑 잔치에 대노라고 한다. 친구가 누구냐고 물으면, 이 참봉, 윤 승지, 무슨 참판, 어디 남작, 하고 모조리 서울서도 유수한 대가와 부자들의 이름만 꼽지만 거리에서 그가 어울려 다니는 것을 보나 가끔 친구라고 데리고 오는 것을 보면 그의 말과는 딴판으로 황 진사 자신보다 별로 유여한 축들도 아니었다.

좋은 규수가 있으니 장가를 들지 않겠느냐고, 그는 여러 차례 나를 졸랐다. '좋은 규수'가 어딨느냐고 물으면, 단번에 친구의 딸이라 하고, 어떤 친구냐 하면 무슨 승지, 무슨 자작 하는 예의 대갓집 따위를 꼽았다. 색시 얼굴이 어떻게 생겼더냐고 하면 매양 자기의 누르퉁퉁하게 부은 얼굴을 가리키며 이렇게 아주 유복스럽게 생겼다고 한다. 내가 웃으며, 색시가 일재 선생 같아서야 좀 재미 적다고 하면,

"아, 일등 규수라는데 그랴."

하고, 화를 내었다.

"그렇지만 너무 육중해서야."

하면,

"아, 거기 식록이 들었는걸 그랴, 아, 여북해 일등 규수라는데 그래도 못 믿어서 그랴."

하고 기를 쓰곤 하였다.

4

눈에 고인 물이 눈물이라면 황 진사의 두 눈에는 언제나 눈물이 있었다. 그는 가끔 나에게 그가 혈육 없는 것을 한탄하였다. '친구' 집 회갑 잔치 같은 데서 떡국 그릇이나 배불리 얻어먹고 술기라도 얼근해서 돌아오는 날은,

"아, 명가 종손으로 혈육 한 점이 없다니, 천도가 무심지 그랴."

대개 이런 말을 했다.

"혼담은 사방 있지만, 어디 천량이 있어야지."

이런 말도 하였다.

언젠가 숙모님이, 그의 맘에 제일 드는 규수의 나이와 이름을 물었더니, 하나는 열아홉 살이고 하나는 갓 스물인데 열아홉짜리는 성이 오씨고 갓 스물짜리는 윤씨라 하였다.

"열아홉 살?"

듣던 사람이 놀라니,

"아 자식을 봐야지유."

하였다.

숙모님이,

"좀 나이 짐짓해두 넉넉할걸 뭐."

하니,

"그야 그렇지유, 허지만 암만하면 젊은 규수를 당할라고."

하는 것이, 아무래도 그 열아홉 살인가 갓 스물인가 난 규수에게 마음이 가는 모양이었다.

이런 일이 있은 지 며칠 뒤, 숙모님이 황 진사의 중매를 들게 되었다. 그즈음 황 진사는 거의 날마다 우리 집에 들르게 되어 그의 딱한 형편을 은근히 걱정하고 있던 숙모님은, 그때 마침 집에 돌아

와 계시던 숙부님과 의논하고, 그를 건넛집 젊은 과부에게 장가를 들게 해주자고 하였다. 나는 물론 그리 되기를 원했다. 숙부님도 웃는 얼굴로,

"몰라, 허기야 저도 과부지만 그렇게 늙은 사람과 잘 살라구 할는지."

하셨다. 그러나 숙모님이,

"젊고 예쁜 홀아비가 어딨어요. 딸린 자식 없구 한 것만 해두……."

하고 자신 있게 말하는 것을 듣고 나도 적이 안심이 되었다.

그날 저녁때 황 진사가 온 것을 보고, 숙부님이,

"일재, 여기 젊고 돈 있는 색시가 있는데 장가 안 들라우?"

하고 물어본즉,

"아, 들면야 좋지만 선생도 아시다시피 천량이 있어야지."

하는 그의 얼굴에는 완연히 희색이 넘쳤다.

그의 얼굴에 희색이 넘침을 보신 숙모님은, 돈이 없어도 장가를 들 수 있다는 것과 장가만 들게 되면 깨끗한 의복에 좋은 음식도 먹을 수 있으리라 하는 것을 일러주신즉,

"아 그럼야 여북 좋갔수, 규수 나인 몇 살이고…… 집안도 이름 있구……."

그는 연방 입이 벌어져 침을 흘리며 두 눈에 난데없는 광채를 띠고 숙모님께로 대드는 판이었다.

"과부래야 이름이 아깝지 뭐, 이제 나이 삼십도 다 못 된걸……."

숙모님도 신명이 나는 모양으로 이렇게 자랑 삼아 말한즉, 황 진사는 갑자기 낯빛이 확 변하며,

"아 규, 규수가, 시방 말씀한 그 규수가 과, 과, 과부란 말씀유?"

이렇게 물었다.

"왜 그류."

한순간 침묵이 흘렀다. 황 진사의 닫힌 입 가장자리에 미미한 경련이 일어나며, 힘없이 두 무르팍 위에 놓인 그의 두 손은 불불불 떨리고 있었다. 벽에 걸린 시계 소리가 '뚝딱 뚝딱' 하고 들리었다. 그는 조용히 고갯질부터 좌우로 돌렸다.

"당찮은 말씀유……. 홍, 과, 과부라니 당치 않은 말씀을……."

그는 곧 호령이라도 내릴 듯이 누렇게 부은 두 볼이 꿈적꿈적하며 노기 띤 눈을 부라리곤 하더니, 엄숙한 목소리로,

"황후암(黃厚庵) 육대 종손이유."

하고, 다시,

"황후암 육대 손이 그래 남의 가문에 출가했던 여자한테 장갈 들다니 당하기나 한 소리요…… 선생도 너무나 과도한 말씀이유."

그는 분함을 누르느라고 목소리에 강한 굴곡이 울리었고 낯에는 비통한 오뇌의 경련이 일어나 있었다.

"내일이래두 그럼 어린 규수 골라 혼인하시지요, 뭐……."

하고, 숙모님도 무안해서 일어났다.

숙부님도 딱했던지,

"일재, 일재 염려 말우, 농담했수, 그럼 일재 되구야 한번 타문에 출가했던 사람과 혼인을 하다니 될 말이유? 내가 어디 황후암을 모루, 황익당을 모루?"

한즉, 그때야 그도,

"아, 아무렴 그랴, 그렇지 거 어디라구, 함부루 어림없이들……. 황후암이 누구며 황익당이 누군데 그랴?"

얼굴을 펴고 이렇게 높은 소리로 외쳤다.

5

해가 바뀌고 새해가 되었다.

숙부님은 사뭇 금광에 계시느라고 새해맞이까지도 숙모님과 나와 단 둘이서 쓸쓸히 하게 되었다. 섣달 중순 즈음에서 한 보름 동안 일금 얼굴을 뵈지 않던 황 진사가 정월 초하룻날 아침에 대문 밖에서

"일 오너라."

하고, 언제보다도 호기 있게 불렀다. 그 고약 때가 찌든 두루마기를 빨아 입은 위에 어이한 색안경까지 시커먼 걸로 하나 쓰고는, 숙부님께 새해 인사를 드리러 왔노라고 하였다. 숙부님이 안 계신다고 하니 그러면 숙모님이나 뵙고 가겠다고 하였다.

숙모님은 마침 있는 음식에 반갑게 구시며, 떡과 술상을 차려 내주셨다. 그는 몇 번이나 완장 선생을 못 뵈어 죄송스럽다고 유감의 뜻을 표하고는, 술을 몇 잔 들이켜고 나더니,

"일배 일배 부일배로 우리 군자 사람끼리 설쇰을 이렇게 해야지."

홍취에 못 배기겠다는 듯이 손으로 무르팍을 치곤 하였다.

숙모님이,

"새해에는 장······."

하다가 말끝을 움츠러들여 버리자, 그는 그 말끝을 잡아서,

"금년 신운은 청룡이 능주랬지만 아 천량이 생겨야 장갈 들지."

하였다.

이튿날도 찾아왔다. 사흘째도 왔다. 이리하여 정월 한 달 동안을 거의 매일같이 숙부님께 새해 인사를 드려야 할 것이라면서 찾아왔다. 그러나 그는 결국 숙부님께 새해 인사를 드리지 못하고 말았다.

그 뒤 한철 동안을 그는 아주 우리 집에 발길을 끊고 나타나지 않

았다. 검은 둥치에 새 움이 트고 버들 가지에 물기가 흐르는 봄 한 철을 나는 궁금한 가운데 보내었다.

봄도 지나 여름이 되었다. 새는 녹음 속에 늙고 물은 산골을 울리며 흘렀다.

그때 돌연히 숙부님이 어떤 사건으로 피검(被檢)이 되자 나는 시골 어느 절간에 가 지내려던 피서 계획을 포기하고 괴로운 여름 한 철을 서울서 나게 되었다. 물론 숙부님의 사건이란 건 당시 나도 잘 몰랐는데, 세상에서 들리는 말로는 만주에서 발단된 '대종교 사건'의 연루라는 것으로 숙부님 검거, 금광 채굴 중지, 가택 수색, 이 세 가지를 한꺼번에 당하게 되었던 것이었다.

어느 날은 서대문 밖에 숙부님을 면회하고 돌아오는 길에 광화문 통을 지나오려니까,

"아, 이건 노상 해후로구랴!"

하는 소리가 났다. 고개를 들어보니, 연록색 인조견 조끼에 검은 유리 안경을 쓴 황 진사가 빨아 말린 두루마기를 왼쪽 팔에 걸고, 해묵힌 누렁 맥고모는 뒤통수에 잦혀 쓰고, 그 벗겨진 알 이마를 햇살에 번쩍거리며 총독부 쪽에서 걸어오고 있는 것이다.

"네, 일재 선생 오래간만이올시다."

하고, 내가 인사를 한즉,

"댁에서들 모두 태평하시구, 완장 선생께도 소식 자주 듣고…….
아 이건 참 노상 해후로구랴!"

또 한 번 감탄하고 나더니,

"이리 잠깐 오, 날 좀 보."

하고, 그는 나를 한쪽 구석에 불러놓고, 지극히 중대한 사실을 발견했노라고 한다. 나는 사정이 전과 다른 형편에 있던 터이라 혹시나 이런 데서 무슨 자세한 내용이나 알게 되나 하여 두근거리는 가슴

을 누르며 긴장한 낯으로 그를 쳐다보고 있는 것인데, 그는,

"아, 내 조상께서도 모르고 지낸 윗대 조상을 근일에 와서 상고했구려."

이런 엉뚱한 소리를 하였다.

나는 너무 어이없어 어리둥절해 있노라니,

"왜 그루, 어디 편찮우."

한다. 괜찮으니 얼른 마저 이야기하라고 하니,

"아, 이럴 수가……. 온, 내 조상이 대체 신라적 화랑이구려!"

하고 혼자 감개해서 못 견디는 모양이었다. 그건 또 어떻게 알아냈느냐고 한즉, 근일에 여러 가지 서적을 상고하던 중 우연히 발견하게 된 것이라 하였다.

황 진사를 광화문 통에서 만난 뒤, 두 달이 지난 어느 날 나는 숙모님을 모시고 병원에 갔다가 총독부 앞에서 전차를 내려 필운동으로 들어 가노라니 '모루히네' 환자 치료소 옆에서 하마터면 못 보고 지나칠 뻔 하다가 그를 보게 되었다.

머리가 더부룩한 거지 아이 몇 놈과, 아편 중독자 몇과 그 밖에 중풍쟁이, 앉은뱅이, 수족 병신들이 몇 둘러싼 가운데에 한 두어 뼘 길이쯤 되는 무슨 과자 상자를 거꾸로 엎어 놓고, 그 위에 삐쩍 마른 두꺼비 한 마리와, 그 옆의 똥그란 양철통에 흙빛 인고약을 넣어 두고 약 쓰는 법을 설명하는 위인이 있다.

"두꺼비 기름, 두꺼비 기름, 에헴, 두꺼비 기름이올시다. 옻 오른 데도 쓰고, 옴 오른 데도 쓰고, 등창, 둔창, 화상, 동상, 충치, 풍치, 이 앓는 데도 쓰고, 어린애 귀젓 앓는 데, 머리가 자꾸 헐어 '하개 아다마'가 되려는 데, 남녀 노소, 어른 애, 계집 사내 할 것 없이, 서울내기 시굴띠기 물을 것 없이, 거저 누구든지 헌 데는 독물을 빼고, 벌레가 먹는 데는 벌레를 내고, 고름이 생기는 데는 고름 뿌리

를 빼고, 살이 썩는 데는 거구 생신을 하고, 자, 깊이깊이 감춰두면 반드시 한 번씩은 찾게 되는 약, 첩첩이 싸서 깊이깊이 넣어두면 언제든지 한 번은 보배가 되는 약! 자아, 두꺼비 기름이올시다. 두꺼비 코에서 짠 두꺼비 기름, 자, 그러면 이 두꺼비가 얼마나 무서운 신효가 있는가를 여러분의 두 눈 앞에 보여 드릴 터이니까 단단히 보시오."

그는 약물에다 흙빛 고약을 찍어 넣어서 저으며,

"자아, 단단히 보시오, 우리 몸에 있는 썩은 피가 두꺼비 코끝만 들어가면 그만 이렇게 홍로일접설, 봄철의 눈과 같이 흔적도 없이 사라져 버립니다!"

하고, 약물 접시를 들어 여러 사람 앞에 한번 내두르고 나서 기침을 한 번 새로 하더니,

"여러분, 여기 계시는 이 분은 우리 조선에서 유명한 선생이올시다. 그런데 선생께서는 두 달 전부터 충치를 앓으셔서 병석에 누워 계시다가 이 약으로 말미암아 어저께 벌레를 내고 오늘부터 이렇게 이곳까지 나와주시게 되었습니다."

하고, 궐자가 손으로 가리키는 바로 그 곁에는 전날에 보던 그 검정색 안경을 쓴 우리 황 진사가 점잖게 먼산을 바라보고 앉아 있었다. 궐자는 다시 말을 이어,

"선생께서는 또 이 방면에 대한 연구가 대단히 깊으실 뿐 아니라, 곰의 쓸개, 오리의 혀, 지렁이 오줌, 쥐의 똥, 고양이 간 같은 걸로 훌륭한 약을 지어서 일만 가지 병마를 퇴치시킬 수도 있는, 말하자면 이인과 같은 능력을 가지신 어른이올시다!"

할 즈음에 순사가 왔다. 에워싸고 있던 거지, 아편쟁이, 수족 병신들은 각기 제 구석을 찾아 헤어졌다.

이 꼴을 보신 숙모님은 나에게 눈짓을 하시며 앞서 가셨다. 나도

숙모님 뒤를 쫓아 한참 오다 돌아본즉, 아까 연설을 하던 작자는 빈 과자 상자에 마른 두꺼비와 고약통을 담아 가슴에 안고, 황 진사는 점잖게 두 손을 두루마기 옆구리에 찌른 채 순사를 따라 건너편 파출소를 향해 걸어가고 있었다.

산화(山火)

1

사방 산으로 둘러싸인 뒷골 사람들은 겨울이 되면 대개 숯을 굽는다.

굽지 않을래야 않을 수도 없고 또 동구 앞까지만 내어가면 임자네 화물 자동차가 기다리고 있으니 옛날처럼 읍내까지 져내어야 하던 수고는 던다 하여 무슨 큰 유리한 조건이나 되는 것처럼 모두들 생각하는 편이었다. 오늘도 그들은 동구 앞까지 숯을 져내고 지금 굴로들 돌아가는 길이었다.

"뒷실 어른은 몇 짐 져냈는교?"

젊은이가 묻는다.

"나아이? 난 넉 짐……. 자네는?"

"나요? 난 다섯 짐요."

그들은 갈림길에서 갈리었다.

해는 산마루에 걸려 있다.

뒷실이는 젊은이와 갈리어 숯굴까지 왔다.

굴 안에는 벌건 불이 타고 있다.

그는 숯굴 곁에 있는 헛간에 가서 지게를 벗고 괭이를 들고 나온다. 내일쯤은 꺼내 묻겠구나.

그는 숯굴 위로 오르는 흰 연기를 바라보며 혼자 중얼거렸다. 처음엔 검은 연기, 다음엔 푸른 연기, 맨 나중이 흰 연기라 하지만, 이 흰 연기 중의 여러 빛깔을 알아보기가 어렵다는 것이었다.

그는 괭이로 숯굴 곁의 흙을 파기 시작하였다.

내일은 숯을 묻으려는 것이었다. 솔숯 같으면 한 예니레 불이 타면 앞뒤 아궁을 꽉꽉 막아 놔두면 그만이지만 참숯은, 참숯 중에도 이 백탄은 벌건 불덩어리를 그대로 꺼내어 흙에다 묻고 문질러야 하는 것이다. 건너편 산골에서는 '송아지'가 혼자서 나무를 치며 노래를 부른다.

이 나무 넘어간다
에라에라 넘어간다
심심산 이후후야
건너 산으로 물러가자
어제 벼른 무쇠 도끼에
낙락 장송이 다 넘어간다

한참씩 '저르렁저르렁' 하고 도끼 소리가 산골에 울리다가는 '지저끈 쾅' 하고 나무 자빠지는 소리가 나곤 한다.

뒷실이는 '흑흑' 하고 흙을 파던 괭이를 멈추고 꽁무니에서 곰방대를 빼어 물었다.

"오늘이 초엿새라, 이달 초순께 산고할 께랬는데, 야아 이거 낭팬걸……. 숯은 아직도 참봉 영감이 말한 데서 반도 못 냈고, 이거 어쩨야 되노."

뒷실이는 잠깐 동안 곰방대를 물고 앉아 이렇게 혼자 중얼거리는 것이다.

건너편 산골에는 붉고 검고 푸르죽죽한 누더기를 두른 이 골 사람들이 솔잎을 따고 있다. 뒷골 사람들은 겨울이 되면 솔잎을 많이 먹게 된다. 솔잎을 먹으면 장수를 하느니, 병이 없어지느니, 정신이 좋아지느니, 별별 영효를 다 선전하여 서로 권하고 기리는 것이나 기실 그나마 씹고 굶어 죽지 않으려는 수작들이다. 풍년이라도 풀뿌리를 캐야 봄을 치르는 이곳이라 먹을 만한 풀뿌리가 쉽사리 있을 리도 없고, 또 이십 리 삼십 리씩이나 먼산에 가서 혹시 칡뿌리깨나 본다 하더라도 흙이 얼어붙어서 괭이가 들어가지 않는다.

그러고 보니 쓰든 떫든 결국 솔잎을 따지 않을 수 없는 것이다.

그는 입에 곰방대를 문 채 건너편 산골로 어정어정 내려갔다. 그는 산기슭에서 손을 들어 누구를 부르려다 말고 그냥 멀거니 바라보고 서 있다. 그러자,

"아배."

하고, 여섯 살 먹은 작은쇠가 시퍼런 콧덩이를 입에 물고 이쪽으로 달려온다.

겨드랑이에 낀 조그마한 오그랑 바가지에는 파란 솔잎이 담겨 있다.

"아배, 저기 돌이 즈 엄마가야, 석탄 파다가야 죽었단다이."

작은쇠는 그 아버지를 따라 저리 숯굴 곁으로 가며, 아까 솔잎 따면서 들은 이야기를 전했다.

"응, 누가?"

뒷실이는 그새 엉뚱한 생각을 하고 있느라고 잘 듣지 않고서 이렇게 다시 한 번 물었다.

"그 전에 우리 동네 안 있었나, 저 돌이 즈 엄마 말이다."

"돌이 엄마가 석탄을 파다 죽어?"

"응."

뒷골에는 각별나게 흉년도 잦다. 해마다 어디론지 없어지는 사람도 많다. 지금 작은쇠가 전하는 이야기의 주인공인 돌이 엄마도 결국은 솔잎 못 먹어내어 달아난 사람 중의 하나이다.

어둡다. 어느덧 햇빛이 없다. 산중이란 본디 그렇거니와 이 운문산(雲紋山) 뒷골은 더욱 오후 해가 절반이다. 낮에 짐짓한 해가 산마루에 걸리는가 하면 벌써 황혼이 시작된다. 뒷실이는 숯굴 앞에 앉아 어느덧 두 꼭지째 담배를 넣어 물었다. 담배라야 구기자잎이면 썩 상등이요, 대개는 호박잎이나 아무런 잡풀이나 되는 대로 뜯어 말린 걸로 담배 피우는 신명을 내는 게지 제법 희연봉이나 사들고 하는 날이라고는 한 해에도 그다지 여러 번은 아니다. 그런 대로 그에게는 곰방대를 빨아 연기를 내는 것만이 유일한 낙이다.

뒷실이란 그의 택호요, 그에게는 또 찬물이란 별호도 있었다. 이 별호는 누가 처음으로 부르게 되었는지 모르나 그의 위인이 찬물처럼 단맛도 쓴맛도 아무런 까닭이 없다는 뜻이다. 그는 여간 큰 변이나 불행이 닥치더라도 놀라 당황한다든가 흥분하는 법이 없다.

아무리 아내가 퍼붓고 조르고 종알거리고 원망을 해도 꽥 소리 한 번 지르는 법도 없었다. 늙은 어머니가 고기 타령을 하든, 어린 자식이 밥 타령을 하든, 그는 듣기만 하고 앉아 곰방대만 뻐끔뻐끔 빨면 그만 만사는 절로 해결되어 가는 것, 죽이면 죽, 밥이면 밥, 주는 대로 한 숟갈 뜨고 일터로만 나가면 하루 해는 지는 것이었다.

"아배."

어딘지 곧장 사람 소리가 나는 것 같으나 아무것도 보이지 않는다. 곰방대로 한 모금 듬뿍 빨고도 손으로 눈물을 닦고 얼굴을 돌려 사방을 휘휘 살펴보는 것이나 역시 아무것도 없다.

"아배."

이번에는 바로 곁에서 들려온다.

――아니 이건…….

바로 눈앞에 한쇠가 와 서 있다.

"아배, 그렇게 눈이 어둔교?"

"응야, 한쇠가?"

그는 또 눈물을 닦으며 한쇠를 쳐다본다. 그의 모친 말마따나 오래 기름기 있는 걸 못 먹어서 그런지 혹은 워낙 불에 시달린 탓인지 이즈음은 한참 동안만 불을 보고 나면 그만 눈물이 질질 흐르고 조금만 어두우면 바로 턱 앞에 다가서도록 사람이 보이지 않는다.

한쇠는 걱정스럽게 그 아버지의 얼굴을 한참 바라보고 있다가,

"이번 숯은 내가 낼라요."

한다.

"니가 어떻게?"

"저 송아지 아저씨랑 내지요."

"……."

"……."

아비와 아들은 한참 동안 말없이 서로 바라보았다.

"오늘 장엔 일찍이 댕겨 왔나?"

"팔기야 진작 팔았지만 삼십 전 받아서 좁쌀 한 되 팔고 성냥 한 갑 사고 나니 그만 미역 살 돈은 없습데요."

그리고, 다시 한쇠는 말을 달아,

"참, 아침에 갈 때 윤 참봉이 보고, 매양 그라면 숯을 못 굽게 할 게라나요."

한쇠는 이 말을 하기가 어쩐지 숨결이 가빠 물을 마시듯 말이 마디마디 끊어졌다.

2

불긋불긋한 빈대 피와 시커먼 숯 그을음이 이리저리 혼란히 그려진 바람벽과 머리를 내리누르는 듯한 나지막한 천장 아래 어둠침침하고 가물가물하는 호롱불이 켜져 있다.

"아이고, 사람이나 얼핏 와야지, 사람이나."

구석구석에 너절하게 흩어진 버선 목다리, 헝겊 나부랭이들을 주섬주섬 걷어 훔치며, 늙은이는 목메인 소리로 혼자 중얼거린다. 네 귀가 아주 떨어져 나가고 군데군데 낡아 봉당이 드러난 삿자리 위엔 온갖 때와 오예물이 겹겹이 끼어, 오줌 지린내와 땟국 절은 내가 석유 냄새와 겹쳐서 건건찝찔하고 들쩍지근한 공기가 코를 쏜다.

며느리는 죽은 사람같이 파리한 얼굴로 천장을 바라보고 누웠다가 이따금 울상을 하며 몸을 뒤틀곤 한다.

이때마다 늙은이는 그저,

"아이고, 사람이나 얼른 와야지 사람이나……."

하며 당황히 뛰어들어 며느리의 배 위에 손을 얹는 것이다.

"배가 아프나?"

"……."

"자꾸 뻗지르는가베."

"……."

그러나 며느리는 늙은이의 말소리도 잘 들리지 않는 모양으로 그저 '아이구', '아이구' 하며 몸을 뒤틀 따름이다.

얼굴에 여기저기 숯 검정칠을 하고, 입엔 곰방대를 문 뒷실이가 들어오자 그의 아내는 마침 정신이 나는지 그 잿빛같이 된 얼굴을 들어 무슨 구원이나 청하듯이 잠깐 그를 바라본다.

순간 방 안이 고요해진다. 그러자 그 구리터분하고 건건찝찔한 고약한 냄새가 일시에 코를 쏘기 시작한다.

어머니는 며느리의 흩어진 머리를 쓸어 베개를 넣어주며 아들을 향해,

"이 얼굴 좀 봐라, 핏기 한 점 있나, 곧 죽을 사람 안 같으나?"

"……."

뒷실이는 잠자코 있다.

"곧 죽은 사람이다. 죽은 사람이다. 그래도 인제 겨우 숨을 좀 쉬는구만, 아까사 그저 사죽을 틀고 네 구석을 매고 차마 눈으로 못 보겠더라니."

늙은이는 온 얼굴을 비쭉거리며, 볼멘소리로 호소하는 것이나, 그래도 아들은 아무런 반응도 없다.

"된장국이라도 한 그릇 끓여줄라니 어디 건더기가 있나, 맨된장 국이야 어디 써서 먹을 수가 있어야지……. 세상에 이런 꼴이 어디 있노? 한해 내내 하루도 쉴 새 없이, 소같이 일을 하고서 제 몸 푸는 데 된장국 한 그릇도 못 얻어먹다니, 쩨쩨……. 그 더운데 보리밭을 맨다, 논을 맨다, 똥물을 여 낸다, 오줌을 여 낸다, 가물에 물을 댄다, 이웃집의 소를 얻어다 콩씨를 넣는다, 머, 머슴이래도 상머슴이지, 차라리 머슴 같으면야 바깥일이나 하지, 이건 바깥일은 바깥일 대로 하고 집에 들면 또 질쌈을 한다, 빨래를 한다, 그래도 옷가지

를 꿰맨다, 어느 것 한 가지 제 손 안 가고 되는 게 있나? 일 년 열두 달 어느 하루 잠을 실컷 자본 날이 있나? 먹을 걸 남되도록 먹어본 날이 있나? 낮이고 밤이고 그저 갈팡질팡, 진일 마른일 다 해주고 그러고도 이제 몸을 풀라니 속이 비어 이렇게 널치가 나는구나. 대체 이 일을 어떻게 한단 말인고, 쩌, 쩌, 하느님이 무심타, 하느님이 무심해."

늙은이는 어이없다는 듯이 연방 혀를 찬다.

눈꺼풀이 들썩들썩 뛰며 입이 왼쪽으로 비틀어져 실룩거린다.

"하기사 아무리 세(혀)가 빠지게 해도, 하늘이 비 안 주니 헐 수는 없더라만……."

늙은이의 넋두리는 이제 하느님에 대한 원망으로 들어가려 한다. 아들의 저녁상을 내다 줄 것도 잊은 모양이다. 이때 며느리가 몸을 꿈적이며, 무어라고 남편의 저녁상 내올 것을 걱정하는 기척이 있자, 늙은이도 그제야 정신이 돌아온 듯 일어나, 시렁 위에서 아들의 저녁상을 내려놓는다. 도토리 가루에다 서속을 넣고, 거기다 여러 가지 풀뿌리를 얼버무려 죽을 쑨 것이다.

"어느 건 아이 밴 어미게는 음식이 젤이라고, 태산도 모두 기름으로 된다는데 일 년 열두 달 풀만 먹고 사는 것이 무슨 주제로 힘을 쓴담? 더군다나 올해사 야속한 하느님이 비까지 안 줘서 쌀알 하나 천신 못 하고 있는데……. 무슨 놈의 재앙이 하필 우리 에미 해산에 흉년이 든단 말고?"

"……."

"사람이 너무 청렴해도 못쓴단다. 어디서 쌀이나 한 사발 하고, 국건더기나 좀 하구 못 구해 올란?"

"……."

죽 한 그릇을 게눈 감추듯 하고 어느덧 곰방대를 물고 앉아 있는 찬물이는 무어라고 했으면 좋을는지 알 수 없어 입맛을 쩍쩍 다시었다.

"지금 이대로 두면 해산도 안 되고 사람만 점점 더 늘어질 뿐이고 자칫하면 생목숨 잡는다……. 뭐든지 얼른 구해다 속을 좀 채워줘야지, 이러고만 있다간 큰일 나는데……."

"……."

"시방 이래싸도 아직 언제 산고가 질는지 모르는 거다. 인제, 다시 음식이 들어가 원기를 도와줘야지, 안 그라면 암만 있어야 사람만 축날 뿐이지 소용없다. 어디든지 나가봐라."

"……."

뒷실이는 곰방대를 문턱에 대고 떨며 또 한 번 입맛을 쩍쩍 다신다.

"어디든지 나가봐라, 사람 사는 세상이 이다지도 절박할라고. 어디든지 한번 나가봐라."

"그렇거던 송아지한테라도 가보소."

오래 두고 연구해서 입을 뗀 뒷실이의 의견이란 것이 겨우 이렇다.

"그렇잖아도 아까 저녁때 가보았는데 송아지네가 안직 안 돌아왔두만……. 고것이 꼴값하느라고 일을 해주거든 진작 제 집으로 돌아오잖고 되잖게 바람이 들어서 그 어질고 인심덩어린 송아지 속을 썩이는가 보더군."

"……."

"어쨌든 고걸 만나야 될 겐데……. 그래도 그게 큰 대문에 드나든다고 그러는 겐지 윤 참봉 집에 빌 말이 있으니 인저 온 골 사람들이 다 고것한데 청을 하데."

늙은이는 바쁜 듯이 일어나 희끄무레한 겉치마를 두르며 한쪽 손으로는 연방 실룩거리는 왼쪽 얼굴을 싸 쥐며,

"아이고, 가기사 가보지만 또 헛걸음을 하면 어쩔고?"
하며 밖으로 나간다.

늙은이가 나가고 조금 있으니까 찬물이의 아내는 또 신음 소리를 내기 시작했다.

찬물이는 평소에 그 우악스럽고 무뚝뚝하던 아내가 이렇게 늘어져 누워서 신음하는 것을 볼 때 어딘지 불쌍한 생각이 들었다. 그의 아내는 그의 어머니의 말마따나 정말 소같이 일을 하는 사람이었다.

그는 본래 위인이 부지런한데다 원력이 좋아서, 천생이 약질로 생긴 그의 시어머니와 본래 좀 느리고 게으른 편인 찬물이가 입으로만 걱정을 하고 있는 여러 가지 들일을 그녀가 떼맡듯이 거의 혼자서 해내는 것을 보고 시어미는 며느리를 아끼는 마음으로,

"대강 해라…… 소같이도 한다."
이렇게 빈정거리는 것이었다.

작년 봄이다. 어릴 때 친정에서 보니 누에를 먹일 만하더라고 뽕나무 준비도 없이 누에 씨를 받았다.

처음엔 열 잎, 다음엔 한 바구니, 또 그 다음엔 한 광주리, 누에가 자라면 자랄수록 몇 갑절 뽕을 먹어내는지 알 수가 없다. 본래 무엇이든 하기만 하면 남만큼 해내는 솜씨이고 보니 첫 시험이라 해도 똥을 치는 것이며 치잠을 가리는 것이며 여러 해 먹이던 사람같이 익숙했다.

그차에 홀가분도 하여 병잠 하나 없이 여간 충실히 되지 않았다. 그만큼 재미도 나고 또 애도 쓰이고 하여 여러 날과 밤을 쉬지 못한지라 얼굴이 부숙부숙 붓고 두 눈엔 시뻘겋게 핏발까지 서게 되었다. 그런데 제사령 사흘째 되던 날부터 누에는 완전히 뽕을 굶게 되었다. 비는 아침부터 부슬부슬 내리고 먹을 때를 지친 누에는 대가리들을 쳐들고 잠박 가로만 기어나왔다. 뒷실댁(찬물이 아내)은 온

종일 벙어리처럼 그 핏발 선 두 눈으로 누에만 들여다보고 앉아 있다가 어둠이 들자 뽕 도둑질을 나갔다.

"엄마, 그러지 말고 누에를 갖다 내버려라."

한쇠가 이렇게 말하니, 뒷실댁은,

"아까워서 어째 내버리노?"

하면서 어둠 속으로 사라져버렸다.

한쇠는 이날 밤 문고리를 잡고 앉아 얼마나 조마조마한 맘으로 그 어머니가 돌아오기를 기다렸는지 모른다.

몇 번이나 방문을 열고 밤비가 주룩주룩 내리는 어두운 뜰을 내다보곤 하였으나, 그의 어머니는 쉽사리 돌아오지 않았다. 틀림없이 뽕 임자에게 들키어서 경을 치는가 보다고 혼자서 발버둥을 치며 있노라니까 무엇이 툇마루에 철썩 하며 무슨 물건 부딪뜨리는 소리가 났다.

옷은 젖어 몸에 휘감겨 붙고 머리는 흐트러져 아주 물귀신 모양처럼 된 그의 어머니가 머리에 이고 온 뽕 보퉁이를 툇마루에 내려놓기가 바쁘게 연방 우물가로 가서 손발을 씻고 있었다. 오다가 비녀를 길에 빠뜨려서 그걸 찾느라고 길바닥을 더듬다가 개똥을 주물렀다는 것이다.

그러나 이미 굶을 대로 굶고 지칠 만큼 지친 누에는 인제 그만 뽕을 먹지 못했다. 한쇠 어머니가 아무리 정성껏 물기를 닦고 좋은 잎을 골라 누에 입끝에 대어주어도 누에는 고개를 두를 뿐이었다. 한쇠 할머니는 곁에서 며느리의 하는 양을 들여다보고 있다 차마 볼 수 없었던지,

"오냐 이 짐승들아 부디 먹어라이, 부디부디 받아 먹고 살아나거라이, 조금씩 맛 봐가면서 부디 살아나거라이."

이렇게 어린애 달래듯이 타일렀으나 종시 소용이 없었다.

이튿날 아침 일찍이 한쇠 어머니는 누에를 죄다 거름 속에 갖다 묻어버렸다. 뽕까지 누에와 함께 거름에 버리려다 아깝다고 해서 이웃 사람을 주었다. 거기서 말이 난 겐지 어쩐지 뽕 임자가 알고 찾아왔다.

윤 참봉 맏아들의 소실이다. 성이 뾰로통하게 나서 처음 아무런 말도 없이 마루에 올라와 궐련부터 한 가치 피워 물더니,

"세상에 사람 사는 법이 언제나 제 손으로 벌어서 제 것을 먹고 살아야지, 남의 것을 욕심 내어 함부로 훔쳐갈려고 해서는 허구한 세월에 하루 이틀도 아니요 도저히 살 수가 없는 법이라."

하고 무릇 사람의 사는 법부터 설교하여 차곡차곡 죄목을 캘 모양이다.

한쇠 어머니는 감히 밖으로 나올 수 없었던지 잠자코 부엌에 앉아 있었다.

이때 빌기 잘하는 한쇠 할머니는 목메인 소리로 온 얼굴의 근육을 실룩거리며,

"그저 살락 하니 그리십네다."

하고 여자에게 빌붙기 시작하였다.

"언제든지 없는 사람이 있는 사람의 덕 안 보고 살 수 있십네까? 목구멍이 포도청이지요, 그저 없고 보니 죄가 많십네다."

"암만 없는 사람이라고 하지만 처음부터 동정을 빈다면 그건 또 모르지만 남의 물건을 생으로 훔치려 들어서야 이건 도저히 나쁜 사람들 아니오."

바로 이때다. 평생 사람의 몸에 손질이라고 해본 적이 없었다는 찬물이가 도리깨로 그의 아내를 자꾸 두들겨 패서 나중엔 아주 숨이 끊어지기까지 했던 것이다.

이리하여 윤 참봉네 맏아들의 소실은 그만하고 돌아갔지만 그

뒤로부터 한쇠 어머니는 날만 흐려도 온몸이 부서지는 듯이 아프다고 하였다.

이렇게 찬물이는 지금 곰방대를 물고 앉아 아내의 싯누런 팔다리를 바라보면서 작년 봄 그 봉변당하던 때의 자기의 도리깨질을 생각하는 것이었다.

3

국거리를 구하러 나갔던 늙은이는,

"아이고 밖에서는 굿을 해도 우리 집구석에서는 모르는구나."

하고 삽짝 밖에서부터 중얼거리며 들어왔다.

"성님 좀 어떠신교?"

늙은이 앞서 송아지 처가 고기 소쿠리를 안고 들어온다. 소쿠리에는 빛깔이 거무스름하고 누린내가 물컥 오르는 쇠고기가 반 소쿠리나 실하게 된다.

"아따 웬 고음거리는 이처럼 많이 가져오는교?"

찬물이도 소쿠리를 들여다보며 놀라운 듯이 인사를 한다.

"윤 참봉네 집에서 그 큰 소를 잡아 동네에 노느던가만 감쪽같이 모를 뻔했네."

늙은이는 너무나 흥감해서 어디부터 먼저 이야기해야 좋을지 두서를 못 차린다.

"이거 일 원어치다. 공께지 공께라, 장에 가 살라면 암만해도 삼 원 덜 주고 이렇게 받을란? 더러라 백정놈들, 파는 거사 일 원어치라고 해도 새 한 마리만한 걸 뭐……."

늙은이는 뼈와 꺼풀만 남은 주먹을 쥐어보이며 온 얼굴을 실룩거리며 어쨌든지 이것이 공것 마찬가지로 싸다는 것을 강조하고 싶은 모양이다.

"우리 살림에 이럴 때 한번 안 사 먹으면 좀해서 쉽나, 마침 맘낸 적에 눈 질끈 감고 그만 낫게 가져와 버렸지, 온 집안 식구가 한번 고루 먹어야지, 사철 풀만 먹고 기름기 있는 걸 안 먹으니 살 수가 있나, 그리고 참 나도 늙으니께 송장이다. 아까버텀 이 송아지네 이야기를 한다는 게 엉뚱한 소리만 실컷 했구나. 실지로 알고 보면 이게 모두 송아지네 덕이다. 우리보고 누가 이렇게 인정을 쓸라고. 모두 보는 데가 있지그리."

"어디메요, 저를 보고 드리는 게 아니라 올해가 참봉 어른 환갑이라고 소 한 마리 잡은 심치고 이렇게 헐값으로 온 동네에 노놔드리는 게랍니다."

송아지네는 변명하듯 얼굴을 붉히며 이렇게 말한다. 그는 까만 우단저고리에 엷은 분홍빛 내의까지 받쳐 입고 이 골짝에서는 드물게 보는 호사를 했다.

"아 참 그렇닥지, 올해가 참봉댁 회갑이구나, 아무리나 팔자 좋다. 살림이 부자라, 자식들 많아, 세상에 다시 더 바랄 게 있나."

"그럼요, 팔자야 상팔자지요."

송아지네는 수삽한 듯이 턱으로 덜 여며진 옷깃 사이로 내다뵈는 분홍색 내의를 가리며 이렇게 장단을 맞춰준다. 그런데 여기 소개하기 늦은 인물이 하나 있다. 금년이 그의 환갑이라 소 한 마리 아주 잡은 셈 치고 온 동네 사람들에게 헐값으로 나눠 먹이고, 그의 맏아들의 소실은 일찍이 뽕 도난을 만나 무릇 사람 사는 법을 설교하러 이 집 마당에도 나타난 일이 있었고, 시방 여기 고기 소쿠리 곁에 까만 우단 저고리에 분홍색 내의를 받쳐 입고 쪼그리고 앉아 있는 송아지 처의 정부인 동시 화물 자동차 운전수이기도 한, 낮에 여드름 많이 난 사내를 둘째 아들로 가진 윤 참봉이란 사람은 대체 어떠한 인물인가. 뒷골 사람들은 모두 그를 윤 참봉이라 부른다. 그러나 이것은 아주 요즈음 일이다. 삼사 년 전까지만 해도 그는 윤 주사로 불렸고 또 윤 주사로 불리기 전에는 '윤 새령'으로 불렸다. 그는 본래 읍내에서 사령 노릇을 하던 사람이었다. 그리하여 아직 부자가 되기 전엔 물론이요, 이제 내로라 하는 부자가 되어서도 읍내 사람들은 여태 '윤 새령'이라 부르는 사람들이 많았다. 뒷골 사람들도 그가 듣는 데서는 윤 참봉, 윤 참봉 하나 듣지 않는 데서는 '윤 새령'이 보통이었다. 이 눈치를 챈 윤 참봉은 '윤 새령'이라 부르는 사람만 보면 반드시 시비를 걸었다. 그만큼 그는 '윤 새령'으로 불리는 것을 싫어하였고, 또 이제 와서는 그를 면대해서까지 '윤 새령'으로 부르는 사람도 없었다.

그러나 그가 처음으로 이 뒷골로 들어올 때까지만 해도 그는 아직 '윤 주사'도 되기 전이었다. 그때, 벌써 내용으로는 살림이 착실했던 모양이나, 그는 머슴을 데려다 농사를 짓는 한편, 동네 사람들을 상대로 장리 벼를 준다, 현금을 대부한다 하며 말하자면 이 골 사람들의 유일한 금융 기관이 되었던 것이다. 이러기를 한 십여 년 하고 나니 뒷골 부근의 좋다는 토지는 대개 그의 소유가 되어버렸고, 그와 동시에 그는 '윤 새령'에서 '윤 주사'로 승격해 버린 것이다.

요즈음은 또 그의 두 아들이 장성하여 일찍이 그가 손을 뻗쳐보지도 못한 신기한 꾀를 쓴다. 맏아들은 소실을 얻더니 동구 앞에다 말하자면 지점(돈놀이하는)을 내고 거기서 술, 담배, 소금, 석유, 성냥, 비료, 북어, 포목, 기타 잡화를 갖추어놓고 아주 떡 벌어지게 장사를 하는 것이다. 특히 이 가게가 동네 사람들을 끄는 것은 그 '고뿌 술'이란 거다. 양조 회사가 생긴 이후로 술이라면 전혀 사 먹게 되니 그 부드럽고 배부른 막걸리를 마음 놓고 먹을 수가 없다. 부드러우니만큼 많이 먹어야 하고 많이 먹으려니 돈이 헤프다. 이 수요에 따라 꼭꼭 찌르는 왜소주가 나온 것이다. 막걸리로는 십 전어치나 먹어야 속이 한 번 후련할 것이 소주로 하면 오 전짜리 한 고뿌(컵)면 제법 화끈해진다. 여름으로 논에 물을 대다 숨이 차면 온다, 겨울밤으로 숯굴에 불을 보다 온다, 투전을 하다 온다, 내기를 하다 온다.

"주우타, 탁배기보다사 참 우에 있다."

"흐, 한 모금을 먹어도 어디라고, 탁배기보다사 위지, 양반이다."

그들은 소주 고뿌를 기울일 때마다 이 모양으로 칭송을 했다. 그러면 윤 주사 맏아들의 첩도 생긋이 웃으며,

"그러면요, 막걸리보다야 참 정하지요."

하고 주전자를 들어 빈 잔에 다시 부으려고 하면,

"아무렴, 막걸리에서 정기만 뽑아낸 거 아닌가베."

하고 한 잔씩 더 드는 판이었고, 혹 뒷일을 여물게 닦아나가려는 사람들은,

"어떤요, 그만두소, 없는 사람들이 먹구 싶다고 자꾸 먹을 수 있는교?"

하며 거절하는 사람들도 있었다. 왜소주 이외에도 여자는 팔 수 있는 것을 팔고 혹은 사고, 또 뒷밭에는 뽕을 심어 봄에서 여름까지 이웃 여자들을 데려다 누에를 치고 하여 일 년에 이 여자의 손으로 들어오는 돈만 해도 적지 않은 것이라 한다.

둘째 아들은 맏아들보다도 더 신식 재주다. 그는 화물 자동차를 끌고 다니며 겨울이면 이곳 사람들이 구워 내는 숯을 실어다 읍내에 내기도 하고, 나무도 실어다 팔고, 가끔 해변으로 나가면 어물을 실어다 원근 각 동네에 풀어 먹이기도 한다. 이리하여 금년 환갑이

된 윤 참봉은 매년 가을이면 벼를 칠팔백 석이나 받게 되고, 겨울철 동안은 온 골 사람들이 그에게 숯을 구워 바쳐야 하게끔 되어 있는 것이다.

한쇠네도 물론 가을이면 윤 참봉에게 벼를 갖다 바치고, 겨울 한 철 동안은 쉴 새 없이 숯을 구워 바쳐야 하는 사람들 중의 하나였다. 풍년이 들면 벼 열두어 섬 나는 논마지기 주고는, 지주 앞으로 여덟 섬을 매기니, 나머지 서너너덧 섬으로 농비 덜고 지세 치르면 쭉지며 한두 섬 남는 것이 고작이요, 흉년엔 물론 남는 거라야 빚뿐이다. 찬물이와 그의 아내는 여러 해 동안 타작 마당에서 이렇게 빚을 지거나 쭉지며 한두 섬을 앞에 두고 입을 비쭉거리며 하늘을 쳐다보곤 하였다.

그러나 또 봄이 온다. 산기슭에 진달래가 붉게 피고, 깊은 골짜기에서 접동새가 피 나게 울고 하면 찬물이와 그의 처도 억울과 주림의 동면을 깨고 또 한 번 들로 나가 괭이로 흙을 파고 씨를 넣는 것이었다. 그런데 이 윤 참봉은 금년 환갑 기념으로 송아지 처나 할머니 말대로 하면 아주 착한 일을 하게 된 것이다. 그것은 온 동네 사람들에게 거의 공으로 나눠 먹이다시피 헐값으로 처분한 쇠고기 이야기다. 얼마 전부터 병이 들어 있던 소가 지난 밤에 죽었다. 윤 참봉은 머슴과 의논하고 이것을 아주 고기로 팔 계획을 세웠다. 백정들같이 중간 이익을 보지 말고 현 시가대로 소값만 계산해서 실비로 부근의 모든 소작인들과 이웃 사람들에게 나눠 보낼 작정을 했던 것이다. 그것이 마침 이 낌새를 알고 군청 축산계에서 출장 나온 사람이 있어 윤 참봉이 평소로 이러한 출장원들을 홀대해 왔으니만큼 이 출장원이 윤 참봉네 소청을 준엄히 거절을 해서 할 수 없이 아까운 황소를 땅속에 묻지 아니치 못했던 것이다. 출장원은 현장까지 따라가서 완전히 다 묻은 것을 보고 그제야 읍내로 들어갔다. 이렇게 되고 보니 아무리 아까운 황소지만 도리가 없고 그렇다고 그대로 손해만을 볼 수도 없고 하여 머슴에게 일임한 것같이 해서 다시 그 소를 땅에서 파오게 한 것이다. 병이 들어 죽은 소요, 이미 땅속에까지 묻히었던 것이라 파내 오긴 왔지만 빛깔이며 냄새며 도저히 속이고 팔 수는 없어 그저 그만큼 짐작할 사람은 짐작하고 모르는 사람에게 설명까지는 하지 않고 대강 이리저리 처분해 넘기게 되었던 것이다. 지금 한쇠 할머니가 소쿠리를 들여다볼 때마다 즐거워 못 견디는 이 거무스름한 쇠고기도 물론 그것이다.

4

송아지 처가 돌아간 뒤 이내 한쇠가 들어왔다.

"야야 이거 와봐라."

할머니는 한쇠를 불러 턱으로 고기 소쿠리를 가리킨다.

"아이고 누렁내야."

한쇠는 고기 소쿠리를 들여다보자 이내 이렇게 소리를 질렀다.

"……."

할머니는 약간 악의 띤 눈으로 잠자코 손자를 바라본다.

"어째 이렇게 누렁내가 자꾸 나?"

"걔사, 하모 쇠고기에 누렁내 안 나?"

할머니는 한쇠가 고기를 보고 얼마나 반가워하며 기뻐하는가를 좀 보려고 한 것이 의외로 자꾸 누린내만 난다고 하니 잔뜩 못마땅해서 볼멘소리로 이렇게 말한다.

"그렇지만 아주 썩은 냄새가 나요."

"뭐?"

할머니는 악의에서 다시 증오에 가까운 무서운 얼굴로 한쇠를 똑바로 노려본다.

"할매, 이거 어디 가 사왔는교?"

"오, 오냐 오냐, 니는 먹지 마라, 내 내 혼자 먹을란다. 니는 머 먹지 마라."

할머니는 왼쪽 입아귀와 눈 언저리를 실룩거리며 손을 내저으며 고기 소쿠리를 안고 밖으로 달아나버렸다.

고기를 안고 뒤란까지 뛰어온 늙은이는 까닭 모를 분노에 숨이 차고 가슴이 뛰어 진정할 수 없었다. 아무리 철이 없는 아이들이라고 하더라도 이건 세상에도 죄 많고 복을 차는 버르장머리 아닌가, 윤 참봉과 같은 복 많고 하늘 아는 사람이 일껏 회갑 기념으로 헐값에 나눠준 귀물의 음식을 보고 썩은 냄새가 나다니, 오오, 생각만 해도 두렵지 않을 수 없다.

"산신님네, 산신님네, 불쌍한 우리 인간들이 산신님네 덕만 믿고 삽네다. 우리 맏손자 한쇠는 성품이 제 애비를 닮지 않고 제 에미를 닮아 그저 뚝심이 세고 성질이 괄괄하오나 효성이 많고 슬기가 있삽네다. 모두 이 늙은 것이 망령한 탓이오니 이 늙은 것에다 벼락을 쳐주소서, 부디부디 벼락을 쳐주소서, 모두 이 늙은 것의 망령이옵네다. 그러하고 우리 한쇠 에미는 본래 아무 죄도 없십네다. 이 늙은 것이 하도 명주옷이 입고 싶어 뵈니 이 늙은 것의 옷을 해주려고 누에를 먹였으니 모두 이 늙은 것의 죄이올시다. 그뿐 아니라, 한쇠 애비한테 매도 많이 맞았십네다. 우리 한쇠 애비가 제 안사람께 손질한 것도 그게 첨이오며 우리 한쇠 에미는 그때 아주 기절했다 살아났사옵네다. 산신님네, 산신님네, 부디 굽어 살펴주옵소서. 우리 한쇠 에미에게는 아무 죄도 없사오니 그저 이 늙은 것의 머리 우에

다 벼락을 쳐주옵소서."

늙은이는 고기 소쿠리를 앞에 놓고 북쪽 산을 향해 두 손을 비비며 그저 몇 번이든지 절을 하는 것이었다. 늙은이가 한 여남은 번이나 산을 향해 절을 하고 났을 때 문득 방에서 며느리의 신음 소리가 들려 나왔다.

"아이고 아이고……."

늙은이는 별안간 조바심이 났다. 그는 고기 소쿠리를 안고 도로 방으로 들어갔다. 그날 밤 한쇠는 꿈속에서도 역시 그 쇠고기가 보였다. 군데군데 시커먼 잡풀들이 우묵우묵 나고 땅에서는 송장 냄새가 코를 찌른다. 그의 할머니는 등불을 들고 서 있고 그의 어머니는 괭이로 흙을 파헤치고 있다. 이윽고 흙 속에서 희끄무레한 송장이 나왔다. 송장은 홑이불로 쌌는데, 이불은 송장 썩은 물로 제 살같이 붙어버렸다. 할머니와 어머니는 칼로 송장의 살을 떼내기 시작하였다. 푸른 칼날에 먹물같이 검은 피가 묻어 나온다. 두 사람은 송장의 살을 오리고 또 오려서 치마에 싸고 광주리에 담는다. 광주리에 담긴 살은 그러나 쇠고기로 되어 있다. 그것은 사람의 송장이 아니라 소의 송장이란 것이다. 한쇠는 가슴이 뛰며 다리가 떨리어, 들고 있던 등불을 내던진다. 소리를 지른다——눈을 뜬다. 방 안에는 그의 어머니가 앓아 누웠고 밖에서는 그의 할머니가 국솥에 불을 지피고 있다.

"야야 한쇠야, 와 그카노?"

"할매."

"니 와 자꾸 그캐쌌노?"

"할매, 여태 안 갔는교?"

5

이튿날 새벽이다. 곰국이 끓었다. 할머니는 먼저 고사를 지낸다고 소반에다 곰국 한 사발을 얹어 들고 뒤란으로 가서,

"산신님네, 산신님네, 산신님네 은혜는 하늘 같삽네다마는 불쌍한 우리 인간은 산신님네 은덕을 갚을 수 없삽네다. 이 국을 먹고 나거든 이 늙은 것도 소생하여 눈 언저리와 입아귀가 실룩이는 병을 본대같이 낫게 하여주옵소서. 우리 한쇠 에미는 본래 아무 죄도 없삽네다, 이 늙은 것이 웬 걸 산신님네보고 거짓말을 하오리까, 참봉댁 뽕밭에 뽕 도둑을 간 것도 근본은 모두 이 늙은 것 때문이올시다. 이 늙은 것의 머리에다 벼락을 쳐주옵소서. 그리고 우리 한쇠는 천품이 제 애비를 닮지 않고 제 에미를 닮아 뚝심이 세고 성미가 괄괄합네다만 효성이 놀랍습네다. 산신님네 이 곰국을 먹고 나거든 부디 병과 화는 이 집에서 다 물러나고 복과 재수만 들어와 주옵소서, 부디부디 산신님네 태산 같은 은혜만 믿삽네다."

두 손을 비비며 몇 번이나 절을 하고 나서 그제야 안심한 듯이 그 상을 안고 천천히 앞뜰로 나왔다.

"인제 모두 오너라……. 자, 한쇠도 얼른 오너라."

할머니는 곰국을 방에 들고 와서 식구마다 한 그릇씩 놓았다.

"자아, 한쇠도 얼른 오너라."

할머니는 곧장 한쇠를 불렀다.

"나는 싫구만요."

한쇠는 밖에서 들어오지 않았다.

"야야, 그러지 말고 들어와 먹어봐라, 먹어보고 싫거든 싫다 캐라."

"할매나 많이 잡소."

한쇠는 역시 들어올 생각을 하지 않았다. 한쇠 어머니가 보다 못해,

"이 못된 것아, 남의 애 대강 태우고 그만 들어오너라."

하고 나무라도,

"내사 싫구만요."

한쇠는 끝까지 버티었다. 늙은이도 한쇠가 끝까지 고집을 부릴 것 같으니까,

"오냐 싫거든 마라, 내 다 먹을게……. 내사 없어 못 먹겠다, 병든 소면 어때? 죽은 소면 어때? 먹으니 맛만 좋고, 배부르고 힘만 나네."

혼자 약이 올라서 일부러 한쇠가 보란 듯이 곰 뼈다귀 하나를 들고 모조리 돌려 핥고 샅샅이 우벼 빨고 소리가 짝짝 나도록 입맛을 다시었다. 그들은 워낙 오랫동안 벼 쭉정이와 풀뿌리만 먹어오던 차라 처음은 곰국이란 말만 들어도 살 것 같고 솥뚜껑을 열 때 훅훅 오르는 허연 김과 구수무레한 냄새만 맡아도 침이 돌았다. 그러나 한 사발씩을 거의 다 먹어갈 무렵에는 벌써 육초도 끼고 누린내도 각별나게 비위를 거슬려주었다.

"고기는 다르던가베."

한 그릇을 다 먹고 나서 손으로 이마의 땀을 씻으며 한쇠 어머니는 얼굴을 찡그렸다. 찬물이는 아무런 말도 없이 입맛을 다시며 곰방대를 내어 물었다. 다만 늙은이만이 끝까지 달게 굴었다. 그는 작은쇠가 먹다 남긴 국물을 들고 마시며, 아직도 한쇠를 두고 빈정대었다.

"싫거던 말지, 말아……. 내 먹지, 내 다 먹지, 내사 늙은 게 실컷 먹고 죽으면 어딴? 내사 이왕 죽느니, 곯아 죽기보다 실컷 먹고 죽을란다."

"……"

한쇠는 한참 동안 할머니를 흘겨보고 있던 두 눈에서 눈물을 닦고 나서 잠자코 입술을 깨물며 산으로 갔다.

6

겨울 해라도 유달리 따뜻한 날씨다. 찬 기운이 서린 솔 등에 아침 해의 금빛이 퍼붓는다. '저르렁 저르렁!' 도끼 소리가 산골에 울리며, '지저끈 꽝!' 하고 나무 넘어가는 소리가 난다.

이 나무 넘어간다
어라어라 넘어간다
분 바르고 향수 뿌린
주막집 똥갈보야
산골 숯장수라 괄시를 마라
아주까리 기름 바른 뒷골 처자
백탄장수 총각 보고 밭 못 맨다

송아지가 혼자 나무를 치면서 노래를 부르고 있다. 그는 금년 스물아홉이다. 작년까지 윤 참봉 집에 머슴을 살아서 그 돈으로 금년 봄에 사십 원을 내고 처음 장가란 것을 갔다. 처음 그가 그의 아내를 이 산골에 데려왔을 때 동네 사람들은 이렇게 말했다.

"사십 원짜리 각시 좋은데!"

"흥, 가시나 풍년은 들었구마는."

혹은,

"그렇지만 너무 예쁘다…… 송아지한테는 좀 과한데……."

이렇게도 말했다.

제 식구를 가진다면 살림을 해야 하고 살림을 하려면 살림 글터기가 있어야 한다. 그러나 송아지는 사십 원 들여 장가를 가고 십오 원에 오막 한 채를 사고 그러고는 사실 왜솥 하나 살 돈도 남지를 않았다. 일찍이 부모를 여의고 가까이 왕래할 친척도 없고 보니 자연 의지할 곳이라야 그가 십여 년이나 머슴살이를 한 윤 참봉네 집 밖에는 더 없었다. 하여 그들 내외는 안팎 없이 윤 참봉네 집에 거의 살듯 무시로 출입을 하게 되었다. 송아지가 윤 참봉네 머슴과 함께 거름을 내면 그의 처는 안에서 부엌일을 해준다든가, 목화를 따준다든가, 송아지의 할 일이 언제나 있는 것과 같이 그의 처가 해줄 일도 언제나 있었다. 이러는 동안에 윤 참봉 둘째 아들과 송아지 처와의 사이에 험한 풍설이 돌기 시작하였다. 어떤 사람은 송아지 처가 윤 참봉 집에 일을 하러 간 첫날부터 벌써 다른 일이 있었다느니, 혹은 그 이튿날부터라느니 별별 말이 다 많았다. 워낙 숙설거리니 송아지의 귀에도 그 말이 들어가지 않을 리 없었지만, 본시 위인이 태평인데다 달리 의지할 데가 없는 터이라, 속으로 잔뜩 못마땅히 굴면서도 아주 발길을 뚝 잘라 끊을 수도 없었다. 혹 밤이 너무 늦어서 돌아오고 할 때 송아지가 나무라면 그의 처는,

"그래 얼른 돈 벌어오라문…… 나도 앉아 먹게."

하고 도리어 뾰로통해지곤 하였다. 모두가 내 것 없는 탓이려니, 금년 겨울만 치르면 내년 봄엔 거리에서 죽더라도 이 고장을 뜨려니, 그는 속으로 혼자 이렇게 생각하고 있는 것이었다. 그는 윤 참봉 둘째 아들의 버릇을 고쳐주리라고는 생각도 하지 않는 것이다. 언젠가 한쇠가 동네에서 들은 말이 있어,

"아저씨, 윤 새령네 둘째 아들 그 버릇 좀 고쳐주소."

한즉 겨우 대답이란 것이,

"그래도 아이 때는 그처럼 못 돼먹을 것 같지 않았는데……."

하는 것이었다. 숯굴까지 와서 한쇠는 송아지를 건너다보고 소리를
질렀다.

"아저씨! 송아지 아저씨!"

이렇게 두어 번 큰소리를 질러 부르니 그제야 송아지는 도끼를
멈추고 서서 이쪽을 바라보며 빙그레 웃는다.

"오늘 우리 숯 좀 묻어주소."

"아배는?"

"아배는 다른 일이 좀 있어서요…… 시방 곧 건너와 주소."

한쇠는 헛간에서 길다란 쇠갈퀴와 삽을 들고 나왔다. 송아지는
숯굴 앞으로 와서 먼저 불을 들여다보더니,

"아직 늦잖구나."

하며 저고리 안섶을 들고 담배쌈지를 꺼낸다. 한쇠가 쇠갈퀴로 숯
굴의 불덩이를 꺼내며,

"아저씬 흙을 덮어주소, 내가 꺼낼게……."

"한 대 피우고 천천히 하자꾸나."

하고 송아지는 곰방대를 입에 문 채 삽을 들고 일어선다.

참숯 가운데도 금탄과 백탄이 있어, 이 백탄은 벌건 불덩어리를
쇠갈퀴로 꺼낸 뒤 흙을 덮어 문질러서 껍질을 한 번 더 벗겨야 하기
때문에 여간 까다롭지 않다.

"나는 이 백탄은 질색이다."

송아지는 삽으로 흙을 뜨며 이렇게 말한다.

"와요?"

"성이 가셔서 어디 해 먹겠더나?"

조금 뒤에 한쇠가,

"참 아저씨, 어젯밤 저 홍하산 불 좀 봤는교?"

한즉,

"시방도 저기 타고 있네."

하며 허리를 편다. 두 사람은 한참 동안 멍멍히 서서 멀리 흰 연기가 안개처럼 이는 홍하산 쪽을 바라보고 있었다. 바로 이때다. 깜둥 강아지 한 마리가 그들이 숯을 묻고 있는 헛간 앞에 알찐하더니 어디론지 달아나버린다. 이것을 본 한쇠는 돌연히 쇠갈퀴를 내던지고 강아지 뒤를 쫓아 내닫는다. 조금 뒤에 한쇠가 강아지를 붙잡지 못하고 숨을 씨근덕거리며 돌아오니 삽을 짚고 서서 이것을 바라보고 있던 송아지는 빙그레 웃으며,

"인제 아주 집에 안 오나?"

한다.

"……"

한쇠는 대답 대신 고개를 돌렸다.

금년 봄이다. 여러 해를 두고 늘 고기 타령을 하던 그의 할머니가 봄철 들면서부터 그만 얼굴이 비틀어져버렸다. 의원에게 물어보니 늙은 사람이 여러 해 동안 너무 자양 섭취를 못해서 그러니 먼저 보신을 많이 하고 나서 침을 맞아보라고 하였다. 이 말을 들은 한쇠 어머니는 며칠 동안 궁리를 하고 나더니 뒷골에서 이십 리나 되는 친정엘 가서 조그만 강아지 한 마리를 안고 왔다.

"아이고 강아지는 웬걸 그래 얻어오노?"

하고 시어머니가 반색을 한즉,

"……"

며느리는 시어머니를 바라보며 비죽이 웃었다.

"엄마 감둥이 내 다오."

하고 작은쇠가 감둥이를 안고 달아나려고 한즉,

"강아지 너무 주물르지 마라, 얼른 안 큰다."

하고 그 어머니는 작은쇠를 나무랐다. 그러나 사람도 굶는 형편에 강아지 먹일 게 있을 리 없었다. 한쇠 어머니는 한 끼에 죽 한 그릇도 채 못 돌아오는 자기의 몫을 강아지와 나누었다.

"강아지 멕일려다 사람 먼저 죽겠다."

하고 늙은이는 며느리의 하는 양을 못마땅히 여겼으나 강아지는 또 강아지대로 좀처럼 살이 붙지 않는다. 이것은 작은쇠가 주무른 탓으로 작은쇠만 여러 번 매를 맞곤 하였다. 그러할 즈음 하루는 송아지네가 와서 보고 귀엽다고 호들갑을 떨면서 요새 참봉네 댁에서는 큰 개 한 마리를 잡아먹어 버리고 그 대신 강아지를 한 마리 더 두어야 하겠다고 애를 쓰고 구하는 중이니 이때에 그만 이 강아지를 '선사품'으로 갖다드리면 여간 생색이 나지 않을 것이며, 선사한 보람도 있을 것이라고 전하자, 늙은이도 그럴싸해 구는 것을 한쇠 어머니가 염량 없는 소리 말라고 거절해 버렸다. 그 뒤에도 또 이웃집 여편네들이 와서 송아지네와 비슷한 말을 해서 한쇠 어머니는 그런 게 아니라 이건 어디 긴히 '쓸 데'가 있는 게라고 거절을 하였다. 이리하여 강아지는 역시 한쇠 어머니의 죽그릇과 작은쇠의 똥 누는 것만 바라고 말라가야 하는 것이었다. 그 뒤 강아지는 마을을 다니기 시작하였다. 집에서 굶고 으글뜨려 누웠다가도 마을을 나가면 그래도 어디서 무엇을 주워먹고 들어오는지 번번이 배가 불룩하다. 혹은 하루씩 묵어 들어올 때도 있었다. 어떤 때는 이삼일씩 눈에 안 뜨이기도 하였다. 한쇠 어머니는 찬물이를 보고,

"인제 어디서든지 보는 대로 잡아 들어오소."

이렇게 말했다. 그러나 찬물이는 강아지가 자기 집 뜰 아래까지 와도 가만히 바라보며 곰방대만 빨고 있었다. 한번은 집에 온 것을 한쇠 어머니가 나무 막대를 찾는 동안 어느덧 작은쇠가 품에 안고

얼른 놓아주지를 않아 놓기만 하면 후려갈기려고 기다리고 있는데, 이 눈치를 챈 강아지는 작은쇠의 코만 한 번 핥아주곤 어느새 수캣 구멍으로 빠져 달아나버렸다. 이때도 작은쇠가 감둥이 대신 매를 맞게 되었다. 어느 날은 송아지네가 와서,

"요새는 강아지가 참봉댁에 와 아주 살데요, 암만 가라고 쫓아도 사람의 눈치만 보곤 뒤란으로 가 숨어버려요, 그래 참봉댁 할머니는 그러지 말고 강아지 값을 치러드리라더군요."

하고 슬그머니 한쇠 어머니의 눈치를 살피었다.

한쇠 어머니는 성난 목소리로,

"팔 걸 이십 리나 허둥지둥 가서 구해 왔을라고."

하였다. 한쇠는 강아지를 생각하니 가슴이 뛰어 한참 동안 쇠갈퀴를 잡은 채 정신없이 먼산만 멀거니 바라보고 있었다. 그러한 판에 벌겋게 벗겨진 이마 위에 탕건을 쓰고 누런 명주 바지저고리를 입은 윤 참봉이 두꺼비처럼 엉금엉금 기어올라 온다.

"참봉 어른 나오시는교?"

송아지는 삽을 잡았던 손을 문지르며 그 앞에 허리를 굽신한다. 윤 참봉은 송아지에게 대답을 하는 대신, 우렁찬 목소리로,

"니 아비는?"

하고 한쇠를 바라본다.

"편찮심더."

"……."

윤 참봉은 잠자코 한쇠를 한참 노려본다. 그의 눈은 점점 모가 나기 시작하고 법령 위에 얹힌 누런 사마귀는 꿈적거리는 것 같았다.

"이번 숯만 내라."

그는 드디어 최후의 선고를 내렸다. 한쇠는 말의 뜻을 잘 알았다. 한쇠는 두어 번 장에 숯을 내다 팔다가 그에게 들키었다.

그들이 굽는 숯은 윤 참봉네 빚을 갚아 나가는 방법으로 모조리 윤 참봉에게 내어야 하게 되어 있었음에도 불구하고 수차 이에 위반을 하였으니 지금부터는 숯을 굽지 말라는 것이다. 한쇠는 얼굴을 들어 윤 참봉의 얼굴에 훌훌 뛰고 있는 사마귀를 바라보았다. 이때 퍼런 콧덩이를 입에 문 채 작은쇠가 올라온다.

"성아 집에 오나."

"와? 엄마 아이 낳았나?"

"아이 낳아서 죽었다."

"아이가 죽어?"

"아이 죽어서 아배가 안고 갔다."

하고 콧덩이를 도로 콧구멍으로 빨아들이고 나서,

"할매가 아파……."

할 즈음 조금 전에 나타났다가 그새 어디 가 숨어 있었던 듯한 감둥이가 다시 나타났다. 감둥이는 조그만 꼬리를 치며 작은쇠 곁으로 살랑살랑 걸어왔다. 작은쇠는 하던 이야기도 잊어버린 채 기함을 하고 뛰어가 감둥이를 안는다. 작은쇠는 기쁨으로 발갛게 된 두 뺨을 번갈아 감둥이의 목에다 문지르며,

"감둥아 니 어디 갔던? 니 윤 새령네 집에 갔던? 감둥아 니는 내 안 보고 싶던?"

작은쇠는 윤 참봉 앞에서 윤 새령이라 불러서는 그에 대한 욕이 된다는 것을 모르고 이런 말을 한다. 강아지는 작은쇠의 낯을 빤히 쳐다보고 있다.

"감둥아 내 안고 우리 집에 가, 엉이 배고파? 배고프면 내 곧 똥 눌게…… 곰국도 줄게 으냐으냐, 엄마가 때리면 말려줄게 인저 다시 윤 새령네 집에 가지 마 엉이."

작은쇠가 강아지를 안고 집으로 돌아가려 할 때,

"아나 이놈아!"

하고 윤 참봉이 소리를 질렀다. 작은쇠가 놀라 고개를 들자 윤 참봉이 높게 쳐들었던 긴 담뱃대의 커다란 쇠꼭지가 작은쇠의 머리 위에 날카롭게 내렸다. 담뱃대는 한가운데가 '자작근' 분질러져 한 동강은 숯굴 위로 푸르르 날았다. 작은쇠의 이마 위로 벌건 피가 흘러내린다. 작은쇠는 강아지를 놓아버리고 두 손으로 머리를 얼싸안으며 땅에 주저앉아 버린다. 이와 거의 동시에 한쇠는 불에 걸쳐두었던 쇠갈퀴를 잡아 들었다. 쇠갈퀴를 잡은 그의 손은 부들부들 떨리었다. 그리하여 그 벌겋게 단 쇠갈퀴가 막 윤 참봉의 누렁 사마귀를 찌르려는 순간 송아지는 한쇠의 손을 잡았다.

"아서, 아서."

7

한쇠가 집을 나온 뒤다. 곰국 한 그릇을 먹고 난 한쇠 어머니는 조금 쉬어서 검붉은 핏덩이와 죽은 아이 하나를 낳았다. 늙은이는 소반에다 냉수 한 그릇을 얹고 산신을 빌려니 웬 셈인지 머리가 몹시 아프고 정신이 흐리멍덩하였다.

"싸 쌈신님네, 쌈신님께 빕니다."

겨우 손을 좀 비비고 절이라고 몇 번 하고 나서 해산국을 뜨러 나가 솥뚜껑을 밀치니 국 위에는 어느덧 육초가 꽉 덮이고 솥에서 훅 끼치는 누린 냄새가 소스라치게 거슬리었다.

"이거 별일이다. 금시 그렇게 좋던 국이 별안간 웬일일까?"

그녀는 속으로 중얼거리며 간신히 육초를 헤치고 국 한 그릇을 떠서 방으로 들여갔다. 골치가 벌룸거리고 속이 욱신거리며 곧장

구역질이 나려고 하였다. 그는 곧 쓰러지듯이 방구석에 드러누워 버렸다. 죽은 아이와 핏덩이를 산기슭에다 아무렇게나 묻고 돌아온 찬물이 역시 골치가 벌룸거리고 속이 뒤틀려 견딜 수 없었다. 한쇠가 피투성이 된 작은쇠를 등에 업고 집에까지 왔을 때 집에서도 사람 앓는 소리가 들리었다.

"아야 아야, 한쇠야이 한쇠야……!"

한쇠는 작은쇠를 업은 채 방문을 열었다. 방 안에는 그의 할머니와 아버지와 어머니가 모두 드러누운 채 두 눈에 야릇한 광채를 띤 채 끙끙대며 앓고 있다.

"아야 아야, 한쇠야 한쇠야이…….."

순간 한쇠는 눈앞이 캄캄해졌다.

"아이고."

엉겁결에 그는 목이 째지도록 이렇게 고함을 질렀다.

다음 순간,

"엄마……!"

그는 본능적으로 그의 어머니에게로 뛰어들었다.

"엄마 와 이러노?"

"엄마, 엄마, 엄마!"

한쇠는 어머니의 손을 흔들며 목을 놓아 울었다. 한쇠의 울음소리에 찬물이는 억지로 자리에 일어나 앉았다. 그는 세 사람 가운데는 비교적 중독이 가벼운 모양이었다.

"한쇠야 느 엄마가 어떠누?"

찬물이는 이렇게 물었다. 이때 한쇠 어머니는 그 야릇한 광채가 떠도는 눈을 열어 한쇠와 찬물이를 보았다. 그리고는 한쇠의 손을 잡으며,

"한쇠야!"

하고 불렀다.

"엄마, 엄마."

한쇠는 두 눈에서 눈물이 펑펑 쏟아져서 어머니의 얼굴을 똑똑히 바라볼 수도 없었다.

"할매는?"

"할매는 괜찮다, 할매는 여기 누워 있다."

"……."

"……."

한참 동안 어미와 아들은 서로 마주 바라보았다.

"한쇠야 나는 인저 죽는다. 할매는 부디 니가 잘 봐드려라……."

"엄마, 안 죽는다 엄마, 엄마!"

한쇠는 미친 것처럼 고함을 질렀다.

한쇠 어머니는 또 조용히 눈을 열어 한쇠의 얼굴을 한참 동안 바라보고 있더니,

"저 어린 게…… 끌, 끌, 끌."

하고 간장이 녹아내릴 듯이 혀를 찼다. 그러고는 눈을 감아버린다.

"엄마, 엄마, 엄마!"

한쇠는 목이 째지도록 자꾸 '엄마'만 불렀다. '엄마'의 눈 언저리에 경련이 일어나며, 반쯤 눈이 열리다 말고 목에서 딸꾹질 소리가 났다.

"엄마, 엄마, 엄마!"

운문산 뒷골에는 오후 해가 절반이다. 낮에 짐짓한 해가 산마루에 걸리는가 하면 어느덧 황혼이 시작된다.

"아야! 사람 살려라!"

골목 골목이 죽어가는 사람들의 외치는 소리가 울려 나온다. 윤

참봉네 죽은 쇠고기를 먹은 사람은 한두 집이 아니었고 먹은 사람은 거개 중독이 들렸다. 이리하여 집집마다 죽어가는 사람들의 외치는 소리가 밤이 깊어갈수록 산골에 울리었다.

"이 동네 사람 다 죽는다!"

누군지 이렇게 외치며 골목을 내달리는 사람이 있었다. 그와 함께 바람 소리도 우우 하고 들려왔다.

산에 있던 사람들도 모두 마을로 내려왔다. 숯굴마다 불이 났다.

"저 불 봐라!"

"야! 불났다!"

사람들은 이렇게 소리만 지를 뿐 아무도 불을 끄러 산으로 가는 사람은 없었다. 그들 중에는 산이 비어서 숯굴의 불 보는 사람이 없는데다 바람까지 불고 해서 절로 불이 났을 게라고 하는 사람도 있었고, 혹은 일부러 누가 질렀을 게라고 하는 사람도 있었다. 불은 삽시간에 뻗어 합하고 합친 불은 다시 골을 건너고 산등을 넘었다.

"저 불 봐라, 저 불 봐라!"

"바람이 자꾸 세어가는군!"

사람들은 골목마다 우글거렸다.

어느덧 그들은 불과 바람과 같이 소리를 지르며 한곳으로 모여들었다. 그들은 입입이 불과 바람과 그리고 육독으로 죽어가는 사람들의 이야기를 하였다. 그들은 윤 참봉이 병들어 죽은 소를 그대로 속이고 마을 사람들에게 팔았다는 둥, 한번 소 공동묘지에 갖다 묻었던 것을 도로 파내다가 팔았다는 둥, 이 말 저 말 갈피없이 떠들어대었으나 어쨌든 육독이 든 것은 윤 참봉네 쇠고기 탓이라는 생각엔 모두 마찬가지들이었다. 게다가 작은쇠가 윤 새령이라 했다가 그의 대꼭지에 맞아서 머리가 뚫어졌다는 것과 그의 둘째 아들이 송아지의 처를 화물차에 싣고 어디론지 달아나버렸다는 이야기도 곁들여 쑥설거리기 시작하였다.

그러자 아까,

"이 동네 사람 다 죽는다."

고 외치고 골목을 돌아다니던 사람이 바로 그 송아지라고 하는 사
람도 있었다.

"아무러나 엊그제부터 홍하산에 산화가 났더라니."

한 노인이 이렇게 말하자 또 한 사람이,

"홍하산에 산화가 나면 난리가 난다지요?"

하고 물었다.

"난리가 안 나면 큰 병이 온다지?"

그러자 또 한 사람이,

"그보다 이 몇 해 동안 통이 산제를 안 지냈거든요."

이렇게 말하자 또 다른 사람이 이에 덩달아,

"옛날 당산제를 꼭꼭 지낼 땐 이런 변이 없었거든."

하는 사람도 있었다.

바람도 점점 그 미친 날개를 떨치고 불은 산에서 산으로 뻗어 나
갔다.

"우—."

"울—."

불 소리, 바람 소리와 함께 마을 사람들의 아우성 소리는 한곳으
로 한곳으로 모여들었다. 그리하여 그들은 모두 바라보았다. 바로
뒷산의 불 소리, 바람 소리 그리고 골목의 비명 소리도 잠깐 잊은
듯 그들은 멍멍히 서서 먼산의 큰 불을 바라보고 있었다.

바위

북쪽 하늘에서 기러기가 울고 온다. 가을이 온다. 밤이 되어도 반딧불이 날지 않고 은하수가 점점 하늘 한복판으로 흘러내린다. 아무 데서나 쓰러지는 대로 하룻밤을 새울 수 있던 집 없는 사람들에게는 기러기 소리가 반갑지 않다.

읍내에서 가까운 기차 다리 밑에는 한 떼의 병신과 거지와 문둥이 들이 모여 있다. 거적으로 발을 싸고 누운 자, 몸을 모래에 묻고 누운 자, 혹은 포대로 어깨를 두르고 앉은 자, 그들은 모두 가을 오는 것이 근심스럽다.

"아, 인제 밤으론 꽤 싸늘해."

늙은 다리 병신 하나가 이렇게 말하자,

"싸늘이라니, 사지가 마구 옹굴러 드는구만."

곁에 있던 곰배팔이가 이렇게 받았다.

한쪽에서는 장타령을 가르치느라고 법석이다.

"요놈의 각설이 요래도 정승 판사 자제로 팔도 감사 마다고 동전

한 푼에 팔려서……."

이까지 할 즈음에 '선생'은 또 손을 들어 그것을 중지시키고 나서 훈시를 주었다.

"몸짓이 젤이야, 엉덩이 뽑는 거며 고개질 허는 거며, 빼딱허게 서서 침을 뿜는 거며 모두 장단이 맞아야 돼."

훈시가 끝나자 두 거지 아이는 이내 소리를 지른다.

"네 선생이 누구냐 나보다도 잘 헌다. 시전 서전을 읽었나 유식 허게도 잘 헌다. 논어 맹자를 읽었나 대문대문 잘 헌다."

이번에는 고개질이며 손짓이며 엉덩이 놀림새며 모두가 잘 되었 다. 일동은 만족한 듯이 '아아' 하고 웃었다.

문둥이 떼가 모인 아랫머리에서는 기차가 지나가자 곧 새로운 화제가 생긴다.

"아주머이 아들 소문 자주 듣는교?"

"……."

'아주머이'는 고개만 두른다. 그녀는 같은 무리 중에서도 제일 신참자이다.

한참 동안 침묵, 검은 우울만이 그들을 싸고 있다.

"참 인제 왜놈들이 풍병 든 사람들을 다 죽일 게라더군."

"설마 죄 없는 사람들을 죽일라구."

마을에서 온 '아주머이'가 대꾸하였다.

"아아, 인제 날씨가 차워서."

곁에 있는 젊은 자가 또 이렇게 중얼거리자 '아주머이'는 불현 듯 아들 생각이 난다. 작년까지는 그에게도 아들과 영감이 있었던 것이다.

아들은 술이(述伊)란 이름이었다. 그는 나이 삼십이 가깝도록 그때까지 아직 장가를 들지는 못했으나 그에게는 일백 몇십 원이란 돈이 저축되어 있어서 같은 동무들 중에서는 그를 부러워들 했다 한다. 그는 항상 이백 원이 귀가 차면 장가를 들고 살림을 차리리라 했다고 한다 하여, 먹고 싶은 술도 늘 참고, 겨울에 버선도 대개 벗고 지냈으며, 그 흉악한 병마의 손이 그의 어미에게 뻗치지 않았던들 그래도 처자나 거느리고 얌전한 사람의 일생을 보냈을 것이라 한다.

술이는 그의 저축에서 어미의 약값으로 쓰다 남은 이십여 원을 하룻밤에 술과 도박으로 없애버리고, 그날부터 곧 환장한 사람이 되어버렸다. 두 눈에 핏발을 세워 거리로 돌아다니며 마을 사람들을 공연히 욕하고, 싸우고, 그의 어미의 토막에다 곧잘 불을 놓으려 들고 하다가, 금년 이른 봄 나뭇가지에 움이 틀 무렵, 표연히 어디로 떠나버린 것이라 한다.

아들을 잃은 영감은 날로 더 거칠어져 갔다. 밤마다 술이 취해 와서는 아내를 때렸다. 때로는 여러 날씩 아내의 밥을 얻어다 주는 것도 잊어 버리고, 노상 죽어버리라고만 졸랐다.

"그만 자빠지라문."

"……."

"나도 근력이 이만할 때라사 꽝꽝 묻어나 주지."

아내는 이 말을 들을 때마다 몹시 울었다. 몇 달 전까지만 해도 그는 아내와 함께 남의 집 행랑살이에서 쫓겨나와 마을 뒤에 조그만 토막을 지어 아내를 있게 하고, 자기는 집집마다 돌아다니며 날품도 들고 술집 심부름도 하여, 얻어온 밥과 술과 고기 부스러기 같은 것을 그녀에게 권하며,

"먹기나 낫게 먹어라."

측은한 듯이 혀를 차곤 하던 그가 아니던가.

금년 이른 여름 보리가 무륵히 필 때다. 먼 마을에서는 늑대가
아이를 업어갔다는 둥, 어느 보리밭에는 문둥이가 있다는 둥, 흉흉
한 소문이 마을에 퍼질 무렵이었다. 영감은 술이 취해서 아내의 토
막을 찾아왔다. 그의 품속에는 비상 섞인 찰떡 한 뭉치가 신문지에
싸여 들어 있었다. 그것은 저녁때였다. 아내는 거적문을 열어놓고,
모지라진 숟가락으로 사발에 말라붙은 된장찌개를 긁고 있었다. 영
감을 보자, 손을 들어 낯에 엉기는 파리 떼를 날리며 우는 상으로
비죽이 웃어 보였다.

"허엄."

영감은 당황히 품속에 든 떡 뭉치를 만졌다. 토막 안에 들어가서
도 영감은 술 기운에 알쑥해진 눈으로 한참 동안 덤덤히 그의 아내
를 바라보고 있다가 문득 또 한 번 품속을 더듬었다.

처음, 떡을 받아 든 아내는 고맙다는 듯이 영감을 쳐다보며 또 한
번 비죽이 웃어 보였다. 그러나, 비상 빛깔을 짐작할 줄 아는 그녀
는 떡 속에 섞인 그 거무푸레하고 불그스레한 것을 발견한 다음 순
간, 무서운 얼굴로 한참 동안 영감의 낯을 노려보고 있었다.

먼 영에서 뻐꾸기 우는 소리가 들려왔다.

이윽고 여인은 모든 것을 이해하고 얼굴을 수그렸다. 송장처럼
검고 불긋불긋한 얼굴에 눈물이 흘러내렸다.

영감은 난처한 듯이 외면을 하였다. 그는 침을 뱉으며 자리에서
일어났다.

"이 원수야, 그만 자빠지라문."

그는 무안스러운 듯이 또 한 번 침을 뱉었다.

이튿날 마을 사람들은 다음과 같이 이야기들을 수군거렸다. 아
내는 남편이 나와버린 뒤에도 혼자서 얼마나 더 울고 나서 마침내
그 떡을 먹기는 먹었으되 쉽사리 죽지도 못하고, 할 수 없이 어디로

떠나버렸다는 것이었다. 그리고 토막 속에는 벌건 떡을 수두룩히 토해 내놓았더라는 것이었다.

여인은 그의 힘으로 갈 수 있는 여러 마을을 헤매었다. 그것은, 저잣거리보다 구걸이 쉬움이 아니라, 행여 그리운 아들을 볼까 함이라 하였다. 노숙과 구걸로 여름 한철이 헛되이 갔다. 설마 가을 안에야 아들을 만나겠지 한 것이 사뭇 헛턱이었다. 이즈음엔 영감도 그립다.
"나도 이만할 때라사 꽝꽝 묻어나 주지."
하고 못 견디게 죽음을 권하던 영감이 본다면 그래도 겨우살이 토막 하나는 곧잘 지어줄 것 같았다.
어느 날 그녀는 하다못해 자기 손으로, 기차 다리 가까이 있는 밭 언덕 안에 조그만 토막 하나를 지었다. 토막이라야 모래흙에다 나무 막대 서너 개 치고, 게다가 거적을 두른 것쯤이니 고작 서리나 피할 정도였다. 하나, 이것만으로도 그녀에게는 여러 날 씨름이었다. 입으로 코로 눈으로 구멍마다 모래가 박혔다. 살은 터질 대로 터지고 뼛속은 저리고 쑤시었다.
이틀을 정신 없이 누워 앓았다.
사흘째는 밭 임자가 왔다. 그는 무어라고 한참 동안 욕질을 하고 나더니,
"오늘이라도 곧 뜯어내지 않으면 불을 놔버릴 게다."
큰소리로 이렇게 외치고는 돌아갔다. 그러나 또다시 지을 힘도 없을 뿐더러, 그 근처에는 달리 적당한 자리도 없었으므로, 그녀는, 비록 불에 살라지는 한이 있더라도, 그것을 뜯어낼 수는 없었다. 기어이 이 기차 다리 부근에서 떠나가기가 싫었던 것이다. 그것은 기차 다리에서 장터로 들어가는 마을 어귀에 커다란 바위 하나가 있

었기 때문이었다. 복을 주는 바위라 하여 '복바위'라고도 하고, 소원 성취를 시켜준다고 하여 '원바위'라고도 하고, 범이 누운 것 같다고 하여 '범바위'라고도 부르며 이 바위의 이름은 이 밖에도 여럿이 있었다. 복을 빌러 오는 여인네는 사철 끊이지 않았다. 주먹만한 돌멩이를 쥐고 온종일 바위 위에 올라앉아 바위 등을 갈다가는 손의 돌이 바위에 붙으면 소원이 성취되는 것이라 하였다. 어떤 여자들은 연 사흘씩 밥을 싸갖고 와서 '복바위'를 갈기도 하였다.

이 바위를 아끼고 중히 여기는 것은 복을 빌러 오는 여자들만이 아니었다. 동네 아이들은 와서 말놀이를 하고, 노인들은 와서 여기다 허리를 기대어들 구경을 하고, 마을 사람들은 누구나 다 이 바위를 대단하게 여기는 것이었다.

술이 어머니도 어쩐지 이 바위가 좋았다. 자기도 저 바위를 갈기만 하면 그리운 아들의 얼굴을 만나볼 수 있으리라 하였다. 그녀는 몇 번인가 마을 사람들의 눈을 피해 가며 술이의 이름을 부르며 '복바위'를 갈았던 것이다.

그녀가 '복바위'를 갈기 시작한 지 한 보름 지난 뒤, 우연인지 혹은 '복바위'의 영검이었던지, 그녀가 주야로 그렇게 그리워하던 아들을 만나보게 되었던 것이다. 사방에서 장꾼이 모여드는 아침 장터에서 그녀가 바가지를 들고 음식전으로 들어가려 할 때 문득 소매를 잡는 사람이 있었다. 순간 그녀는 직감적으로 그가 술이인 것을 깨달았다. 고개를 들었다. 그리하여 아들의 낯을 보았다. 순간 어미의 희고 긴 덧니가 잠깐 보이었다.

아들은 어미의 손을 잡고 걸음을 옮기었다. 장터에서 조금 나가면 무너진 옛 성터가 있고 그 옆으로 오래된 지름길이 있었다. 길은 가을 풀로 덮이고 지나다니는 사람의 그림자도 보이지 않았다.

두 사람은 풀로 덮인 길바닥 위에 앉은 채 서로 잡고 불렀다.

"엄마."

"술아."

그들의 눈에서는 쉴 새 없이 눈물이 흘러내렸다.

"엄마 어디서 어째 지냈노, 어째 살았노…… 엉엉엉…… 엄마…….

"…….

어미는 긴 덧니를 젖히며 자꾸 울기만 하였다. 피와 살은 썩어가도 눈물은 역시 옛날과 변함없이 많았다.

"엄마, 날 얼마나 찾았든교, 얼마나…….

술이는 어머니의 무릎에 얼굴을 묻으며 목을 놓고 울었다. 길바닥 잡풀 속에 섞여 핀 돌메밀꽃 위에 빨간 고추짱아 한 마리가 날아와 앉았다. 길 건너 언덕에서는 알록달록한 뱀 한 마리가 돌 틈으로 들어가고 있었다.

"내 얼른 돈 벌어올게. 엄마 나하고 살자…… 내 돈 벌어올 때까지 부디 죽지 말아."

아들은 어미의 어깨와 팔을 만져주며 이렇게 당부했다. 그의 붉은 두 눈에서는 하염없는 눈물이 자꾸 솟아나왔다. 그들은 다시 장터로 들어갔다.

술이는 주머니에서 돈 '석 냥 반'을 털어 어미의 손에 쥐여주며, '한 사날' 뒤에 다시 찾아오기를 약속하고 떡전에서 헤어졌다. 해는 벌써 설핏하였다. 사람들은 바쁜 듯이 소리를 지르며 오고 가고 하였다. 소를 몰고 오는 사람, 나무를 지고 가는 사람, 아이를 등에 업은 채 함지에 무엇인지 담아 이고 섰는 여자, 자전거를 타고 달리는 소년, 인력거 위에 앉아 흔들거리며 가는 '하까마' 짜리, 그들은 혹은 지껄이고, 웃고, 혹은 멱살을 잡고 싸우고, 혹은 무엇을 먹으며 울고…… 벌떼처럼 쑤알거리고 들끓는 속에, 그는 고개를 수그린 채 어정거렸다.

—— '복바위' 지나 기차 다리.

그는 혼자서 몇 번이나 입속으로 이렇게 중얼거리며, 빈 지게를 등에 걸친 채 장터를 서성거렸다. 그는 오래간만에 읍내 장에 들어와서 아주 그의 아버지의 소식도 알고 나갔으면 하는 것이었다. 그러나 아무도 그에게 똑똑한 소식을 전해 주는 사람은 없었다. 중풍으로 반신불수가 되어 거리를 돌아다닌다고도 하고, 천만에 걸려 헐떡이며 읍내 어느 주막에서 심부름을 해주고 있다고도 하고, 하나도 들어 시원한 소식은 없었다.

술이 어머니는 아들을 한 번 만나보고 난 뒤부터는 아들 생각이 더 간절해졌다. 그녀는 날마다 장터를 기웃거리며 돌아다니고 있었다. 그러나 아들은 제가 약속한 사날이 지나고 보름이 지나고 한 달이 지나도 나타나지 않았다. 그럴수록 다만 한 가지 믿고 의지할 곳은 저 바위뿐이었다. 저 '복바위'가 저대로 땅 위에 있는 날까지는 언제든 그의 아들을 다시 만날 수 있을 것이며 그리고 자기의 병도 어쩌면 아주 고칠 수 있을는지도 모른다고 생각하였다.

——그저 비가 오나 눈이 오나 '복바위'만 갈아라.

그녀는 사람들이 다 잠이 든 밤이면 그 아프고 무거운 몸을 끌고 언제나 남몰래 바위를 찾아와 어루만지는 것이었다.

그러나 이번에는 '복바위'의 영검이 먼저와 같이 그렇게 쉽사리 나타나지 않았다. 이것은 아마 그녀가 언제나 캄캄한 어둠 속에서만 갈아서 이 '바위'가 잘 응해 주지 않는 것이라고 생각하였다. 그래 그 이튿날부터는 사람들이 보지 않는 틈을 타서 될 수 있는 대로 낮에 갈기로 하였다. 그러나 이와 같이 낮에 사람의 눈을 피하기란 지극히 어려웠다. 그날도 그녀는 역시 자기의 아들을 만나게 해달라고 바위를 갈고 있다가 마을 사람의 눈에 띄게 되었다. 어느덧 새끼줄이 몸에 걸리는가 하더니 그녀의 몸은 곧 바위 위에서 떨어졌다. 그리하여 다리 밑까지 새끼줄에 걸린 채 개같이 끌려갔을 때는 온몸이 터져 피투성이가 되고 의식조차 잃고 있었던 것이다. 나중 간신히 정신을 차려 눈을 떠보았을 때, 동 소임은 물을 길어다 바위를 씻고 있었다.

그 뒤부터 여인은 언제나 이 바위 곁을 지나칠 적마다 발을 멈추고 한참 동안 그것을 물끄러미 바라보는 것이었다. 곁에 오면 절로 발이 붙는 것도 같았다. 그녀에게 있어서는 바위가 한없이 그립고 아쉽고 그리고 또 원망스럽고 밉살머리스럽기도 하였다. 자기의 모든 행복과 불행이 전부 다 저 바위에 매인 것만 같이 생각되었다. 이날도 진종일 장터에서 헤매다 돌아오는 길이었다. 저녁때였다. 산과 내와 마을이 모두 놀에 싸여 있었다. 그녀는 여느 때와 같이 바가지를 안고 마을 앞을 지나가고 있었다. 바가지에는 밥, 떡, 엿, 홍시, 묵, 대추, 두부, 국수, 콩나물, 조기 대가리, 북어 꼬랑이 이런 것들이 한데 섞여 범벅이 되어 있었다. 머리는 깊이 떨어뜨려졌고, 다리는 무겁게 끌리었다. 그녀는 가끔 머리를 돌리고 한참씩 섰다가는 바가지를 한 번씩 들여다보고 나서 다시 발을 옮기곤 하는 것이었다.

"내가 아까 왜 좀 다지고 묻지 못했던고?"

그녀는 몇 번이나 이렇게 중얼거렸다. '아까' 라고 하는 것은 묵전에서 묵을 얻고 있을 때 그 곁에서 감을 팔고 있는 늙은이가 어떤 사람과 더불어,

"술이가 아주 나올라 몰았나?"

"여섯 달 받았다는데 하마 나와?"

이런 이야기를 주고받고 하던 것을 귓전으로 얼핏 들은 것 같았기 때문이었다. 그때 자기는 묵을 얻느라고 곁의 사람의 이야기에

귀를 기울이지 않았고 또 거기서 자기 아들의 이야기를 하고 있으리라고는 꿈에도 생각하지 못했던 것이라 아주 무심히만 흘려듣고 말았던 것인데, 이제, 동네 앞길을 지나 저만큼 '복바위'를 바라보고 내려오노라니까 문득 장에서 들은 그 말이 머리에 떠오르는 것이었다. 분명히 그때 그 늙은이들은 '술이'라고 하던 것같이 지금은 생각되는 것이다.

——아차, 분명히 술이라고 하던 거로.

생각할수록 확실히 술이라고 한 것이었다. '술이'라고 하던 것이 지금도 곧 귀에 들리는 것 같았다. 그녀는 발을 멈추고 서서 도로 장으로 나갈까 하고 망설이다가 또 한 번 바가지를 들여다보고는 그대로 바위를 향해 걸어 내려가고 있었다. 온몸은 욱신거리고 아팠다. 두 다리는 그 자리에 그냥 거꾸러질 것같이 무겁고 머릿속은 열병을 앓듯 어찔어찔하였다.

그녀가 바위 앞까지 왔을 때 해는 이미 떨어진 뒤였다. 먼 들 끝에서 어둠이 날개를 펴기 시작하는 어슬녘이었다. 그녀는 언제나와 마찬가지로 바위 앞까지 와서는 걸음을 멈추고 고개를 들어 그것을 물끄러미 바라보았다. 그러고는 다시 고개를 돌려 토막 있는 곳을 바라보았다. 바로 그때였다. 그녀의 눈에 비친 것은 언제나 그 자리에서 바라보던 그 조그만 토막이 아니라 훨훨 타오르는 불길이었다. 한순간 그녀는 자기의 눈을 의심하고 나서 다시 보아도 역시 불길이었다. 순간 그녀는 화석이 되는 듯했다. 감은 눈에도 찬연한 불길은 역시 훨훨 타오르고 있었다. 감아도 불, 떠도 불, 불, 불, 불……. 그녀는 나무토막처럼 바위 위에 쓰러졌다.

이미 감각도 없는 두 손으로 바위를 더듬었다. 그리하여 바위를 안은 그녀는 만족한 듯이 자기의 송장같이 검은 얼굴을 비비었다.

바위 위로는 싸늘한 눈물 한 줄기가 흘러내렸다.

이튿날 마을 사람들이 이 바위 곁에 모이었다. 그들은 모두 침을 뱉으며 말했다.

"더러운 게 하필 예서 죽었노."

"문둥이가 복바위를 안고 죽었네."

"아까운 바위를……."

바위 위의 여인의 얼굴엔 눈물이 번질번질 말라 있었다.

무녀도(巫女圖)

1

뒤에 물러 누운 어둑어둑한 산, 앞으로 폭이 널따랗게 흐르는 검은 강물, 산마루로 들판으로 검은 강물 위로 모두 쏟아져 내릴 듯한 파아란 별들, 바야흐로 숨이 고비에 찬 이슥한 밤중이다. 강가 모랫벌엔 큰 차일을 치고, 차일 속엔 마을 여인들이 자욱히 앉아 무당의 시나위 가락에 취해 있다. 그녀들의 얼굴 얼굴들은 분명히 슬픈 홍분과 새벽이 가까워온 듯한 피곤에 젖어 있다. 무당은 바야흐로 청승에 자지러져 뼈도 살도 없는 혼령으로 화한 듯 가벼이 쾌자 자락을 날리며 돌아간다…….

이 그림이 그려진 것은 아버지가 장가를 들던 해라 하니 나는 아직 세상에 태어나기도 이전의 일이다. 우리 집은 옛날의 소위 유서있는 가문으로, 재산과 세도로도 떨쳤지만, 글 하는 선비란 것도 우글거렸고, 특히 진귀한 서화와 골동품으로서는 나라 안에서 손꼽힐

71

만큼 높이 일컬어졌다. 그리고 이 서화와 골동품을 즐기는 취미는 아버지에서 아들로, 아들에서 다시 손자로, 대대 가산과 함께 물려받아 내려오는 가풍이기도 했다.

우리 집 살림이 탁방 난 것은 아버지 때였으나, 그즈음만 해도 아직 옛날과 다름없이, 할아버지께서는 사랑에서 나그네를 겪으셨고, 그러자니 시인 묵객들이 끊일 새 없이 찾아들곤 하였다. 그 무렵이라 한다. 온종일 흙바람이 불어, 뜰 앞엔 살구꽃이 터져 나오는 어느 봄날 어스름 때였다. 색다른 나그네가 대문 앞에 닿았다. 동저고리 바람에 패랭이를 쓰고, 그 위에 명주 수건을 잘라 맨, 나이 한 쉰가량이나 되어 뵈는 체수도 조그만 사내가, 나귀 고삐를 잡고 서고, 나귀에는 열예닐곱쯤 나 뵈는 낯빛이 몹시 파리한 소녀 하나가 안장 위에 앉아 있었다. 남자 하인과 그 상전의 따님 같아도 보였다.

그러나 이튿날 그 사내는,

"이 여아는 소인의 여식이옵는데 그림 솜씨가 놀랍다 하기에 대감의 문전을 찾았삽네다."

했다.

소녀는 흰 옷을 입었고, 옷빛보다 더 새하얀 그녀의 얼굴엔 깊이 모를 슬픔이 서리어 있었다.

"아기의 이름은?"

"……."

"나이는?"

"……."

주인이 소녀에게 말을 건네보았으나, 소녀는 굵은 두 눈으로 한 번 그를 바라보았을 뿐 입을 떼려고 하지는 않았다.

아비가 대신 입을 열어,

"여식의 이름은 낭이(琅伊), 나이는 열일곱 살이옵고……."

하더니, 목소리를 더 낮추며,

"여식은 귀가 좀 먹었습니다."

했다.

주인도 이번에는 고개를 끄덕였다. 그러고는 사내를 보고, 며칠이든지 묵으며 소녀의 그림 솜씨를 보여달라고 했다.

그들 아비 딸은 달포 동안이나 머물러 있으며 그림도 그리고, 자기네의 지난 이야기도 자세히 하소연했다고 한다.

할아버지께서는 그들이 떠나는 날에, 이 불행한 아비 딸을 위하여 값진 비단과 충분한 노자를 아끼지 않았으나, 나귀 위에 앉은 가련한 소녀의 얼굴에는 올 때나 조금도 다름없는 처절한 슬픔이 서려 있었을 뿐이라고 한다.

……소녀가 남기고 간 그림——이것을 할아버지께서는 '무녀도'라고 불렀지만——과 함께 내가 할아버지로부터 전해 들은 이야기는 다음과 같다.

2

경주읍에서 성 밖으로 십여 리 나가서 조그만 마을이 있었다. 여민촌 혹은 잡성촌이라 불리는 마을이었다.

이 마을 한구석에 모화(毛火)라는 무당이 살고 있었다. 모화서 들어온 사람이라 하여 모화라 부르는 것이었다. 그것은 한 머리 찌그러져 가는 묵은 기와집으로 지붕 위에는 기와버섯이 퍼렇게 뻗어 올라 역한 흙냄새를 풍기고, 집 주위는 앙상한 돌담이 군데군데 헐린 채 옛성처럼 꼬불꼬불 에워싸고 있었다. 이 돌담이 에워싼 안의 공지같이 넓은 마당에는, 수채가 막힌 채 빗물이 고이는 대로 일 년

내 시퍼런 물이끼가 뒤덮여, 늘쟁이, 명아주, 강아지풀 그리고 이름도 모를 여러 가지 잡풀들이 사람의 키도 묻힐 만큼 거멓게 엉키어 있었다. 그 아래로 뱀같이 길게 늘어진 지렁이와 두꺼비같이 늙은 개구리들이 구물거리고 움칠거리며 항시 밤이 들기만 기다릴 뿐으로, 이미 수십 년 혹은 수백 년 전에 벌써 사람의 자취와는 인연이 끊어진 도깨비굴 같기만 했다.

이 도깨비굴같이 낡고 헐린 집 속에 무녀 모화와 그 딸 낭이는 살고 있었다. 낭이의 아버지되는 사람은 경주읍에서 칠십 리 가량 떨어져 있는 동해변 어느 길목에서 해물 가게를 보고 있는데, 풍문에 의하면 그는 낭이를 세상에 없이 끔찍이 생각하는 터이므로, 봄가을철이면 분 잘 핀 다시마와, 조촐한 꼭지 미역 같은 것을 가지고 다녀가곤 한다는 것이었다. 나중 욱이(昱伊)가 돌연히 나타나지 않았다면, 이 도깨비굴 속에 그녀들을 찾는 사람이라야, 모화에게 굿을 청하러 오는 사람들과 봄가을에 한 번씩 낭이를 찾아주는 그녀의 아버지 정도로, 세상 사람들과는 별로 교섭도 없이 살아야 할 쓸쓸한 어미 딸이었던 것이다.

간혹 먼 곳에서 모화에게 굿을 청하러 오는 사람이 있어도 아주 방문 앞까지 들어서며,

"여보게, 모화네 있는가?"

"여보게, 모화네."

하고, 두세 번 부르도록 대답이 없다가 아주 사람이 없는 모양이라고 툇마루에 손을 짚고 방문을 열려고 하면, 그때서야 안에서 방문을 먼저 열고 말없이 내다보는 계집애 하나——그녀의 이름이 낭이였다. 그럴 때마다 낭이는 대개 혼자서 그림을 그리고 있다가 놀라 붓을 던지며 얼굴이 파랗게 질린 채 와들와들 떨곤 하는 것이었다.

이와 같이 모화는 어느 하루를 집구석에서 살림이라고 살고 있

는 날이 없었다. 날이 새기가 무섭게 성 안으로 들어가면 언제나 해가 서쪽 산마루에 걸릴 무렵에야 돌아오곤 했다. 술이 얼근해서 수건엔 복숭아를 싸 들고 춤을 추며,

따님아, 따님아, 김씨 따님아,
수국 꽃님 낭이 따님아,
용궁이라 들어가니
열두 대문이 다 잠겼다,
문 열으소, 문 열으소,
열두 대문 열어주소

청승 가락을 뽑으며 동구로 들어오는 것이었다.
"모화네, 오늘도 한잔했구나."
마을 사람들이 인사를 하면, 모화는 수줍은 듯이 어깨를 비틀며,
"예예, 장에 갔다가요."
하고, 공손스레 절을 하곤 하였다.
모화는 굿을 할 때 이외에는 대개 주막에 가 있었다.
그만큼 모화는 술을 즐기었고 낭이는 또한 복숭아를 좋아하여, 어미가 술이 취해 돌아올 때마다 여름 한철은 언제나 그녀의 손에 복숭아가 들려 있었다.
"따님 따님 우리 따님."
모화는 집안에 들어서면서도 이러한 조로 낭이를 불렀다.
낭이는 어릴 때, 나들이에서 돌아오는 어미의 품에 뛰어들어 젖을 빨듯, 어미의 수건에 싸인 복숭아를 받아 먹는 것이었다.
모화의 말을 들으면 낭이는 수국 꽃님의 화신으로, 그녀(모화)가 꿈에 용신(龍神)님을 만나 복숭아 하나를 얻어먹고 꿈꾼 지 이레 만

에 낭이를 낳은 것이라 했다. 그녀의 말에 의하면 수국 용신님은 따님이 열두 형제였다. 첫째는 달님이요, 둘째는 물님이요, 셋째는 구름님이요…… 이렇게 열두째는 꽃님이었는데, 산신님의 열두 아드님과 혼인을 시키게 되어 달님은 햇님에게, 물님은 나무님에게, 구름님은 바람님에게 각각 차례대로 배혼을 정해 가려니까 막내따님인 꽃님은 본시 연애를 좋아하시는 성미라, 자기 차례가 돌아오기를 미처 기다릴 수 없어, 열한째 형인 열매님의 낭군님이 되실 새님을 가로채어버렸더니, 배필을 잃은 열매님과 나비님은 슬피 울며 제각기 용신님과 산신님께 호소한 결과, 용신님이 먼저 크게 노하사 벌을 내려 꽃님의 귀를 먹게 하시고, 수국을 추방하시니 꽃님께서 그만 복사꽃이 되어, 봄마다 강가로 산기슭으로 붉게 피지만, 새님이 가지에 와 아무리 재잘거려도 지금까지 귀가 먹은 채 말 없는 벙어리가 되어 있는 것이라 한다.

모화는 주막에서 술을 먹다 말고, 화랑이들과 어울려서 춤을 추다 말고, 별안간 미친 것처럼 일어나 달아나곤 했다. 물으면 집에서 '따님'이 자기를 부르노라고 했다. 그녀는 수국 용신님께서 낭이 따님을 잠깐 자기에게 맡겼으므로 자기는 그동안 맡아 있는 것뿐이라 했다.

그러므로 자기가 만약 이 따님을 정성껏 섬기지 않으면 큰어머님 되는 용신님의 노염을 살까 두렵노라 하였다.

낭이뿐 아니라, 모화는 보는 사람마다 너는 나무 귀신의 화신이다, 너는 돌 귀신의 화신이다 하여, 걸핏하면 칠성에 가 빌라는 둥 용왕에 가 빌라는 둥 했다.

모화는 사람을 볼 때마다 늘 수줍은 듯 어깨를 비틀며 절을 했다. 어린애를 보고도 부들부들 떨며 두려워했다. 때로는 개나 돼지에게도 아양을 부렸다.

그녀의 눈에는 때때로 모든 것이 귀신으로만 비친다는 것이었다. 그것은 사람뿐 아니라, 돼지, 고양이, 개구리, 지렁이, 고기, 나비, 감나무, 살구나무, 부지깽이, 항아리, 섬돌, 짚신, 대추나무 가시, 제비, 구름, 바람, 불, 밥, 연, 바가지, 다래끼, 솥, 숟가락, 호롱불……. 이러한 모든 것이 그녀와 서로 보고, 부르고, 말하고, 미워하고, 시기하고, 성내고 할 수 있는 이웃 사람같이 생각되곤 했다. 그리하여 그 모든 것을 '님' 이라 불렀다.

3

욱이가 돌아온 뒤부터 이 도깨비굴 속에는 조금씩 사람 냄새가 나기 시작했다. 부엌에 들어서기를 그렇게 싫어하던 낭이도 욱이를 위하여는 가끔 밥을 짓는 것이었다. 그리고 밤이면 오직 컴컴한 어둠과 별빛만이 차 있던 이 헐려가는 기와집 처마 끝에도 희부연 종이등불이 고요히 걸리는 것이었다.

욱이는 모화가 아직 모화 마을에 살 때, 귀신이 지피기 전, 어떤 남자와의 사이에 생긴 사생아였다. 그는 어릴 적부터 무척 총명하여 신동이란 소문까지 났으나 근본이 워낙 미천하여 마을에서는 순조롭게 공부를 시킬 수가 없어서 그가 아홉 살 되었을 때 아는 사람의 주선으로 어느 절간으로 보낸 뒤, 그동안 한 십 년간 까맣게 소식조차 묘연하다가 얼마 전 표연히 이 집에 나타난 것이었다. 낭이와는 말하자면 어미를 같이하는 오뉘 뻘이었다. 낭이가 대여섯 살 되었을 때 그때만 해도 아직 병으로 귀가 먹기 전이라 '욱이', '욱이' 하고 몹시 그를 따르곤 했다. 그러던 것이 욱이가 절간으로 떠난 지 얼마 되지 않아 낭이는 자리에 눕게 되어 꼭 삼 년 동안을 시름시름 앓고 나더니 그 길로 귀가 먹어버렸던 것이다. 그러나 귀가 어느 정도로 먹었는지는 아무도 아는 사람이 없었다. 한두 번 그의 어미를 향해 어눌하나마,

"우, 욱이 어디 가아서?"

이렇게 물은 적이 있었다.

"절에 공부하러 갔다."

"어어디, 절에?"

"지림사, 큰 절에……."

그러나 이것은 거짓말이었다. 모화 자신도 사실인즉 욱이가 어느 절에 가 있는지 통이 모르고 있었고 다만 모른다고 하기가 싫어서 이렇게 머리에 떠오르는 대로 대답했을 뿐이었다.

모화는 장에서 돌아와 처음 욱이를 보았을 때, 그 푸른 얼굴에 난데없는 공포의 빛이 서리며 곧 어디로 달아날 것같이 한참 동안 어깨를 뒤틀고 허둥거리다 말고 별안간 그 후리후리한 키에 긴 두 팔을 벌려 흡사 무슨 큰 새가 저희 새끼를 품듯 뛰어들어 욱이를 안았다.

"이게 누고, 이게 누고? 아이고…… 내 아들아, 내 아들아!"

모화는 갑자기 목을 놓고 울었다.

"내 아들아, 내 아들아! 늬가 왔나, 늬가 왔나?"

모화는 앞뒤도 살피지 않고 온 얼굴을 눈물로 씻었다.

"오마니, 오마니."

욱이도 어미의 한쪽 어깨에 왼쪽 볼을 대고 오래도록 울었다. 어미를 닮아 허리가 날씬하고 목이 가는 이 열아홉 살 난 청년은 그동안 절간으로 어디로 외롭게 유랑해 다닌 사람 같지도 않게 품위가 있고 아름다운 얼굴이었다.

낭이도 그제야 이 청년이 욱이인 것을 진정으로 깨닫는 모양이

었다. 처음 혼자 방에 있는데 어떤 낯선 청년이 와서 방문을 열기에, 너무도 놀라고 간이 뛰어 말——표정으로라도——한마디도 못하고 방구석에 박혀 앉아 오들오들 떨고만 있었던 것이다. 이제 낭이는 그 어머니가 욱이를 얼싸안고 '내 아들아, 내 아들아' 하며 우는 것을 보고 어쩌면 저도 눈물이 날 것 같았다.(낭이는 그 어머니에게도 이렇게 인정이 있다는 것을 보자 형언할 수 없는 즐거움을 깨달았다.)

그러나 욱이는 며칠을 가지 않아 모화와 낭이에게 알 수 없는 이상한 수수께끼와 같은 존재가 되었다. 그는 음식을 받아놓거나, 밤에 잠을 자려고 할 때나, 또 아침에 자리에서 일어나면 반드시 한참 동안씩 주문 같은 것을 외우는 것이었다. 그러고는 틈틈이 품속에서 조그만 책 한 권을 꺼내어 읽곤 하는 것이었다. 낭이가 그것을 수상스레 보고 있으려니까 욱이는 그 아름다운 얼굴에 미소를 지으며,

"너도 이 책을 읽어라."

하고 그 조그만 책을 낭이 앞에 펴 보이곤 했다. 낭이는 지금까지 『심청전』이란 책을 여러 차례 두고 읽어서 국문쯤은 간신히 읽을 수 있었으므로 욱이가 내놓은 그 조그만 책을 들여다보니, 맨처음 껍데기에 큰 글자로 『신약전서』란 넉 자가 똑똑히 씌어 있었다. 『신약전서』란, 생전 처음 보는 이름이다. 낭이가 알 수 없다는 듯이 욱이를 바라보자, 욱이는 또 만면에 미소를 띠며,

"너 사람을 누가 만들어냈는지 아니?"

하였다. 그러나 낭이에게는 이 말이 들리지도 않았을 뿐더러, 욱이의 손짓과 얼굴 표정을 통해 대강 짐작할 수 있었다 하더라도 이건 지금까지 생각도 해보지 못한 어려운 말이었다.

"그럼 너 사람이 죽어서 어떻게 되는 줄은 아니?"

"……"

"이 책에는 그런 것들이 모두 씌어 있다."

그러고는 손으로 몇 번이나 하늘을 가리켰다. 그리하여 낭이가 알아 들은 말이라고는 겨우 한마디, '하나님' 이었다.

"우리 사람을 만든 것은 하나님이다. 하나님은 우리 사람뿐 아니라 천지 만물을 다 만들어내셨다. 우리가 죽어서 돌아가는 곳도 하나님 전이다."

이러한 욱이의 '하나님' 은 며칠 지나지 않아 곧 모화의 의혹과 반발을 불러일으켰다. 욱이가 온 지 사흘째 되던 날, 아침밥을 받아 놓고 그가 기도를 드리려니까, 모화는,

"너 불도에도 그런 법이 있나?"

이렇게 물었다. 모화는 욱이가 그동안 절간에 가 있다 온 줄만 믿고 있으므로 그가 하는 짓은 모두 불도(佛道)에 관한 일인 줄로만 생각하는 모양이었다.

"아니오, 오마니, 난 불도가 아닙네다."

"불도가 아니고 그럼 무슨 도가 있어?"

"오마니 난 절간에서 불도가 보기 싫어 달아났댔쉬다."

"불도가 보기 싫다니, 불도야 큰 도지…… 그럼 넌 뭐 신선도야?"

"아니오, 오마니 난 예수도올시다."

"예수도?"

"북선 지방에서는 예수교라고 합데다. 새로 난 교지요."

"그럼 너 동학당이로군!"

"아니오, 오마니, 나는 동학당이 아닙네다. 나는 예수교올시다."

"그래, 예수돈가 하는 데서는 밥 먹을 때마다 눈을 감고 주문을 외이나?"

"오마니, 그건 주문이 아니외다, 하나님 앞에 기도드리는 것이외다."

"하나님 앞에?"

모화는 눈을 둥그렇게 떴다.

"네, 하나님께서 우리 사람을 내셨으니깐요."

"야아, 너 잡귀가 들렸구나!"

모화의 얼굴빛은 순간 퍼렇게 질리었다. 그러고는 더 묻지 않았다.

다음날 모화가 그 마을에 객귀 들린 사람이 있어 '물밥'을 내주고 돌아오려니까, 욱이가,

"오마니 어디 갔다 오시나요?"

하고 물었다.

"저 박 급창 댁에 객귀를 물려주고 온다."

욱이는 한참 동안 무엇을 생각하는 모양이더니,

"그럼 오마니가 물리면 귀신이 물러나갑데까."

한다.

"물러나갔기 사람이 살아났지."

모화는 별소리를 다 묻는다는 듯이 대답했다. 그는 지금까지 이 경주 고을 일원을 중심으로 수백 번의 푸닥거리와 굿을 하고, 수백 수천 명의 병을 고쳐왔지만 아직 한 번도 자기가 하는 굿이나 푸닥거리에 '신령님'의 감응을 의심한다든가 걱정해 본 적은 없었다. 더구나 누구의 객귀에 물밥을 내주는 것쯤은 목마른 사람에게 물 한 그릇을 떠주는 것만큼이나 당연하고 손쉬운 일로만 여겨왔다. 모화 자신만이 그렇게 생각할 뿐 아니라, 굿을 청하는 사람, 객귀가 들린 사람 쪽에서도 그와 같이 믿고 있는 편이기도 했다. 그들은 무슨 병이 나면 먼저 의원에게 보이려는 생각보다 으레 모화에게 찾아갈 것으로 생각하는 것이었다. 그들의 생각에는 모화의 푸닥거리나 푸념이 의원의 침이나 약보다 훨씬 반응이 빠르고 효험이 확실

하고, 준비가 손쉬웠던 것이다.

"……."

한참 동안 고개를 수그리고 무엇을 생각하고 있던 욱이는 고개를 들어 그 어미의 얼굴을 똑바로 바라보며,

"오마니, 그런 것은 하나님께 죄가 됩네다. 오마니 이것 보시오. 마태복음 제구장 삼십이절이올시다. 저희가 나갈 때에 사귀 들려 벙어리 된 자를 예수께 다려오매, 사귀가 쫓겨나고 벙어리가 말하거늘……."

그러나 이때 벌써 모화는 자리에서 일어나, 방구석에 언제나 차려놓은 '신주상' 앞에 가서,

신령님네, 신령님네, 동서남북 상하천지,
날 것은 날하가고, 길 것은 기허가고,
머리검하 초로 인생 실낱 같안 이 목숨이,
신령님네 품이길래 품속에 품았길래,
대로같이 가옵네다, 대로같이 가옵네다.
부정한 손 물리치고, 조촐한 손 받으실새,
터주님이 터 주시고 조왕님이 요 주시고,
삼신님이 명 주시고 칠성님이 둘르시고,
미륵님이 돌보셔서 실낱 같안 이 목숨이,
대로같이 가옵네다,
탄탄 대로같이 가옵네다

모화의 두 눈은 보석같이 빛나며, 강렬한 발작과도 같이 전신을 떨고 두 손을 비벼댔다. 푸념이 끝나자 '신주상' 위의 냉수 그릇을 들어 물을 머금더니 욱이의 낯과 온몸에 확 뿜으며,

엇쇠, 귀신아 물러서라,

여기는 영주 비루봉 상상봉혜,

깎아질린 돌 베랑혜, 쉰 길 청수혜.

너희 올 곳이 아아니라.

바른손에 칼을 들고 왼손에 불을 들고,

엇쇠, 잡귀신아, 썩 물러서라. 툇 툇!

이렇게 외쳤다.

욱이는 처음 어리둥절해서 모화의 푸념하는 양을 바라보고 있다가, 이윽고 고개를 수그려 잠깐 기도를 올리고 나서 일어나 잠자코 밖으로 나가버렸다.

모화는 욱이가 나간 뒤에도 한참 동안 푸념을 계속하며, 방구석마다 물을 뿜고 주문을 외었다.

4

욱이는 그 길로 이 지방의 예수교인들을 찾아보기로 했다. 그날 곧 돌아올 줄 알았던 욱이는 해가 지고 밤이 깊어도 돌아오지 않았다. 모화와 낭이, 어미 딸은 방구석에 음울하게 웅크리고 앉아 욱이가 돌아오기만 기다리는 것이었다.

"예수 귀신 책 거 없나?"

모화는 얼마 뒤에 낭이더러 이렇게 물었다. 낭이는 고개를 저었다. 그러자 갑자기 낭이도 욱이의 그 『신약전서』란 책을 제가 맡아 두지 않았음을 후회했다. 모화는 욱이의 『신약전서』를 '예수 귀신 책'이라 불렀다. 모화는 분명히 욱이가 무슨 몹쓸 잡귀에 들린 것

으로만 간주하는 모양이었다. 그것은 마치 욱이가 모화와 낭이를
으레 사귀 들린 사람들로 생각하는 것과도 같았다. 그는 모화뿐만
아니라 낭이까지도 어미의 사귀가 들어가서 벙어리가 된 것이라고
믿는 모양이었다.

——예수 당시에도 사귀 들려 벙어리 된 자를 예수께서 몇 번이나
고쳐주시지 않았나.

욱이는 이렇게 생각하는 것이었다. 그리고 그는 자기의 힘으로,
자기가 하나님께 열심으로 기도를 드림으로써 그 어미와 누이동생
의 병을 고쳐야 한다고 마음속으로 굳게 결심하는 것이었다.

예수께서 무리들이 달려와서 모이는 것을 보시고 그 더러운 귀신
을 꾸짖어 가라사대 벙어리와 귀머거리 귀신아 내가 네게 명하노니
그 아이에게서 나오고 다시 들어가지 말라 하시니 사귀가 소리지르
며 아이를 심히 오그러뜨리고 나가니 그 아이가 죽은 것같이 되매
여러 사람이 말하기를 죽었다, 하거늘 오직 예수 그 손을 잡아 일으
키시니 드디어 일어서더라. 집에 들어가시매 제자들이 조용히 묻자
와 가로되 우리는 어찌하여 능히 그 귀신을 쫓아내지 못하였나이까,
예수 가라사대 기도 아니 하여서는 이런 류를 나가게 할 수 없나니
라. (마가복음 제구장 제이십오절~제이십구절)

그리하여 욱이는 자기도 하나님께 기도만 간절히 드리면 그 어
미와 누이동생에게 들어 있는 사귀도 내어쫓을 수 있으리라 믿었
다. 일방 그는 그가 지금까지 배우고 있던 평양 현 목사와 이 장로
에게도 편지를 띄웠다.

목사님 저는 하나님의 은혜로 무사히 오마니를 찾아왔삽네. 그

러하오나 이 지방에는 아직 우리 주님의 복음이 전파되지 않아서 사귀 들린 자와 우상 섬기는 자가 매우 많은 것을 볼 때 하루바삐 주님의 복음을 이 지방에 전파하도록 교회를 지어야 하겠삽네다. 목사님께 말씀드리기는 매우 부끄러운 일이나 저의 오마니는 무당 사귀가 들려 있고, 저의 누이동생은 귀머거리와 벙어리 귀신이 들려 있습네다. 저는 마가복음 제구장 제이십구절에 있는 우리 주님 예수 그리스도의 말씀대로 이 사귀들을 내어쫓기 위하여 열심으로 기도를 드립니다마는 교회가 없으므로 기도드릴 장소가 매우 힘드옵내다. 하루바삐 이 지방에 교회 되기를 하나님께 기도 올려주소서

이 현 목사는 미국 선교사로서 욱이가 지금까지 먹고 입고 공부를 하게 된 것이 모두 그의 도움이었다. 욱이는 열다섯 살까지 절간에서 중의 상좌 노릇을 하고 있다가, 그해 여름에 혼자서 서울 구경을 간다고 나선 것이, 이리저리 유랑하여 열여섯 되던 해 가을엔 평양까지 가게 되었고 거기서 그해 겨울 이 장로의 소개로 현 목사의 도움을 받게 되었던 것이었다.

이번에 욱이가 평양서 어머니를 보러 간다고 하니까 현 목사는 욱이를 불러놓고 이렇게 말했다.

"지금부터 삼 년 안에 이 사람 고국 갈 것이오. 그때 만일 욱이가 함께 가기 원하면 이 사람 같이 미국 가게 될 것이오."

"목사님 고맙습니다. 저는 목사님을 따라 미국 가기가 원입니다."

"그러면 속히 모친 만나보고 오시오."

그러나 욱이가 어머니 집이라고 찾아온 곳은 지금까지 그가 살고 있던 현 목사나 이 장로의 집보다 너무나 딴세상이었다. 그 명랑한 찬송가 소리와 풍금 소리와, 성경 읽는 소리와, 모여 앉아 기도를 올리고, 빛난 음식을 향해 즐겁게 웃음 웃는 얼굴들 대신에 군데

군데 헐려가는 쓸쓸한 돌담과, 기와버섯이 퍼렇게 뻗어 오른 묵은 기와집과, 엉킨 잡초 속에 꾸물거리는 개구리 지렁이 들과, 그 속에서 무당 귀신과 귀머거리 귀신이 각각 들린 어미 딸 두 여인을 보았을 때 그는 흡사 자기 자신이 무서운 도깨비굴에 홀려 든 것이나 아닌가 하고 새삼 의심이 들 지경이었다.

욱이가 이 지방 예수교인들을 두루 만나보고 집으로 돌아온 뒤로부터 야릇하게 변한 것은 낭이의 태도였다. 그 호리호리한 몸매와 종잇장같이 희고 매끄러운 얼굴에 빛나는 굵은 두 눈으로 온종일 말 한마디 웃음 한 번 웃는 일 없이 방구석에 틀어박혀 앉은 채 욱이가 하는 양만 바라보고 있다가, 밤이 되어 처마 끝에 희부연 종이등불이 걸리고 하면, 피에 주린 모기들이 미친 듯이 떼를 지어 울고 날아드는 마당 구석에서 낭이는 그 얼음같이 싸늘한 손과 입술로 욱이의 목덜미나 가슴팍으로 뛰어들곤 했다. 욱이는 문득문득 목덜미로 가슴팍으로 낭이의 차디찬 손과 입술을 느낄 적마다 깜짝깜짝 놀라곤 하였으나, 그녀가 까무러칠 듯이 사지를 떨며 다시 뛰어들 제면 그도 당황히 낭이의 손을 쥐어주며, 그 희부연 종이등불이 걸려 있는 처마 밑으로 이끌곤 했다.

낭이의 태도가 미묘해진 뒤부터 욱이의 얼굴빛은 날로 창백해 갔다. 그렇게 한 보름 지난 뒤 그는 또 한 번 표연히 집을 나가고 말았다.

모화는 욱이가 집을 나간 지 이틀째 되던 날 밤 문득 자리에서 일어나 앉으며 긴 한숨을 내쉬었다. 그리고 곁에 누워 있는 낭이를 흔들어 깨우더니 듣기에도 음울한 목소리로,

"욱이가 언제 온다더누?"

물었다. 낭이가 잠자코 있으려니까,

"왜 욱이 저녁밥상은 보아두라고 했는데 없노?"

하고 낭이더러 화를 내었다. 모화는 날이 갈수록 점점 더 초조한 빛으로 밤중마다 부엌에다 들기름 불을 켜고 부뚜막 위에 욱이의 밥상을 차려놓고는 치성을 드리는 것이었다.

성주는 우리 성주, 칠성은 우리 칠성, 조왕은 우리 조왕,
비나이다 비나이다 신주님께 비나이다.
하늘에는 별, 바다에는 진주,
금은 같안 이내 장손, 관옥 같안 이내 방성,
산신혜 명을 빌하 삼신혜 수를 빌하,
칠성혜 복을 빌하 용신혜 덕을 빌하,
조왕님전 요오를 타고 터주님전 재주 타니
하늘에는 별, 바다에는 진주,
삼신조왕 마다하고 아니 오지 못하리라
예수 귀신하, 서역 십만 리 굶주리던 불귀신하
탄다 훨훨 불이 탄다 불귀신이 훨훨 탄다.
타고 나니 이내 방성 금은같이 앉았다가,
삼신 찾아오는구나, 조왕 찾아오는구나

모화는 혼자서 손을 비비고, 절을 하고 일어나 춤을 추고 갖은 교태를 다 부리며 완연히 미친 것같이 날뛰었다. 낭이는 방에서 부엌으로 난 봉창 구멍에 눈을 대고, 숨소리를 죽여 오랫동안 어미의 날뛰는 양을 지켜보고 있다가 별안간 몸에 한기가 들며 아래턱이 달달 떨리기 시작하였다. 그녀는 미친 것처럼 뛰어 일어나며 저고리를 벗었다. 치마를 벗었다. 그리하여 어미는 부엌에서, 딸은 방안에서 한 장단, 한 가락에 놀듯 어우러져 춤을 추곤 했다. 그러한 어느 새벽, 낭이는 (정신을 차리고 보니) 발가벗은 알몸뚱이로 방바

닥에 쓰러져 있는 그녀 자신을 발견한 일도 있었다.

두 번째 집을 나갔던 욱이는 다시 얼굴에 미소를 띠며 그녀들 어미 딸 앞에 나타났다.

모화는 그때 마침 굿 나갈 때 신을 새 신발을 신어보고 있었는데 욱이가 오는 것을 보자, 그 후리후리한 허리에 긴 팔을 벌려, 흡사 큰 새가 알을 품듯, 그의 상반신을 얼싸안고 울기 시작했다. 이번엔 아무런 푸념도 없이 오랫동안 욱이의 목을 안은 채 잠자코 울기만 하는 것이었다. 언제나 퍼런 그 얼굴에도 이때만은 붉은 기운이 돌며, 그 의젓한 몸짓은 조금도 귀신 들린 사람 같지 않았다.

"오마니, 나 방에 들어가 좀 쉬겠쇠다."

욱이는 어미의 포옹을 끄르고 일어나 방에 들어가 누웠다.

모화는 웬일인지 욱이가 방에 들어간 뒤에도 오랫동안 툇마루에 걸터앉은 채 고개를 떨어뜨리고 무엇을 골똘히 생각하고 있는 꼴이었다. 긴 한숨과 함께 얼굴을 든 그녀는 무슨 생각으론지 도로 방으로 들어가더니 낭이의 그림을 이것 저것 뒤져보는 것이었다.

그날 밤이었다.

밤중이나 되어 욱이가 잠결에 문득 그의 품속에 언제나 품고 있는 성경책을 더듬어보았을 때, 품속이 허전함을 느꼈다. 그와 동시 웅얼웅얼하며 주문을 외는 소리도 들려왔다. 자리에서 일어나보았으나 품속에서 성경을 찾을 수는 없었다.

그리고 낭이와 욱이 사이에 누워 있을 그의 어머니는 보이지 않았다. 그는 어떤 불길하고 무서운 예감에 몸이 부르르 떨리었다. 바로 그때였다. 그의 귀에는, 땅속에서 귀신이 우는 듯한, 웅얼웅얼하는(주문을 외는 듯한) 소리가 좀 더 또렷이 들려왔다. 순간 그는 거의 무의식적으로, 방에서 부엌으로 봉창 구멍에 눈을 갖다 대었다.

서역 십만 리 굶주리던 불귀신하,

한쪽 손에 불을 들고 한쪽 손에 칼을 들고,

이리 가니 산신님이 예 기신다.

저리 가니 용신님이 제 기신다.

칠성이라 돌아가니 칠성님이 예 기신다.

구름 속에 쌔여간다 바람결에 묻혀간다,

구름님이 예 기신다, 바람님이 제 기신다,

용궁이라 당도하니 열두 대문 잠겨 있다,

첫째 대문 두드리니 사천왕 뛰어나와,

종발눈 부릅뜨고, 주석 철퇴 높이 든다,

둘째 대문 두드리니 불개 두 쌍 뛰어나와,

꽃불은 숫놈이 낼룽, 불씨는 암놈이 낼룽,

셋째 대문 두드리니 물개 두 쌍 뛰어나와,

숫놈이 멍멍 꽃불이 죽고

암놈이 멩멩 불씨가 죽고……

　　모화는 소복 단장에 쾌자까지 두르고, 온갖 몸짓 갖은 교태를 다 부려가며 손을 비비다, 절을 하다, 덩싯거리며 춤을 추다, 하고 있다. 부뚜막 위에는 깨끗한 접시불(들기름의)이 켜져 있고, 그 아래 차려진 소반 위에는 냉수 한 그릇과 흰 소금 한 접시가 놓여 있을 따름이다. 그리고 그 곁에는 지금 막 그 마지막 불꽃이 나불거리고 난 새빨간 불에서 파란 연기 한 오리가 오르는 『신약전서』의 두꺼운 표지는 한 머리 이미 파리한 재가 되어가고 있었다.

　　모화는 무엇에 도전이나 하는 것처럼 입가에 야릇한 냉소까지 띠우며, 소반에 얹힌 접시의 소금을 집어, 인제 연기마저 사라진 새까만 재 위에 뿌렸다.

서역, 십만 리 예수 귀신이 돌아간다,

당산에 가 노자 얻고, 관묘에 가 신발 신고,

두 귀에 방울 달고 방울 소리 발맞추어

재 넘고 개 건너 잘도 간다.

인제 가면 언제 볼꼬, 발이 아파 못 오겠다.

춘삼월에 다시 오랴, 배가 고파 못 오겠다……

　　모화의 음성은 마주(魔酒) 같은 향기를 풍기며 온 피부에 스며들
었다. 그 보석 같은 두 눈의 교태와 쾌자 자락과 함께 나부끼는 손
짓은 이제 차마 더 엿볼 수 없게 욱이의 심장을 쥐어짜는 것이었다.
욱이는 가위 눌린 사람처럼 간신히 긴 숨을 내쉬며 뛰어 일어났다.
다음 순간, 자기 자신도 모르게 방문을 뛰어나온 그는, 부엌문을 박
차고 들어가 소반 위에 차려놓은 냉수 그릇을 집어들려 하였다. 그
러나 그가 냉수 그릇을 집어들기 전에 모화의 손에는 식칼이 번득
이고 있었고, 모화는 욱이와 물 그릇 사이에 식칼을 두르며 조용히
춤을 추는 것이었다.

　　엇쇠, 귀신아 물러서라,

　　너 이제 보아하니 서역 십만 리 굶주리던 잡귀신하,

　　여기는 영주 비루봉 상상봉혜

　　깎아질린 돌 벼랑혜, 쉰 길 청수혜, 엄나무발에

　　너희 올 곳이 아니다,

　　바른손혜 칼을 들고 왼손혜 불을 들고,

　　엇쇠 서역 잡귀신하 썩 물러서라

　　이때, 모화는 분명히 식칼로 욱이의 면상을 겨누어 치려 하였다.

순간, 욱이는 모화의 칼날을 왼쪽 귓전에 느끼며 그의 겨드랑이 밑을 돌아 소반 위에 차려놓은 냉수 그릇을 들어 모화의 낯에다 그릇째 끼얹었다. 이 서슬에 접시의 불이 기울어져 봉창에 붙었다. 욱이는 봉창에서 방 안으로 붙어 들어가는 불길을 잡으려고 부뚜막 위로 뛰어올랐다. 그러자 물 그릇을 뒤집어쓰고 분노에 타는 모화는 욱이의 뒤를 쫓아 칼을 두르며 부뚜막으로 뛰어올랐다. 봉창에서 방 안으로 붙어 들어가는 불길을 덮쳐 끄는 순간, 뒷등허리가 찌르르하여 획 몸을 돌이키려 할 때 이미 피투성이가 된 그의 몸은 허옇게 이를 악물고 웃음 웃는 모화의 품속에 안겨 있었다.

5

욱이의 몸은 머리와 목덜미와 등허리 세 군데 상처를 입었다. 그러나 욱이의 병은 이 세 군데 칼로 맞은 상처만이 아니었다. 그는 날이 갈수록 갈비뼈가 앙상하게 드러나고 두 눈자위가 패어 들기 시작했다.

모화는 욱이의 병 간호에 남은 힘을 다하여 그가 원하는 것이 있으면 낮과 밤을 헤아리지 않고 뛰어갔다. 가끔 욱이를 일으켜 앉혀서 자기의 품에 안아도 주었다. 물론 약도 쓰고 굿도 하고 주문도 외었다. 그러나 욱이의 병은 낫지 않았다.

모화도 욱이의 병간호에 열중한 뒤부터 굿에는 그만큼 신명이 풀린 듯하였다. 누가 굿을 청하러 와도 아들의 병을 핑계로 대개 거절을 했다. 그러자 모화의 굿이나 푸닥거리의 반응이 이전과 같이 신령치 않다고들 하는 사람이 하나 둘씩 생기기도 했다.

이러할 즈음 이 고을에도 조그만 교회당이 서고 전도사가 들어왔다. 그리하여 그것은 바람에 불처럼 온 고을에 뻗쳤다. 읍내의 교회에서는 마을마다 전도대를 내보냈다. 그리하여 이 모화의 마을에까지 '복음'이 전파되었다.

"여러 부모 형제 자매 우리 서로 보게 된 것 하나님 앞에 감사드릴 것이오. 하나님, 우리 만들었소. 매우 사랑했소. 우리 모두 죄인올시다. 우리 마음속 매우 흉악한 것뿐이오. 그러나 예수 우리 위해 십자가에 못박혔소. 그러므로 예수 그리스도 믿음으로 우리 구원받을 것이오. 우리 매우 반가운 맘으로 찬송할 것이오. 하나님 앞에 기도드릴 것이오."

두 눈이 파랗고 콧대가 칼날 같은 미국 선교사를 보는 것은 '원숭이 구경'보다도 더 재미나다고들 하였다.

"돈은 한푼도 안 받는다. 가자."

마을 사람들은 떼를 지어 모여들었다.

이 마을 방 영감네 이종 사촌 손자 사위요, 선교사와 함께 온 양조사(楊助事) 부인은 집집마다 심방하여 가로되,

"무당과 판수를 믿는 것은 거룩거룩하시고 절대적 하나밖에 없는 우리 하나님 아버지께 죄가 됩니다. 무당이 무슨 능력이 있습니까. 보십시오. 무당은 썩어빠진 고목나무나, 듣도 보도 못하는 돌미륵한테도 빌고 절을 하지 않습니까. 판수가 무슨 능력이 있습니까. 보십시오, 제 앞도 못 보아 지팡이로 더듬거리는 그가 어떻게 눈 밝은 사람을 구원할 수 있겠습니까. 우리 인생을 만든 것은 절대적 하나밖에 없는 하나님 아버지올시다. 그러므로 아버지께서 말씀하셨습니다. 내 앞에 다른 신을 두지 말라……."

이리하여 하나님 아버지의 외아들 예수 그리스도가 온갖 사귀들린 사람, 문둥병 든 사람, 앉은뱅이, 벙어리, 귀머거리를 고친 이야기와 십자가에 못박혀 죽은 지 사흘 만에 다시 살아나 승천했다

는 이야기가 한정없이 쏟아진다.

　모화는 픽 웃곤 했다.

　"그까짓 잡귀신들."

했다. 그러나 그들의 비방과 저주는 뼛골에 사무치는 듯 그녀는 징
을 울리고 꽹과리를 치며 외쳤다.

　　엇쇠 귀신아 물러서라,

　　당대 고축년에 얻어먹던 잡귀신아,

　　늬 어이 모화를 모르나냐.

　　아니 가고 봐하면 쉰 길 청수에,

　　엄나무 발에, 무쇠 가마에, 백말 가죽에

　　늬 자자 손손을 가두어 못 얻어먹게 하고

　　다시는 세상 밖을 내주지 아니하여

　　햇빛도 못 보게 할란다.

　　엇쇠 귀신아 썩 물러가거라,

　　서역 십만 리로 꽁무니에 불을 달고,

　　두 귀에 방울 달고 왈강달강 왈강달강,

　　벼락같이 떠나거라

　그러나 '예수 귀신'들은 결코 물러가지 않았을 뿐 아니라 점점
늘어만 갔다. 게다가 옛날 모화에게 굿과 푸닥거리를 빌러 다니던
사람들까지 하나 둘씩 모두 예수 귀신이 들기 시작하였다.

　이러는 중에 서울서 또 부흥 목사가 내려왔다. 그는 기도를 드려
서 병을 고치는 능력이 있다 하여 온 고을 사람들이 모여들기 시작
하였다. 그가 병자의 머리 위에 손을 얹고,

　"이 죄인은 저의 죄로 말미암아 심히 괴로워하고 있사옵니다."

하고 기도를 올리면, 여자들의 월숫병 대하증쯤은 대개 '죄씻음' 을 받을 수 있었고, 그 밖에도 소경이 눈을 뜨고, 앉은뱅이가 걷고, 귀머거리가 듣고, 벙어리가 말하고, 반신불수와 지랄병까지 저희 믿음 여하에 따라 모두 '죄씻음' 을 받을 수 있다는 것이었다. 여자들의 은가락지, 금반지가 나날이 수를 다투어 강단 위에 내걸리게 된다. 기부금이 쏟아진다. 이리 되면 모화의 굿 구경에 견줄 나위가 아니라고 하였다.

"양국놈들이 요술단을 꾸며왔어."

모화는 픽 웃고, 이렇게 말했다. 굿과 푸념으로 사람 속에 든 사귀 잡귀신을 쫓는 것은 지금까지 신령님께서 자기에게만 허락하신 자기의 특수한 권능이었다. 그리고 그의 신령님은 오늘날 예수꾼들이 그렇게도 미워하고 시기하는 고목이기도 했고, 미륵 돌이기도 했고, 산이기도 했고, 물이기도 했다.

"무당과 판수를 믿는 것은 절대적 한 분밖에 안 계시는 거룩거룩하신 하나님 아버지께 죄가 됩니다."

'예수 귀신' 들이 나발을 불고 북을 치며 비방을 하면, 모화는 혼자서 징을 울리고 꽹과리를 치며,

"꽁무니에 불을 달고, 두 귀에 방울 달고, 왈강달강 왈강달강, 서역 십만 리로, 물러서라 잡귀신아."

이렇게 응수하곤 했다.

6

욱이의 병은 그해 가을을 지나 겨울철에 접어들면서부터 드러나게 악화되어갔다. 모화가 가끔 간장이 녹듯 떨리는 음성으로,

"이것아 이것아, 늬가 이게 웬일이고? 머나먼 길에 에미라고 찾아와서 늬가 이게 무슨 꼴고?"

손을 잡고 눈물을 흘리면,

"오마니 너무 걱정하지 마시오. 나는 죽어서 우리 아바지께로 갈 것이오."

욱이는 조용히 이렇게 말했다. 그리고 무어 생각나는 게 없느냐고 물으면 그는 조용히 고개를 돌렸다. 그러나 그의 어미가 밖에 나가고 낭이가 혼자 있을 때엔 이따금 낭이의 손을 잡고,

"나 성경 한 권 가졌으면⋯⋯."

하는 것이었다.

이듬해 봄 그가 세상을 떠나기 사흘 전에 그가 그렇게도 그리워하고 기다리던 현 목사가 평양에서 찾아왔다. 현 목사는 방 영감네 이종 사촌 손주 사위인 양 조사의 인도로 뜰 안에 들어서자 그 황폐한 광경과 역한 흙 냄새에 미간을 찌푸리며,

"이런 가운데서 욱이가 살고 있소?"

양 조사에게 이렇게 물었다.

욱이는 현 목사가 들어오는 것을 보자 두 눈에 광채를 띠며,

"목사님 목사님."

이렇게 두 번 불렀다.

현 목사는 잠자코 욱이의 여윈 손을 쥐었다. 별안간 그의 온 얼굴은 물든 것처럼 붉어지며 무수한 주름살이 미간과 눈꼬리에 잡혔다. 그는 솟아오르는 감정을 누르려는 듯이 한참 동안 눈을 감고 있었다.

양 조사는 긴장된 침묵을 깨뜨리려는 듯이 입을 열었다.

"경주에 교회가 이렇게 속히 서게 된 것은 이분의 공로올시다."

그리하여 그의 말을 들으면 욱이는 평양 현 목사에게 진정을 했

고, 현 목사께서는 욱이의 편지에 의하여 대구 노회에 간청을 했고, 일방, 경주 교인들은 욱이의 힘으로 서로 합심하여 대구 노회와 연락한 결과 의외로 속히 교회 공사가 진척되었던 것이라 하였다.

현 목사가 의사와 함께 다시 오기를 약속하고 일어나려 할 때 욱이는,

"목사님, 나 성경 한 권만 사주시오."

했다.

"그럼 그동안 우선 이것을 가지시오."

현 목사는 손가방 속에서 자기의 성경책을 내주었다. 성경책을 받아 쥔 욱이는 그것을 가슴에 안고 눈을 감았다. 그의 감은 눈에서는 이슬방울이 맺히었다.

7

모화 집 마당에는 예년과 다름없이 잡풀이 엉기고, 늙은 개구리와 지렁이 들이 그 속에 웅크리고 있었다. 그녀는 그동안 거의 굿을 나가지 않고, 매일, 그 찌그러져가는 묵은 기와집, 잡초 속에서 혼자 징 꽹과리만 울리고 있었다. 사람들은 모화가 인제 아주 미친 것이라 하였다. 모화는 부엌에다 오색 헝겊을 걸고, 낭이의 그림으로 기를 만들어 달고는, 사뭇 먹기조차 잊어버린 채 입술은 먹같이 검어지고 두 눈엔 날로 이상한 광채가 짙어갔다.

서역 십만 리 예수 귀신 돌아간다.
꽁무니에 불을 달고, 두 귀에 방울 달고, 왈강달강 왈강달강,
엇쇠 귀신아 썩 물러가거라,

늬 아니 가고 봐하면, 쉰 길 청수에,

엄나무 바알에, 무쇠 가마에, 흰말 가죽에,

너이 자자 손손을 다 가두어 죽일란다.

엇쇠! 귀신아!

그녀는 날마다 같은 푸념으로 징 쾡과리를 울렸다. 혹 술잔이나 가지고 이웃 사람이 찾아가,

"모화네 아들 죽고 섭섭해서 어쩌나?"

하면, 그녀는 다만,

"우리 아들은 예수 귀신이 잡아갔소."

하고, 한숨을 내쉬곤 했다.

"아까운 모화 굿을 언제 또 볼꼬?"

사람들은 모화를 아주 실신한 사람으로 치고 이렇게 아까워하곤 했다. 이러할 즈음에 모화의 마지막 굿이 열린다는 소문이 났다. 읍내 어느 부잣집 며느리가 '예기소'에 몸을 던진 것이었다. 그래 모화는 비단옷 두 벌을 받고 특별히 굿을 응낙했다는 말도 났다. 그리고 이와 동시에 모화가 이번 굿에서 딸(낭이)의 입을 열게 할 계획이라는 소문도 났다. '흥, 예수 귀신이 진짠가 신령님이 진짠가 두고 보지' 이렇게 장담했다는 것이다. 사람들은 기대와 호기심에 들끓었다. 그들은 놀랍고 아쉬운 마음으로 산을 넘고 물을 건너 모여들었다.

굿이 열린 백사장 서북쪽으로는 검푸른 소 물이 깊은 비밀과 원한을 품은 채 조용히 굽이 돌아 흘러내리고 있었다.(명주 꾸리 하나 들어간다는 이 깊은 소에는 해마다 사람이 하나씩 빠져 죽게 마련이라는 전설이었다.)

백사장 위에는 수많은 엿장수, 떡장수, 술가게, 밥가게 들이 포장

을 치고 혹은 거적을 두르고 득실거렸고, 그 한복판 큰 차일 속에서 굿은 벌어져 있었다. 청사, 홍사, 녹사, 백사, 황사의 오색사 초롱이 꽃송이같이 여기저기 차일 아래 달리고 그 초롱불 밑에서 떡시루, 탁주 동이, 돼지 통새미들이 온 시루, 온 동이, 온 마리째 놓인 대감 상, 무더기 쌀과 타래 실과 곶감 꼬치, 두부를 놓은 제석상과, 삼색 실과에 백설기와 소채 소탕에 자반, 유과 들을 차려놓은 미륵상과, 열두 가지 산채로 된 산신상과, 열두 가지 해물을 차린 용신상과, 음식이란 음식마다 한 접시씩 놓은 골목상과, 냉수 한 그릇만 놓인 모화상과 이 밖에도 여러 가지 크고 작은 전물상들이 쭉 늘어놓여 있었다.

이날 밤 모화의 얼굴에는 평소에 볼 수 없던 정숙하고 침착한 빛이 서려 있었다. 어제같이 아들을 잃고 또 새로 들어온 예수교도들로부터 가지 각색 비방과 구박을 받아오던 그녀로서는 의아스러우리 만큼 새침하게 가라앉아 있어, 전날 달밤으로 산에 기도를 다닐 적의 얼굴을 연상케 했다. 그녀는 전날과 같이 여러 사람 앞에서 아양을 부리거나 수선을 떨지도 않았다. 그러나 그녀는 그 호화스러운 전물상들을 둘러보고도 만족한 빛 한 번 띠지 않고, 도리어 비웃듯이 입을 비쭉거렸다.

"더러운 년들 전물상만 차리면 그만인가."

입 밖에 내놓고 빈정거리기까지 하였다. 그러자 자리에서는 모화가 오늘밤 새로운 귀신이 지핀다고들 수군거리기 시작했다. 그 가운데 한 여자가 돌연히,

"아, 죽은 김씨 혼신이 덮였군."

하자 다른 여자들도,

"바로 그 김씨가 들렸다. 저 청승맞도록 정숙하고 새침한 얼굴 좀 봐라, 그리고 모하네가 본디 어디 저렇게 이뻤나, 아주 김씨를

덮어 썼구먼."

이렇게들 수군댔다. 이와 동시, 한쪽에서는 오늘 밤 굿으로 어쩌
면 정말 낭이가 말을 하게 될 게라는 얘기도 퍼졌고, 또 한쪽에서는
낭이가, 누구 아인지는 모르지만 배가 불러 있다는 풍설도 돌았다.
하여간 이 여러 가지 소문들이 오늘 밤 굿으로 해결이 날 것이라고
막연히 그녀들은 믿고 있는 것이었다.

모화는 김씨 부인이 처음 태어났을 때부터 물에 빠져 죽을 때까
지의 사연을 한참씩 넋두리하다가는 전악들의 젓대, 피리, 해금에
맞추어 춤을 덩실거렸다. 그녀의 음성은 언제보다도 더 구슬펐고
몸뚱이는 뼈도 살도 없는 율동으로 화한 듯 너울거렸고…… 취한
양, 얼이 빠진 양 구경하는 여인들의 숨결은 모화의 쾌자 자락만 따
라 오르내렸다. 모화의 쾌자 자락은 모화의 숨결을 따라 나부끼는
듯했고, 모화의 숨결은 한많은 김씨 부인의 혼령을 받아 청승에 자
지러진 채, 비밀을 품고 조용히 굽이 돌아 흐르는 강물(예기소의)과
함께 자리를 옮겨가는 하늘의 별들을 삼킨 듯했다.

밤중이나 되어서였다.

혼백이 건져지지 않는다는 것이었다. 화랑이들과 작은무당들이
몇 번이나 초망자(招亡者) 줄에 밥그릇을 달아 물속에 던져도 밥그
릇 속에 죽은 사람의 머리카락이 들어오지 않는 것으로 보아 김씨
가 초혼에 응하질 않는 모양이라 하였다.

작은무당 하나가 초조한 낯빛으로 모화의 귀에 입을 바짝 대며,

"여태 혼백을 못 건져서 어떡해?"

하였다.

모화는 조금도 서두르지 않고 오히려 당연하다는 듯이 넋대를
잡고 물가로 들어섰다.

초망자 줄을 잡은 화랑이는 넋대가 가리키는 방향으로 이리저리

초혼 그릇을 물 속에 굴렸다.

　　일어나소 일어나소,
　　서른세 살 월성 김씨 대주 부인,
　　방성으로 태어날 때 칠성에 복을 빌어

모화는 넋대로 물을 휘저으며 진정 목이 멘 소리로 혼백을 불렀다.

　　꽃같이 피난 몸이 옥같이 자란 몸이,
　　양친 부모도 생존이요, 어린 자식 누여 두고,
　　검은 물에 뛰어들 제 용신님도 외면이라,
　　치마폭이 봉긋 떠서 연화대를 타단 말가,
　　삼단 머리 흐트러져 물귀신이 되단 말가

모화는 넋대를 따라 점점 깊은 물속으로 들어갔다. 옷이 물에 젖어 한 자락 몸에 휘감기고, 한 자락 물에 떠서 나부꼈다.
　검은 물은 그녀의 허리를 잠그고, 가슴을 잠그고 점점 부풀어오른다…….
　그녀는 차츰 목소리가 멀어지며 넋두리도 허황해지기 시작했다.

　　가자시라 가자시라 이수중분 백노주로,
　　불러주소 불러주소 우리 성님 불러주소,
　　봄철이라 이 강변에 복숭꽃이 피그덜랑,
　　소복 단장 낭이 따님 이 내 소식 물어주소,
　　첫가지에 안부 묻고, 둘째 가……

할 즈음, 모화의 몸은 그 넋두리와 함께 물 속에 아주 잠겨버렸다.

처음엔 쾌자 자락이 보이더니 그것마저 잠겨버리고, 넋대만 물 위에 빙빙 돌다가 흘러내렸다.

열흘쯤 지난 뒤다.

동해변 어느 길목에서 해물 가게를 보고 있다던 체수 조그만 사내가 나귀 한 마리를 몰고 왔을 때, 그때까지 아직 몸이 완쾌하지 못한 낭이가 퀭한 눈으로 자리에 누워 있었다.

사내는 낭이에게 흰 죽을 먹이기 시작했다.

"아버으이."

낭이는 그 아버지를 보자 이렇게 소리를 내어 불렀다. 모화의 마지막 굿이 (떠돌던 예언대로) 영검을 나타냈는지 그녀의 말소리는 전에 없이 알아들을 만도 했다.

다시 열흘이 지났다.

"여기 타라."

사내는 손으로 나귀를 가리켰다.

"……."

낭이는 잠자코 그 아버지가 시키는 대로 나귀 위에 올라앉았다.

그네들이 떠난 뒤엔 아무도 그 집을 찾아오는 사람이 없었고, 밤이면 그 무성한 잡풀 속에서 모기들만이 떼를 지어 울었다.

황토기(黃土記)

솔개재〔鳶介嶺〕에서 금오산(金午山) 쪽으로 뻗쳐 내리는 두 산맥이다.

등성이를 벌거벗은 채 십 리, 시오 리씩을 하나는 서북, 또 하나는 동북으로 뛰어 내려와서는, 거기 황토골이란 조그만 골짝 하나를 낳은 것뿐으로, 그 앞을 흘러가는 냇물을 바라보며, 동네 늙은이들의 입으로 전하는 상룡(傷龍), 또는 쌍룡(雙龍)의 전설을 이룬 그 지리적 결구(結構)는 여기서 끝을 맺는 것이다.

상룡설. 옛날 등천(騰天)하려던 황룡 한 쌍이 때마침 금오산에서 굴러 떨어지는 바위에 맞아 허리가 상하니라. 그 상한 용의 허리에서 한없이 피가 흘러내려 부근 일대를 붉게 물들이니 이에서 황토골이 생기니라.

쌍룡설. 역시 등천하려던 황룡 한 쌍이 바로 그 전야(前夜)에 있어 잠자리를 삼가지 않은지라, 상제께서 노하시고 벌을 내리사 그들의 여의주를 하늘에 묻으시매 여의주를 잃은 한 쌍의 용이 슬픔에 못 이겨 서로 저희들의 머리를 물어뜯어 피를 흘리니, 이 피에서 황토골이 생기니라.

이상의 상룡설 또는 쌍룡설 밖에 또 절맥설(絶脈說)도 있으니 그것은 다음과 같다.

절맥설. 옛날 당나라에서 나온 어느 장수가 여기 이르러 가로되, 앞으로 이 산에서 동국의 장사가 난다면 감히 중원을 범할 것이라, 이에 혈을 지르니, 이 산골에 석 달 열흘 동안 붉은 피가 흘러내리고 이로 말미암아 이 일대가 황토 지대로 변하니라.

1

용내(龍川)를 건너 황토골 앞들에는 두렛논을 매는 한 이십여 명 되는 사람이 한 일 자로 하얗게 구부려 있고, 논둑에는 동기(洞旗)를 든 사람과 풍물 치는 사람이 네댓 나서 있다.

해는 바야흐로 하늘 한가운데서 이글거리고, 온 들과 산은 눈 가는 끝까지 푸르기만 하다.

께겡 께겡 떵땅 꽤애—.

풍물이라야 꽹과리 하나, 장구 하나, 그리고 징 한 채다. 그런대로 그들은 논 매는 일꾼들과 더불어 끈기 있게 논둑에서 논둑으로 타고 다니며 들판의 정적을 깨뜨려가고 있다.

그런데 그들 두레꾼들과 동떨어져 이쪽 산기슭 쪽에서 혼자 논을 매느라고 논 가운데 허리를 구부리고 있는 사람이 하나 있다. 곁에서 이를 본다면, 그의 팔다리나 허리가 보통 사람보다 훨씬 크고 길 뿐 아니라, 어깨나 몸집이 다 그렇게 두드러지게 장대하게 생겼고, 또한 머리털이 이미 희끗희끗 세어 있음을 알리라. 그의 이름은 억쇠다.

그는 몸이 그렇게 보통 사람보다 두드러지게 큰 것처럼 일도 동떨어진 곳에서 혼자 하고 있는 것이다.

억쇠는 논 매던 손을 쉬고 논둑으로 나온다. 그는 두어 번이나 고개를 돌려 산밑 쪽을 바라본다. 아직도 분이(粉伊)는 보이지 않는다. 그는 담배를 한 대 피워 문다.

논둑에 서 있는 소동나무에서는 매미 소리가 시끄럽게 들려온다.

억쇠가 담배를 두 대나 태우고 나서 화가 치밀어 숫제 주막으로 찾아갈 양으로 막 허리를 일으키려는데, 그제야 저쪽 소나무 사이로 조그만 술동이를 머리에 이고 오는 분이가 보이었다.

"멀 하고, 인제사 와."

가까이 온 분이를 보자 억쇠는 약간 노기 띤 목소리로 물었다.

"멀 하긴, 멀 해."

분이는 머리에서 술동이를 내리며 마주 배앝는다. 입에서는 술 냄새가 확 끼치고 양쪽 눈 언저리와 귓바퀴가 물을 들인 듯이 발긋발긋하다.

──또 술을 처먹은 게로군.

억쇠는 혼자 속으로 중얼거리는 것이다.

"자아, 옛수."

억쇠에게 술 사발을 건네는 분이의 입가에는 어느덧 그 야릇한 웃음이 떠돌기 시작한다.

억쇠는 분이의 손에서 사발과 술동이를 나꾸듯이 뺏어 든다. 동이 속에서 술이 출렁 하며 밖으로 튀어나온다.

사발과 동이를 빼앗기듯이 된 분이는 화통이 치미는지,

"흥, 이년을 어디 두고 보자."

하며 이를 오도독 갈아 붙인다. 설희(薛姬)를 두고 하는 욕질이지만 당치 않은 수작이다.

억쇠는 아랑곳없다는 듯이 술을 따라 마시고 있다. 그동안 잔뜩 독이 오른 눈으로 억쇠를 노려보고 있던 분이는,

"연놈을 한 칼에 푸욱……."

하고 또 한 번 이를 오도독 간다.

"이년아, 말버릇이 그게 뭐여."

억쇠가 꾸짖자, 분이는,

"어디 임자 보고 말했나. 득보 말이지."

한다.

더욱 모를 소리다.

"득보면 너의 아저씬가 무엇이 된대면서 그건 무슨 소리여."

이에 대하여 분이는,

"흥, 아저씨? 아저씸 어쨌단 말요?"

하고 코방귀를 뀌더니 풀 위에 발랑 드러누워 버린다. 걷어올려진 베 치맛자락 밑으로 새하얀 다리를 드러내보이며 그녀는 어느덧 코를 골기 시작하였다.

소동나무에서는 또 한바탕 매미가 운다.

억쇠는 세 번째 술을 따라 든 채, 멍하니 소동나무를 바라보고 있다. 아까 분이가 '연놈을 한칼에 푸욱…….' 하던 것이 아무래도 머릿속에서 사라지지 않는다. 누구를 두고 하는 강짜란 말이냐, 억쇠는 어이가 없었다.

억쇠가 술동이를 밀쳐놓고 담배에 불을 붙여 물었을 때다. 득보가 나타났다. 한쪽 손에 멧돼지 한 마리를 거꾸로 대롱거리며 그쪽 산비탈에서 내려오고 있었던 것이다.

"그새 산에 갔던갑네."

억쇠가 인사 삼아 묻는 말에 득보는,

"빈 속으로 갔더니……."

하며, 멧돼지를 억쇠 곁에다 던지고, 누워 자고 있는 분이 앞에 와서 털썩 앉아버린다.

그도 보통 사람과는 딴판으로 몸집이 크게 생긴 사나이다. 키는 억쇠보다 좀 낮은 편이나 어깨는 더 넓게 쩍 벌어졌다. 게다가 얼굴은 구릿빛같이 검푸르다. 그 검푸른 구릿빛이 어딘지 그대로 무서운 비력(臂力)을 말하고 있는 것 같다. 그리고 머리털도 칠흑같이 새까맣다. 나이도 억쇠보다는 예닐곱 살 젊어 보인다.

"한 사발 하겠나?"

억쇠가 턱으로 술동이를 가리키며 묻는다.

득보는 잠자코 술동이를 잡아당긴다. 그리하여 손수 한 사발을 따라 마시고 나더니,

"좋구나."

한다.

그는 연거푸 또 한 사발을 따라 마시고 나더니,

"얼마나 있누."

하고 억쇠를 노려본다.

"아직 많이 있다."

"그럼 낼 모두 걸러라."

득보는 이렇게 말하며 의미 있는 듯한 눈으로 억쇠를 노려본다. 순간 두 사나이의 눈에서는 다같이 불길이 번쩍 한다. 그것은 땅속의 유황이라도 녹일 듯한 무서운 불길이었다.

2

이튿날은 여름 하고도 유달리 더운 날씨였다.

하늘에는 가지각색 붉은 구름들이 연기를 머금은 불꽃으로 피어나고 있었다.

안냇벌은 황토골에서 잔등 하나 넘어 있는 아늑한 산골짜기요, 또 개울가이었으므로 거기엔 흰 모래밭과 푸른 잔디와 게다가 그늘진 노송까지 늘어서 있어 억쇠와 득보 들같이 온종일 먹고 놀고 싸우고 할 자리로서는 더할 나위 없이 알맞은 곳이었다.

두 사람은 짤막한 잠방이 하나만 걸치고는 벌거벗은 채 소나무 그늘 밑에서 술을 마시고 있다. 처음엔 돼지 족도 한 가리씩 의논성스럽게 째어 들었고, 술잔도 서로 권해 가며 주거니 받거니 의좋게 건너 다녔다.

한철에 한두 번씩 이 안냇벌에서 대개 이렇게 술을 마시게 되었지만, 이 두 사람에게 있어서는 이때같이 가슴이 환히 트이도록 즐겁고 만족할 때가 없다. 그것은 아무것과도 바꿀 수 없는 기쁨이요, 보람이요, 그리고 거룩한 향연이기도 하였다. 이에 견준다면 분이나 설희의 자색도 한갓 이 놀이를 돋구고 마련키 위한 덤에 지나지 않을 듯했다.

두 사람은 술이 얼근해짐을 따라 말씨도 점점 거칠어져갔다.

"얼른 들어 마셔라, 이 백정놈아."

"도둑놈같이, 어느새 고기만 처먹누."

이렇게 그들은 서로 욕질을 시작하였다. 그러면서도 연방 술은 서로 따라주고 고기 뭉치도 던져주곤 하였다.

"옛다, 이거 마저 뜯고 제발 인제 뒈지거라. 늙은 놈이 계집을 둘씩이나 끼고 거드렁거리는 꼴 정 못 보겠다."

하며 득보가 족발 하나를 억쇠에게 던져준다.

"네 이놈, 말버르장머리 그러다간 목숨 못 붙어 있을 게다."

억쇠는 득보 잔에 술을 따라주며 이렇게 으르댄다.

싸움은 대개 득보가 먼저 돋우는 편이었다. 그것도 으레 분이나 설희를 걸어서 들었다.(득보는 그것이 가장 효과적이라고 믿었던 것이다.)

"계집 핥듯이 어지간히 칙칙하게도 핥고 있다. 더럽게, 늙은 놈이."

하고 득보가 먼저 술자리를 걷어차고 일어나자, 억쇠는 뜯고 있던 족발을 득보의 얼굴에다 내던지며,

"옛다, 그럼 이놈아, 네 마저 뜯어라."

하고 자리에서 일어난다.

이때부터 싸움은 시작되는 것이다. 그와 동시에 두 사람의 얼굴에는 무어라고 형언할 수 없는 어떤 긴장이 서린다.

득보는 주먹을 꺼떡 들어 억쇠의 얼굴을 겨누며,

"얼씨구 절씨구 가엾어라, 이 늙은 놈아, 내 한 주먹 번쩍하면……."

아주 노래 조로 목청을 뽑으며, 껑충껑충 억쇠에게로 뛰어 들어왔다 물러갔다 하는 것이다.

"네 이놈, 새뼈 같은 주먹으로 멋대로 한번 때려봐라."

억쇠는 그를 아주 멸시하듯이 태연자약하게 버티고 서 있다.

"내 한 주먹 번득하면…… 네놈 대가리가 박살이라……."

순간, 득보는 주먹으로 억쇠의 왼쪽 눈과 콧잔등을 홀쳤다. 그 자리에 금세 퍼렁덩이가 들며 눈알에는 핏물이 돌기 시작하였다.

"네 이놈, 새뼈 같은 주먹으로 많이 처라…… 실컨…… 자아."

할 때 득보의 두 번째 주먹이 또 억쇠의 오른쪽 광대뼈를 쥐어 질렀다.

세 번째 주먹이 또 먼저 때린 눈을 훑쳤다.

억쇠는 저만큼 물러가 있는 득보를 바라보고 갑자기 미친 사람처럼 허연 이를 드러내며 큰 소리로 껄껄껄 웃어대었다.

득보는 저만큼 물러선 채 아까와 마찬가지 노래 조로 목청을 뽑으며 덩실덩실 춤을 추고 있다. 네 번째 주먹이 오른쪽 눈 위를, 그리고 다섯 번째 주먹이 또다시 콧잔등을 때렸을 때, 그러나 억쇠는 먼저와 같이 큰 소리로 껄껄껄 웃어만 주었다.

"너 이놈, 그 새뼈 같은 주먹으로 저 산을 한번 물려 세워봐라."

여섯 번, 일곱 번 득보는 몇 번이든지 늘 마찬가지 내 한 주먹 번 득하면을 되풀이하며 뛰어들어서 억쇠의 면상과 목과 가슴과 허리를 힘껏 지르는 것이었으나, 그때마다 억쇠는 간단한 몸짓으로 그것을 받아내었을 뿐, 적극적으로 득보에게 주먹질을 시작하지는 않았다. 그는 이렇게 득보에게 같이 주먹질하지 않고 그냥 얻어맞기만 하는 것이 그지없이 즐겁고 만족한 모양으로 상반신이 거진 피투성이가 되도록 종시 큰 소리로 껄껄껄 홍소만을 터뜨리고 서 있는 것이었다.

득보는 더욱 힘이 솟아오르는 듯 주먹질과 함께 곁들이는 발길이 번번이 억쇠의 아랫배와 넓적다리쯤에 와닿는 것으로 보아 그 겨냥이 무엇이라는 것은 억쇠도 곧 짐작하였다. 그래서 그의 발길만은 그대로 조심하지 않을 수 없었다.

　　옛날도 그 옛날에 붕새란 새가 있었나니,
　　수격 삼천리 니일니일 얼씨구야 지화자자 저 절씨구

득보는 입에 하나 가득 찬 피거품을 문 채 이렇게 목청을 뽑으며 덩실거리고 춤을 추는 것이었다.

억쇠는 피로 물든 장승처럼 뻣뻣이 서서, 뛰어 들어오는 득보의 주먹질과 발길을 받아낼 뿐이었다.

득보의 네 번째 발길이 억쇠의 국부를 건드렸을 때, 그는 한순간 그자리에 퍽 꿇어질 뻔하다가 겨우 한쪽 팔로 득보의 목을 후려 안으며 어깨를 솟굴 수 있었다.

"이놈아!"

산골이 찌르렁 울리는 억쇠의 목소리였다.

이리하여 한 덩어리로 어우러진 그들의 입에서는 어느덧 노래도 웃음소리도 동시에 뚝 끊어지고 다만 씨근거리는 숨소리가 뿌득뿌득 밀려나갔다 들어왔다 하며 근육과 근육 부딪는 소리만이 났다. 두 사람의 코에서는 거의 동시에 피가 주르르 쏟아져 내렸다. 눈에도 핏물이 돌고 목으로도 피가 터져 나왔다. 그 차에 땀으로 번질번질하던 두 사람의 낯과 어깨와 가슴은 어느덧 아주 피투성이로 변해 버렸다. 득보가 억쇠의 아래턱을 치지르며 막 몸을 옆으로 빼려는 순간이었다. 억쇠의 힘을 다한 바른편 주먹이 득보의 왼쪽 갈비뼈 밑에 벼락을 쳤다. 갈비뼈 밑에 억쇠의 모진 주먹을 맞은 득보는 갑자기 얼굴이 아주 잿빛이 되어 뒤로 비실비실 몇 걸음 물러 나가다 그대로 모래 위에 꼬부라져 버린다.

억쇠의 목과 입과 코에서도 다시 피가 쏟아졌다. 그는 정신 나간 사람처럼 두 손으로 아래턱을 받쳐 피를 받으며 우두커니 앉아 있다 말고 돌연히 미친 것처럼 뛰어 일어나는 길로 또 한 번 와락 득보에게로 달려들어 쓰러져 있는 그의 바른편 어깨를 물어 떼었다. 어깨의 살이 떨어지며 시뻘건 피가 팔꿈치까지 주르르 흘러내리자 득보는 몸을 좀 꿈적이었으나 역시 일어나지 못한 채 그대로 뻗어 누워 있는 것이었다.

억쇠는 입에 든 득보의 어깨 살을 질겅질겅 씹다 벌건 핏덩어리

를 입에서 뱉어내고, 그러고는 다시 술 항아리를 기울여 술을 몇 사
발 마시고는 쓰러져버렸다.

누구의 입에서 항복이 나온 것도 아니요, 어느 쪽에서 쉬기를 청
한 것도 아니었다.

두 사람이 다같이 죽은 듯이 늘어지고 잠든 듯이 자빠졌으나, 아
주 숨통이 멎은 것도 아니요, 정말 평온한 잠이 든 것도 아니다.

흐르는 냇물에서 저녁 바람이 일고 높은 소나무 가지에서 매미
소리가 서슬질 무렵이 되면, 그들은 마치 오랜 마주(魔酒)에서 깨어
나는 것처럼 떨고 일어나 아침에 먹다 남겨둔 술 항아리를 기울이
기 시작하는 것이다.

저녁때의 싸움은 대개 억쇠가 먼저 거는 편이었다. 이번에는 처
음부터 억쇠가 먼저 주먹질도 시작하였다.

두 사람의 몸뚱이는, 그러나 몇 번 모질게 부딪고 할 새도 없이
이내 피투성이가 되어버리는 것이었다. 득보는 되도록이면 억쇠의
주먹을 피하려는 듯이 저만큼 선 채 춤만 덩실덩실 추고 있는 것이
었다.

　　새야 새야 붕조새야
　　북명 바다 불조새야
　　치징 치징 치징
　　지하자자 저절씨구

"얘 이놈 득보야!"
억쇠는 또 한 번 산골이 쩌르렁하도록 소리를 질렀다.

　　간다 훨훨 날아간다

수격 삼천리……

내 한 주먹 번득하면 네놈 대가리가 박살이라,

치징 치징 치징

지하자자 저절씨구

득보는 이렇게 목청을 뽑으며 점점 억쇠에게로 가까이 다가 들어왔다. 웬일인지 싸울 태세를 갖추지 않고 그냥 춤만 덩실덩실 추며 억쇠의 턱 앞까지 다가 들어왔다. 억쇠는 뛰어들어 그의 목을 안았다. 득보도 억쇠와 같이 하였다. 두 사람은 큰 나무가 넘어가듯 쿵 하고 한꺼번에 자빠져버렸다.

득보의 목을 안고 한참 동안 엎치락뒤치락하던 억쇠는 갑자기 큰 소리로 껄껄껄 웃어대었다.

그의 왼쪽 귀가 붙어 있을 자리엔 찢긴 살과 피가 있을 따름, 귀는 절반이나 득보의 입에 가 들어 있고, 득보는 아끼는 듯 그것을 얼른 뱉어내려고도 하지 않았다.

이리하여 해가 지고 어두운 산그늘이 내려오도록 이 커다란 피투성이들은 일어날 생각도 없이 연방 서로 피를 뿜으며 엎치락뒤치락하고 있는 것이다.

3

억쇠와 득보는 지난해 봄에 처음으로 만났다. 그리하여 그날로 함께 살게 된 것이다. 말하자면 그날부터 그들의 생활이 시작되었던 건지도 모른다.

물론 그 이전부터 그들은 살아 있었다. 그러나…….

먼저, 주인 격인 억쇠로 말하자면, 그는 이 황토골 태생으로, 나이는 쉰두 살, 수염과 머리털이 희끗희끗 반이나 넘어 센 오늘날까지 항상 가슴속에 홀로 타는 불길을 감춰온 사람이다.

그것은 언젠가 한번 저 무지개와도 같이 하늘 끝까지 시원스레 뿜어졌어야 했을 불길이었는지도 모른다. 그가, 그 동네 장정들도 겨우 다룬다는 들돌을 성큼 들어서 허리를 편 것으로 온 마을을 뒤집어놓은 것은 그의 나이 열세 살 나던 해다.

"장사 났군."

"황토골 장사 났다!"

사람들은 숙덕거리기 시작하여, 이튿날은 노인들이 의관을 하고 동회(洞會)에 모여들었다.

"예로부터 황토골에 장사가 나면 부모한테 불효하거나 나라의 역적이 된댔것다."

"허긴, 인제는 대국 명장이 혈을 지른 뒤니까 별수는 없으리다."

"당찮으이, 온 바로 내 종조 뻘 되는 이가 그때 장사 소릴 듣고 사또 앞에 잡혀가 오른쪽 팔 하나를 분질려 나왔거든."

이따위 소리들을 서로 주고받고 하다가 결국 억쇠의 오른쪽 어깨의 힘줄에다 침을 맞히라는 결론이 났다. 그중에서도 유독 심히 구는 사람이 억쇠의 백부 뻘 되는 영감이었다.

"황토골 장사라면 나라에서 아는 거다. 자, 자식 하나 버릴 셈치면 그만일걸……. 자, 괜히 온 집안 멸문 당할라."

하고 동생을 윽박질렀으나, 그러나 동생은 끝까지 묵묵히 앉아 대답을 하지 않았다. 그에게는 억쇠 하나밖에 더 자식이 없었던 것이다.

그날 밤 그의 어머니는 억쇠의 소매를 잡고,

"이것아, 어쩌다 그런 철없는 짓을 했노. 너이 아바이 속을 너는 모를라."

하며 울었다.

이튿날 아침 그 아버지는 억쇠를 불러,

"늬 나이 열세 살이다. 몸 하나라도 성히 지닐라거든 철없이 아무 데나 나서지 마라, 네 일신 조지고 온 집안 문 닫게 할라, 모도가 늬 맘 먹을 탓이다."

하였다.

억쇠는 아버지의 이 말을 가슴에 새겨들었다. 그리하여 씨름판이고, 줄목이고, 들돌을 다루는 데고, 짐 내기를 하는 마당에고, 일절 사람이 많이 모인 곳이나 무슨 힘겨룸 따위를 하는 데는 나서지 않았다.

그의 나이 스무 살 남짓 했을 때는 과연 솟는 힘을 제 스스로 감당할 수 없었다. 어떤 날 밤에는 혼자서 바위를 안고 산꼭대기로 올라갔다 골짜기로 내려왔다 하는 동안, 어느덧 밤이 새어버리는 수도 있었다. 상투가 풀려 머리칼이 헝클어지고 두 눈엔 벌겋게 핏발이 서고 하여 흡사 미친 사람 같았다. 밤사이는 또 이렇게 바위와 씨름이라도 할 수 있지만, 낮이 되면 무엇이든지 눈에 뵈는 대로 때려부수고 싶고 메어치고 싶고, 온갖 몸부림과 발광이 치밀어올라 잠시도 견딜 수가 없었다. 힘 자랑이 하고 싶어서가 아니라, 힘을 써보고 싶다는 욕망이었다.

억쇠의 이런 소문이 또 한 번 황토골에 퍼지자, 그의 백부는 그의 아버지를 보고,

"인제는 그놈이 무슨 일을 낼 끼다. 자아, 그때 내 말대로 단속을 했더면 이런 후환은 없었을걸, 자아, 인제 그놈을 누가 감당할꼬. 자아, 그러면 늬 자식 늬가 혼자 맡아라. 나는 이 황토골에 못 살겠다."

이러고는 재를 넘어 이사를 가버렸다.

억쇠는 이 말을 듣고 깊은 산속으로 들어가 목을 놓고 울었다. 집에 돌아와, 낫을 갈아서 아버지 모르게 오른쪽 어깨를 끊고 피를 흘렸다.

이것을 안 그의 어머니는,

"어리석게 인제 와서 그게 무슨 짓이람. 힘세다고 다 부량할까, 제 맘 먹기에 달렸는걸……. 괜히 너의 어른 알면 시끄러울라."

하고, 되려 못마땅히 말했다.

그의 할아버지가 세상을 떠날 때 그에게 남긴 유언도 다만 힘을 삼가라는 것뿐이었고, 그의 아버지가 임종에 이르러 그에게 신신당부를 한 것도 역시 이것이었다.

"늬가 어릴 때 누구에게 사주를 보였더니 너의 팔자에는 살이 세다고, 젊어서 혈기를 삼가지 않으면 큰 화를 당할 게라더라……. 그렇지만 사람에게는 힘이 보배니 너만 알아 조처할 양이며는 뒤에 한번 크게 쓸 날이 있을 게다. 조용히 그때가 오기만 기다려라."

아버지가 숨을 거둘 때 남긴 이 말이 억쇠에게 있어서는 그 무슨 하늘의 계시와도 같이 들렸던 것이었다.

——한번 크게 쓸 날이 있을 게다.

——때가 오기만 기다려라.

그는 잠시도 이 말이 그의 머릿속에서 사라질 때가 없었다.

그 미칠 듯이 솟아오르는 힘의 충동을 누르고 누르며 그 한번 크게 쓰일 날을 기다려, 오늘인가 내일인가 하는 사이, 그러나 그 기다리는 날이 오기도 전에 어느덧 그의 머리털과 수염만이 희끗희끗 반 넘어 세어지고 말았던 것이다.

그가 주막으로 나가 색시와 더불어 술잔을 기울이고 하기 시작한 것도 이 무렵부터의 일이었다.

하루는 삼거리 주막에서 분이라 하는, 예쁘장스러워 뵈는, 젊은

색주가와 더불어 술을 먹고 있는데, 계집이 잠깐 밖에서 손님이 저를 찾는다면서 곧 다녀 들어온다 하고 나간 것이, 종시 들어오질 않은 채, 때마침 밖에서는 무슨 싸움 소리 같은 것이 와자지껄하기에 문을 열어보았더니 어떤 낯선 나그네 한 사람이 주인의 멱살을 잡아 이리 나꾸고 저리 채고 하는 중이 아닌가.

그새 뒤란에서 노름을 하고 있던 패들이 우우 몰려나와 이 말 저 말 주고받고 하던 끝에 시비를 가로맡아 본데, 그것은, 주인의 말이,

"아, 생전 낯선 나그네가 와서 남의 주모더러 이 여자는 내 딸이다, 이리 내어달라 하니, 온 세상에 이런 경위가 어디 있나."

하매, 필시 나그네가 분이의 상판대기에 갑자기 탐을 낸 모양이라고, 허나, 분이는 자기들도 누구나 다 끔찍이 좋아하는 터이요, 더구나, 생전 낯선 작자가 돈 한 푼 어떻다는 말 없이 가로 집어 채려 하니, 이 부량하고 경위 없는 작자를 그냥 둘 수가 없다 하여 노름패 중에서 한 사람이 먼저 따귀 한 찰을 올려붙였더니, 낯선 사내는 펄쩍 뛰듯이 일어나 그 노름꾼의 멱살을 덥석 잡아 땅에 메꽂아 놓았다. 이것을 본 한마당 사람들은 다 겁을 집어 먹었으나, 원체가 이쪽엔 수효가 많고, 또 노름꾼 중에는 힘센 놈도 있고 한독한 자도 있자니까, 그렇다고 그대로 물러설 리도 없었다. 이놈이 대들고 저놈이 거들고 하나, 낯선 사내는 좀처럼 꿀려 들어갈 듯도 하지 않은 채 하나 둘 자빠져 눕는 것은 모두 이쪽 편이다. 머리가 터진 놈, 아랫배를 채인 놈, 허구리를 쥐어박힌 놈, 따귀를 맞은 놈, 부상자들이 마당에 허옇게 나가 누웠다.

억쇠도 술이 얼근했던 터이라, 이 꼴을 그냥 볼 수 없다 하여, 방에서 일어나 밖으로 나오며,

"아니, 웬 놈이 저렇게 부량한 놈이 있누?"

한 번, 집이 찌르렁 울리도록 큰소리로 호령을 쳤다.

낯선 사내는 이쪽으로 고개를 돌려 억쇠를 한 번 흘겨보더니,

"흥, 너도 이놈……."

하는, 말도 채 맺지 않고, 별안간 뛰어들며 머리로 미간을 받으매, 억쇠도 한순간 정신이 다 아찔하였으나 그 다음 순간엔 그도 바른 손으로 놈의 멱살을 잡아 쥘 수 있었다. 보매 기골도 범상히는 생긴 놈이 아니로되, 그래도 처음 억쇠는 그놈이 그저 힘깨나 쓰는데다 싸움에 익은 놈이려니쯤으로밖에 더 생각하지 않았는데, 한번 힘을 겨뤄보자 그냥 이만저만 센 놈이나 부량한 놈만은 아니라는 것을 깨닫게 되었다. 순간, 억쇠는 문득 자기의 몸이 공중으로 스르르 떠오르는 듯한 즐거움이 가슴에 솟아오름을 깨달으며 저도 모르게 멱살 잡았던 손을 슬그머니 놓아버렸다.

4

이 낯선 사내——그의 이름이 득보였다——가 억쇠를 따라서 황토골로 들어와, 억쇠와 징검다리 하나를 사이하고 살게 된 것은 바로 그날부터의 일이었다. 냇가 길을 향해 앉아 있던 오두막 한 채를 억쇠가 그를 위하여 마련해 주었던 것이다.

한 사날 뒤에 득보는,

"털이 그렇게 반이나 센 놈이 여태 자식 새끼 하나도 없다니 가련하다. 헌데 나는 너놈한테 아무것도 줄 게 없구나. 그래서 분이를 데리고 왔다. 네 새끼 삼아 네가 데리고 살아라."

하였다.

"너는 이놈아……?"

하고 물으니까 득보는,

"늙은 놈이 남의 걱정까지 하게 됐느냐. 고맙다 하고 술이나 한 턱 걸직하게 낼 일이지. 하기야 그렇지 않기로서니 아물함 이 득보가 조카딸년 데리고 살겠나마는……."
하며 입맛을 다시었다.

득보의 조카딸이란 말에, 억쇠는 그렇다면 생판 남은 아닌 모양이라고 좀 더 마음을 놓으며,

"너도 이놈아, 같이 늙어가는 놈이 웬걸 주둥아리만 그렇게 사나우냐. 더구나 내가 늙었음 네놈 같은 거 하나쯤 처분하지 못할 성부르냐."

"늙은 것이 잔소린 중얼중얼 잘 줏어섬긴다."

두 사내가 이런 말을 건네고 있는 동안 분이는 억쇠네 술 항아리에서 술을 퍼내다 거르고 있었다. 이것이 분이와 억쇠의 혼사요, 또 그녀에게 있어서는 시집살이의 시작이기도 하였다. 술이 얼근했을 때, 억쇠가 또 득보를 보며,

"너는 이놈아 혼자 살래."
하고 물어보았더니 득보는 곧,

"세상에 계집이 없어?"
하고 자신 있게 말했다.

"네놈 그 험상궂은 상판대기 하며 웬걸 계집들이 그렇게 줄줄 따르겠나."

"흥, 이놈아 너무 따라서 걱정이다. 그러기 땜에 분이도 네놈의 차지가 되는 거다. 저년은 강짜를 너무 놀기 땜에 나한테는 어울리지 않거든, 너 같은 농사꾼한테나 제격이지."

이러한 득보의 대답을 억쇠는 어떻게 들어야 할지 몰랐다. 아까는 자기가 그에게 집을 마련해 준 사례로, 그리고 또 이왕 제 조카딸을 데리고 살 수는 없으니까 데리고 왔노라고 해놓고, 지금와서

는 강짜가 심해서 어차피 저에게는 어울리지 않기 때문이라는 것이다.

처음 주막에서 득보는 분이를 자기의 딸이라 했고, 그 다음엔 조카딸이라 하더니, 지금 와서는 제가 데리고 살자니까 너무 강짜가 심해서 억쇠에게 양보를 한다는 것이다. 아무렇거나 억쇠는 어차피 후처를 얻어야 할 형편이요, 또 분이와는 본래 그녀가 주모로 있을 적부터 이미 색념이 있던 터이라 구태여 마다할 까닭도 없었다.

그러나 득보가 분이를 두고 딸이니 조카니 하는 것처럼, 득보에 대한 분이의 태도도 또한 야릇한 것이 있어, 어떤 때는 아저씨랬다 어떤 때는 그이랬다, 심하면 아주 득보라고도 불렀다. 그러다가 어느 날 밤엔,

"아무것도 아니오. 외가는 외가 뻘이라 하지만 그이와는 직접 걸리지 않고, 내 외삼촌의 배다른 형제라요."

했다. 어느 날은 술이 또 취해서,

"왜 내가 아일 못 낳아? 저 건너 득보한테 가 물어보지, 분이가 열여섯에 낳은 옥동자를 어쨌는가고. 사내 글러 못 낳지 내 배 탓인 줄 알어?"

라고도 하였다.

이와 같이 걸핏하면 곧잘 득보의 이름을 걸치고 드는 분이가 억쇠에게는 여간 못마땅하지 않았지만 처음부터, 숫색시인 줄 알고 장가든 것이 아닌 바에야 못 들은 체해 둘 밖에 없다고 생각하였다. 거기서 그 두 사람이 이리저리 걸치는 말들을 종합해서 그들의 과거란 것을 대강 추려 보면, 득보는 본래 이 황토골에서 한 팔십 리 가량 떨어져 있는 어느 동해변에서 그의 이복 형제들과 더불어 대장간 일을 하고 있었는데, 한번은 그 형제들과 싸움을 하다 팽이로 머리를 때려서 그 형제 하나를 죽이고 그길로 서울까지 달아나 거

기서 누구 집 하인 노릇을 하던 중, 이번에는 또 그곳 어느 대가의 부인과 관계를 맺었던 모양이다. 그랬다가 그것이 세상에 드러나게 되자 거기서 도망질을 쳐서 도로 고향 근처로 내려와 다시 옛날과 같은 대장간 일이나 보고 있으려니까 이번에는 다시 그가 옛날 형제를 죽인 사람이란 소문이 퍼져, 더 머물러 살 수 없게 되니, 하는 수 없이 또 나그네 길을 떠날 수밖에 없었던 듯하다.

분이는 득보가, 두 번째 그의 고향 근처로 내려와 살려다 못 살고 다시 나그네 길을 떠나게 된 데 대해, 그것은 그녀 자신이 그의 '옥동자'를 낳게 되었기 때문인 듯이 말하지만, 그것이 어느 정도 확실한 이야기인지는 모를 일이다. 분이의 그 야릇한 말투와 행동으로 보아서, 그 관계란 것을 가령, 분이가 아직 열여섯 살밖에 되지 않은 어린 계집애의 몸으로써 자기의 외삼촌 뻘이 되는──외삼촌의 이복 형제라니까──득보의 아이를 낳게 된 것이라 하더라도, 득보와 같은 그러한 위인이 그만한 윤리적 탈선이나 과실로 인하여, 일껏 벌였던 일터를 동댕이치고 다시 나그네 길을 떠나게 되었으리라고는 믿어지지 않는다. 그러고 보면 거기엔 위의 두 가지 이유가 다 걸려 있었는지도 모를 일이다.

분이가 걸핏하면 득보의 이야기를 끌어내는 것은 그녀의 마음이 거기 있는 까닭이요, 마음이 있는 곳에 몸도 대개 가 있어, 한 달 잡고 스무 날 밤은 억쇠가 홀아비로 자야 하였다. 낮에 가서 술잔이나 팔아주고 돼지 다리나 삶아주고 하는 것쯤은 분이의 과거가 그러한 만큼 혹 예사라 치더라도 잠자리까지 그러한 데는, 제 말대로 비록 제 외삼촌의 이복 형제 뻘쯤 된다 할지라도 바로 징검다리 이쪽에 제 서방의 집을 두고 있는 처지에서는 해괴하기 짝이 없는 노릇이었다.

억쇠가 득보더러,

"너 이놈, 분이는 왜 밤낮 네 집에 붙여두는 거여."

하고 꾸짖으면,

"늙은 놈이 계집 투정은 어지간히 한다."

하며 득보는 가래침을 탁 뱉곤 했다.

"어디 보자, 네놈 주둥아리가 곧장 성한가."

"별르지만 말고 낼이라도 당장 끝장을 내렴. 끝장을 못 내면 그
대신 계집은 내게 넘기고……."

"흥……."

하고 억쇠는 코웃음을 쳤다. 네놈 하나쯤은 가소롭다는 뜻이다. 이
럴 때 만약 어느 쪽에서든지 술과 안주만 준비되어 있다면 이튿날
로 곧 싸움이 벌어진다. 그들과 같이 가끔 싸움을 가져야 하는 사이
에 있어 분이의 그러한 생활 태도는 그것을 돕우는 데 도움이 되었
다. 하기는 득보가 처음부터 조카딸이라는 구실로 그녀를 억쇠에게
갖다 맡긴 것도 미리 다 이러한 효과를 노렸던 것인지 몰랐다.

분이는 분이대로 두 사나이가 자기를 두고 무슨 수작을 하든지
그런 것은 아랑곳도 없다는 듯이 밤이나 낮이나 부지런히 징검다리
를 건너다녔다.

억쇠가 볼 때, 더욱 해괴한 노릇은, 분이가 득보를 두고 강짜를
노는 일이었다. 득보는 언젠가도 천하에 흔한 게 계집이라는 큰소
리를 쳤지만, 과연 제 말대로 분이가 아니더라도 계집에 그다지 주
릴 사이는 없었다. 어디로 한번 나가 며칠을 묵고 들어올 적에는 으
레 낯선 계집 하나씩을 달고 돌아오곤 하였다. 그것들이 그러나 사
흘도 못 가 대개 달아나 버리기는 하였지만.

그런데 또 한 가지 망측한 일은 이렇게 득보가 가끔 달고 들어오
는 계집들에게 분이가 번번이 강짜를 부린다는 사실이었다. 강짜를
놀되 이건 어처구니도 없이, 이년아, 왜 남의 은가락지를 훔쳤느냐,

내 다리를 찾아내라, 수젓가락이 없어졌다, 모시 치마는 어디 갔느냐……. 이런 식으로 낯선 계집들의 노리개나 옷벌을 뺏기가 일쑤요, 그러고서도 계집이 얼른 물러가지 않으면 이번에는 육박전으로 달려들어 머리를 뜯고 옷을 찢곤 하는 것이다.

"너 때문에 득보는 평생 어디 장가 들겠나."
하고 억쇠가 나무라면, 분이는,

"벨 소릴 다 듣겠네. 그럼 도둑년을 붙여둘까."
하고 톡 쏘는 것이다.

한번은 역시 그러한 여자 하나가 득보에게 정이 들었던지 얼른 달아나지 않고 한 달포 동안이나 붙어 살게 되었다. 분이가 그런 따위 수작을 붙이면 서슴지 않고 제 보따리를 털어서 척척 내어주어 버린다. 몸집도 큼직하려니와 여자치고는 힘도 세어서 분이가 본래 남의 머리를 뜯고 옷벌이나 찢는 데는 여간한 솜씨가 아니라고 하지만, 이 여자에게만은 그리 잘 되지 않는 모양이었다. 몇 번 머리를 뜯으려고 달려들었다가는 번번이 실패를 보고 말았다. 그러자 분이는 일도 하지 않고 잠도 자지 않는 채, 며칠이든지 득보네 방구석에 그냥 박혀 있었다. 밤사이에는 셋이서 무엇을 하는지, 밖에서 들으면 흡사 씨름을 하는 것처럼 툭턱거리고 쾅쾅거리는 소리만 들렸다. 어떨 때는 그것이 거의 밤새도록 계속되기도 하였다. 이러고 난 이튿날 아침에 보면 세 사람이 다 으레 머리를 풀어 흐트린 채 눈들이 벌개져 있었다. 그것을 보는 억쇠는 입맛이 쓴지,

"더러운 연놈들!"
하면서 침을 뱉곤 하였다.

그렇게 얼마를 지난 어느 날 새벽녘이었다.

"연놈이 사람 죽이네!"
하는 날카로운 비명 소리가 들렸다. 분이의 목소리였다. 그러고는

또다시 툭탁거리는 소리가 들리기 시작하였다.

이와 같이 득보의 생활에 사생결단의 관심을 걸고 있는 분이가 그러면 제 서방 격인 억쇠를 보지 않느냐 하면 그런 것도 아니다. 정부는 정부요, 본부는 본부란 속인지, 득보의 집에서 국그릇도 들고 오고 밥사발도 안고 오곤 하여, 시어머니와 억쇠의 밥상을 보는 체도 하고 가다가 빨래가 밀리면 빨래 방망이를 들고 나서기도 하였다. 그 밖에 무슨 잠자리 같은 데서 몸을 사리거나 하느냐 하면 그런 일은 한 번도 없고, 그보다도 분이의 말을 빌리면, 억쇠에 대한 그녀의 가장 중요한 불만이, 잠자리에 있어 그가 너무 심심한 점이라 한다.

5

분이가 밤낮으로 징검다리를 건너고 있을 무렵, 억쇠는 맘속으로 그녀를 단념하고, 그 대신, 그 전부터 은근히 눈독을 들여오던 설희를 손아귀에 넣고 말았다.

억쇠는 혈통이 농부요, 과거가 또한 그러니 만큼 잠자리에서뿐만 아니라, 분이의 모든 점이 그에게는 맞을 수 없었다. 더구나 늙은 어머니까지 모시는 몸으로 여태 혈육 한 점 없다는 것도 여간 송구스러운 일이 아니었다. 뿐만 아니라, 자기 자신의 심정으로서도 자식 하나쯤은 기어이 남겨야 할 것같이 생각되었다.

그러나 마음씨나 몸가짐이 그러한 분이에게 이 일을 기대할 수는 없었고, 또 그러니 만큼 그것을 통정하고 싶지도 않아서 그녀와는 상의 없이 저 설희를 보게 되었던 것이다. 그러나 분이는 또 분이대로 잔뜩 배알이 틀리는지,

"흥, 씨 글러 못 낳지, 배 글러 못 낳는 줄 아나. 어느 년의 ××
×은 어디 별난가 두고 보자!"
하며 이를 갈아 붙였다.

설희는 용모가 미인이었고, 게다가 행실까지 얌전하다 하여 부
근 일대엔 모르는 사람이 없으리 만큼 소문이 높이 나 있던 여자였
다. 스물셋에 홀로 되어 그동안 여러 군데서 무수히 권하는 개가도
듣지 않고 식구라야 하나밖에 없는 늙은 시아버지를 지성껏 섬겨가
며 군색한 빛 남에게 보이지 않고 살아왔던 것이다. 얼마 전 그 시
아버지마저 세상을 떠나버리고 의지가지 없게 되자, 그동안 이미
오래 전부터 마음을 두고 몇 차례 집적거려보기까지 하여오던 억쇠
가 드디어 그녀를 손에 넣고 말았던 것이다.

한편 설희에 대하여 침을 흘려온 자로 말하면 물론 억쇠 한 사람
뿐만이 아니었다. 가운데도 득보는 잔뜩 제 것이 될 줄로만 믿어왔
던 모양으로 설희가 억쇠와 함께 지내게 되었다는 소문을 듣자 으
흥 하고 신음 소리를 내었다.

"늙은 놈이 계집을 둘씩이나 두고 거드럭거리다 쉬 자빠질라, 괜
히 헛욕심 부리지 말고 진작 하날랑 냉큼 내놓는 게 어때."

안냇벌에서 돌아오며 억쇠에게 하는 말이었다.

억쇠는 그냥,

"그놈 주둥아릴……."

하고 말았지만 속으로는,

──이놈이 끝내 그냥 있진 않겠구나.

했던 것이다.

어느 날 밤에는 비가 부슬부슬 내리는데 한 이경이나 되어 억쇠
가 설희에게로 가니 방문의 불빛은 어느 때와 마찬가지로 불그레하
게 비쳐 있는데 그 안에서 사내의 코 고는 소리가 드르렁거렸다. 아

차 싶어 신돌 위를 보니 아니나 다를까, 그 침침한 불빛에서도 완연히 크고 낯익은 미투리 한 켤레가 놓여 있지 않는가. 순간 억쇠는 자기 자신도 모르게 주먹이 불끈 쥐어지며 온몸의 피가 가슴으로 쫘악 모여든 듯하였다. 떨리는 손으로 막 문고리를 잡으려 할 때, 저쪽 뜰 구석에서 사람의 기척 소리가 나는 듯하여 얼른 머리를 돌려서 보니 그쪽 어두컴컴한 거름 무더기 곁에 하얗게 서 있는 것이 분명히 사람의 모양이요, 한두 걸음 가까이 들어서는데 보니 바로 설희였다.

설희는 억쇠의 턱 밑으로 다가 들어서며,

"득보요, 벌써 초저녁에 와서 어른을 찾데요, 안 계신다고 해도 그냥 들어와서 어떻게 추근추근히 구는지, 할 수 없이 측간엘 간다고 나와서 뒤꼍에 숨어 안 있는교."

이렇게 소곤거렸다.

"으— ㅁ."

하고, 혼자 속으로,

— 죽일 놈이다.

했다.

부들부들 떨리는 손으로 방문 고리를 잡을 때는 이놈을 아주 잠이 든 채 대가리를 부숴놓으리라, 했던 것이다.

득보는 억쇠가 문을 열고 들어와도 모르고 방에 하나 가득 찰 듯한 큰 덩치를 뻗드리고 자빠져 누워 드르렁거리며 코를 골고 있었다. 유달리 검붉고 뚝뚝 불거진 얼굴에 희미한 불 그림자가 바로 비껴 있고, 여줏덩이만이나 한 콧마루 위에는 어이한 파리 한 마리가 앉아 있다. 파리는 콧마루에서 콧잔등을 타고 기어 올라가다가 산근 즈음에서 한 번 날아서, 다시 그의 왼쪽 눈썹 끝의 도토리만 한 혹 위에 가 앉았다. 파리와 함께 그의 시선도 그 혹 위에 가 멎어서 더 움직이질 않았다. 그것은 금년 삼월 삼짇날 싸움 때 억쇠의 주먹에 맞아서 생긴 거라는 혹이었다. 그러자 억쇠는 문득 어떤 비창한 생각이 들었다. 그는 후들거리는 발길로 득보의 엉덩이를 걷어차며,

"이놈 득보야!"

하고 불렀다.

몸을 좀 꿈틀거리다 그대로 다시 코를 골기 시작하는 득보를 이번에는 좀 더 거세게 지르며,

"이놈 득보야!"

하니, 그제야 핏발이 벌겋게 선 눈을 떠 방 안을 한 번 살펴보고 나서 기지개를 켜며 부스스 일어나 앉았다.

억쇠가 목소리에 노기를 띠고,

"네 이놈 여기가 어디여."

한즉, 그는 입맛만 쩍 다시고는 대답이 없었다.

"네 이놈 여기가 어디여."

또 한 번 호통을 치니, 그제야 그 벌건 눈으로 억쇠를 한 번 힐끗 쳐다보며,

"어딘 어디라."

한다.

"흥, 이놈!"

억쇠는 한참 득보의 낯을 노려보고 있다 이렇게 선웃음을 한 번 치고 나서, 얼굴을 고쳐,

"따로 매는 맞을 날이 있을 터이니 오늘 밤엔 우선 술이나 처먹어라."

하고, 설희를 불러 술을 청했다.

이 날 밤 이래로, 득보의 설희에 대한 태도가 조금 은근해진 듯하기는 했으나, 그 대신 전날보다도 더 걸음이 쉽고 잦게 되었다.

"아지메 있어?"

득보는 언제나 밖에서 이렇게 불렀다. 설희는 설희대로 득보가 비록 자기를 찾더라도,

"안 계시는데요."

하고, 으레 바깥 주인이 안 계신다는 뜻으로만 대답을 하곤 했으나, 득보는 억쇠가 있든지 없든지 그냥 방으로 들어오므로 나중에는 잠자코 방문을 열기만 하였다.

이렇게 방 안에 들어온 득보는 처음엔 으레 농지거리 비슷한 인삿말을 붙여보곤 하였으나 수작이 지나치면 그때마다 설희의 두 눈에 싸늘한 칼날이 돋힘을 발견하고 그러고는 슬그머니 뒤로 물러앉는가 하면 의외로 빨리 자빠져 누워 코를 골기 시작하는 것이었다.

"이놈아 맞아 죽을라, 조심해라."

억쇠가 은근히 얼러보면,

"더럽게 늙은 놈아! 친구가 네 계집 궁둥이에 좀 붙어 자기로서니 늙은 놈 처신으로 그것까지 샘질이냐?"

득보는 아니꼬운 듯이 가래를 돋우곤 하는 것이다.

그러나 억쇠는 득보가 언젠가 분이를 두고도 이렇게 가래만 뱉던 것을 기억하고,

"흥, 이놈이 어디 두고 보자."

무서운 눈으로 노려보면,

"이놈아, 그렇다면 낼이라도 끝장을 내자. 어느 놈의 계집이 되는가 말이다."

하고, 득보는 또 언젠가 분이를 두고 하던 것과 같은 말투였다.

"어디 이놈!"

하고 이번에는 억쇠도 이전과 달랐다.

이 모양으로, 두 사람 사이에 설희가 새로 등장한 이후로는 언제

나 그녀로써 싸움의 동기를 삼았다. 그것도 물론 분이의 경우와 같이 한갓 싸움을 돋우기 위한 방편에 지나지 않았는지 모르지만, 분이의 경우보다는 양쪽이 다 좀 심각한 체하는 것도 사실이었다.

억쇠도 설희에 대해서만은 진지한 태도로, 어쩌다 술이라도 얼근해지면,

"난 자네가 암만해도 염려스러이."

하고 슬쩍 그녀의 마음을 떠보기도 하였다. 그럴라치면 그때마다 설희는 소곳이 고개를 수그릴 뿐 대답이 없었다.

한번은 분이의 이야기를 하던 끝에 설희는,

"아주 떼내어 버려요."

하기에, 그때 역시 술기가 얼근하던 억쇠는, 농담 삼아 또,

"그랬다가 자네마저 득보 놈이랑 어울려버리면 어쩌라구."

했더니, 설희는 갑자기 낯빛이 파랗게 질리어 한참 앉아 있다가,

"지같이 팔자 험헌 년이 앞으론들 좋기로사 바라겠소……. 그저 이 위에 더 팔자는 고치지 않을 작정……."

하며, 조용히 수건으로 눈물을 받으매, 억쇠는 취한 중에서도, 설희의 팔자란 말에 문득 자기의 반 넘어 센 수염을 쓸어 쥐며,

"미안하이, 미안해……."

진정으로 언짢아하였다.

득보가 밤낮없이 설희의 방에 걸음이 잦을 무렵이었다.

밤마다, 달이 있을 때에는 그 집 뒤꼍의 늙은 홰나무 그늘에 숨고, 달이 없을 때엔 캄캄한 어둠에 싸인 채 그 불빛이 희미하게 비치고 있는 설희의 방문을 그녀는 노리고 있었다.

그녀의 낯에는 그믐달빛 같은 독기가 서리고 그 두 눈에는 야릇한 광채가 감돌며, 그리고, 그 품속에는 헝겊에 싸인 날이 새파란

비수 하나가 들어 있었다.

6

억쇠와 득보 두 사람이 서로 겨루듯이 열을 내어 설희에게 다니기 시작한 뒤부터 분이의 낯빛과 거동엔 변화가 생겼다. 그녀는 전과 같이 수다스레 지껄이지도 노골적으로 입을 비쭉거리지도 않았다. 밤으로는 어디 가 무엇을 하고 오는지 집안에 붙어 있지도 않다가, 낮이 되면 온종일 이불을 쓰고 잠을 자는 것이었다. 언제 어떻게 끼니를 치르는지 그녀는 거의 식음을 전폐하듯 하였다. 그녀의 낯빛은 이제 종잇장같이 되고, 입가에 언제나 뱅글거리던 웃음도 아주 흔적을 감추어버렸다.

분이의 이러한 심상찮은 거동을 억쇠 역시 깨닫지 못한 바는 아니었으나 그는 그의 어머니의 병환으로 경황이 없을 즈음이라 설마 어떠랴 하고 내버려두었던 것이다.

어느 날 밤에는 억쇠가 그의 어머니의 병 시중을 들고 있노라니까 밤이 이슥해서, 건너편 득보네 집에서 갑자기 싸우는 소리가 났다. 이윽고 분이의 비명 소리가 나고 그러고는 싸움 소리도 갑자기 그쳐버렸다. 분이의 비명 소리가 났을 때, 억쇠의 늙은 어머니는 갑자기 자리에서 몸을 일으키며,

"야야, 저게 무슨 소리고? 저게, 저게!"

하고 억쇠의 소매를 잡아당겼다.

이때부터 병세는 갑자기 위중해져서 그런 지 사흘째 되던 날 그 맘때엔 그녀의 몸에서 이미 숨이 없어진 뒤였다.

황토골 뒷산 붉은 등성이에 억쇠네 무덤 한 쌍이 더 늘던 그날 밤

이었다.

억쇠가 그의 친척 몇 사람과 더불어 아직도 뜰 가운데 타고 있는 화톳불을 바라보고 있었을 바로 그때, 그의 가엾은 설희는 그 뱃속에 또 하나 다른 생명을 넣고, 목에 푸른 비수가 꽂힌 채 그녀의 다난한 일생을 끝내고 말았다.

설희의 몸이 채 식기도 전에, 손과 소매와 치맛자락을 온통 피로 물들인 채, 분이는 다시 그 캄캄 어두운 홰나무 밑을 돌아 득보를 찾아가고 있었다. 아직도 핏방울이 듣는 그녀의 오른쪽 손에는, 다시 설희네 집에서 들고 나온 식칼이 번득이고 있었다.

낮에 상여를 메고 갔다 산에서 흙일을 하고 돌아온 득보는 술이 잔뜩 취하여, 마침 분이가 치마 속에 그것을 숨기고 설희 집 뒤의 홰나무 그늘을 돌아나올 때쯤 하여서는 불도 켜지 않은 캄캄한 방 안에 막 잠이 들어 있었던 것이다.

방문 앞까지 와서, 방 안의 득보의 코고는 소리를 들은 분이는 흡사 조금 전에 설희의 방문 고리를 잡으려던 그 순간과 같이, 별안간 가슴에서 걷잡을 길 없는 쌍방망이질이 일어나며 그와 동시에 코에서는 어릴 적 남몰래 주워 먹던 마른 흙냄새가 훅 끼쳐 오르며 정신이 몽롱하여졌다. 바로 그 다음 순간, 분이는 반무의식 상태에서 바른손에 든 식칼로 어둠 속에 코를 골고 자는 득보의 목을 내리 찔렀다. 그러나 칼날은 그의 목을 치지 못하고 목에서 한 뼘이나 더 아래로 빗나가 그의 왼편 가슴을 찔렀다.

가슴이 뜨끔하는 순간, 득보는,

"어엇!"

하고, 놀라 일어나려는데, 무엇이 왈칵 가슴으로 뛰어들어와 안기려 하였다. 분이라는 생각이 섬광처럼 머릿속에서 번쩍하던 다음 순간, 득보는 무슨 악몽에서 깨는 듯 가슴의 것을 힘껏 후려 던져버렸다. 분이는 문턱에 가 떨어졌다.

그제야 정말 정신이 홱 돌아 들어오며 거의 본능적으로 그 손이 그쪽 가슴께로 갔다. 가슴에서 뜨뜻한 액체 같은 것이 손에 묻어나오자, 그 순간, 또 한 번 꿈속에 벼락을 맞듯 등골이 찌르르하여짐을 깨달으며 그대로 자리에 쓰러져버렸다.

이튿날 새벽 억쇠가 숨을 헐떡이며 뛰어왔을 때엔 온 방 안이 벌건 피요, 피비린 냄새가 코를 찔렀다.

"득보!"

하고, 억쇠는 큰소리로 불렀다.

"……"

득보는 잠자코 눈을 떠서 억쇠를 쳐다보았다. 그의 눈에는 벌건 핏발이 서 있었다.

"득보!"

"……"

"죽든 않겠나, 죽든."

"……"

대답 대신 득보는 왼편 가슴을 더듬었다. 거기엔 시뻘건 핏덩이가 풀처럼 엉켜 붙어 있고, 다시 그의 엉덩이 즈음에서는 피철갑이 된 식칼 하나가 나왔다.

식칼을 집어 들어서 보고 있는 억쇠의 신발에서는 피가 스며 올라와 버선을 적시었다.

그동안 부엌의 억새풀 위에 쓰러져 누워 있었던 분이는 새벽녘이 되어, 억쇠의 목소리가 나자, 놀라 일어나 거기서 그림자를 감추어버렸다. 그러고는 두 번 다시 그녀는 나타나지 않았다.

7

득보의 가슴의 상처는 달포 만에 거죽만은 대강 아물어 붙었으나 그 속은 웬일인지 자꾸 더 상해만 들어가는 모양이었다. 양쪽 광대뼈가 불거져 나오고, 광대뼈 밑에는 우물이 푹 패이고, 게다가 낯빛은 마른 호박같이 되어, 옛날의 모습은 볼 길이 없는데, 이마에는 칼로나 그어낸 것처럼 깊고 험상궂은 주름살만 늘게 되었다. 그는 달포 동안에 완전히 늙은 사람이 되었다.

"분이는?"

억쇠를 볼 때마다 늘 이렇게 물었다.

처음 억쇠는, 득보가 분이를 찾는 것은 분이에 대한 원수를 갚으려는 줄 알았으나, 두 번, 세 번 그의 표정을 보아오는 동안, 그렇기만도 한 것이 아니고, 어쩌면 분이를 도리어 아쉬워하고 있는 듯한 눈치이기도 하였다.

"내가 찾아오지."

억쇠는 늘 이렇게 대답하였다.

그러나 좀처럼 분이의 행방은 알 길이 없었다. 혹은 그녀의 고향인 동해변 어디에 가 산다는 말도 있고, 혹은 남쪽의 어느 객주집에 가 역시 주모 노릇을 한다는 말도 있고, 또 일설에는 영천 지방 어디서 우물에 빠져 죽어버렸다는 소문도 있었다.

"뭐 하노."

득보는 억쇠에게 곧잘 역정을 내었다.

"그동안 찾아내지."

그러나 억쇠는 분이를 찾아 길을 떠나지는 않았다.

이듬해 봄이 되었다.

세안에 가끔 장 출입을 하던 득보는, 땅에서 풀이 돋고, 건너 산에 진달래가 필 무렵이 되자, 표연히 어디론가 길을 떠나고 말았다.

억쇠는 억쇠대로 그날부터 득보를 기다리기 시작하였다. 그는 매일같이 주막에 나가 득보의 소문만 들으려 하였다. 이른 여름이 되었다.

나뭇가지마다 녹음이 우거져가는 단오 무렵 어느 날 득보는 의외로 어린 계집애 하나를 데리고 황토골로 돌아왔다. 유록 저고리에 분홍 치마를 입은 열두어 살 가량 되어 뵈는, 이 어린 계집애는 분이가 열여섯 살 때 낳은 그녀의 딸이라는 것이었다.(그녀 자신은 일찍이 옥동자라고 했지만…….)

"분이는 어쩌고?"

억쇠가 물은즉 득보는 힘없이, 다만,

"아마 돼진 모양이여."

하였다.

그 뒤에도 득보는 가끔 집을 나가면 한 예니레씩 묵어 들어오곤 하였다.

"어디 갔더누."

억쇠가 물으면 득보는 힘없이 그저,

"저어기……."

하고 마는 것이 분명히 분이를 찾아다니다 오는 눈치였다.

분이를 찾아 나가지 않고 집에 있을 때는 무시로 계집애를 보내어 억쇠의 거동을 엿보게 하였다.

"멀 하더누."

"누워 있데요."

이것이 그들 애비 딸의 대화였다. 만약 억쇠가 집에 없더라고 하면 몇 번이든지 계집애를 되돌려 보내었다. 그리하여 결국 그가 집에 돌아와 있더라는 보고를 듣고 나서야 마음을 놓는 모양이었다.

한번은 주막에서 술이 취해서 돌아오는 길로 억쇠에게 들르더니, 득보는 그 커다란 주먹을 억쇠의 턱 밑에 디밀어 보이며,

"너 같은 놈은 아직 어림없다."

고 하였다.

억쇠도 자칫 흥분을 하여,

"허허허……."

소리를 내어 웃어버렸더니, 득보는 그 주먹으로 억쇠의 볼을 쥐어 박으며,

"이 늙은 놈아, 이 더러운 놈아."

분이 찬 목소리로 이렇게 욕을 하였다.

억쇠도 그제야 자기의 경망한 웃음을 뉘우치며,

"술만 깨면 네놈 죽여놓을 게다."

하고, 호통을 쳤더니, 그제야 득보도 눈에 광채를 띠며,

"웅, 이놈아 정말이냐."

하고, 자기의 귀를 의심하는 듯이 이렇게 한 번 다지는 것이었다.

그러나 이튿날도 사흘째도 억쇠는 득보를 찾아주지 않았다.

그런 지도 보름이 지난 뒤였다.

낮이 다 되어 득보는 억쇠를 찾아와, 그동안 노름을 해서 돈이 생겼으니 술을 먹으러 가자고 하였다.

마침 목이 컬컬하던 차라 억쇠도 즐겁게 술잔을 나누게 되었는데, 그러나 득보의 행동이 웬일인지 이 날따라 몹시 굼뜨게 보였다. 억쇠는 마음속으로 득보가 분이를 못 잊어 그러려니 하고,

"너 이놈 죽은 분이는 왜 못 잊고 그 지랄이냐."

했더니,

"늙은 놈이 더럽게 기집 생각은 지독하게 헌다."

하며 도로 억쇠를 나무랐다.

"이 불쌍한 놈아, 분이는 영천서 우물에 빠져 죽은 지도 벌써 옛날이다."

하고, 억쇠가 한마디 던져본즉,

"그놈이 영천만 알고 언양은 모르는구나."

하였다. 그러면 영천이 아니라 바로 언양서 죽은 게로구나, 억쇠는 속으로 짐작을 하며, 그래서 저놈이 이 한 달포 동안은 그렇게 아가리에 술만 들이부은 게로구나, 하는 생각도 들었다.

"그럼 너는 이놈아, 상제 노릇을 해야지."

하는 억쇠의 말에 득보는 무엇을 생각하는지 한참 동안 잠자코 있더니, 흥 하고 그저 코웃음을 한 번 칠 뿐이었다.

술이 거진 다 마쳐갈 무렵이었다.

득보는 돌연히 술상 위에다 날이 퍼렇게 선 단도 하나를 내놓으며,

"너 이놈 네 죄 알지."

하였다.

그러나 억쇠는 마치 자기 자신도 모르게 그러한 것을 예기하고나 있었던 것처럼 조금도 당황하거나 겁을 집어먹는 빛이 없이, 자칫하면 또 언제와 같이 웃음이 터져나올 듯한 것을 억지로 누르며,

"흥, 내가 이놈……."

하고, 엄숙한 음성으로 입을 떼었다.

"네놈의 목숨 하나 오늘까지 남겨온 것은 다 요량이 있었던 거다."

억쇠의 두 눈에도 불이 켜졌다.

억쇠의 장엄한 목소리와 불을 켠 두 눈에서 형언할 수 없는 만족감을 깨달으며, 그러나 득보는 비웃는 듯이,

"너도 사내 새끼로 생겨나, 방 안에서 자빠지기가 억울커든 나서거라."

하며, 단도를 도로 고의춤에 넣어버렸다.

억쇠는 득보를 먼저 안냇벌로 들여보낸 뒤, 자기는 주막에 남아서 술 준비를 시키고 있었다.

"소주는 역시 깔깔한 놈이 좋군."

억쇠는, 안주인이 맛뵈기로 부어준 사발의 소주를 기울이며 바깥 주인을 보고 이런 말을 건네곤 했다.

"안주가 마른 것뿐인데……."

하고, 안주인이 문어 가리를 들고 나왔다.

"문어 가리면 됐지, 머……."

억쇠는 문어 가리를 꾸려서 조끼 주머니에 넣은 뒤, 소주 두르미(큰병)를 메고 득보의 뒤를 좇았다.

막걸리 먹은 다음에 소주를 걸친 때문인지, 옛날 처음으로 장가란 것을 가던 때처럼 가슴이 다 설레며 걸음이 흥청거려졌다.

"네놈이 내 초상 안 치르고 자빠질 줄 아나."

억쇠는 문득, 언젠가 득보가 가래와 함께 뱉어놓던 이 말이 머리에 떠오르며 동시에, 아까 술상 위에 내어놓던 득보의, 그날이 시퍼렇던 단도가 생각났다.

그 한 뼘도 넘어 될 득보의 단도 날이 자기의 가슴 한복판을 푹 찔러, 이 미칠 듯이 저리고 근지러운 간과 허파를 송두리째 긁어내어 준다면, 하는 생각과 함께 자기 자신도 모르게 몸서리를 한 번 치고, 문득 걸음을 멈추며, 고개를 들었을 때, 해는 이미 황토재 위에 설핏한데, 한 마장 가량 앞에는 득보가 터덕터덕 혼자서 먼저 용냇가로 내려가고 있었다.

찔레꽃

    올해사말고 보리 풍년은 유달리도 들었다.

    푸른 하늘에는 솜 뭉치 같은 흰 구름이 부드러운 바람에 얹히어 남으로 남으로 퍼져나가고 그 구름이 퍼져나가는 하늘가까지 훤히 벌어진 들판에는 이제 바야흐로 익어가는 기름진 보리가 가득히 실려 있다. 보리가 장히 됐다 됐다 해도 칠십 평생에 처음 보는 보리요, 보리밭둑 구석구석에 찔레꽃도 유달리 야단스럽다. 보리 되는 해 으레 찔레도 되렷다.

    "매애, 매애."

    찔레꽃을 앞에 두고 갓난 송아지가 울고,

    "무우, 무우."

    보리밭둑 저 너머 어미소가 운다.

    "더러운 년의 팔자야, 더러운 년의 팔자야…… 쯧쯧쯧."

    순녀의 어머니는 보리 베던 낫을 던지고 밭두덩에 주저앉으며 혀를 찼다.

"이 너르고 너른 들판에 땅뙈기 손바닥만치만 가지면 제 배 하나 채우고 살걸, 만주니 어디니 안 가고 못 산단 말인가…… 더러운 년의 팔자도 있다. 더러운 년의…… 쯧쯧쯧."

굶으나 벗으나 스물다섯 해 동안 서로 떨어져본 적 없던 어미와 딸 사이다. 열여덟에 시집이라고 간 것이 또한 이웃이라 출가외인이란 말도 그 새를 갈라놓진 못했다. 사남 일녀 오남매 중 어머니의 막내둥이로 제 아이를 둘이나 가진 오늘날까지 순녀는 상기 남편의 아내이기보다 어머니의 딸이었다.

그때 이미 같이 가난은 했을망정 그래도 순녀를 두고 말한다면 인물로나 솜씨로나 어디 내놓더라도 남에게 과히 축갈 데 없던 인품으로 그렇게 지지리 가난한 데 아니면 어디 사윗감이 없었으랴만, 하루에 두 끼씩을 먹고 사는 한이 있을망정 두고 못 보는 데 비기랴 해서 제 오라범들의 떨떠름해하는 낯빛도 모른 체하고 그냥 그 이웃 총각에게 맡기기로 했던 그 딸이다.

그 이웃 총각이 어른이 된 지 다섯 해 만에 돈을 벌러 간답시고 만주로 간 이후 두 해 동안이나 소식이 없어 죽은 줄만 알고 있던 이즈음, 그의 당숙 되는 영감이 거기서 나왔다.

"아니, 저, 우리 박 서방 소식은 어째 됐답죠?"

곧 이렇게 물은 것은 순녀의 어머니다.

"거기 한데 있지요."

영감의 이 말을 듣고 어미 딸은 한참 동안 기가 막혔다.

"아아니, 그렇게 있으면서 집엔 통 편지 한 장을 않는답디요, 원!"

이렇게 어머니의 목소리는 떨리는 것이나, 그러나 영감은 아주 천연덕스레,

"아니지요, 그새 그 사람은 돈을 좀 벌어보겠다고 다른 데로 돌아다니다가 나한테로 들어온 건 한 달포 전이지요."

한다.

듣고 보니 그럴 듯도 하다마는, 그렇지만 사람의 자식이 아무리 경황 없이 만주 바닥에 돌아다닌다손 치더라도 처자를 고향에 두고 두 해 동안이나 소식이 없단 말인가. 순녀의 어머니는 속으로 혀를 차며,

"그래 어쩐답디요, 언제나 나오겠단교?"

하니, 영감은 순녀를 가리키며,

"이번에 나 따라 저 사람도 같이 데리고 들어오랍데요."

한다.

순녀의 어머니는 그 길로 자리에 눕게 되어 며칠 동안은 밥숟갈을 통 잡지 못했다. 그 번개같이 달리는 기차를 타고도 몇 날 몇 밤을 들어간다는 그곳이다. 산천도 낯설고 사람도 다른 데다 날씨조차 그렇게 험하다는 그곳이다. 게다가 서방이란 작자가 또 그 모양이다. 아무리 못난 자식일 망정 이렇게 제 당숙이 나오는데 제 처에게 편지 한 장을 따로 못 부쳐 보낸단 말인가. 아무리 할 말이 없다, 미안하다 하기로니, 그래도 제딴엔 할 말이 있을 텐데……. 천하에 인정도 의리도 모르는 자식, 제딴엔 혼자 속으로 틀린 게 있는지 모르겠다 하지만, 모두 제 못난 탓이지 저한테 잘못한 사람이 누가 있나, 그래도 어미는 힘대로 했다…… 여러 며느리 눈치보아 가면서 해마다 목화 따면 목화 필씩 주지 않았나, 콩 때 되면 콩, 녹두 때면 녹두, 어느 오곡 잡곡에 제 안 주고 어미 혼자 먹은 게 있더라고, 전지(田地)야 피차 없는 것, 그까짓 밭뙈기 두어 자리 있는 걸 그걸 설마 제 달란 속은 아닐 테지, 그럼 뭣에 틀렸단 말인고, 틀리긴…….

이러한 서방을 찾아 딸을 만주로 보내기란 그지없이 억울한 일이었다. 그러나 달리 어찌할 도리는 더욱 없었다. 아내가 지아비를 좇는 것은 곧 천측이 아닌가. 천측을 어기면 천벌을 받는다, 어느

누가 감히 천측을 거역하랴.

역시 딸은 보내는 길밖에 더 있을 수 없어, 머리가 아주 세고 살이 다 빠진 늙은이에게 눈물만이 어디서 그렇게도 곧장 쉴 새 없이 쏟아지는 것인지.

그녀는 소매로 눈물을 훔치고 코를 푼 뒤 다시 낫을 주워 들고 보리를 가려 베기 시작하였다. 오늘 아침엔 이웃집에서 찹쌀을 꾸어다 찰밥을 했건만, 그 부드러운 찰밥도 그녀들 어미 딸에게는 그냥 모래를 씹기였다. 거기서 어머니는 문득 어느 해 이맘때 순녀가 떡보리를 먹고 싶어 하던 것이 생각나, 그래, 슬그머니 낫을 들고 나온 것이다. 요만한 것쯤이야 손자 애들이나 누구를 시켜도 못할 건 아니지만, 첫째 그녀 자신이 집안 사람들이 보지 않는 들 가운데라도 잠깐 혼자 나와 있고 싶었고, 또 보리도 얼마만큼 익은 것이 떡보릿감으로 가장 알맞은 겐지 다른 사람들은 자기만큼 잘 모르리란 생각도 있었다.

푸르스름한 보리 이삭을 훑어, 쪄서 방아확에다 넣은 것은 저녁을 치른 뒤였다. 방앗간에는 부허연 종이 등불을 걸어놓고, 나무 공이를 갈아 박은 뒤, 어머니는 확 곁에 앉고 며느리들은 방아 가리를 밟고 살금살금 찧기 시작하였다.

이번엔 기름도 과히 아낄 줄 몰랐다.

떡보리가 다 된 것을 보고 방으로 들어와,

"일어나거라, 야야."

"……."

"얼른 일어나 이것 좀 먹어라, 떡보리다."

이렇게 두 번이나 불러도, 딸은 아무런 기척도 없이 그냥 잠든 체하고만 있다. 허나 어미는 그녀의 속을 보나 안 보나 뻔히 알고 있다. 이년은 옛날 시집을 가려던 때에도 며칠 동안을 이러고 자빠져 누웠던 것이다. 겉으로 소리내어 울 수는 없고 하니 얼마든지 이러고 있으려는 게지, 엣다, 못 먹겠거든 말아라, 먹기 싫은 걸 어미 대접 하느라고 한번 집어 먹은들 뭐 얼마나 네 몸의 살이 되고, 내 속 시원할 거라고 굳이 권할 것가……. 그녀는 떡보리 그릇을 방구석에 밀어놓고 딸의 손을 만져주며,

"이년의 팔자야, 이년의 팔자야."

수없이 혀를 찼다.

그리고 밤이 새도록 앉아서 딸에게 쥐여 보낼 무슨 정표가 될 것을 찾아본다.

이렇게 가면 다시 못 볼 딸에게 무엇을 쥐여 보낼까, 무엇을 주면 이 섭섭한 정이 덜어질까, 방 안을 둘러보고 농구석을 긁어보았으나 아무것도 이거다 싶은 게 없다. 집에서는 이번에 딸의 여비를 장만하느라고 아직 어미소 떼기 이른 송아지를 팔았고, 그래도 모자라서 어미가 아들들 몰래 이웃에 빚을 마흔 냥〔八圓〕이나 내 보태었다. 하지만 여비는 여비고 정표는 정표라야 하지 않겠는가.

네 벽에 올망졸망 달린 것은 무씨 주머니, 배추씨 주머니, 심고 남은 강냉이씨 주머니, 또 이쪽 벽에 걸린 목 짧은 오지 병엔 불켜는 소등 기름이 들었고, 그 곁엔 하얀 바가지가 서너 짝 걸려 있지만 순녀 년의 성깔머리에 남부끄러워 그런 건 들고 나서려 하지 않을 게다.

다시 한 번 농구석을 들여다볼 수밖에 없으나 농구석 역시 올해 죽을지, 오는 해에 죽을지 모르는 늙은이의 일이라 하여 근년엔 통옷벌을 지어 넣은 일이 없다. 모두가 낡은 저고리, 낡은 치마, 낡은 속곳 그런 것뿐이다. 간혹 베끝이나 생기면 이 농짝 속에 들어오기가 바쁘게 들어오는 족족 딸에게로 건너가 버렸었다. 뒤지고 암만

들춰보아야 옷 모양 같은 게 종시 있을 턱이 없고, 그래도 그중에서 좀 멀쩡하다는 것이 이제 두 물밖에 더 안 빤 베속곳 한 벌이다.

끝없이 너른 보리밭들에서 딸은 가고 어머니는 보낸다. 가는 것은 정녕 딸이요, 보내는 것은 역시 어머니에 틀림없건만, 이제 그녀들의 가슴속은 보내는 어머니가 가는 딸이요, 가는 딸은 보내는 어머니로 되어 있다.

사방을 둘러보아야 낯익은 고향 산천, 남산은 앞에 있고 뒷숲은 뒤에 있고, 동으로는 너른 밭들, 서로는 맑은 냇물, 어디 한군데 낯익지 않은 데 없고 정들지 않은 곳이 없다. 저 내 건너 목화송이 잘 피는 산비탈 밭에서는 순녀가 시집갈 때 가져간 이부자리 베와 솜이 나왔고, 저 뒤 숲머리에 지금도 번쩍번쩍 햇빛에 물이 빛나는 물레방아 앞으로는 제가 어려서부터 빨래질을 다니던 오솔길이 하얗게 놓여 있지 않은가.

"언제 볼꼬 울 엄매야, 언제나 볼꼬."

딸은 이제 목놓아 울고, 어미는 수건으로 눈을 가리며 흐느끼고, 따라나오는 며느리들의 눈에도 눈물이 글썽글썽하다.

"언제나 볼꼬, 울 엄매야, 우리 성님들아, 언제나 또 볼꼬."

딸의 넋두리에 맞추려는 듯이 뒷숲에서는 뻐꾸기가 한바탕 어우러져 운다.

"엣다, 이 사람아 대강 울어라. 어머님이 섭섭지, 젊은 우리네사 뭐, 볼 날 또 없을라고?"

이렇게 시누이를 위로하는 것은 어머니의 조그만 정표 보따리를 들고 따라나오는 맏올케형이다.

그렇다, 어쩌면 마지막이다. 눈 익혀 보아두자, 순녀는 몇 번이나 마음을 도사려 먹고 고개를 드는 것이나 이미 눈물에 잠긴 지 오래인 두 눈에 다만 허옇게 세인 머리와 수없이 밀린 주름살이 희미하게 비칠 따름이다.

푸른 하늘에는 솜뭉치 같은 흰구름이 부드러운 바람에 실려 남으로 흘러나가고 그 구름이 옮겨나가는 하늘 끝까지 기름진 보리밭들이 펼쳐져 있다. 보리밭둑 구석구석엔 찔레꽃까지 올해사말고 웬일로 이리 푸짐하게 피어서 야단인고.

"매—, 매—."

찔레꽃을 앞에 두고 갓난 송아지가 울고,

"무—, 무—."

어느 보리밭 두덩 너머 어미소가 운다.

어미는 이미 다 알고 있었고, 그래서 그 조그만 보따리 속엔 어젯밤에 찧은 그 떡보리와 자기가 입던 베속곳 한 벌이 들었고, 그뿐, 별로 할 말이 없다.

이제 기차를 타고 끝없이 떠나가는 것은 그 늙은 어머니요, 이 누런 보리밭둑 지름길에 흰 머리를 이고 혼자 서 있는 것은 그녀의 젊은 딸이다.

"매애, 매애."

"무우, 무우."

송아지와 어미소가 울고 있는 찔레꽃 두덩 너머로, 올해사말고 보리 풍년은 유달리도 들었다.

동구 앞길

오늘도 역시 좋은 날씨건만 선이는 아직 보이지 않는다.

뜰은 아침에 갓 쓸어놓은 그대로 깨끗하고 장독 곁 감나무 그늘 밑엔 새빨간 수탉 한 마리가 웅크리고 누워 있다. 감나무에서는 이따금씩 하얀 감꽃이 하나씩 내려와 장독을 때리고는 뜰로 굴러 떨어진다.

순녀는 따뜻한 툇마루에서 어린것에 젖을 먹여 재워놓고 아까부터 씻다 둔 고무신짝을 다시 닦기 시작하였다. 씻어보니 의외로 많이 낡았으나 그래도 친정 어머니나 올케들이 사뭇 맨발로 지낼 것을 생각하니 그나마 깨끗이 씻어 아껴 신고, 그리고, 며칠 전에 사다준 새 신은 이번 친정 갈 때나 가져가고 싶다.

오늘이 오월 초하루라 인제 보름만 지나면 바로 친정 어머니 생신날이다. 그때엔 이웃집 옥남이에게 어린놈을 업히고 자기는 닭이나 안고 어머니를 보러 갈 것을 생각하니 순녀는 시방도 곧 가슴이 두근거린다.

생각하면 그동안이 어느덧 칠 년, 한 해를 삼백예순 날씩으로만 잡아도 이천 하고 오백 날에, 순녀가 진정으로 살아본 성싶은 날은 그나마 그 한 이레뿐이었다고 생각된다. 한 해에 한 번씩밖에 오지 않는 어머니의 생신이다. 순녀에게 있어서는 일 년 삼백예순 날이 모두 이 하루를 위해서 있는 겐지 모른다. 게다가 올해엔 또 어린놈까지 옥남이에게 업혀서 갈 것을 생각하니 사뭇 즐겁지 않을 수 없다.

그렇다고 무어 순녀가 이번 첨으로 아이를 낳았다거나 하는 것은 아니다. 이렇게 살림이라고 든 지 칠 년 만에 그새 아들만 연달아 셋을 빼 낳았다. 사십 줄에 들도록 아들 구경을 못해서 잔뜩 기갈이 들었던 참에 갑자기 이런 복덩이들이 셋이나 잇따라 쏟아졌으매 영감님께서도 인젠 그 아들 기갈이 반이나 풀린 셈인지 이번엔 어째 백날이 다 가도록 업어가는 둥 져가는 둥 하는 말이 들리지 않는다.

그날 영감이 흰 고무신 한 켤레와 시방 저 감나무 밑에 웅크리고 누워 있는 수탉 한 마리를 사가지고 와서 신은 네 신이다, 어디 발에 맞느냐, 닭은 이번 보름날 가져갈 게다, 그동안 어디 얼마나 키워서 가는가 보자는 둥 하며 제법 흐뭇한 눈치이길래, 그래 이 짬을 타서 순녀도 영감의 속셈을 좀 다뤄볼 밖에 없어,

"나도 늘 혼자서 너무 심심코 하니 이번 아길랑은 그만 여기서 기뤄볼란요."

여러 번 두고 벼르던 걸 한번 이렇게 넌지시 물어보았는데,

"……."

영감은 그냥 못 들은 체하고 궐련만 빨고 있었다.

이러고 보니 순녀도 한 번은 더 다잡을 밖에 없었으므로,

"큰댁엔 그렇게 아이들이 둘이나 있고 하니 마누라님도 늙마에

그것들 길르느라고 매양 그렇게 애쓸 것 없이 여기선 이렇게 젖도 넘고, 나도 늘 혼자서 너무 서운코 하니……."

한즉, 영감은 그제야,

"그렇게 늘 심심커든 밖에 나가 자꾸 일이나 하지."

하는 것이다.

순녀는 어안이 벙벙하여 그대로 입을 다물어버리려다 어느덧 속으로 뽀로통한 설움이 솟아올라,

"허기야 머 늘 노는 줄만 아시나베, 저 앞밭에 한번 나가보셨이면 그 보리랑 감자랑 마늘이랑 목화랑 모두 뉘 손으로 그렇게 가꿔 놨게요. 것두 낮뿐이면야 무슨 짓을 한들 무에 그리 갑갑할 겝네까. 사철 자나새나 한번 들여다볼 아이 하나 없고 하니 그런 게지."

아까부터 옷고름은 눈에 갖다 대고 있었으나 그것은 그저 그런 습관뿐이요, 눈물은 노상 방바닥으로만 떨어졌다.

"……."

영감은 담배만 피우고 앉아 있으면 그만인 것이었다.

순녀도 이번엔 한사코 한번 해보고 말 참이니, 이번조차 그렇게 앗아간다면 사실 그녀에게 세상 살 맛이라곤 조금도 없었다. 본래가 부모 형제를 위하여 거의 팔려오다시피 된 몸이라고는 할망정 이미 아들을 둘이나 앗아갔으면 그만이지 이 위에 또다시 은혜를 더 갚아야 하는 겐가. 또 은혜라야 실상 별것이나 있나, 그때 논 다섯 마지기 얻어 부치게 된 것뿐인 걸 그걸 가지고 무어 그리 두드러진 은혜라고들 하는가.

맥 모르는 이웃 사람들은 언필칭 인사라고,

"그렇게 편하구두 왜 이리 말르누?"

고들 하지만, 그러게 사람이란 본래 남의 속 모른다는 게지. 사람이 마음속이 편해야 편한 게지 옷 밥 굶주리지 않는다고 마르지 않을

까. 누구나 자식 낳아 기르지만 제 속으로 난 자식 남에게 앗기고도 먹는 것이 참으로 살로 갈까. 그것도 십 년이나 이십 년쯤 지낸 뒤 엘망정 도로 제 에미라 찾아나 줄 게라면, 그만큼 철이나마 든 것이라면 그래도 그때를 바라보고나 살아본다지만, 이건 행여 제 난 에미 낯짝이라도 익힐까봐 채 인줄도 걷기 전에 들싸안고 가지 않았는가. 그러고서도 큰집 마누라의 하는 꼴이란 이건 일껏 아들을 낳아주어도, 아니 그럴수록에 원수로 친다. 본디 제 복에 없던 아들이 셋이나 늘어져 놓고 보니 인제 순녀는 갈 데 없이 마누라의 혹이 된 셈이다. 그러니까, 먼저 아직 이 셋째놈이 나기 전에만 해도 마누라는 허줄한 논이나 댓 마지기 제 앞으로 떼어주어서 아주 손을 끊어버리라고 영감을 들쑤시더란 소문은 이제 온 동네에 모르는 사람이 없지만, 그때 영감이 그저 그만하고 있은 것은 무어 마누라보다 그가 순녀를 그리 끔찍이 더 생각해서가 아니라, 아무리 허줄한 논이라고는 할망정 한참에 논을 다섯 마지기나 떼어 내주기란 참말이지 아까워서 못할 노릇이었을 게라고도 또한 이웃 사람들이 쑥덕거리는 그대로다.

속 모르는 친정 오라버니만 공연히 어리석은 헛 욕심에 들떠서 제발 영감님이 그러라고만 하거든 두말 말고 선선히 그러란 부탁이다. 하나 이건 남의 속을 몰라주어도 분수가 있지 그까짓 논 댓 마지기에 속아 떨어질 순년 줄 아는가 보다. 이젠 친정도 영감도 아무것도 대수롭질 않다. 제 속으로 난 자식을 셋이나 두고 왜 남이 된단 말인가. 그까짓 친정 오라버니야 목이 달든 말든, 그리고 영감이야 돌아보든 말든, 순녀는 인제 아들만 바라보고 살아갈 참, 열 번 죽더라도 찰거머리가 아니 될 수 없다.

순녀도 처음부터 아주 이렇게만 생각했던 것은 물론 아니다. 첨으로 순녀가 이 살림을 들기로 한 것은 말하자면 순전히 친정을 위해서였다. 아버지는 이제 겨우 한 오십밖에 안 된 이가 벌써 여러 해째 천만으로 드러누워 주야로 들볶느니 약 타령뿐이요, 집안일이라곤 손 하나 까딱할 줄 모르는 형편이고, 그중에 보통학교 졸업이라도 했다는 둘째 아들은 만준가 '대국'인가로 가버린 채 그 뒤 소식도 없고, 그 밖에 들끓는 건 모두 입 벌리고 먹으려고나 하는 어린 조카와 동생들뿐, 맏오라비 혼자 손으로 남의 논 서너 마지기 부치는 걸 가지고 그 많은 식구들이 어떻게 다 입에 풀칠인들 할 수 있겠는가. 이 짬을 넘겨다보고 웃마을 양 주사 영감이 사이에 사람을 넣어서 순녀를 달란다고 하였다.

웃마을 양 주사라면 첫째 돈 많고 토지 많은 사람인 줄 이 근처에선 모르는 사람이 없지만 그가 또 여태껏 아직 아들 없는 사람인 줄도 다 안다. 그때 그중매를 들러 온 하 생원의 말을 들으면 누구든지 거기 살림만 들게 되면 제 자신 호강은 다시 말할 것도 없고 저희 친정 권속까지 농사 한 가지는 으레 실컷 얻어 부치는 게고, 게다가 아들 자식 하나만 낳고 보면 그 많은 살림이 모두 뉘 것이 될까보냐고, 골골골 목구멍에 해소를 끓이며 귓속말로 일러주던 것이다. 순녀라고 그 말을 그대로 다 믿은 것은 아니지만 그래도 그중에 어쨌든 친정에서 농사 한 가지라도 실컷 얻어 부치리라고 믿지 않았더라면 당초 그의 소실을 들려고는 안 했을 것이다.

과연 그 뒤 동네 사람들이 쑥덕이는 것처럼 그렇게 친정 형편이 정말 제법 늘어진 건 아니지만 그래도 이전보다는 숨 돌리기가 좀 나아졌다고는 그 어머니나 오빠로부터도 듣는 바이다.

그러나 이제 와 순녀에게 있어 제일 목마른 문제는 친정도 아니요 살림도 아니요, 다만 한 가지 제가 낳은 자식 셋뿐이다. 어떻게 하면 제가 낳은 자식을 제 자식이라 부를 수 있고, 그 자식들을 위하여 마음껏 어머니 노릇을 해볼 수 있을까 하는 것이다, 라기보다도 우선 어떻게 해야 그 그리운 자식들의 얼굴을 한 번이라도 더 만나볼 수 있을까가 더 적실한 소원이다. 그는 시방도 이렇게 따뜻한 툇마루에다 어린것을 재워 놓고 바로 그 곁에 앉아 고무신을 씻느란 둥 하는 것도 무어 저 감나무 밑에 웅크리고 누워 있는 새빨간 수탉을 곧장 지켜보련 것도 아니요, 그냥 햇볕을 흠씬 쬐어보련 것도 아니고, 실상은 저쪽 묵은 성(城) 모퉁이를 돌아 이쪽으로 개천을 끼고 들어오고 있을 선이를 기다리는 터이다. 아니, 선이를 기다린다기보다 그 선이에게 이끌리어 올 자기의 맏아들 영준이나 혹은 선이의 등에 업혀서 올 기준이를 맞고자 함이다. 순녀는 선이를 시켜 아이들을 꾀어오게 하는 데 지금껏 갖은 애를 다 썼다. 그것도 선이로 보더라도 어른들의 눈을 속이고서 아이들을 꾀어내 오기란 여간 큰 모험이 아니다. 한번 들키기만 하는 날이면 그날로 당장 쫓겨나기는 물론이지만, 우선 그 매를 어찌 다 맞아내겠는가, 그러매 밥도 주고, 떡도 주고, 혹 엿도 사주고, 꽃주머니도 채워주고 하여, 보는 족족 꾀고 달래었다.

나중에는 저희 어머니에게까지 청을 넣고 애원을 하여 마침내 선이도 그 모험을 승낙했던 것이다.

달포 전에 선이는 이 모험에 한 번 성공한 일이 있었다. 그때 선이는 작은놈인 기준이만 업고 왔다. 하나 그것만으로도 선이는 순녀로부터 충분히 환대를 받을 수 있었고 또 순녀 자신으로는 오래 두고 가슴에 새긴 설움을 이에 눈물로 풀기에 족하였던 것이다.

선이를 달래어 어른들의 눈을 속이게 하는 것이 결코 떳떳하지 못한 일인 줄은 순녀도 모르는 바 아니나, 하지만 남의 자식을 낳는 대로 번번이 앗아가서는 여러 해가 되도록 아이들의 코빼기도 보여주지 않는 것은 그래 떳떳한 일인가. 그것도 몇천 리 먼 곳에 떠나가거나 한 것이라면 또 모를 일이지만 바로 동네 하나 사이에 두고 이렇게 몇 해 동안이나 한 번 보기도 어려우니 이 어찌 답답한 노릇이 아닌가.

감나무 그늘 밑에 웅크리고 누워 있던 새빨간 수탉이 활개를 털고 일어나 제법 늘어지게 낮 울음을 세 번이나 울었다. 저쪽 묵은 성 모퉁이를 돌아 이쪽으로 개천을 끼고 돌아 들어올 선이는 아직 보이지 않는다.

동향채 집 그늘이 뜰로 서 발도 더 내려와 순녀가 그제야 점심을 마악 들고 앉으려 할 때에 토닥토닥 아이들의 발소리가 나기에 가슴이 덜렁하여 눈을 들어보니 이윽고 문에 들어서느니 선이요, 선이 등에 업힌 기준이요, 선이에게 손목을 잡힌 영준이들이다.

순녀는 처음 아이들을 멀거니 바라보고 서서 등신처럼 비죽이 웃고 있었다. 다음 순간 문득 그녀는 미친 것처럼 뛰어들어 영준이를 덥석 품에 안았다.

――영준아―― 영준아――.

그러나 그 소리는 그녀의 목구멍밖에 들리지 않았고 영준이의 등 너머로 수그린 그녀 낯에서는 눈물만이 쏟아져내렸다.

선이는 순녀의 형편을 잘 알고 있는 터이지만 같이 덩달아 눈물을 흘리기도 쑥스런 노릇이고 그렇다고 그것을 빤히 쳐다보고 구경을 한달 수도 없어서 툇마루 난간에 궁둥이를 대고 비스듬히 선 채 고개만 수그리고 있다.

그러나 놀란 것은 영준이다. 암만 봐야 낯선 아줌만데 왜 이렇게 저를 꼭 부둥켜안고는 놓아주질 않는 것일까. 게다가 이 낯선 사람은 눈물까지 흘리는 눈치가 아닌가.

"영준아!"

낯선 사람은 상기 눈에 눈물을 담은 채 이렇게 부른다. 가뜩이나 울 짬만 엿보고 있던 참이라 이판에 그만,

"응 애애!"

하고 울음보를 터놓았다.

"왜 울어? 울지 마, 울지 마, 응 아가."

순녀는 일어나 벽장문을 열고 준비해 두었던 백설기와 사탕 가루와 엿과 과자를 내놓았다.

"자 이거 먹고 울지 마, 자아, 자아, 그래야 착하지."

순녀는 백설기를 집어 영준이의 손에 쥐어주었으나 영준이는 기어이 주먹을 쥔 채 그것을 밀어내 버렸다.

선이가 그것을 보고 딱했던지,

"영준아 받아라, 엄마다."

한즉, 영준은 잠깐 울음을 그치고 고개를 들어 선이를 빤히 바라본다.

"받아라, 응 받아라."

이번엔 선이가 손수 그것을 집어 영준이의 손에 들려주려니까 그제야 슬그머니 손을 편다.

순녀는,

"옳지 그래야 착하지, 참 예쁘지……."

이렇게 입은 놀리면서도 문득 눈물이 핑 쏟아졌다.

순녀는 아이들이 보지 않게 얼른 눈물을 닦고 나서,

"영준아 내가 누고? 어디 한 번 알아맞혀 보렴. 맞히면 내 참 존 거 주지."

"……."

"자아, 어디 내가 누구지?"

그러나 영준이는 어리뜩한 눈으로 순녀의 낯을 멍하니 바라볼 뿐이다.

"영준아, 엄마다 엄마."

선이가 곁에서 나지막한 목소리로 이렇게 일러주어도 역시 곧이 들리지 않는 눈치다.

　그래 순녀가,

　"너이 엄만 집에서 뭐 하던?"

　이렇게 물어본즉, 그제야,

　"엄마 잔다."

하고 입을 뗀다.

　"왜, 아파서?"

　"응."

　"어디가?"

　"머리가."

　"어디, 머리가 아파? 아이도 거짓말은……."

하고 선이가 참견을 한즉,

　"그때 아팠거든 그때……."

　영준이는 선이를 향해서만 대꾸를 한다.

　순녀가,

　"그래 너이 엄마 참 좋든?"

한즉,

　"……."

　영준이는 고개를 끄덕끄덕 한다.

　선이는 등에 업고 있던 기준이를 끌러 순녀에게 주고 뜰로 내려가 감꽃을 주웠다. 영준이도 따라 내려갔다.

　순녀는 기준이를 받아 안고 젖을 먹이었다. 영준이가 감꽃을 주워서 좋아라고 뛰어오는 것을 보고,

　"영준아! 앤 누고?"

하고 또 물어본즉,

"우리 기준이."

"기준이 네 동생이지?"

"그럼."

"그러면 저 앤 뉘고?"

방에 누운 성준이를 가리켰다.

"……."

영준이는 그냥 생긋이 웃었으나 그건 무어 영문을 알아서가 아니라 아이들이 저보다 더 어린애를 보면 으레 잘 웃는 그러한 웃음일 따름이었다.

선이가 있다,

"영준아 네 동생이다, 동생."

하고 가르쳐준즉,

"거짓말."

한다. 순녀는 영준이의 대답이 으레 그러려니 하는 생각은 미리부터 들었으나 홧홧 달아오르는 그 어떤 목마름에 쫓기듯 하며 그래도 행여나 싶어서,

"영준아 너 날 모르겠나? 정말 내가 누군 줄 모르겠나?"

다시 한 번 이렇게 물어본즉, 영준이는 곧,

"선이 늬 엄마."

하였다. 선이 엄마란 뜻이었다.

순녀는 갑자기 달아나듯 부엌으로 펄쩍 뛰어가 사발로 냉수를 퍼먹었다.

그날 밤으로 큰댁 마누라가 얼굴이 파랗게 되어서 뛰어왔다.

참 할 수 없는 것은 아이들이었다.

돌아가는 길, 집에 가서 암말 말라고 선이가 그렇게 당부를 하고

영준이 제 쪽에서도 이에 응하여 약속까지 했건만 그놈의 백설기랑 감꽃이랑 하는 이야기 통에 그만 선이와의 약속은 깜박 잊어버리고 말았던 것이다.

이에 눈치를 챈 마누라는 온갖 음식과 노리개로 꾀어서 별별 거짓말까지 다 보태 듣고 나서 이번엔 매를 들고 선이를 닦달하기 시작했던 것이다.

그는 지금까지 이 어린것 둘을 비록 제 몸으로 낳지는 못했을망정 제 자신이 낳은 거나 다름없이 할 양으로 제 어미의 뱃속에서 떨어지는 대로 곧 가져다 유모를 데려 길러오던 것이었다. 그리하여 아이들에게뿐만 아니라 유모와 이웃 사람들과 온 동네 사람들에게까지도 이것을 부탁하여 행여 눈치나 챌까 봐 주야로 쉬쉬하고 다닌 보람도 없지 않아, 사실 아이들은 마누라의 계획대로 저희 생모가 달리 있으려니 하는 빛은 보이지도 않던 터이었다. 혹 이웃집 마누라쟁이들이,

"아이고 영준네야, 그것들이 질내 그렇기나 하면사……."

할 양이면, 그녀도,

"아이고 말도 마라, 괭이 새끼 호랭이 되겠나……그저 우선 사람 욕심에 그러는 게지……."

하며, 서글픈 낯빛까지 짓곤 하던 것이었다. 그러니 만큼 처음으로 자기의 지금까지의 모든 계획과 노력과 희망이 수포로 돌아간 사실이 발생한 데 대하여는 한층 더 분하고 억울하고 괘씸함을 금할 길 없는 것이다.

그러나 본디 아이 못 낳는 사람에 대개 차고 모진 이가 많아 이 마누라 역시 그러한 축의 한 사람으로 그 가무파리한 낯빛부터 찬바람이 일 듯한 서슬이 느껴진다. 워낙이 키는 작은 편이나 광대뼈에서 어깨통, 엉덩판 이렇게 모두 딱딱 바라지게 생긴 체격인데다

여러 해 동안 무슨 아이 낳는 약이다 속 편한 약이다 하고 별별가지 좋은 약만을 사철 대고 연복을 하고 보니 가뜩이나 늙마에 너무 편한 몸인지라 곧장 살이 찔 밖에 없어 이건 속담 그대로 아래 위가 톰박한 절구통이 되었다.

마누라는 섬돌 위에 신을 벗고,

"에헴."

하며 툇마루로 콩 하고 올라서자 마침 기미를 알아채고 반색을 하며 미닫이를 여는 순녀의 앙가슴을 향해 절구통은 그냥 철환이 되어 튄다.

"아이구머니이!"

순녀는 고대 뒤로 휘딱 자빠졌는데,

"허억, 끄륵! 끄륵!"

하고 혀가 목구멍 속으로 당겨 들어가고 얼굴이 금세 흙빛이 되었다.

"홍! 이년! 누구 앞에 엄살이야! 엄살이……."

그래 이번엔 집에서 일껏 벼르고 온 대로 즉 손에 머리채를 회회 감아 쥐는 것이었다.

"이녀언! 네 이년!"

마누라는 너무나 억울하고 분이 차서 떨리는 목소리다.

"이녀언! 네 이년! 네 죄 네 알지, 네 이년 네가 누굴 악담해, 네 이년, 목을 천 동강을 내어도 쥔 죄대로 남을 년, 네 이년아! 네년의 간을 다 내어 씹어도 원술 못 갚겠다. 간을 씹어도…… 간을……. 네 이년아, 네가 날 죽으라 밤마다 축수하고 주문 왼다지, 네 이년! 이년아! 간을 내어 씹어도 쥔 죄대로 남을 네 이년아!"

마누라는 몇 번이나 거듭 이렇게 외치곤 하면서 손에 감아쥔 머리채로 골이 부서져라고 방바닥에 짓찧고 또 온 낯과 가슴과 젖통을 닿는 대로 물어뜯어서 제 낯과 순녀의 상반신을 온통 피투성이로 만들었다.

이웃 사람들이 와서 말리려고 집적거려보다가 모조리 모진 매만 한 번씩 얻어맞고는 다 물러섰다. 말리는 사람이라고 사정을 두는 일도 없다. 닥치는 대로 물어 떼고 머리채를 잡아채고 이 모양으로 두 눈에 불을 켜서 덤비는 데야 바로 제 형제나 제 부모 아니고는 굳이 항거해 볼 사람도 없다.

그러나 마누라의 분통은 역시 절반도 풀린 것이 아니다.

순녀의 상반신이 이제 아주 피투성이가 되자 이번엔 그 치마와 속곳을 입으로 뜯고 손으로 찢고 그러고는 거기 나타난 허연 배와 두 다리 위에 마악 엎어져 입질을 시작하려 할 무렵, 진작부터 이웃 사람들의 기별을 받고 그러고도 그냥 드러누워 한참이나 담배를 피우고 나온 영감이 그때야 비로소 방문을 열고 들어왔다.

"아아니 이거 웬일들이여! 응? 웬일로 이렇게 야단들이여! 응?"

영감은 방 안에 들어서자 얼굴이 시뻘개져서 방 안이 떠나가도록 고함을 질렀다.

그러자 마누라는 또 한 번 목청을 돋우어,

"이녀언! 네에 이년, 순녀야! 이년 네가 날 죽으라 축수한 년 아니가! 네 이녀언! 간을 내서 씹어도 쥔 죄대로 남을 네 이년, 네 죽고 나 죽자! 네에 이년아!"

이렇게 외치며 또다시 그 하얀 이를 악물고 두 다리 위에 엎어졌다.

보니, 온몸이 피투성이가 되다시피 한 순녀는 아무런 반항도 못할 뿐 아니라 아주 숨기도 멎은 모양이다.

그제야 영감도 가슴이 철렁하여 황망히 마누라의 덜미를 잡아 뒤로 떼내 놓은 다음에 곧 사람을 시켜 의사를 부르게 하였다.

뒤로 한 번 자빠졌던 마누라는 곧 벌떡 일어나 앉아 입에 게거품

을 물고,

"네에 이년, 순녀야, 이년, 너는 서방 있구나, 나는 서방 없단다. 너는 자식 있구나, 나는 자식 없단다. 나는 내 혼자뿐이다! 네에 이년 순녀야 일어나거라! 너는 서방 있고 자식 있는 년이구나, 나는 서방도 자식도 없는 년이다! 네에 이년 일어나거라!"

이렇게 시작한 넋두리는 거의 한 시간이나 계속하여 의사가 들어온 뒤 여러 사람들이 억지로 떠밀고 나가기까지 그치지 않았다. 여자는 제 손으로 제 머리를 다 뜯고, 제 옷을 다 찢고, 제 손등을 다 물어 뜨고, 그리고 그 주먹으로 제 가슴을 마치 방망이질이나 하듯 두드리며 몸부림을 치다가는 다시 일어나 이를 갈고 또 대성통곡을 하는 것이다.

"오냐, 오냐, 이년아 순녀야 너는 아들 낳았다. 자식 낳았다. 오냐 그래 늙은 년 괄시 마라, 오냐, 오냐, 이년아 서방 있고 자식 있다. 불쌍한 년 괄시 마라, 나 같은 년 괄시 마라……. 어떤 년은 팔자가 좋아서 아들 낳고 서방 빼앗노. 아이고, 아이고 내 팔자야, 분해라 억울해라. 엉이 엉이, 내 팔자야 내 팔자야, 아이고 원통해라. 절통해라, 엉이 엉이 엉이 엉이……."

상기 주먹으로 가슴이 터져라고 두드리며 입을 벌리고 울어대는 것이다.

이때 옥남 할머니가 또 밖에서 눈물을 찔끔거리며 추창한 듯이 혀까지 끌끌 차고 한 것은 그새 무슨 순녀의 분하고 원통함을 깜박 잊은 바는 아니나 마누라의 넋두리에 문득 자기의 맏딸을 생각하고, 자기의 맏딸도 아직 딸만 둘을 낳고 아들은 하나도 없음을 깨닫고 그래 그 맏딸의 신세를 서러워한 것이었다.

의사가 와서 주사를 놓은 지 거의 한 시간이나 지난 뒤 순녀는 그 동안의 혼수 상태에서 다시 한 번 세상으로 눈을 뜨지 아니하지 못했다.

그날 밤 의사가 돌아가고 온 동네 수탉들이 홰를 칠 무렵까지 동구 앞길 위에선 마누라의 울음 소리가 들려왔다.

그리고 이튿날 역시 아직 기진하여 누워 있는 순녀의 귀에,

"어차피 낼 모렌 데려갈 아이니까⋯⋯. 젖이⋯⋯ 보채고⋯⋯."

하는, 영감님의 목소리가 꿈결같이 어렴풋이 들리었다.

그런 지 한 보름이나 지난 뒤다.

푸른 버들(수양)개지는 아침 햇볕에 젖어 흐르고 제비들은 서로 부르며 어지러이 나는 동구 앞길 위에 역시 그 낡은 흰 고무신에 새빨간 수탉을 안고 가는 것은 한 보름 전보다 좀 더 해쓱해진 순녀의 얼굴이다.

다만 성준이를 업고 그 뒤에 따라야 할 옥남이만은 보이지 않았다.

혼구(昏衢)
——제1장의 윤리

'노인'이란 별명을 가진 강정우(姜政佑)는 오늘도 해가 산마루에 걸쳤을 무렵에야 그 부여스름하도록 낡은 검정 외투에 꾸부정한 등을 싸고 학교 문을 나섰다.

"로진 센세이!"

"다바꼬 센세이!"

어디서인지 바람결에 분명히 이러한 소리가 그의 귓전을 울리고 지나갔다.

'노인'이란 별명 하나가 부족해서 아이들은 다시 '담배쟁이'란 별명까지 하나 더 붙여서 저희들끼리는 흔히들 이렇게 부르는 것이었다.

"쿄오 센세이!"

"다바꼬 상!"

역시 아까와 마찬가지 이러한 아이들의 목소리와 함께 이번엔 그보다 훨씬 굵은 목소리로,

"선생님."

하는 소리도 분명히 들리었다. 그래 그 꾸부정한 등을 돌이키자 그 때 저쪽 짚둥우리 뒤로 까만 머리들 몇이 사라지는 것이 보이었다.

그리고 다음 순간, 그는 자기의 한 여남은 걸음 앞에 굵직한 검은 테 안경을 쓰고 역시 검정 외투 밑에 누런 골덴 당꼬 바지를 입은 키 큰 사내 하나가 자기를 향해 걸어오고 있는 것이 보이었다.

"선생님."

사내는 거기서 모자를 벗어 쥐며 이렇게 불렀다.

"선생님."

곁에 와서 또 이렇게 불렀다.

그 사내는 금방 어느 주막에서 나오는 모양으로 아랫입술엔 빨간 고춧가루까지 하나 붙이고 있었다.

"네, 웬일이십니까?"

정우는 그 사내가 바로 자기 집에서 골목 하나를 돌아서 그쪽 건 널목을 향한 한길 어귀에 있는 주막집 주인이고 또 얼마 전 학교 운동장을 넓힐 때 '이노우에 상'이란 사람과 더불어 그 일을 맡아보던 그 송가란 사람임을 깨닫고 이렇게 물었다.

"선생님 일간 날씨 안녕하십니까? …… 네에, 전 이런 사람이올시다."

사내는 품에서 명함지 한 장을 내주며,

"네에, 전 송또생이올시다."

하였고 명함엔 '土木工事 經驗者 宋且祥'이라 박혀 있었다.

정우도 한쪽 손으로 그 명함지를 받는 일방 다른 한쪽 손으론 자기의 모자를 반쯤 벗으며,

"네 그렇습니까?"

한즉, 송가는,

"에에 또, 그런데 시방 선생님께 여쭐 말씀은 다름이 아니라, 저어 우리 집 계집애 하나 말씀예요. 왜 아시겠지요. 오년급에 다니는 송학숙이란 년 말씀입니다. 에에 또, 그런데, 이년이 그만 학교에 다니기가 싫답니다. 간단히 말씀드리면 그뿐이에요. 죽어도 싫다는 데야 암만 부모라도 구처 있습니까?"

"송학숙? 네에 그렇습니까? 학숙이가 학교에 다니기 싫답니까?"

"네, 네, 그렇습니다. 송학숙이올시다. 송학숙이가 퇴학올시다."

"그렇지만 소학교에선 특별히 아이들이 가다가 뭐라고 하든간 부모 되시는 분이 항상 훈계해 줄 필요가 있습니다. 저도 내일 학교에 오면 잘 타일러 보겠지만 댁에서도 다시 한 번 충분히 훈계해 주시기 바랍니다."

"네, 네, 그렇습지요. 두말할 여부가 있습니까? 충분히 훈계해야 되다뿐입니까? 그렇지만 이건 당자가 반대니까 구처 없단 말씀이올시다."

"좌우간 댁에서 한 번 더 훈계해 주십시오. 저도 내일 한 번 이야기해 보겠습니다."

"네, 네, 그러면 충분 부탁입니다. 자아 소관 보십시오."

정우는 이튿날 방과 후에 학숙(學淑)을 불렀다. 말을 듣고 보니 그런지 이 며칠 동안 학숙은 평소보다 그 동작에 과연 활기가 훨씬 없어 보이고 얼굴에도 수심기가 떠돌고 있어 오늘도 정우가 자기를 좀 따라오라고 한즉 학숙은 파랗게 질리었다.

"학숙이 너 학교에 다니기 싫다고 한 건 정말이냐?"

"……."

학숙은 새빨개진 낯을 수그리며 대답을 하지 않았다.

"웅? 그런 일이 있었니? 있었으면 있었다고 바로 대답을 해야지, 거짓말이냐?"

"……."

"응? 대답을 해야지, 너의 집에서 와서 그러는데 정말 그랬니?"

"네."

학숙은 나지막하나마 또렷한 목소리로 마침내 그것을 승인하였다. 도리어 어떤 기대에 어그러진 듯한 불만을 느끼며,

"거 무슨 소리냐? 왜 그랬단 말이냐?"

"……."

"응? 왜 그랬어?"

"……."

"학숙아."

"네."

"선생님이 묻는데 대답을 해야지."

"……."

그러나 학숙은 대답 대신 까만 두루마기 소매로 이마를 가리며 느껴 울기를 시작하였다. 참으려고 무진 애를 쓰다 드디어 터져나오는 듯한, 그렇게 설움이 복받치는 울음이었다.

그러자 정우도 담배를 붙여 물고, 한 오 분간이나 모로 서서 느껴 우는 학숙의 옆얼굴을 정신 나간 사람처럼 멀거니 바라만 보고 있었다. 정우의 이러한 점을 가리켜서 아이들은 '노인'이란 둥 '담배쟁이'란 둥 하는 별명을 붙인 모양이고, 또 가다가는 동료들까지도 역시 이러한 별명으로써 그 위인을 간주하려는 형편이었다. 그러나 실상 그것은 그의 위인의 소치는 아니었고, 그보단 칠 년간이란 흥미 없는 교원 생활에서 얻은 한 개 버릇이라는 편이 옳았다.

그것은 물론 십 년 이십 년씩이나 같은 생활을 겪은 사람들에 비해 그리 오랜 세월은 아니었으나, 정우 자신의 말투를 빌면 그것은 날마다 아무런 흥미도 정열도 없는 기계적 반복이었고 이러한 기계

적 반복이란 단 칠 년간도 그에게는 영원과도 같이 길고 지루한 세월이었고, 그러한 지루한 세월에 부대끼느라고 그러한 야릇한 버릇까지 익혀진 것이었다.

"학숙아."

"……."

학숙은 대답 대신 젖은 눈초리로 그를 쳐다보았다.

"네가 무슨 이유로 그런 말을 했는지는 잘 모르겠다마는 어쨌든 그러지 말고 학교에 그냥 다녀라, 응 알겠니? 어저께 너의 아버지께서도 대단히 걱정이신 모양이던데, 네가 학교에 안 다닐랜다구……. 지금까지 일건 착실히 해오던 걸 오학년이나 되어서 갑자기 그만둔다니 너의 부모도 부모지만 학교에서도 퍽 섭섭단 말이야, 응 알겠니? 그러면 다니도록 약속하는 거야, 응?"

"네."

학숙은 이렇게 대답하였다.

그러나 이튿날부터 학숙은 학교에 나타나지 않았다.

평소에 워낙 상냥하고 착실하던 아이인 만큼 저의 동무들뿐 아니라 교장 이하 여러 선생들까지도 모두 궁금해하였다.

그러자 정우는 그동안 오학년 아이들 사이에 뜻하지 아니한 이야기가 돌고 있음을 들었다.

그 애는 바로 학숙의 이웃집에 사는 저의 동무였는데, 걔 말을 들으면 학숙은 제가 다니기 싫은 것이 아니라 저의 집에서 보내주질 않는다는 것이었다. 정우는 그때 속으로 이상한 충동이 일어났으나 여러 해 동안의 기계적 습성과 또 그것이 아이들의 말이란 이유로 더 캐어묻질 않고 그냥 덮어 두었던 것이었다.

그 뒤 사흘째 되던 날이었다. 정우가 학교에서 나와 자기 집(주인집)으로 돌아가는 길에 학숙의 집 앞을 지나려니까 거기 깨끗한 택

시 한 대가 서 있고, 그 집 안에서는 여자의 노랫소리와 장구 소리
가 뒤섞여 들려 나왔다.

본래가 술집이라 으레 그런 게려니 하며 그 앞을 얼른 지나가려
니까 그때 막 안에서,

"선생님!"

하는 굵은 사내 목소리가 들려 왔다. 본즉 며칠 전 '土木工事 經驗
者 宋且祥'이란 명함지를 꺼내주던 학숙의 아버지란 그 사내였다.

"선생님 실례의 말씀 같지만 자, 잠깐 이리로 좀 들어와주십시
오, 자아!"

술이 취해서 혀도 잘 돌아가지 않는 말씨로 이렇게 말하며 그의
앞에 그 넓적한 두 손바닥을 펴뵈는 것이었다.

"네 좋습니다. 여기서 이야기하십시오."

한즉,

"아아니, 이리로 좀 들어오시라는데."

사내는 오른쪽 손으로 그의 외투 자락을 덥석 잡았다. 정우는 얼
굴이 새빨개져서,

"놓으십시오, 나 좀 바쁘니 할 말씀 있거든 예서 하십시오."

분명히 떨리는 목소리로 이렇게 말했다.

"아아니, 이리로 좀 들어오시라는데, 원."

사내는 외투 자락을 잡고 끌었다.

정우도 자기 외투 자락을 잡고 힘껏 버티었으나 이 사내의 완력
엔 도저히 대항할 길이 없었고 또 자칫하면 술 취한 작자에게 어떠
한 봉변을 당할는지도 알 수 없는 일이라 작자가 끄는 대로 그냥 끌
려 들어가는 수밖에 도리가 없었다.

안채 아랫방이었다. 밖으로 걸린 문고리를 벗기고 작자가 끄는
대로 끌리어 들어가다 그는 문득 그 방구석에 서서 당황하는 학숙

을 발견하였다.

그것은 저희들(학숙과 학숙의 남동생과 어린 계집애 하나)이 거처하는 방인 모양으로 저희들의 책상과 침구들이 놓여 있었다.

정우가 들어오는 것을 보자 학숙은 새빨개진 얼굴을 수그리며 곧 밖으로 나가려 하였다. 그것을 송가는,

"가만 있어, 어들 나가?"

하고, 호령을 한즉, 학숙은 가냘픈 어깻죽지를 오들오들 떨며 그 자리에 그냥 발이 붙어버리는 것이다. 그러자 송가는,

"꼼짝 말고 가만 있어!"

다시 한 번 다지고는 밖으로 나갔다.

방안에는 학숙과 그 두 사람만이 남아 있었다. 그는 거기서 학숙을 보기는 본의가 아니었고 그러므로 그녀에게 무슨 말을 건네보고 할 경황도 있을 턱이 없었다. 송가의 뒤를 따라 마땅히 그는 그 방을 나가야 할 일이었고 또 나간댔자 그 자리에선 우선 아무도 그의 외투 자락을 잡고 끌 사람도 없을 성싶었다. 그렇건만 그는 일어나질 못하고 그대로 앉아 있는 것이었다. 마치 꿈속에서와 같이 일방 곧 일어나려고 하면서도 일방 또 자기도 모를 그 어떤 다른 힘에 지배되어 오금이 떨어지지 않는 듯도 하였다.

곁방에서는 역시 여자의 노랫소리와 이에 화창하는 남자의 목소리와 장구 소리와 웃음소리가 끊일 새 없이 뒤섞여 들려왔다. 그는 그 한 일 분 동안에 자기의 전생활과 질서가 송두리째 뒤집혀질 듯한 그러한 불안과 초조를 느끼면서 의연히 그 노랫소리와 장구 소리와 웃음소리에 그냥 귀를 팔고 앉아 있는 것이었다.

이윽고 송가는 제 손으로 술상을 들고 들어왔다. 송가는 술상을 방 가운데 척 놓고는 그리 바쁘게 서둘러 그에게 술을 권하는 법도 없이,

"선생님 용서하십시오."

이렇게 딴은 은근히 점잔을 빼어보는 셈인 모양이기도 하였다.

"제가 오늘 술기가 좀 있습니다. 이 점만큼 선생님께서 좀 용서해 주서야 하겠습니다."

이렇게 다시 한 번 다져놓고는,

"그런데 다름 아니라요, 오늘 제가 선생님한테 조용히 한 번 여쭤볼 말씀이 있어서, 에에 또, 이와 같이 뉘추한 방이지만……."

송가는 여기서 잠깐 말을 끊고, 술 주전자를 들어 비로소 술을 치더니,

"자아 드십시오."

하고 정우의 손에 술잔을 건네놓고는 다시 말을 이었다.

"에에 또, 그런데 다름 아니라요, 제가 오늘 선생님께 꼭 여쭈고저 하는 얘기는 제가 이전부터 늘 선생님께 한 번 말씀드리고자 하던 것인데 또 간단히 말하면 우리 저년 말씀이에요. 학숙이란 년 말씀이에요…… 선생님, 시방 전 염치 불구하고 선생님께 애깁니다, 그런데 말씀이죠, 시방 제가 염치 불구하고 선생님께 말씀드리는데 대해서 간단히 말하면 전 예전부터 근본 무식한 놈이올시다. 제아버진 옛날 군노올시다, 네? 알아듣겠습니까? 선생님, 제 아버지가 옛날 군노란 말씀입니다. 아주 불학 무식한 상놈들이지요. 하지만 요새 세상에야 상놈이고 양반이고 다 마찬가지 되잖았습니까? 허지만 난 언제든지 말합니다. '우리 아버진 옛날 군노다! 나는 상놈이다!' 고. 허허허허허, 선생님 알아듣겠습니까? '나는 상놈이다! 울 아부진 군노다!' 이렇단 말씀입니다. 허허허허허."

송가는 눈썹에서 사측으로 걸쳐 비긴 번들번들한 흠터를 불빛에 번쩍거리며 이렇게 유쾌한 듯이 웃어대었다.

화로와 고기가 들어왔다.

송가는 젓가락을 집어 정우의 손에 쥐여주며,

"자 안주 듭시다, 아아니, 참 이거 왜 이러시는 겝니까? 술은 왜 이래 여태 그냥 두고 앉아 있는 겝니까? 원, 자, 얼른 듭시다, 그리고 안주도 좀 들어봅시다. 자아!"

드디어 술잔을 들어 또상은 강제로 권하기 시작하였다.

정우는 처음부터 모면할 수 없는 봉변이라곤 하였지만 더구나 바로 곁에 학숙을 두고 술을 먹기란 참으로 견딜 수 없는 굴욕이었다. 하나, 굴욕이기로 말하면 당장이라도 놈의 따귀나 한 대 힘껏 후려갈겨주고 일어나야 할 일이었다. 그렇건만 그러지도 못하고 또이럴 수도 없다고 해서 권하는 술도 받지 않고 고기도 먹지 않고 그냥 가만히 앉아 있는 것이라면 이건 더욱이 사내의 명색으로선 말이 못 되었다. 그런데 그 다음 순간 어느덧 자기의 술잔을 한숨에들이마시어 버린 것은 무어 이러한 사리를 헤아린 결과였다는 것보다는 역시 꿈속에서와 같이 자기 자신도 어찌할 수 없는 그 어떤 불가항력적 힘에 휩쓸리어 그리되었던 것인지도 알 수 없었다. 그 밖에 거기 굳이 그 자신의 의식을 캐어본다면 그것은 그렇게 해서라도 자기의 그 당장의 난처함을 조금이라도 속히 뭉개버리려는 데서였다고나 할까?

그는 연거푸 석 잔을 들이켰다. 속이 좀 후련해진 듯도 하였다.

"아아 안주도 좀 듭시다, 자아!"

또상이 권하는 대로 그는 화로 위의 고기도 집어 먹었다.

"선생님, 그럼 내 이야기를 마저 하리다."

또상은 연방 입에다 고기를 집어넣으며 이렇게 다시 말을 잇는 것이었다.

"선생님도 아시다시피 난 원래가 토목 경험자올시다. 그러자니까 학교에 가서 학문 공부하는 것과는 남이올시다, 반대올시다, 네에, 아시겠습니까? 그러니 어느 하가에 학문 공부 들여다볼 시간이 있겠습니까? 그저 늘 토목 공사나 하고 그게 일일 밖에……."

또상은 그새 자기가 하려는 이야기의 실마리를 잊어버리고 이렇게 또 딴전을 벌이는 눈치더니 그때 문득 학숙이 앉아 있는 쪽을 힐끔 보고 나서,

"으음 그런 게 아니라 선생님! 선생님께 꼭 한 가지 여쭤 볼 이야기가 있습니다. 간단히 말하면 에에, 또, 저년 학숙이란 년에 대한 이야기올시다. 네, 아시겠습니까? 선생님도 잘 아시다시피 난 본래가 재산가가 아니올시다. 무산자올시다, 간단히 말하자면 이 손 하나로 벌어 먹고 살아가는 기술자 노동자란 뜻이올시다. 자아, 그럼 아시겠습니까? 비가 오나 바람이 부나 단지 이 손 하나만 믿고 사는 기술자! 이 손 하나 없으면 우린 다 굶어 죽습니다. 네 선생님, 똑똑히 듣습니까? 굶어 죽습니다. 누가 먹여 살려줍니까? 그런데 이 보십시오, 이건 지금으로부터 오 년 전에 다친 흠터올시다."

또상은 오른쪽 팔을 걷고, 바로 한 치 길이나 넘어 되는 흠터를 내놓았다.

"오 년 전 저 낙동강 철교 놓을 때 다친 것이올시다. 여기를 아주 분질러서 이 술을 먹고 하자니까 좀체 낫질 않고 그래서 오래 고생을 했지요. 그 뒤로 이 팔은 끝내 못쓰게 됐습니다. 지금도 무거운 걸 들거나 날씨가 흐리거나 하면 그만 이 팔은 통히 못씁니다. 그러나 우리 식구가 모두 어떻게 삽니까? 선생님, 어떻게 살아온 줄 압니까? 생각해 보십시오, 그렇지만 선생님, 우리 인생이란 절대적으로 굶어 죽는 물건이 아니올시다. 네, 아시겠습니까? 전이와 같이 날마다 술이나 먹고, 그럭저럭 상업 일도 보고 그러고 놀지 않습니까? 그리고 저 학숙이란 년과 그 다음 놈은 다 학교엘 다니고, 제일 끝의 년은 또 내년에 학교에 입학할 겝니다. 어디서

돈이 납니까? 네 선생님, 이 점을 좀 깊이깊이 생각해 보십시오. 그 돈이 다 어디서 납니까? 간단히 말씀드리면 순전히 모두 딸에서 나옵니다, 딸에서! 단단히 아시겠습니까? 시방도 저쪽 방에서 바로 내 딸이 듣고 있지만 순전히 그 딸에서 납니다. 사위 되는 사람도 바로 저 방에서 시방 듣고 있겠지만 순전히 저 딸이 우리 식구를 모두 먹여살려 주는 겝니다. 시방 저 방에 있는 내 사위 되는 사람은 전북 도의원의 한 사람이올시다. 그리고 부자올시다. 에에 또, 간단히 말하면 부자올시다. 양반이올시다. 즉 특등 인물이올시다. 선생님 자, 생각해 보십시오, 내 딸은 본래 기술자의 딸이올시다. 상놈의 딸이올시다. 즉 하등 인물이올시다. 단단히 생각해 보십시오, 그러면 내 딸이 무슨 재주로 어찌어찌해서 오늘날과 같은 인물이 됐겠습니까? 내 딸은 지금 부자올시다, 그리고 양반이올시다. 이 점을 단단히 생각해 주십시오, 본래 그와 같은 하등 인물이 무슨 재주로 어떻게 해서 오늘날과 같은 특등 인물이 됐겠습니까? 다른 게 아니올시다. 단지 이 목 하나올시다. 이 목에서 나오는 노래뿐이올시다. 단지 노래 한 가지로써 이와 같은 상지상등 인물이 된 것이올시다. 선생님 생각해 보십시오, 이 점을 깊이깊이 생각해 보십시오, 만약 내 딸이 처음부터 노래를 배우지 않고 세상에 꽉 찬 다른 여자들과 같이 질쌈질이나 바느질 같은 걸 배웠으면 지금 어떻게 됐겠습니까? 또, 저 학숙이년 모양으로 학교나 했으면 지금 어떻게 됐겠습니까? 선생님, 생각해 보십시오, 모두 뻬언한 일입니다. 나 같은 상놈의 집 딸이 아니더라도 버젓한 보통 사람의 딸이라도 그 장래가 어떤가 그걸 한 번 보십시오, 어디 멀리 가볼 것이 아니라 바로 우리 이웃집 여자들을 보십시오. 하루에 죽 한 끼도 어려울 때가 뻬언합니다. 시방 저 우리 집 부엌에서 부엌일을 하고 있는 내 사촌 누이 하나가 있습니다. 서른네 살에 남자가 죽은 뒤부터 여기 와서 부엌일을 하고 있는 내 사촌 누이 하나가 있습니다. 서른네 살에 남자가 죽은 뒤부터 여기 와서 부엌일을 거들고 늙어갑니다. 세상 천지간에 여자들 살림살이 맛이 어떻단 것은 저 늙은이한테 물으면 잘 압니다. 평생 누더기로 살을 가리고 죽 국물로 목에 풀칠을 하다가 늙어 죽더라도 서방한테 모진 매나 맞지 않고 지독한 구박이나 받지 않으면 그건 여간 상팔자가 아닙니다. 그만 간단히 말하면 열에 아홉은 한 번 시집이라고 가놓으면 못 죽어 사는 겝니다. 선생님, 깊이깊이 생각해 보십시오, 나는 상놈이올시다. 그리고 기술자올시다. 그러면 학숙인 지금 학교 공부를 하고 바느질을 배워서 시방 저 부엌에서 일을 하고 있는 제 고모와 같이 시집을 가야 옳겠습니까? 저의 형과 같이 노래를 배워야 옳겠습니까? 난 학숙이더러 꼭 나를 먹여 살리란 건 아닙니다. 내 살기 때문이라면야 큰딸 하나로 만족합니다. 난 다만 제 일신 하나를 생각해서 하는 말입니다. 단단히 알아 듣겠습니까? 저 하나 특등 인물 만들고자 해서 하는 말입니다. 선생님, 그년 제한테 한 번 물어봐 주십시오, 제 고모같이 되기가 원인가, 제 형같이 되기가 원인가고, 난 언제든지 제 좋도록만 해줄려고 했습니다. 좀 물어봐 주십시오 네, 선생님!"

또상은 한쪽 손에 술잔을 잡은 채 정우와 학숙을 한참 동안 번갈아 보며 이렇게 정우의 의견을 재촉하였다.

"후후후후, 학숙에게! 후후후."

정우는 그동안 실상 송가의 눈썹 위의 번쩍거리는 흠터만 바라보고 앉아 있다, 이렇게 대중 없이 대고 웃는 것이었다.

"음! 이년, 썩 이리 와서 선생님께 술 쳐드려라 웅! 그래도 당장 이리 안 와?"

"학숙! 흐! 별말씀! 홋홋홋홋."

정우는 역시 이렇게 대중 없이 웃으며 또 술잔을 기울였다.

바람이 불고 달이 훤언한 밤이었다. 자기는 군데군데 빗물이 고인 동네 안 골목을 철버덕거리며 걸어가고 있었다. 문득 자기 뒤에서 누가 무서운 매를 들고 자기를 쫓아옴을 깨달았다. 자기는 힘껏 걸음을 재게 놀렸으나 뒤로부터 쫓아오는 무서운 매는 미구에 곧 자기의 뒤통수를 찌를 것만 같았다. 골목을 돌아 큰 홰나무 밑을 지나려니까 거기서 그 무서운 사내는 자기의 앞을 가리고 섰다. 순간 자기는 그 앞에 쓰러져 버렸다. 사내는 큰 발로 자기의 가슴을 밟고 그 무서운 매로 온몸을 내리 후려쳤으나 웬일인지 조금도 아프지 않았다. 도리어 시원하였다. 시원할 뿐만 아니라, 말할 수 없이 즐거웠다. 문득 그 사내는 자기의 죽은 아내의 형제라는 것이었다. 갑자기 한없이 울고 싶어졌다.

눈을 뜬즉 밤은 얼마나 되었는지 방 안엔 전등이 그대로 화안히 켜져 있고, 그의 머리맡엔 분명히 까만 치마 저고리의 소녀 하나가 앉아 있었다. 한순간 혹 이것이 꿈속이나 아닐까 하는 생각이 들어서 그는 자기 자신을 시험하듯 일어나 앉아 보았다. 소녀는 의연히 앉아 있다. 책상 위에 뺨을 대고 소녀는 잠이 들어 있었다. 그는 몹시 갈증이 남을 깨달았다. 그는 샘으로 나가 찬물을 실컷 들이켜고 나서 몸을 부르르 떨었다. 그리고 앞뒤를 살펴보아야 분명히 그의 주인집이요, 또 방은 틀림없이 자기의 방이요, 책상 위의 시계는 오전 세 시 반이 좀 지나 있었다. 그는 소녀를 깨우려다 말고 그대로 사뿐 안아다 이불 속에 넣어주었다. 또 몸이 부르르 떨리었다. 그는 두 손으로 외투 깃을 여미며 한참 동안 소녀의 자는 얼굴을 들여다보았다.

——이 애가 언제 여길 왔을까?

그는 외투 주머니에서 담뱃갑을 꺼내어 담배 하나를 붙여 물었다. 그러자 문득 어제 저녁 일이 머리에 떠올랐다. 그의 눈앞에는 아직도 그 시뻘겋게 취한 송또상이의 얼굴과 술상과 화로와 그런 것이 어른거리는 듯하였다. 그리고 그 옆방의 노랫소리와 장구 소리와 웃음소리와 그런 것도 뒤섞여 들려오는 듯하였다. 송또상은 시방도 그에게 무엇을 군정군정 지껄이고 있는 것만 같았다. 그러나 정작 그때 송또상이 딴은 통정이라고 늘어놓던 그 지루한 이야기는 한마디도 뚜렷이 귀에 남아 있는 것이 없었다. 그러면서도 그 사내가 한 이야기 가운데는 무엇인지 자못 중대한 문제가 들어 있은 듯하였다. 그리고 그 문제란 자기가 해결짓지 않으면 아니될 자기의 전인격과 운명에 관련된 그 어떤 문제인 듯도 하였다.

——그렇지만 학숙이 어찌해서 여길 들어온 것일까?

어렴풋이 생각나는 바로는 혹 학숙이 어젯밤 정신없이 취한 자기를 이끌고 이까지 바래다준 것이나 아닌가 하는 것이었으나 그렇다고 하더라도 여기서 으레 저의 집으로 돌아갔어야 했을 학숙이 어찌해서 방 안에까지는 들어왔으며 또 들어와서는 거기 그렇게 앉아 있어야 했던 것이었는지, 이에 대해서는 아무리 해도 짐작할 도리가 없었다. 다만 한 가지 이것은 분명히 어젯밤의 그 어떤 중대한 문제란 것에 관련된 것이려니 하는 생각은 즉각적으로 곧 깨달아졌다. 그리하여 그것은 그 뒤 얼마 되지 않아서 학숙의 잠이 깨자 곧 확실해졌다.

그때 마침 그는 일기책을 펴놓고 책상 위에 엎드려 있었는데 뒤에서 이불을 젖히는 소리가 나기에 돌아다본즉 학숙이 자리에서 일어나고 있었다.

"왜 더 자지 벌써 일어나?"

"……."

학숙은 아무런 대답도 없이 잠자코 있더니 한참 뒤에 고개를 들

어 겨우 들릴 듯한 목소리로,

"저의 집에서 안 찾아왔어요?"

하고 물었다.

"안 왔다, 왜?"

"……."

거기에는 대답이 없고, 또 한참 뒤에,

"아무도 안 왔어요? 저이 아버지도 어머니도?"

"아무도 안 왔다."

"저이 형아가 와도 없다고 해주세요."

"그러마, 그렇지만 왜?"

"저이 어머니가 와도 없다고 그러세요."

"글쎄 그러마고 하잖냐?"

그러자 갑자기 학숙은 두 손으로 낯을 가리며 느껴 울기 시작하였다. 마치 무슨 발작과도 같이 솟아오르는 설움에 그녀의 조그만 몸뚱이는 너무도 가볍게 흔들리었다.

정우는 담배를 피워 물었다. 그러자 어젯밤에 겪은 그 모든 광경이, 한꺼번에 먼저보다는 훨씬 선명한 윤곽으로써 그의 머릿속에 떠올랐다. 그와 동시에 지금 이 학숙의 여러 가지 야릇한 행동까지도 한꺼번에 모두 깨달아질 듯하였다.

"너이 형이 이번에 널 데려갈려느냐?"

학숙의 울음이 좀 진정되려 할 무렵에 그는 이렇게 물었다.

"네에."

학숙은 연방 비죽거리는 입술로, 그러나 분명한 어조로 이렇게 대답하였다.

'왜?' 하고 정우도 조금하면 잇달아 물을 뻔하던 것을 얼른 도로 삼켜버렸다. 어젯밤 송가의 그 장황한 통정과 지금의 학숙의 행동만으로도 그는 그것을 족히 짐작할 수 있을 일 같았다. 그리고 이제 그것을 학숙에게 물을 필요는 없었고 또 물어서는 안 될 일이기도 하였다.

"그렇지만 학교는 네가 다니기 싫다고 하잖았나?"

"거짓말예요, 제 책과 책보는 모두 어머니가 감춰버렸어요, 불에 넣어버렸어요, 그리고⋯⋯."

"그래도 그날은 네가 싫다고 하잖았어?"

"그땐, 아버지가 벌써 선생님께 그렇게 말씀하시더란 걸 그럼 어떡해요?"

날이 훤히 새었다.

"너 인제 집에 가야지?"

"⋯⋯."

"너이 형은 언제 가니?"

"어쩌믄 갔을 거예요. 전날 보니 그러다 꼭 밤중 되어 찰 타고 돌아가더구먼요."

"가끔 오니?"

"네."

"그럼 인제 없을 터이니 너 돌아가도 괜찮을 테지?"

"⋯⋯."

학숙은 고개를 떨어뜨린 채 대답을 하지 않았다. 한참 뒤에 학숙은 눈에 이상한 광채를 가득히 담고서,

"선생님."

하고 불렀다.

"어젯밤 아버진 선생님한테 의논해서 헐란다고 그렇잖았어요? 선생님께 모든 걸 물어서 헐란다고 하잖았어요?"

"⋯⋯."

정우는 고개를 끄덕여서 그것을 승인하였다.

"선생님! 말해 주세요, 안 된다고! 전 죽어도 안 된다고 그러세요! 네? 선생님 전 죽어요…… 죽어도 안 된다고! 전…….."

학숙은 다시 발작과 같은 설움에 휩쓸리어 정우의 무릎 위에 쓰러졌다. 그는 학숙이 그의 방엘 들어온 이유를 그제야 분명히 깨달을 수 있었다. 그리하여 학숙이,

"선생님…… 선생님, 네? 전…….."

하고 애원하듯 명령하듯 다시금 다졌을 때, 그는 묵묵히 학숙의 싸늘한 손을 꼭 쥐어주었다.

그날 정우가 학교에서 돌아온즉 주인집 노파는 대뜸,

"오늘 학숙이 학교에 안 왔지요?"

하고 물었다. 그래 그렇다고 한즉,

"낮에 걔 어머니가 와서 학숙이 어젯밤에 선생님을 모시고 나가서 여태 안 들온다면서 찾아다니더만 점심때가 지나서야 어디서 붙잡았는지 끌고 들어가더구먼요."

그러고는 다시 묻지도 않는 말을,

"그 집엔 딸을 잘 둬서 인제 아주 살게 됐답니다. 그렇게 한 번씩 자동찰 타고 친정에 오면 돈을 수백 원씩 쓰고 간답니다. 그 사내가 아주 썩 활량이래요. 그렇게 가끔 처가에 색시를 데리고 와서는 노래를 불리고 술을 먹고 아주 왼 동네가 들먹하도록 한바탕 놀다 가지요. 그리고 오고 가고 할 때 타고 다니는 그 택시도 학숙 어머니 말로는 바로 그 사위 것이라나요, 아, 아무라도 돈만 있으면 그런 차를 맘대로 사서 타고 다니는 거유?…… 허지만 인물이야 제 동생보다 못하지요. 그래 저이 어머니도 그런다는데요, 큰딸이 천 냥짜리면 작은딸은 만 냥짜리라고. 어쨌든 그 집은 딸 덕분에 팔자가 늘

어졌지요, 아무라도 다 그럴 바에야 누가 아들 낳겠다고 앨 쓸까? 왼 동네서 누가 하나 안 부러할까?"

이렇게 동네 사람들보다도 우선 노파 자신의 부러움을 감추지 못하는 것이었다.

정우는 실상 오늘 학교에서 나오는 길로 그녀의 집에 들르기로 학숙이와 아침에 약속이었으나 그 집 앞까지 오도록 아무리 생각해도 이 사건에 대한 자기 자신의 태도가 스스로 확실하지 못함을 깨닫고 역시 좀 더 생각해서 갈 밖에 없다고 그냥 지나쳐 버렸던 것이었다. 그러나 집에 올 때까지도, 또 집에 와서 저녁상을 받을 때까지도, 다시 저녁상을 물리고 나서 인제 가봐야 된다고 생각했을 때까지도 의연히 이에 대한 자기의 태도란 한결같이 애매한 데는 스스로 놀라지 않을 수 없었다.

어젯밤 송또상이,

"선생님, 난 학숙이년더러 꼭 날 먹여 살리란 건 아니올시다……. 학숙이란 년 제 일신의 장래를 위해서 하는 말이올시다. 저 하나 특등 인물 만들기 위해서 하는 말이올시다."

라고 하던 말이 다시금 그의 머릿속에 떠올랐다.

정우는 오늘 학교에서 일을 보는 동안에도 온종일 자기는 학숙을 어떡하든지 해주어야 한다는 막연하면서도 절박한 의무감을 깨닫긴 하였으나 그것을 꼭 어떻게 해야 된다는 생각은 쉽사리 떠오르지 않았다. 설령 학숙의 의견을 좇아 그 부모들의 의견에 반대를 하고 그녀를 그들의 계책으로부터 굴레를 벗겨주는 것이 학숙을 구원하는 일이요, 또 이것이 정의의 길이라고 하더라도——그리고 이것이 정우의 평소의 소신이기도 하였지만——그러나, 여기에 그는 어떠한 말로써 능히 송가의 고집을 설복할 것이며 그로부터 학숙을 구원할 것이냐 하는, 즉, 송가의 생활 감정의 세계에서는 유령보다도 더 허황하게만 들릴 '영혼'이니 '정신'이니 하는 말들을 제쳐놓고, 송가와 더불어 현실적이요 물질적이요 육체적인 견지에서, 그리고 또 어디까지나 합리적이요 상식적인 논리를 어떻게 추출할 수 있으며, 그리하여 그것으로 송가와 학숙 사이의 선악과 흑백을 과연 어떻게 가릴 수 있느냐 하는 것이었다.

어젯밤 송또상이,

"선생님 어째야 되겠습니까? 학숙을 위해서 어느 길로 들어서라고 해야 옳겠습니까? 네? 학숙이년더러 한 번 물어봐 주십시오. 제 고모같이 되기가 원인가, 제 형같이 되기가 원인가?"

이렇게 몇 번이나 거듭 닥뜨리었음에도 불구하고 번번이 주책없는 웃음과 술잔을 기울임으로써 이것을 떼넘기곤 한 것이 반드시 그때 송가의 폭력을 저어함이나 술이 취한 탓만이 아니었음을 이제 새삼스레 깨닫지 않을 수 없었다.

자기는 이즈음도 가끔 밤이 깊도록 바이블(주로 신약전서)이나 불경을 읽는 일이 있지만 예수나 석가 같은 이가 이것을 부인한 바와 같은 이유로 해서 오늘날의 자기가 그것을 그대로 좇기란 사실 겸연쩍은 일이었다. 그것은 그들이 포착한 자연——세계——의 질서와 조화를 위한 윤리였으나, 그 자연의 모든 원칙이 혹은 기계, 혹은 황금이란 괴물에게 여지없이 유린된 오늘날 오히려 그것의 질서와 조화를 위한 윤리만을 이들에게 요구해야 할 이유가 어디 있겠느냐고 해도 그는 이것이 반드시 파괴주의자의 구변에 그칠 것만은 아닐 성싶었다. 그러나 그렇다고 하면 그는 오히려 또상의 용단을 동정해야 할 일이며 세상 사람들의 모든 그릇된 상식과 인습으로부터 그를 변호해야 될 일이지 자기가 유독 팔을 걷고 나서서 그를 항거해야 할 이유가 어디 있을까? 그리고 또 오늘 아침의 학숙의 눈물이라고 하더라도 그것을 꼭 인간의 고귀한 영혼이나 혹은 생명의 발로라고 생각한다면 문제는 절로 다르겠으나 그러나 그것 역시 다만 총명한 인습과 변동에 대한 불안일 따름이지 그 무슨 절대의 선(善)이라고만 일컬을까 보냐고 우긴다면, 자기는 그 말의 진실성을 또한 무엇으로 부정할 것이며, 그 눈물의 신성성(神聖性)을 어떻게 변호해야 할 것인가를 자기 자신에게 물어보지 않을 수 없었다. 그렇거늘 그 눈물에 처음부터 감동을 하여 쉽사리 학숙의 손을 쥐어주고 한 자기의 신념을 부인할 수 있으며 자기의 평소의 이성은 거부할 수 있는가?

그러나 정우는 자기 자신을 부인할 수도 의심할 수도 없었다. 오히려 그러한 논리로써 그 사건 자체의 흑백을 분명히 따질 수가 없으면 없을수록 학숙을 그대로 송가의 처분에 맡겨두고는 도저히 한 시라도 그냥 배길 수는 없을 일 같았고 어떻게 해서든지 그에게 항거를 하지 않고는 자기 자신이 무서운 죄악의 짐을 져야 될 것만 같았다. 아니, 그렇기 때문에 그것은 잠시도 잊어볼 수도, 모른 체해 볼 수도 없는, 참으로 견딜 수 없는 고통이기만 하였다.

정우는 지금까지 자기의 신념으로써 족히 판단할 수 있는 모든 선과 악은 그때마다 이에 대한 자기의 태도만을 확실히 인식함으로써 교묘하게도 번번이 그것을 묵과할 수가 있었다. 학교에 나가선 날마다 정해진 시간을 기계와 같이 반복을 하고 집에 돌아와서는 밤이 깊도록 책상 앞에 우두커니 앉아 얼마든지 궐련을 태우고 이리하여 그는 자기의 구구한 생명을 구차히 변명하려고도 않고 그대로 그렇게 늙어가면 그만이라고 생각했던 것이었다. 그러나 그는 일방 자기의 이러한 생활이 그의 일생의 운명과 과연 어김없이 맞아떨어질 것이며 자기 운명이란 과연 자기의 이러한 생활 속에 절로 용해될 수 있는 것일까 하는 점에 있어서는 언제나 한 가닥의 불안과 회의를 가지지 않을 수 없었다.

그것은 일찍이 사랑해 본 적도 없던 아내였으매 아직 중학 삼년
이란 어린 나이에 '쓰마 기도꾸(아내 위독)' 란 전문을 받고도 그 어
두운 하숙방에서 그냥 대수 문제를 풀고 앉았던 것이 그 뒤 그의 일
생을 두고 져야 할 무거운 부채로서 스스로 인정하지 않을 수 있었
던들 이렇게 밤마다 책상 앞에서 담배를 피워 허비하는 시간으로,
혹은 보다 빛나는 다른 인생을 꾀해 볼 수도 있었을 것이며, 이제
와서 이렇게 하필 학숙의 운명에 기어이 연대(連帶)를 서지 않고서
도 어떡하든지 배겨날 길은 절로 있었을 것이 아니냐고도 그는 생
각하는 것이었다.

외투를 입고 책상 앞에 앉은 채 문종이에 희부연 새벽빛이 어울
릴 무렵엔 잠깐 눈을 붙였던 모양으로 머리를 몽땅 잘라버리고 새
하얗게 옷을 갈아입은 학숙이 문 밖에서 머리만 방 안으로 들이밀
고는,
"선생님…… 선생님……."
부르는 것이다. 자기는 곧 고개를 든다는 것이 그러나 학숙은 기
다리다 못해,
"아아 선생님! 전 가요…… 전 떠나요……."
그러고는 그가 고개를 들어 그 뿌연 창문을 보았을 때엔 학숙은
이미 없었고, 방문은 그냥 닫혀 있었고, 때마침 머언 산모퉁이를 돌
아나가는 기적 소리가 이 날따라 유달리 목이 잦게 울려왔다.
이런 것을 가리켜 몽환이라 부르는지, 꿈이라고 하기엔 너무도
현실 같고 현실이라 하려니 실상이 없고,
──아아, 얼른 가야 된다, 얼른 가봐야 된다.
이렇게 혼자 속으로 거듭거듭 중얼대며…… 방문을 여니 밖은
흐리터분한 하늘에 눈보라가 치고 있었다.

그러나 습관인지 의무인지 아침엔 역시 학교로 나갔고,

——아아 얼른 가 봐야 된다, 가봐야 된다.

이렇게 마음속으로는 몇 번이고 되뇌이면서도 그러나 학숙의 집 앞은 그대로 지나쳐버렸다.

점심 시간에 동료들은 모두 도시락을 펴고 앉았고 정우는 쓰디쓴 담배를 빨고 있는데, 교원실 문이 지그시 열리며 거기 누런 골덴 바지에 검정 외투를 걸치고 시뻘건 얼굴에 검은 테 안경을 쓴 키 큰 사내 하나가 나타나더니 사내는 바로 교장 앞으로 걸어가,

"전 이런 사람이올시다."

하며 품에서 명함지 한 장을 내어 교장에게 들이밀며 다시 한 번,

"네에, 전 송또생이올시다."

하는 것은 틀림없이 예의 '土木工事 經驗者 宋且祥'이었다.

"내 딸년을 퇴학하러 왔는데 참 그년이 오늘 학교에 안 왔습니까?"

송또상은 대뜸 이렇게 말을 부딪뜨렸고, 교장은 이를 눈치로 짐작한 모양으로,

"아아 송학숙 말이오? 학숙인 벌써 여러 날째 결석인 걸요."

한즉, 송또상은 그저 두어 번 고개를 끄덕일 따름으로 별로 의외란 빛도 보이지 않고,

"아, 그런데 그년이 대체 학꼴 안 다닐란다구 그래요, 그렇지만 집에선 모두 가랄 밖에, 그래서 자꾸 가라고들 했더니만 지난밤엔 아마 선생님한테 글 배러 간 모양인데 아, 여태 들어오질 않으니까 이런 법이 어딨단 말이오?"

"지난밤에?"

"네 지난밤이지요, 하긴 내가 없었으니까 밤인지 새벽인지 그건 똑똑히 몰라도 좌우간 자고 나니 없단 말씀이죠, 그러니 필시 선생님한테나 갔을 밖에, 아 그렇잖소?"

"……."

교장은 잠자코 고개를 모로 재웠다.

"아 아니, 이년을 어째야 되겠습니까? 학교는 그럼 그만두라고 해야 되겠지요? 그렇지만 대체 이년을 온 어디 가 찾습니까?"

"무엇보다 강제적으론 하지 마시오, 언제든지 아동 의사를 존중해서 아무리 내 자식이라도 내 맘대로만 하려고 하지 말고 잘 타이르고 서로 상의해서 하시오…… 학숙은 학교에서 성적도 좋고 행신도 착실했었소."

"네에, 아무럼 그렇다뿐입니까? 이게 어느 세상이라고 강제적으로 해서야 세상사가 어디 될 리가 있소? 그럼 자 소관 보십시오."

송또상은 의자에서 일어나더니 그제야 교원들 있는 쪽을 획 돌아다보고 거기서 강정우를 발견하자,

"선생님 이리 좀 나옵시다."

하는 한마디만 후딱 던져놓고는 제 먼저 앞서 나가버렸다.

정우는 동료들을 돌아다보고 얼굴을 붉히며 묵묵히 송가의 뒤를 따라 나갈 수밖에 없었다.

멀리도 가지 않아 바로 현관 앞까지 나와서 송또상은 주춤하고 서며,

"오늘이 반공일날 아니오?"

한다.

"그렇습니다."

"오늘 선생님을 좀 만나야 될 일이 있습니다……. 학숙이란 년 일로, 알아듣겠습니까?"

"……."

"선생님 형편은 어떻습니까? 만약에 오늘이 꼭 안 됐으면 내일로 미뤄도 상관없습니다."

"오늘도 별로……."

"네에 그렇습니까, 그럼 오늘 밤에 좀 만납시다. 저녁 잡숫고…… 아니 저녁은 그만 나하고 같이하면 어떻습니까?"

"……."

"그 점만큼 선생님 자유대로 하십시오, 그리고 오실 때 말씀이죠, 제 집을 들를 것 없이 바로 건널목 너머 샘골 주막으로 오십시오, 단단히 알아듣겠습니까? 샘골 주막으로, 새암거리 건널목 너머 샘골 주막 말입니다. 아십니까?"

"……."

정우가 고개를 들어 바라보았을 때는 송또상은 벌써 운동장 가운데를 걸어가고 있었다.

샘골 주막으로! 순간 그는 어떤 불길한 예감으로 몸이 부르르 떨리었다.

장날 밤마다 사고가 난다는 그 건널목 건너 샘골 주막으로 혹은 학숙은 팔려가버린 것일까, 그리하여 혹은 그 건널목에 조그만 몸뚱이를 내어버린 것이나 아닐까? 아니 그렇다면 오늘 송가의 태도가 그렇게 태연할 리가 있을까? 그러나 왜 하필 그 샘골 주막으로 오라는 것일까?

거리의 불빛 한 점 비치지 않는 그 외지고 어두운 곳으로 왜 오라는 것일까? 이러한 무거운 불안에 머리가 띵하도록 휩쓸리면서도 다만, 가야 된다는 의식만은 그의 전의지를 봉쇄해 버린 듯하였다.

―가야 된다, 가야 된다.

그는 학교에서 나오는 길로 혼자서 가끔 다니는 우편국 뒷골목 '노파 술집'을 찾아갔다. 혼자서 조그만 술집을 경영하고 있는 그 노파가 정종 한 가지를 꼭 그의 비위에 맞게 데워주므로 그는 그것을 노파 술집이라 부르고 겨울 한철 동안 종종 다니는 곳이었다.

"오늘은 많이 고단하신 게죠, 아주 얼굴빛이 안됐군요."

노파는 처음 정우를 보고 이렇게 말했다.

"아아 아니오, 좀 치워서⋯⋯."

"아아 그렇구먼요."

하고 그제야 얼굴을 펴고 컵 잔에 술을 놓았다.

정우는 잔을 잡기가 바쁘게 입에다 들이부었다.

그렇게 석 잔을 연거푸 들이켜고 나니 지금까지 사뭇 떨리기만 하던 속이 후끈해지며 이마엔 땀방울이 맺히었다.

"인제 그전 얼굴이 됐습니다."

노파는 그의 낯을 바라보며 기뻐하였다.

"에에⋯⋯."

정우는 어느덧 자기의 혀가 맘대로 잘 돌아가지 않음을 깨달았다. 며칠 밤 연거푸 잠을 설친 위에 또 오늘 온종일 거의 빈 속에다 담배만 피우고 난 다음이라 따뜻한 정종 서너 컵에 금세 술기가 돌아버린 모양이었다.

그러나 그는 그때부터 술은 정말로 자꾸자꾸 먹어야 할 것같이만 생각되어, 나중엔 노파가 술 놓기를 거절했을 만큼 그저 자꾸 들이부었던 것이다.

정우가 술집을 나온 것은 열 시가 남짓해서였다.

——가야 된다, 송가를 만나야 된다.

다만 이 한 가지 의식 밑에 그의 몸은 움직이는 것이었고 그러나 그의 두 발은 그의 의식에 그다지 알뜰한 역군은 아니던 모양으로 몇 번이나 진흙 속에다 그의 몸을 내던지곤 하였다.

그러나 다시,

——가야 된다, 가야 된다!

이 한 가지 의식은 잠시도 잊을 수 없어 진흙에서도 구르고 시궁

창에도 빠지고 하면서 그 먼 거리의 불빛 한 점도 보이지 않는 건널
목 밑 주막을 찾아 골목을 지나고 집 모퉁이를 돌아 캄캄한 어둠 속
으로 사실 그의 몸은 가고 있는 것이었다.

혈거 부족

1

산이라고 해도 층암 절벽은 아니었다.

삼선교와 돈암교 사이에 놓인 그다지 높지 않은 구릉, 그러나 언덕이라기보다는 분명히 산줄기의 끝이었다. 이 산줄기를 타고, 허연 신작로가 널따랗게 커브를 그리며 돌아간 산지 일대의 구멍들 속에 그들은 살고 있었다.

굴(구멍) 앞을 훤하게 닦아 올라간 신작로 바닥이라, 앞 가릴 장송 노백(長松老柏)이라거나 우뚝 솟은 바위 같은 것도 없이, 해와 바람과 하늘이 노 들이붓듯이 사철 충만해 있어, 혈거 지대치고는 자못 명랑하고 화창한 편이기도 하였다.

"사철 여름 같았으면……."

그들은 아득한 옛날 그들의 조상들이 부르짖던 그와 꼭 같은 의미의 말을 역시 되풀이하곤 하였다.

물줄기같이 퍼붓는 햇볕, 푸른 하늘을 수놓는 금빛 구름, 부드러운 바람, 무성한 나뭇잎, 타는 듯이 붉은 꽃, 맑은 물 속에는 은어 피라미 붕어 송사리 눈치 들이 떼를 지어 다니고, 거리마다 수박 호박 참외 오이 들이 짐짐이 널부러뜨려져 있고……. 그러나 이러한 여름도 한 나흘씩 혹은 이레씩 연달아 비가 질금거리고 간간 바람서껀 휘몰아와서 홍수가 지고 하면 어느덧 하늘은 씻은 듯이 높아지고, 산기슭 밭고랑 사이에 햇꿩 소리를 듣기도 바쁘게 천지는 다시 눈과 얼음 속에 잠기고 마는 것……. 그리하여 그들은 조용히 그리고 끈기 있게 이 길고 지루한 겨울과 싸워야 하는 것이었다.

"옥희네도 판대길 한 벌 더 놔주야지."

할머니는 아들(황 생원)을 보고 혼잣말같이 걱정을 하였다.

"거적때기는 몇 벌 더 있디만 쌍놈의 나무 판대길 어드레 구한단 말인가?"

아들은 삼선교 앞 옛성 위에 까맣게 떼를 지어 앉아 있는 까마귀들을 바라보며 곰방대에 담뱃불을 붙여 물고 있었다.

2

순녀가 이웃집 할머니의 인도로 이곳 헐거 부족의 한 사람이 된 지도 벌써 반년이 넘어 되었다. 그것은 이른 여름이었다. 등에서 배가 고파 우는 옥희를 언제까지나 그냥 뒤흔들어서만 재울 양으로, 한쪽 손을 뒤로 돌려 어린것의 궁둥이를 쥐어박아 가며, 품속에서 담배 몇 갑을 꺼내들고는, 남자 손님이 지나칠 적마다,

"서양 담배 사시오, 서양 담배!"

온종일 이리 뛰고 저리 달리고 하는 순녀와는 그다지 멀지 않은

거리에서, 삶은 고구마를 팔고 앉아 있던 할머니는, 보다못해 고구마 한 개를 옥희의 손에 쥐어주며,

"아가, 이거 먹고 울디 말라, 오냐, 오냐, 끌끌……."

어린것의 얼굴을 한참 동안 들여다보다 혀를 다 차고 나서야 도로 앉았다. 저의 어머니를 닮아 조금도 천티 없는 얼굴이었다.

"아이고 고마압……."

순녀는 얼굴을 붉혀 할머니에게 인사를 하며 품에서 돈을 꺼내려 하였다. 할머니는 순녀의 손을 잡았다.

"임재네한테 누기레 그거 팔랜다구 했갔소?"

"아이고, 그래 되겠십니꺼? 미안합니더."

평안도와 경상도의 사투리들이었다.

"어린것이 아픔보타 보챌 것 같애서……."

"아이고, 네에, 미안합니더."

"임재두 아마 고당이 서울은 아닌 거디?"

"네에, 경상도올시다."

"겡상도 어디?"

"경상북도 영천이올시다."

"겡상두서 어드케 되서 이꺼지……."

"고향은 경상도지만, 만주서 나왔십니다."

"만주서?"

"네에, 이번 해방돼서 만주서 나오다……."

"만주서 어드케 됐어? 상텅은 지금 멀 하구 있소?"

"……."

순녀는 그때야 비로소 그 무척 아름답게 생긴 두 눈을 커다랗게 떠서 노파의 주름살투성이인 얼굴을 똑바로 바라보았다. 그리하여, 머리를 돌릴 때 그의 낭자머리 끝에 희끄무레한 베댕기가 드려져

있음을 보고 노파는 속으로,

——흥 상제로구나.

했다.

무어 그리 살뜰코 탐탁스럽던 남편도 아니었다. 해방이 되기 반 년 전부터 되놈과 싸워 어혈이 든 이래로 남편은 이미 순녀에게 있어서는 가볍지 않은 짐이기만 하였다.

"이보, 날 어짜든지 고향까지만 데려다주."

해방이 되었다고 온 이웃이 발칵 뒤집히다시피 떠들던 날 밤 남편은 조용히 바람벽에 등을 기대고 앉은 채 순녀를 보고 이렇게 탄원했던 것이었다. 그러나 남편의 그러한 애달픈 부탁이 아니더라도, 이제 해방된 고국을 두고 이역 벌판에 외롭게 남아 살자 할 순녀도 아니었고, 그렇다고 병든 남편을 떼쳐두고 저 혼자 훌쩍 달아나버릴 배짱을 가졌을 리는 더구나 없었다.

"그럼 돌아 안 가고 되놈의 땅에 묻힐라고?"

순녀는 톡 쏘듯이 대답했다. 속속들이 그런 것도 아니면서 남편의 얼굴만 쳐다보면 공연히 뾰로통한 화가 치밀곤 하던 그즈음의 순녀였다. 그러나 이미 병들고 기백마저 쇠잔한 남편은, 아내의 조그마한 화풀이에도 곧잘 두 눈에 불을 켜기만 일쑤요, 말끝마다 각박스레 새겨듣던 편이기도 하였다. 그는 한참 동안 고개를 수그린 채 말없이 앉아 있었다.

"글쎄 나도 고향에나 가 묻히고 싶어서……."

남편의 고까운 듯한 얼굴이었다.

순녀는 갑자기 울음이 복받쳐오름을 깨달았다. 지금까지는 성공이나 하면 돌아가자던 고향 땅이었다. 그러나 이제 해방된 고국에 돌아가는 데야 무슨 성공과 실패가 따로 있으랴, 그저 몸이나 성해 돌아가면 장하지……. 하지만 움쑥 들어간 두 눈, 움푹 팬 두 볼, 시

시로 요강에 뱉어내는 혈담, 그리하여 희망이란 것이 다만 고향에
가 묻히기나 하고 싶다는 남편이 아닌가.

"인제 해방이 됐으니까 병도 물러가겠지, 고향에 돌아가 개나 몇
마리 구해 먹고 하믄 그만한 병줄쯤이 설마 안 떨어질라꼬?"

달포 지난 뒤 세간도 이리저리 팔 건 팔고 버릴 건 버리고 나서
보퉁이 몇 개만 마차에 싣고, 기차역을 찾아 나오며, 이러한 말로
순녀의 위로와 격려를 받아야 했던 남편이었다. 그러나, 만주서 떠
난 지도 두 달이나 되어 겨우 서울역에 닿았을 때의 남편의 온몸은,
그 야릇한 광채가 떠도는 두 눈을 제하고는 이미 죽은 사람의 그것
이었다.

'고향에 돌아간다.'

두 눈에 불을 켜듯 하여 있는 그 야릇한 광채는 이렇게 말하고 있
는 듯하였다. 그의 전 생명, 그의 전 의욕, 그의 전 희망은 일념, 고
향에 돌아간다는 야릇한 광채가 되어 그의 두 눈에 불을 켜고 있는
듯하였다.그러나 서울역에 내린 그들의 행장 속에서는 거기서 다시
고향까지 돌아갈 여비를 짜낼 것이 없었다. 설령 무임 승차권을 탄
다 하더라도 그것을 마련하기까지의 며칠과 다시 차중에서의 며칠
동안 먹고 써야 할 최소한도의 비용은 기어이 손에 쥐어야 할 형편
이었으나 봉천서 안동서 신의주서 평양서 이미 팔 건 다 팔고 잃을
건 다 잃고 난 그들의 보퉁이 속에는 냄비 하나와 숟가락 셋과 그러
고는 어린것의 기저귀 몇 벌이 들어 있을 뿐이었다. 순녀는 모든 체
면도 염치도 다 집어치우고 보는 사람에게마다 손을 내밀며 구걸을
했으나 그것으로는 간신히 세 사람의 입에 풀칠을 하고 남음이 있
을 수 없었다. 남편의 숨은, 인제 아주 목과 가슴에서만 발딱거릴
뿐이었다. 순녀에게 남은 것은 오직 한 가지 길――마지막으로 몸을
팔아서라도 남편의 목숨이 붙어 있는 동안에 고향으로 돌아가야만

할 것이라고 생각을 하고, 그러나, 순녀가 그것을 실천에 옮기기 전
에 행인지 불행인지 남편의 두 눈에서 불을 켜고 있던 그 야릇한 광
채는 점점 사라져가고 말았던 것이다…….

순녀는 고개를 돌려서 코를 풀었다.

"열녀다 열녀야……. 누기레 상팅한테 그만치 하갔다고."

노파는 혀를 찼다.

이틀 지난 뒤, 두 여인은 보퉁이 둘을 하나씩 머리에 나눠 이고,
지금의 이 '방공굴'이 가지런히 뚫려 있는 새하얀 신작로를 오르고
있었다.

"이것두 집이라구 어떠나 들란다구들 하는디."

노파는, 산허리를 닦아 올라간 신작로 바닥에서 왼편 산벼랑 쪽
으로 빠끔빠끔 여남은 개 가량이나 가지런히 뚫린 전날의 소위 '방
공굴'을 가리키며 이렇게 말했다.

순녀가 차지하게 된 구멍은 치드리 열 개 가운데서는 제일 동쪽
막바지의 것이었다. 아홉째가 할머니와 황 생원 그들 모자의 집이
요, 이제 순녀의 집이 된 제일 끝의 열째 구멍은 그동안 이미 여러
차례나 들려는 사람이 있는 것을, 황 생원이, 벌써 든 사람이 있다
고 거짓말을 해가며 적당한 사람을 고르고 있었던 것이라 하였다.
거적과 궤짝까지 전부 마련되어 있어, 순녀는 가지고 온 보퉁이와
냄비와 간장병을 들여놓으면 그대로 살림을 들게 되는 셈이었다.

"할머니 은혜를 어떻게 갚아요?"

순녀는 황 생원이 손질을 다 해주고 물러가자 할머니를 보고 이
렇게 인사를 하였다.

"이전 아침저녁 서루 보게 됐으니꺼니, 아, 은혜구 무어구 누기
레 그런 걸 물으랬소?"

"그렇지만 보는 건 보는 거고……."

"아, 암만해두 내레 임재네 폐 끼티게 되디 머, 그르디 말구 그 어린것 젖이나 좀 멕이우."

"……."

순녀는 어린것에게 젖꼭지를 물리며 가만히 한숨을 내쉬었다.

그날 저녁때 노파가 물 바께쓰를 들고 나서는 것을 본 순녀는,

"할머니 인주세요. 물은 지가 길어오겠습니다."

하고, 노파의 손에서 물 바께쓰를 받아 들었다.

"고름 등에 건 인 달라구. 내레 안구 봐주디."

순녀는 옥희를 내리어서 노파에게 맡겼다.

3

"옥희네 그리디 말구 우리 함께 살자구."

할머니는 순녀더러 가끔 이런 말을 건넸다. 그러나 순녀는 언제나 얼굴을 조금씩 붉힐 뿐으로 승낙을 하지 않았다.

"너머 늙어서 싫은가? 옥희네가 올해 스물여섯이레디, 우리 집아 애비가 올해 마흔너이니꺼니 꼭 열여덟 해 우이로구먼."

"아이구 할머니도 괜한 말씀을 다……."

"고름 멀 그렇게 애쓸 게 있담? 머 본 마누라가 있을까바? 그건 내레 늘 말했디, 그저 홀몸이라구, 아 여북해 집이랑 세간이랑 모두 내팡가티구 여기 와 이 고생을 하갔나? 우리 메누리야 시방 살아 있으문 사람이야 얌전했디. 그 원숫놈에 병덩들과 도죽놈덜한테 부뜰레 가 그 욕만 안 당했으문 앞으로 곧 독립되갔다구 하는데 저두 와 대동강물에 빠제 죽구 말았갔나? 사람이야 그만하믄 결곡하구 장했디. 야아 그 도죽놈들의 원수를 어떻게 갚나?"

노파는 뽀도독 소리를 내며 이를 갈았다. 여름 밤이었다. 하늘에
는 훤한 달이 걸려 있었다. 동소문 쪽에서 이따금씩 시원한 바람이
솔솔솔 불어오곤 하였다. 그러나 순녀는 역시 잠자코만 있었다.

조금 전부터 곁에 와 앉아서 궐련을 피우며 노파의 이야기를 드
문드문 엿듣고 있던, 치드리 둘째 굴에 사는 애꾸눈이 윤 서방이 이
때 침을 찍 뱉고 나서 말참견을 시작했다.

"지금 할머니 말씀도 일린 있는 말씀입니다. 마는, 지금이 시대
로 말하면 공산주의 자유 시대라고 말할 수가 있는데 말씀이죠, 그
렇게 공산 사상에 대해서 냉정히 비판할 필요성은 없을 듯한데……."

여기서 그는 말을 끊고 순녀 있는 쪽으로 몸을 돌이켰다.

"아 아주머니로 말하면 몸은 비록 이렇게 누추한 데 살고 있지만
그 마음만큼은 고상한 부인이라 말할 수 있는 데 대해서 할머니께
서 밤낮 그런 일본 제국주의 사상적으로만 말씀드리고 있으니 이
점에 대해서 아주머니께서 오해하시지 않도록 말씀드리는 것인데,
내 친구에 또길이라고 경상도 대구 사람으로 상당히 사상가라고 말
할 수 있는데, 저도 이 친구에게 사상적에 있어서 많은 교육을 받았
다고 말할 수 있는 만큼 아주머니께서도 고향이 같은 경상도시라니
특별히 한 말씀……."

"에보."

노파의 노기를 띤 목소리였다.

"넨덜끼리 말하는데 남덩네가 참견은 무슨 참견을 하갔다구."

"네, 실례가 많습니다. 그런데 이 시대로 말하면 공산주의 자유
시대라고 말할 수 있는데, 내 친구에 또길이라고 상당한 사상가지
요, 그런데 이 아주머니께서도 고향이 같은 경상도시라니까 말씀드
리는 겐데……."

"에보, 듣기 싫수다, 데켄으로 물러가우, 당신네 여펜네가 그 꼴

을 당해 보야 알갔다문……."

노파는 말을 끊고 분노에 찬 두 눈으로 윤성달의 얼굴을 똑바로 노려보았다.

"그 양반이 또 주기가 있는 모양이군."

곁에서 듣고 있던 여섯째 굴의 노인이 한마디 거들었다.

"오늘 밤만큼 이 사람이 실례가 많았다고 말할 수 있습니다. 그러나 할머니 아주머니, 이 시대로 말하면 절대로 공산주의 자유 시대라고 말할 수 있는 데 대해서 그러나 우리는 절대로 신탁 통치를 반대하는 것이 사실이올시다."

그는 순녀를 한번 더 흘겨보고 나서 한성여중 있는 편으로 비틀비틀 걸어가고 있었다. 그는 그즈음 술이 취하기만 하면 반드시 궐련을 피워물고 순녀를 찾아와서는 무슨 수작을 붙여보다 돌아가곤 하는 것이었다. 한번은 저의 친구라 하면서 키가 나지막한 양복쟁이 하나를 데리고 와서, 순녀의 굴에서 술을 먹겠다고 하였다. 순녀가 거절을 했더니, 그래도 듣지 않고 백 원짜리 지폐 석 장을 억지로 순녀의 손에 쥐여주며 그러지 말고 약주나 한 병하고, 오징어나 두어 마리 사다 달라고 졸랐다. 순녀는 순녀대로 그만한 것으로 각박스럽게 닦아세우기도 야박한 노릇이라 해서 좋은 얼굴로 거절을 했는데 저편에서는 순녀가 은근히 마음을 움직인 줄 오해를 하고, 한참 동안 실랑이를 한 일도 있었다.

"그래도 우리 이웃에서는 젤 식자가 든 양반인데."

여덟째 구멍에 사는 여자가 윤가의 뒷모양을 바라보며 이렇게 말했다.

"아, 금년엔 모기가 한 마리도 없어, 신통한 일이야."

여섯째 구멍에 사는 노인이 갑자기 화제를 돌려버렸다.

"미국 비행기가 공중에서 소독을 쳐서 그렇다지요?"

셋째 구멍의 사나이가 받았다.

"쌍놈의 새끼들, 소독이야 두든지 말든지 독립이나 얼른 좀 시켜 줬음 좋갔수다."

좀 뜬 곳에서 담배를 문 채 잠자코 먼산만 바라보고 앉아 있던 황생원이 담뱃대를 땅에 대고 떨며 이렇게 한마디 툭 하였다.

"이승만 박사가 미국서 임시 정부를 꾸며서 나왔다니까 인제 곧 되겠지요."

또 여섯째 구멍의 노인이 이렇게 받았다.

"아, 누기레 왔갔게 인제 독립이 되갔다오?"

황 생원의 모친이 깜짝 놀란 듯이 이렇게 물었다. 이 노파는 무엇이든지 조선 문제에 대한 무슨 놀라운 소문이 있다고 하면, 곧 그것을 '조선 독립'이라고 혼자 정해 버리는 버릇을 가진 것이었다.

"신탁 통치가 된다는 사람도 있두만서도……."

여덟째 구멍의 여인이 혼잣말같이 이렇게도 중얼거리니 황 생원 모친은 또 깜짝 놀란 듯이,

"아 신탁 통치레 독립인가?"

하였다.

"독립은 아닌 모양인 게지."

하는 것이 여섯째 구멍의 노인.

"아, 그러갔게 우리레 이런 고생하디 독립됐음야 이러고 있갔소."

하는 것은 또 황 생원 모친이다.

"독립돼도 별수 없을 게라는 사람도 있두만서도……."

여덟째 구멍의 여인이 또 혼잣말같이 이렇게 말하니, 황 생원 모친과 여섯째 구멍의 노인이 한꺼번에,

"누기레, 그런 쌍……."

"천만엣……."

하고, 분연히 반박을 했다.

"독립만 되면야 이럴 리가 있나요?"

한 것은 셋째 구멍의 사나이의 말. 그러자,

"독립이나 얼른 돼봤으면 죽어도 원이 없겠다."

순녀도 한마디 하였다.

황 생원은, '으으응' 하고 신음하는 소리와 같이 한숨을 내쉬었다.

그러자 '신탁 통치'가 되면 태극기도 못 쓰게 되리라는 소문에, 이왕이면 그것으로 숙자의 앞치마라도 만들어줄까부다고 망설이다 둔, 그 여섯째 구멍의 여인도, 이러고 보면 역시 그대로 뒤두기를 잘했다고 혼자 속으로 가만히 한숨을 내쉬었다.

4

굴 밖에는 부슬부슬 비가 내리는 밤이었다. 벌써 여러 날째 계속 되는 장마 날씨였다.

잠결에 순녀는 무엇이 가슴을 내리누르는 듯한, 숨이 답답함을 깨달았다. 간신히 잠이 깨어 눈을 떴을 때, 캄캄한 어둠 속에 과연 무엇이 그녀의 몸 위에서 가슴을 누르고 있었다. 순녀는 문득 소리를 지를 뻔하다가, 몸을 오싹 떨며 가슴 위의 것을 힘껏 떠밀어 떨어뜨린 뒤 자리에서 일어났다.

"누구야?"

"……."

"누구야?"

"……."

"아이구 얄궂어라!"

순녀는 소리를 질렀다.

순간, 남자는 또다시 왈칵 뛰어들어 순녀의 목을 껴안았다. 남자의 입에서는 술 냄새가 훅 끼쳤다.

"도둑이야!"

순녀는 힘껏 소리를 질렀다.

그러자 사내는 굴 밖으로 달아나려 하였다. 거적문 곁에서 더듬더듬 신발을 찾는 모양이었다.

"도둑이야!"

굴 밖에서 황 생원이 소리를 질렀다. 그러자 사내는 신발을 찾다 말고 굴 밖으로 튀어나가는 모양이었다. 캄캄한 어둠이었다.

"어느 도둑놈이!"

황 생원이 후려 갈긴 몽둥이에 사내가 맞는 소리였다.

"데놈이야, 데놈!"

"데놈이야, 데, 치드리 둘째 굴에 사는, 데 윤가란 놈 그놈이야."

할머니는 바싹 마른 목소리로 이렇게 외치고 있었다.

"쌍놈으 새끼."

황 생원의 휘휘한 목소리였다.

"멀 가져간 건 없나?"

노파는 촛불로 굴 안을 이리저리 비쳐보며 이렇게 물었다.

"별로 없나봅니다."

순녀는 흐트러진 머리를 쓰다듬어 비녀를 고쳐 찌르고 있었다.

"임자 욕이나 안 당했나?"

할머니는 순녀의 얼굴을 똑바로 들여다보며 이렇게 물었다.

"할머니 아니드면……."

순녀는 할머니의 시선을 피하려는 듯이 무르팍 위에 안고 앉은 옥희의 머리를 쓸며 이렇게 대답하였다.

한참 동안 굴 안은 잠잠하였다.

"이놈의 비는 웬걸 날마다 부슬부슬 내리구 있어."

황 생원이 굴 밖에서 혼잣말같이 이렇게 중얼거리고 있었다.

"옥희네 우리하구 한집에 살문 어드르캇나?"

노파는 아무런 주저도 없이 또 이렇게 바로 쏘기 시작하였다.

"……."

순녀는 잠자코 고개를 수그리고 있었다.

"너른 서울 바닥에서 우리레 이만치 지내게 된 것두 연분이라고 할 수 있는데 이만하면 속두 서루 알아볼 만하구 하니께니 말이디."

"전들 그걸 모릅니꺼."

순녀의 안타까운 목소리였다.

──죽은 사람이 그렇게도 고향에 가고 싶어하던걸…….

순녀는 목이 메어 잠깐 말을 그쳤다가,

"어차피 이리 됐으니까 소상이나 지나놓고 나서 어떻게 아즈바이 같은 이 따라 살았으면 해서…….."

낯을 돌이켜 코를 풀었다.

"옥희네 말도 고마운 일이야. 남쪽이구 북쪽이구 사람 사는 인정은 마찬가진데 그 그러구말구, 끌끌."

노파는 혀를 차가며 순녀를 위로하였다.

"그러니께니, 속이라두 서로 알만 하니께니 하는 말 아니갔나, 옥희네레 그동안 봤으문 알갔디만 우리 야 애비레 어디 허튼말 한 마디나 하는 위인이갔나? 나두 암만 우리 집 야 애비드래두 술잔이나 먹구 다니는 쌍놈의 새끼나 같으문 옥희네레 따라 살갔다 와도 도루 쫓아내갔디, 머, 내 욕심만 채우갔다구 놈의 신세레 골라놓갔대?"

노파는 잠깐 말을 그쳤다.

촛불이 찌르르 녹아내리면서 푸드득 춤을 추었다.

같은 날 밤.

새벽녘이나 되어 막 혼곤히 잠이 들려 하는데 굴 밖에서 여러 사람들의 절박한 비명 소리가 들리었다. 그러자 조금 있으니 굴마다 사람들이 뛰쳐나가는 소리요, 아아, 아아, 하고 그들은 절망한 듯한 소리를 질렀다.

"굴이 무너졌다!"

누가 이렇게 소리를 질렀다. 떨리는 목소리였다. 여자와 아이들의 소리가 들리었다.

"옥희네 자나! 저 아래 치드리 넷째 굴이 무너졌다. 얼른 나오너라!"

할머니의 목소리였다.

순녀가 뛰어나왔을 때는 벌써 굴마다 사람들이 모두 나와 있었다. 날은 회부옇게 새어가고 있었으나 비는 아직도 부슬부슬 내리는 중이었다. 넷째 구멍 앞에는 여자와 아이들이 첩첩이 둘러싸고, 굴 안에서는 남자들이 흙을 담아내고 있었다.

마흔한 살 먹은 남자와 일곱 살 난 계집애가 흙 속에 묻혀버렸다는 것이다.

"어이구! 어이구! 어이구! 어이구!"

죽은 사람의 아내인 키가 나지막한 여자는 머리를 흐트러뜨린 채 온 얼굴을 눈물과 콧물로 씻듯이 하고 있었다. 열한 살 난 사내아이는 그 어머니의 치맛자락을 잡고 서서 오들오들 떨고 있을 뿐이었다. 이 사내아이와 그 어머니는 앞에서 자고 그 아버지와 어린 딸이 안에서 자고 있었는데 그 아버지와 딸이 자고 있던 안쪽에서부터 흙이 무너졌다는 것이었다.

"아이고 불쌍해라, 불쌍해라!"

둘째 구멍의 윤 서방의 아내는 치마폭으로 코를 풀었다. 두 눈도 뻘겋게 부어올라 있었다.

"본 고장이 어디지요?"

여덟째 구멍의 여인이 물었다.

"어이구! 어이구! 어이구! 어이구!"

여자의 입에서는 이 소리밖에 아무것도 나오지 않았다.

"충청남도 논산이에요."

윤 서방의 아내가 대신 대답을 하였다.

"사람이 나온다!"

굴 안에서 흙을 담아내고 있던 사람 중의 하나가 이렇게 소리를 질렀다. 굴 앞에 모여 있던 사람들이 굴속으로 와아 몰려들려 하였다.

"미구에 이쪽 앞에 흙도 곧 떨어질 텐데 괜히들……."

하고, 셋째 구멍의 남자가 몰려 들어오는 여자와 아이들을 모두 내어쫓았다. 피투성이가 된 남자의 시커먼 얼굴이 드러났다.

"어이구! 어이구! 어이구! 어이구!"

여자는 눈을 반쯤 감은 채 머리를 흐트러뜨린 채 자꾸만 굴속으로 뛰어들려 하였다.

"어린애도 팔이 나온다!"

굴 앞에서 누가 또 소리를 질렀다.

계집애의 머리는 그대로 흙덩이가 되어 있었다.

"어이구! 어이구! 어이구! 어이구!"

여자는 눈도 아주 감아버린 채 자꾸만 굴속으로 밀고 들어가는 것이었다. 열한 살 난 사내아이는 굴속에 들어와, 이제 반쯤 드러난 그 아버지의 상반신과 누이동생의 흙덩어리 그대로인 얼굴을 보았을 때 으악 하고 소리를 지르며 그 어머니의 치마폭에 얼굴을 묻어 버렸다.

"저리 가세요, 저리, 이 앞의 흙도 언제 떨어질는지 모르는데."

셋째 구멍의 사내는 여자와 아이를 밖으로 떠밀어 내며 또 이렇게 소리를 질렀다.

"앞에다 거적때길 하나 가져다 깔아놔야디."

황 생원은 부들부들 떨리는 두 팔로 계집애의 시체를 안고 굴 앞으로 나오며 이렇게 말했다. 그리하여 날이 훤하게 새었을 때는 마흔한 살 난 아버지와 일곱 살짜리 계집애의 두 사람의 시체가 굴 앞에 가지런히 누운 채 거적으로 덮어져 있었다.

"어이구! 어이구! 어이구! 어이구!"

여자는 거적 위에 눈물과 콧물을 내리쏟기만 하였다.

"자, 이걸 좀 마셔보라구!"

할머니가 흰죽 한 그릇을 들고 와 권했으나 여자는 그저 두 눈을 꽉 감은 채,

"어이구! 어이구! 어이구! 어이구!"

할 뿐이었다.

5

밤사이에 소복소복 눈이 쌓이곤 하더니만 날씨는 갑자기 혹한에 들어가 버렸다.

앞으로 사흘만 지내면 남편의 소상날이 다가와 있는 이 무렵에 그러나, 순녀는, 황 생원과 볼 때 입어야 할 흰 갑주 저고리를 꾸미고 앉아 있었다.

'고향으로 간다!'

그렇게 여러 날 동안 물 한 모금 못 마신 채 주리고 떨어가며, 두 눈에 불을 켜듯 하고 있던 그 남편은 이제 한줌의 재가 되어 저 조그만 궤짝 속에 들어 있거니 생각하니 다시금 바늘 끝이 흐려지곤 하였다.

"인제 해방이 됐으니까 병도 물러가겠지, 머, 고향에 돌아가 개나 몇 마리 구해 먹고 하면 웬만한 병줄쯤이야 설마 안 떨어질라고……."

한 것은, 일 년 전 아직 만주 벌판을 달리고 있는 마차 위에서 순녀가 남편을 위로하던 말이었다. 그러자 두 달 동안이나 도중에서 고생을 하던 일, 그리고 그 어느 순간에 마지막 숨을 모을는지도 모르는 남편을 남겨두고, 미친 것처럼 서울역 부근을 돌아다니며 보는 사람마다 염치도 체면도 돌볼 새 없이 손을 내밀고 하던 일이 이제 환등처럼 눈앞에 나타나곤 하였다. 순녀는 눈을 감았다. 순간, 순녀의 감은 눈에서는 자기도 모르게 눈물 방울이 뚝뚝 떨어졌다. 아차, 하고 눈을 떴을 때는, 들고 있던 옷감 위에 분명히 눈물 자국이 떨어져 있었다. 할머니에게 미안한 생각이 들었다. 어저께 할머니는 자기의 보퉁이 속에서 이 옷감을 꺼내 순녀에게 주면서,

"옥희네, 자 야 애비한테보다 나한테 절 맨제 하라고."

웃으며 이렇게 말하던 것이었다. 할머니한테라도 두 벌인들 있을 리 없는, 혹은 마지막으로 흙 속에 가 묻힐 때 입으려고, 그 넘기 어려운 삼팔선을 넘어서까지 간신히 가지고 온 할머니의 수의 감인지도 모를 흰 갑주 저고리를 이렇게 하염없는 눈물로 망치게 되었다는 것을 만약 안다면 할머니는 얼마나 섭섭해할 것인가? 순녀를 위해서는 진정으로 아무것도 아낄 줄을 모르는 그 주름살 많은 할머니에 비해 자기는 얼마나 무심코 쓸쓸한 사람인가? 굴 밖에서는

아까부터 황 생원과 며칠 전에 새로 이사온 치드리 둘째 구멍의 박 서방이란 사람과 둘이서 무슨 이야기를 건네고 있는 모양이었다.

"윤가하구는 그전부터 알았댔소?"

"아니올시다. 황금정서 가역일을 같이하다 첨으로 알았지요."

"윤가도 일을 합데까?"

"하는 둥 마는 둥이지요."

"그래 궐이 여기 사는 줄은 어드케 알아보았소?"

"제가 집 걱정을 했지요, 그랬더니 윤 서방이 있다 하는 말이 저의 집을 팔려고 내어놨으니 살템 사라고 하잖겠어요? 그래 난 없는 사람이 돼서 아주 집을 사서 들고 할 처지는 못 된다고 했더니, 그 윤 서방 말이, 아, 왜 아닐까부냐고, 없는 놈이 없는 놈의 사정을 서로서로 보아주지 않으면 어느 놈이 와서 보아주겠느냐고, 아모리 요새가 공산주의 자유 시대라고는 할 수 있지마는 없는 놈 배곯기는 마찬가지 아니냐고, 이 작자가 눈은 애꾸고, 보기엔 꺼츠레하게 생겼어도 식자는 많이 든 모양으로 말은 그럴듯이 곧잘 하겠지요……. 박으세요, 제가 여길 잡겠습니다……."

박 서방은 황 생원이 과동 준비로, 굴 안에 장치할 나무 판자에 못을 박는 일을, 거드는 모양이었다.

"몇 마디 얻어들은 풍월이갔디 머……. 그쪽으루 손을 내어 잡으시오."

황 생원이 똑딱똑딱 하고 못을 치는 소리가 났다.

"그렇지만 동정은 동정이고 매매는 매매가 아니냐고 한즉, 아 여부가 있느냐고, 허지만 걱정할 필요는 없으니까 저녁에 술이나 한 잔 사라고 그러겠지요, 저도 머 윤 서방의 말을 꼭 믿은 것도 아니지만 궐자 하는 말씨가 그럴듯해서 알고 속는 셈치고 술을 샀지요, 그랬더니 술이 반취나 얌전히 되어서 하는 말이, 집은 집이지만 삼선교 뒷산에 있는 방공굴이라 그러겠죠, 저도 너무 어이가 없어서 그래 방공굴을 두고 집이라고 하느냐고 한즉, 궐자 말이 그 대신 값이 싸다는 거예요."

"흥, 값이 싸다!"

황 생원은 역시 장도리 쥔 손을 쉬지 않고 판자에 못을 박아가며 이렇게 콧소리를 내는 것이었다.

"그래, 싸면 얼마나 받을 테냐고 한즉 한 장만 달라겠죠, 한 장이 얼마냐고 한즉 천 원이래요, 그렇지만 남이 파놓은 방공굴을 천 원씩이나 받고 파는 법이 있느냐고, 오백 원만 받으랬지요, 그랬더니 궐자가 아주 눈을 크게 뜨며, 아, 천 원이래두 누구의 돈을 먼저 받아야 될는지 모른다고, 아주 뻐기고 나더니, 그렇지만 우리 무산자끼리 서로 동정하지 않으면 어느 놈이 해주겠느냐고, 너의 사정도 딱하고 하니 칠백 원만 내라고 그러겠죠, 그러나 어딜 가겠어요? 시재 거리에라도 나가야 할 형편인데야, 그래도 설마 거리보다야 낫겠지 하고……. 그것도 저한테 웬 돈 칠백 원이나 한꺼번에 생길 리가 있겠어요, 주인집에서 얼른 쫓아내려고 하는 수작이겠지만 최고 천 원까지는 이사 비용으로 보태주겠다고 했으니까 그걸 믿고 한 게죠."

"결국 그럼 칠백 원은 윤가한테 줬갔수다레!"

"헐 수 없지요……. 듣고 보니 역시 칠백 원 가치는 되는 듯합니다."

하고, 박 서방이 히쭉 웃는 모양으로, 황 생원도 소리를 내어 허허 웃었다.

"아, 메칠만 더 참았으면 여기 굴이 하나 비는 걸 참 잘못했수다."

황 생원은 분명히 지금 순녀가 들어 있는 굴을 가리키며 하는 말인 모양으로,

"현재 사람이 들어 있잖아요?"

하는, 박 서방의 말에,

"이제 메칠 안 되어 비게 되갔수다."

한다.

밖에서 건네고 있는 이런 말을 듣고 있는 동안 순녀는 별안간 가슴이 떨리기 시작하였다. 며칠 전부터 감기가 들어 아무것도 먹지 못하는 옥희는 순녀의 등에 업힌 채 또 얼마나 열이 오르는지 등줄기가 온통 화끈거린다.

——아, 무슨 선약이나 없을까?

순녀는 누구의 급한 병환을 당할 때마다 언제나 생각하는 이 말을 입버릇같이 입 속으로 뇌고 있을 때 불현듯 그녀의 눈앞에 나타난 환상은, 또 한 번, 죽은 남편의——두 눈에 불을 켜고 있던, 그 '고향으로 간다!' 하고, 외치는 듯하던, 야릇한 광채였다. 순간, 순녀는 또 눈을 감아버렸다. 그러나 이번에는 조금 전 갑주 저고리 위에 뚝뚝 떨어지던 눈물 방울 대신, 등줄기에 홧홧 달아오르는 옥희의 숨결에 또 정신이 나갔다.

——아, 하느님, 선약을…….

순녀는 불식간에 또 한 번 이렇게 맘속으로 외쳤다. 바로 그때다.

"야아 독립이다."

누가 밖에서 이렇게 외치는 소리가 났다.

"독립이다!"

"독립이다!"

여러 사람들의 목소리가 한꺼번에 들리었다. 그와 동시에

"울——"

하고, 하늘에서는 비행기 소리도 들리었다.

"모도 나오너라!"

"모도 태극기 들고 나오너라!"

"조선 독립이다!"

여러 사람의 목소리 속에는 분명히 황 생원네 할머니 소리도 섞여 있었다.

"옥희네 빨리 기 들고 나오라우, 야아, 이전 독립이 됐댄다!"

할머니는 숨을 시근덕거리며 이렇게 힘껏 외치고는 자기도 국기를 찾으러 굴속으로 뛰어 들어가는 모양이다.

"비행기에서는 머이 내려오나 봐라!"

"아주 독립장을 박아서 뿌리나보지!"

이런 말도 들리었다. 물론 순녀도 국기를 찾아 쥐기가 바쁘게 굴밖으로 뛰어나왔다. 구멍마다 아이 어른 할 것 없이 모두 뛰어나오고 있다.

"만세!"

"만세!"

"독립 만세!"

그들은 제가끔 태극기를 휘두르며 만세를 불렀다.

"만세! 독립 만세!"

할머니는 국기를 찾느라고 좀 늦게 뛰어나와서는 목이 잠기도록 소리를 질렀다. 이 헐거 부락에 가장 남 먼저 '독립 소식'을 전한 사람이 또한 할머니였다. 할머니는 옥희의 감기약을 구하러 한길 아래 내려갔다가 그 집 사람들에게서 오늘부터 독립이 된 것을 들었다는 것이었다. 아주 '법'으로 독립이 된다고 하더라는 것이었다.(할머니는 이 '법'이란 말에 특히 힘을 넣어 말했다.) 그래서 그 사람들도 모두 사무를 쉬고 집에서 술이나 먹고 있더라는 것이었다. 그 밖에 또 무슨 말을 했는지 할머니는 미처 다 듣지도 않고 뛰어왔던 것이었다. 더구나 가슴은 이미 뛰고 두 귀는 먹먹한 할머니에게 그 이상은 아무것도 더 듣고 싶지도 않았던 모양이었다. 독립이 되고, 법이 생겼다는데 또 더 무엇을 바랄까 보냐, 노파는 옥희의 감기약도 잊어버린 채 숨을 헐떡이며 뛰어왔던 것이었다.

"그런데 아랫동네에서는 왜들 모두 잠잠하고 있을까?"

여섯째 구멍의 노인이 처음으로 이런 말을 하였다.

"잠잠한 게 머요? 아 일들도 가지 않고 집에서들 술이나 먹고 놀고 있갔는데 머⋯⋯."

"그렇지만 정말 독립이 됐으면야 집안에만 박혀 있겠어요?"

박 서방의 말이었다.

"아, 백혀 있다니요, 종로 네거리에서는 시방 야단이 났갔수다. 먼 데 비행기 뜬 거만 봐두 다 알갔디, 머⋯⋯."

할머니는 박 서방의 말을 일소에 부치려 하였다.

그때, 한길 아래쪽에서 새까만 양복바지의 여학생 둘이 이야기를 하며 올라오고 있었다.

"여보, 체네, 오늘, 독립이 정말 됐갔디?"

할머니가 숨이 가쁘게 물었다.

"네?"

여학생 하나는 눈을 똥그랗게 떠서 할머니에게 도로 묻는 얼굴이요, 하나는 손으로 입을 가리며 호호호 하고 웃고 있었다.

"아아니, 오늘 독립이 된 걸 모르고 있디, 시방, 바루 데 아래서, 독립두 되구 법두 생겼다구 술이랑 먹구들, 놀게 내레 독립이 됐느냐 하니아, 됐다는 걸 이 귀루 듣구 봤는걸 모른다문 말이 되나?"

할머니는 두 손으로 자기의 양쪽 귀를 뚜드려가며 학생들의 놀란 듯한 얼굴을 흘겨보았다.

"무어, 법이 선다구요."

"아, 법이 선다면 독립두 됐갔디, 머⋯⋯."

"오오, 입법 기관 말이로군?"

웃던 학생이 먼저 소리를 질렀다.

"오라, 참 그렇군!"

다른 학생도 양쪽 손바닥을 딱 붙이며 이렇게 외쳤다.

"아아 거, 입법 기갱이라는 건 독립 아닌가?"

할머니는 지지 않으려는 듯이 물었다.

"아니에요."

"아니에요."

두 학생은 설명을 하려고도 않고 다만 이렇게만 말하고는, 비스듬히 커브를 돌아간 허연 신작로 위로 걸어가 버리었다.

태극기를 든 채 학생들의 뒷모양을 한참 동안 멍하니 바라보고 있던 순녀는 할머니의 두 어깨가 아래로 축 늘어지는 즈음에서 차마 그 얼굴을 보지 않으려는 듯이, 고개를 돌려 하늘을 쳐다보았다. 머리 위에서는 연방,

"울——"

하는 소리가 천둥같이 울려오고 있었으나, 삼선교 앞 옛성 위를 넘어, 남산도 지나, 한강도 건너, 멀리 새파란 남쪽 하늘 가에 떠 있는 것은, 그러나 비행기도 아니었다.

역마

　'화개장터'의 냇물은 길과 함께 흘러서 세 갈래로 나 있었다. 한
줄기는 전라도 땅 구례 쪽에서 오고 한 줄기는 경상도 쪽 화개협(花
開峽)에서 흘러내려, 여기서 합쳐서, 푸른 산과 검은 고목 그림자를
거꾸로 비춘 채, 호수같이 조용히 돌아, 경상 전라 양도의 경계를
그어주며, 다시 남으로 남으로 흘러내리는 것이, 섬진강 본류였다.
　하동, 구례, 쌍계사(雙磎寺)의 세 갈래 길목이라 오고 가는 나그
네로 하여, '화개장터'엔 장날이 아니라도 언제나 홍성거리는 날이
많았다. 지리산(智異山) 들어가는 길이 고래로 허다하지만, 쌍계사
세이암(洗耳岩)의 화개협 시오 리를 끼고 앉은 '화개장터'의 이름
이 높았다. 경상 전라 양도 접경이 한두 군데일 리 없지만 또한 이
'화개장터'를 두고 일렀다. 장날이면 지리산 화전민들의 더덕, 두
릅, 고사리 들이 화갯골에서 내려오고 전라도 황아 장수들의 실, 바
늘, 면경, 가위, 허리끈, 주머니끈, 족집게, 골백분 들이 또한 구렛
길에서 넘어오고 하동길에서는 섬진강 하류의 해물 장수들이 김,

미역, 청각, 명태, 자반 조기, 자반 고등어 들이 올라오곤 하여, 산협치고는 꽤는 성한 장이 서는 것이기도 했으나, 그러나 '화개장터'의 이름은 장으로 하여서만 있는 것이 아니었다.

장이 서지 않는 날일지라도 인근 고을 사람들에게 그곳이 그렇게 언제나 그리운 것은, 장터 위에서 화갯골로 뻗쳐 앉은 주막마다 유달리 맑고 시원한 막걸리와 펄펄 살아 뛰는 물고기의 회를 먹을 수 있기 때문인지도 몰랐다. 주막 앞에 늘어선 능수버들 가지 사이사이로 사철 흘러나오는 그 한 많고 멋들어진 "춘향가." 판소리 육자배기 들이 있기 때문인지도 몰랐다. 게다가 가끔 전라도 지방에서 꾸며 나오는 남사당 여사당 협률(協律) 창극 광대들이 마지막 연습 겸 첫 공연으로 여기서 으레 재주와 신명을 떨고서야 경상도로 넘어간다는 한갓 관습과 전례가 '화개장터'의 이름을 더욱 높이고 그립게 하는 것인지도 몰랐다.

가운데도 옥화(玉花)네 주막은 술맛이 유달리 좋고, 값이 싸고 안주인——즉 옥화——의 인심이 후하다 하여 화개장터에서는 가장 이름이 들난 주막이었다. 얼마 전에 그 어머니가 죽고 총각 아들 하나와 단 두 식구만으로 안주인 옥화가 돌아올 길 망연한 남편을 기다리며 살아간다는 것이라 하여 그들은 더욱 호의와 동정을 기울이는 것인지도 몰랐다. 혹 노자가 달린다거나 행장이 불비할 때 그들은 으레 옥화네 주막을 찾았다.

"나 이번에 경상도서 돌아올 때 함께 회계하지라오."

그들은 예사로 이렇게들 말하곤 하였다.

늘어진 버들가지가 강물에 씻기고, 저녁놀에 은어가 번득이고 하는 여름철 석양 무렵이었다.

나이 예순도 훨씬 더 넘어 뵈는 늙은 채장수 하나가, 쳇바퀴와 바닥감들을 어깨에 걸머진 채 손에는 지팡이와 부채를 들고 옥화네 주막을 찾아왔다. 바로 그 뒤에는 나이 열대여섯 살쯤 나 뵈는 몸매가 호리호리한 소녀 하나가 조그만 보따리를 옆에 끼고 서 있었다. 그들은 무척 피곤해 보였다.

"저 큰애기까지 두 분입니까?"

옥화는 노인보다 '큰애기'의 얼굴을 바라보며 이렇게 물었다. 노인은 조용히 고개를 끄덕였다.

그날 밤 저녁상을 물린 뒤 노인은 옥화에게 인사를 청했다. 살기는 구례에 사는데 이번엔 경상도 쪽으로 벌이를 떠나온 길이라 하였다. 본시 여수가 고향인데 젊어서 친구를 따라 한때 구례에 와서도 살다가, 그 뒤 목포로 광주로 전전하였고, 나중 진도로 건너가 거기서 열일여덟 해 사는 동안 그만 머리털까지 세어져서는, 그래 몇 해 전부터 도로 구례에 돌아와 사는 것이라 하였다. 그렇지만 저런 큰애기를 데리고 어떻게 다니느냐고 옥화가 묻는 말에 그렇잖아도 이번에는 죽을 때까지 아무 데도 떠나지 않으려고 했던 것인데 떠나지 않고는 두 식구가 가만히 굶을 판이라 할 수 없었던 것이라 했다.

"그럼, 저 큰애기는 할아부지 딸입니까?"

옥화는 '남폿불' 그림자가 반쯤 비낀 바람벽 구석에 붙어 앉아 가끔 그 환한 두 눈으로 이쪽을 바라보곤 하는 소녀의 동그스름한 어깨를 바라보며 이렇게 물었다.

노인은 또 고개를 끄덕였다. 그리 평생 객지로만 돌아다니고 나니 이제 고향 삼아 돌아온 곳(구례)이라야 또한 객지라 그들 아비 딸이 어디다 힘을 입고 살아가야 할는지 아무 데도 의탁할 곳이 없다고 그들의 외로운 신세를 한탄도 했다.

"나도 젊었을 때는 노는 것을 좋아했지라오. 동무들과 광대도 꾸며 갖고 댕겨봤는듸 젊어서 한번 바람들어 놓게 평생 못 잡기 마련이랑게……. 그것이 스물네 살 때 정초닝게 꼭 서른여섯 해 전일 것이여, 바로 이 장터에서도 하룻밤 논 일이 있었지라오."

노인은 조용히 추억의 실마리를 더듬는 듯, 방 안을 두리번거리며 살펴보곤 하는 것이었다.

"어이유! 참 오래전일세!"

옥화는 자못 놀라운 시늉이었다.

이튿날은 비가 왔다.

화개장날만 책전을 펴는 성기(性驥)는 내일 장볼 준비도 할 겸 하루를 앞두고 절에서 마을로 내려오고 있었다.

쌍계사에서 화개장터까지는 시오 리가 좋은 길이라 해도, 굽이굽이 벌어진 물과 돌과 산협의 장려한 풍경이 언제 보나 그에게 길멀미를 내지 않게 하였다.

처음엔 글을 배우러 간다고 할머니에게 손목을 끌리다시피 하여 간 곳이 절이었고, 그 다음엔 손윗 동무들의 사랑에 끌려 다니다시피쯤 하여 왔지만 이즘 와서는 매일같이 듣는 북소리, 목탁 소리, 그리고 그 경을 치게 희맑은 은행나무, 염주나무, 이런 것까지 모두 싫증이 났다.

당초부터 어디로 훨훨 가보고나 싶던 것이 소망이었지만, 그러나 어디로 간다는 건 말만 들어도 당장에 두 눈이 시뻘개져서 역정을 내는 어머니였다.

"서방이 있나, 일가 친척이 있나, 너 하나만 믿고 사는 이년의 팔자에 너조차 밤낮 어디로 간다고만 하니 난 누굴 믿고 사냐?"

어머니의 넋두리는 인제 귀에 못이 박일 정도였다.

이러한 어머니보다도 차라리, 열 살 때부터 절에 보내어 중질을 시켰으니, 인제 역마살도 거진 다 풀려갈 것이라고 은근히 마음을 느꾸시는 편이던 할머니는, 그러나 갑자기 세상을 떠나버렸다. 당사주라면 다시는 더 사족을 못쓰던 할머니는, 성기가 세 살 났을 때 보인 그의 사주에 시천역(時天驛)이 들었다 하여 한때는 얼마나 낙담을 했던 것인지 모른다. 하동 산다는 그 키가 나지막한 명주 치마 저고리를 입은 할머니가 혹시 갑자을축을 잘못 짚지나 않았나 하여, 큰절(쌍계사를 가리킴)에 있는 어느 노장에게도 가 물어보고 지리산 속에서 도를 닦아 나오던 어떤 키 큰 영감에게도 다시 뵈어 봤지만 시천역엔 조금도 요동이 없었다.

"천성 제 애비 팔자를 따라갈려는 게지."

할머니가 어머니를 좀 비꼬아 하는 말이었으나 거기 깊은 원망이 든 것도 아니었다. 그러나 이런 말엔 각별나게 신경을 쓰는 옥화는,

"부모 안 닮는 자식 없단다. 근본은 다 엄마 탓이지."

도리어 어머니에게 오금을 박고 들었다.

"이년아 에미한테 너무 오금박지 마라. 남사당을 붙었음, 너를 버리고 내가 그놈을 찾아갔냐, 너더러 찾아 달라 성화를 댔냐?"

그러나 서른여섯 해 전에 꼭 하룻밤 놀다 갔다는 젊은 남사당의 진양조 가락에 반하여 옥화를 배게 된 할머니나, 구름같이 떠돌아 다니는 중과 인연을 맺어 성기를 가지게 된 옥화나 다 같이 '화개장터' 주막에 태어났던 그녀들로서는 별로 누구를 원망할 턱도 없는 어미 딸이었다. 성기에게 역마살이 든 것은 어머니가 중 서방을 정한 탓이요, 어머니가 중 서방을 정한 것은 할머니가 남사당에게 반했던 때문이라면 성기의 역마 운도 결국은 할머니가 장본이라, 이에 할머니는 성기에게 중질을 시켜서 살을 때우려고도 서둘러보았던 것이고, 중질에서 못다 푼 살을, 이번에는, 옥화가 그에게 책장사라도 시켜서 풀어보려는 속셈인 것이었다. 성기로서도 불경보

다는 암만해도 이야기책에 끌리는 눈치요, 중질보다는 차라리 장사라도 해보고 싶다는 소청이기도 하여, 그러나 옥화는 꼭 화개장만보이기로 다짐까지 받은 뒤, 그에게 책전을 내주기로 했던 것이었다.

성기가 마루 앞 축대 위에 올라서는 것을 보자 옥화는 놀란 듯이 자리에서 일어나 앉으며,

"더운데 왜 인저사 내려오냐?"

곁에 있던 수건과 부채를 집어 그에게 주었다.

지금까지 옥화에게 이야기책을 읽어 들려주고 있은 듯한 낯선 계집애는, 책 읽던 것을 멈추고 얼굴을 들어 성기를 바라보았다. 갸름한 얼굴에 흰자위 검은자위가 꽃같이 선연한 두 눈이었다. 순간, 성기는 가슴이 찌르르하며 갑자기 생기 띤 눈으로 집 앞에 늘어선 버들가지를 바라보았다.

얼마 뒤, 계집애는 안으로 들어가고 옥화는 성기의 점심상을 차려 들고 나와서,

"체장수 딸이다."

하였다. 어머니도 즐거운 얼굴이었다.

"체장수라니?"

성기는 밥상을 받은 채, 그러나 얼른 숟가락을 들지도 않고, 그의 어머니의 얼굴을 쳐다보았다.

"구례 산다더라. 이번에 어쩌면 하동으로 해서 진주 쪽으로 나가 볼 참이라는데 어제 저녁에 화갯골로 들어갔다."

그리고 저 딸아이는 그 체장수의 무남독녀인데 영감이 화갯골 쪽으로 들어갔다 나와서, 하동 쪽으로 나갈 때 데리고 가겠다고, 하도 간청을 하기에 그동안 좀 맡아 있어주기로 했다면서, 옥화는 성기의 눈치를 살피듯 그의 얼굴을 물끄러미 바라보았다.

"화갯골에서는 며칠이나 있겠다던고?"

"들어가 보고 재미나면 지리산 쪽으로 깊이 들어가 볼 눈치더라."

그러고 나서, 옥화는 또,

"그래도 그런 사람의 딸같이는 안 뵈지?"

하였다. 계연(契姸)이란 이름이었다.

성기는 잠자코 밥숟가락을 들었다. 그러나 밥은 반도 먹지 않고, 상을 물려버렸다.

이튿날 성기가 책전에 있으려니까, 그 체장수 딸이 그의 점심을 이고 왔다. 집에서 장터까지래야 소리지르면 들릴 만한 거리였지만, 그래도 전날 늘 이고 다니던 '상돌 엄마'가 있을 터인데 이렇게 벌써 처녀 티가 나는 남의 큰애기더러 이런 사환을 시켜 미안하단 생각이 들었다. 그러나 정작 그녀 쪽에서는 그러한 빛도 없이, 그 꽃송이같이 화안한 두 눈에 웃음까지 담은 채, 그의 앞에 밥함지를 공손스레 놓고는, 떡과 엿과 참외 들을 팔고 있는 음식전 쪽으로 곧장 눈을 팔고 있었다.

"상돌 엄만 어디 갔는듸?"

성기는 계연의 그 아리따운 두 눈에서 홍건한 즐거움을 가슴으로 깨달으며, 그러나 고개는 엉뚱한 방향으로 돌린 채, 차라리 거친 음성으로 이렇게 물었다.

"손님이 마루에 가뜩 찼는듸 상돌 엄마가 혼자서 바삐 서두닝께 어머니가 지더러 갖고 가라 히어요."

그동안 거의 입을 열어 말하는 일이 없었던 계연은, 성기가 묻는 말에, 의외로 생경한 전라도 쪽 토음(土音)으로 이렇게 말했다. 그 가냘프고 갸름한 어깨와 목 하며, 어디서 그렇게 힘차고 괄괄한 음성이 울려 나오는 것인지 알 수가 없었다. 한줌이나 될 듯한 가느다란 허리와 호리호리한 몸매에 비하여 발달된 팔다리와 토실토실한 두 손등과 조그맣게 도톰한 입술을 가진 탓인지도 몰랐다.

"계연아, 오빠 세숫물 놔드려라."

이튿날 아침에도 옥화는 상돌 엄마를 부엌에 둔 채 역시 계연에게 성기의 시중을 들게 하였다. 세숫물을 놓는 일뿐 아니라 숭늉 그릇을 들고 다니는 것이나 밥상을 차려오는 것이나 수건을 찾아주는 것이나 성기에 따른 시중은 모조리 그녀로 하여금 들게 하였다. 그러고는,

"아이가 맘이 컴컴치 않고, 인정이 있고, 얄미운 데가 없어."

옥화는 자랑삼아 이런 말도 하였다.

"저의 아버지는 웬일인지 반억지 비슷하게 거저 곧장 나만 믿겠다고, 아주 양딸처럼 나한테다 맡기구 싶은 눈치더라만……."

옥화는 잠깐 말을 끊어서 성기의 낯빛을 살피고 나서 다시,

"그래, 너한테도 말을 들어봐야겠고 해서 거저 대강 들을 만하고 있었잖냐……. 언제 한번 데리고 가서 칠불(七佛) 구경이나 시켜 줘라."

하는 것이, 흡사 성기의 동의를 구하는 모양 같기도 하였다.

그러고 나서 옥화는 계연의 말을 옮겨, 구례 있는 저의 집이래야 구례읍에서 외따로 떨어진 무슨 산기슭 밑에서 이웃도 없이 있는 오막살인가 보더라고도 하였다.

"그럼 살림은 어쩌고 나왔을까?"

"살림이래야 그까짓 거 방문에 자물쇠 채워두었으면 그만 아냐, 허지만 그보다도 나그넷길에 데리고 나선 계연이가 걱정이지."

이러한 옥화의 말투로 보아서는 체장수 영감이 화갯골에서 나오는 대로 계연을 아주 양딸로 정해 둘 생각인 듯이 보였다. 다만 성기가 꺼릴까 보아 이것만을 저어하는 눈치 같았다. 지금까지 몇 번이나 옥화는 성기더러 장가를 들라고 권했으나 그는 응치 않았고, 집에 술 파는 색시를 몇 차례나 두어도 보았지만 색시 쪽에서 간혹

성기에게 말썽을 내인 적은 있어도 성기가 색시에게 그러한 마음을 두는 일은 한 번도 있은 적이 없어, 이러한 일들로 해서, 이번에도 옥화는 그녀로 하여금 성기의 미움이나 받지 않게 할 양으로, 그녀의 좋은 점만 이야기하는 듯한 눈치 같기도 하였다.

아랫집 실과 가게에서 성기가 짚신 한 켤레를 사들고 오려니까 옥화는 비죽이 웃는 얼굴로 막걸리 한 사발을 그에게 떠주며,

"오늘 날씨가 너무 덥잖냐?"

고 하였다. 술 거를 때 누구에게나 맛보기 떠주기를 잘하는 옥화였다. 계연이는 방에서 옷을 갈아입고 있었다.

"계연아, 너도 빨리 나와, 목마를 텐데 미리 좀 마시고 가거라."

옥화는 방을 향해서도 이렇게 소리를 질렀다.

항라 적삼에 가는 삼베 치마를 갈아입고 나오는 계연은 그 선연한 두 눈의 흰자위 검은자위로 인하여 물에 어리인 한 송이 연꽃이 떠오르는 듯하였다.

"꼭 스무 해 전에 내가 입었던 거다."

옥화는 유감한 듯이 계연의 옷맵시를 살펴주며 말했다.

"어제 꺼내서 품을 좀 줄여놨더니만 청승스리 맞는고나, 보기보단 품을 여간 많이 입잖는다, 이 앤……. 자, 얼른 마셔라, 오빠 있음 무슨 내외할 사이냐?"

그러자 계연은 웃는 얼굴로 술잔을 받아 들고 방으로 들어가 마시고 나오는 모양이었다.

성기는 먼저 수양버드나무 밑에 와서 새 신발에 물을 축이었다. 계연이도 곧 뒤를 따라 나섰다. 어저께 성기가 칠불암(七佛庵)까지 책값 수금 관계로 좀 다녀올 일이 있다고 했더니, 옥화가 그러면 계연이도 며칠 전부터 산나물을 캐러 간다고 벼르는 중이고, 또 칠불

216

암 구경은 어차피 한번 시켜주어야 할 게고 하니, 이왕이면 좀 데리고 가잖겠느냐고 하였다.

성기는 가슴도 좀 뛰고, 그래서, 나물을 내가 어떻게 아느냐고, 싫다고 했더니 너더러 누가 나물까지 캐라느냐고, 앞에서 길만 끌어주면 되잖느냐고 우기어, 기승한 어머니에게 성기는 더 항변을 못하고 말았던 것이다.

성기는 처음부터 큰길을 버리고, 사람이 잘 다니지 않는, 수풀 속 산길을 돌아가기로 하였다. 원체가 지리산 밑이요, 또 나뭇길도 본디부터 똑똑히 나 있지 않는 곳이라, 어려서부터 자라난 고장이라곤 하지만 울울한 수풀 속에서 성기는 몇 번이나 길을 잃은 채 헤매곤 하였다.

쳐다보면 위로는 하늘을 찌를 듯한 높은 산봉우리요, 내려다보면 발아래는 바다같이 뿌우연 수풀뿐, 그 위에 흰 햇살만 물줄기처럼 내리퍼붓고 있었다. 머루, 다래, 으름은 이제 겨우 파랗게 메아리져 있고, 가지마다 새빨간 복분자(나무딸기), 오디(산뽕나무의 열매)는 오히려 철이 겨운 듯 한머리 까맣게 먹물이 돌았다.

성기는 제 손으로 다듬은 퍼런 아가위나무 가지로 앞에서 칡덩굴을 헤쳐가며 가고 있는데, 계연은 뒤에서 두릅을 꺾는다, 딸기를 딴다, 하며 자꾸 혼자 처지곤 하였다.

"빨리 오잖고 뭘 하나?"

성기가 걸음을 멈추고 서서 나무라면 계연은 딸기를 따다 말고, 두릅을 꺾다 말고, 그 조그맣고 도톰한 입술을 꼭 다물고 뛰어오는 것인데, 한참만 가다 보면 뒤에 떨어지곤 하였다.

"아이고머니 어쩔 거나!"

갑자기 뒤에서 계연이가 소리를 질렀다. 돌아다보니 떡갈나무 위에서, 가지에 치맛자락이 걸려 있다. 하필 떡갈나무에는 뭣 하러 올라갔을까고, 곁에 가 쳐다보니, 계연의 손이 닿을 만한 위치에 그 아래쪽 딸기나무 가지가 넘어와 있다. 딸기나무에는 가시가 있고 또 비탈에 서 있어 올라갈 수가 없으니까, 그 딸기나무와 가지가 서로 얽힌 떡갈나무 쪽으로 올라간 모양이었다. 몸을 구부려 손으로 치맛자락을 벗기려면 간신히 잡고 서 있는 윗가지에서 손을 놓아야 하겠고, 손을 놓았다가는 당장 나무에서 떨어질 형편이다. 나무 아래에서 쳐다보니 활짝 걷어 올려진 베치마 속에, 정강마루까지를 채 가리지 못한 짤막한 베고의가 훤한 햇살을 받아 그 안의 뽀오얀 것을 그대로 보여주고 있었다.

성기는 짚고 있던 생나무 지팡이로 치맛자락을 벗겨주려 하였으나, 지팡이가 짧아서 그렇겠지만 제 자신도 모르게, 지팡이 끝은 계연의 그 발그스레하고 매초롬한 종아리만을 자꾸 건드리고 있었다.

"아이 싫어! 나무에서 떨어진당게!"

계연은 소리를 질렀다. 게다가 마침 다람쥐란 놈까지 한 마리 다래 넌출 위로 타고 와서, 지금 막 계연이가 잡고 서 있는 떡갈나무 가지 위로 건너뛰려 하고 있다.

"아 곧 떨어진당게! 그 막대로 저 다램이나 떼려줬음 쓰겠는디."

계연은 배 아래를 거진 햇살에 훤히 드러낸 채 있으면서도 다래 넌출 위에서 이쪽을 건너다보고 그 요망스런 턱주가리를 쫑긋거리고 있는 다람쥐가 더 안타까운 모양으로 또 이렇게 소리를 질렀다.

"요놈의 다램이가……."

성기는 같은 나무 밑둥치에까지 올라가서야 겨우 계연의 치맛자락을 벗겨주고, 그러고는 막대로 다시 조금 전에 다람쥐가 앉아 있던 다래 넌출도 한번 툭 쳤다. 이 소리에 놀랐는지 산비둘기 몇 마리가 '푸드득' 하고 아래쪽 머루 넌출 위로 날아갔다.

"샘물이 있어야 쓰겠는디."

계연은 치맛자락을 걷어올려 이마의 땀을 씻으며 이렇게 말했다.

모롱이를 돌아 새로운 산줄기를 탈 때마다 연방 더 우악스런 멧부리요, 어두운 수풀을 지나 환하게 열린 하늘을 내다볼 때마다 바다같이 질펀한 골짜기에 차 있느니 머루, 다래 넌출이요, 딸기, 칡의 햇덩굴이다. 산속으로 산속으로 들어갈수록 여기저기서 난장판으로 뻐꾸기들은 울고, 이따금씩 낄낄거리고 골을 건너 날아가는 꿩 울음 소리마저 야지의 가을 벌레 소리를 듣는 듯 신산을 더했다.

해는 거진 하늘 한가운데를 돌아 바야흐로 머리에 불을 끼얹고, 어두운 숲 그늘 속에는 해삼 같은 시꺼먼 달팽이들이 진물을 토한 채 땅에 붙어 늘어졌다.

햇살이 따갑고, 땀이 흐르고, 목이 마를수록 성기들은 자꾸 넌출 속으로만 들짐승들처럼 파묻히었다. 나무딸기, 덤불딸기, 산복숭아, 아가위, 오디, 손에 닿는 대로 따서 연방 입에 가져가지만 입에 넣으면 눈 녹듯 녹아질 뿐 들척지근한 침을 삼키면 그만이었다. 간혹 이에 걸린다는 것이 아직 익지 않은 산복숭아, 아가위 따위인데, 딸기 녹은 침물로는 그 쓰고 떫은 것마저 사양 없이 씹어 넘겨졌다. 처음엔 입술이 먼저 거멓게 열매 물이 들었고, 나중엔 온 볼에까지 묻었다. 먹을수록 목이 마른 딸기를 계연은 그 새파란 산복숭아서껀, 둥그런 칡잎으로 하나 가득 따서 성기에게 주었다. 성기는 두 손바닥 위에다 그것을 받아서는 고개를 수그려 물을 먹듯 입을 대어 먹었다. 먹고 난 칡잎은 아무렇게나 넌출 위로 던져버린 채 칡넌출이 담뿍 감겨 있는 다래 덩굴 위에 비스듬히 등을 대고 누웠다.

계연은 두 번째 또 칡잎의 것을 성기에게 주었다. 성기는 성가신 듯이 그냥 비스듬히 누운 채 그것을 그대로 입에 들이부어 한입 가득 물고는 나머지를 그냥 넌출 위로 던졌다. 그리고 그는 곧 코를 골기 시작하였다.

세 번째 칡잎에다 딸기알 머루알을 골라놓은 계연은 그러나 성기가 어느덧 잠이 들어 있음을 보자 아까 성기가 하듯 하여 이번엔 제가 먹어치웠다.

"참 잘도 잔당게."

계연은 혼잣말로 중얼거리며 자기도 다래 덩굴에 등을 대고 비스듬히 드러누워 보았으나 곧 재채기가 났다. 목이 몹시 말랐다. 배도 고팠다.

갑자기 뻐꾸기 소리가 무서워졌다.

"덩굴 속에는 샘물이 없는가?"

계연은 덩굴을 헤치고 한참 들어가다 문득 모과나무 가지에 이리저리 얽히고 주렁주렁 열린 으름덩굴을 발견하였다.

"이것이 익어 있음 쓰겄는듸."

계연은 이렇게 중얼거리며 아직도 파아란 오이를 만지듯 딴딴하고 우툴두툴한 으름을 제일 큰 놈으로만 세 개를 골라 따 쥐었다. 그리하여 한나절 동안 무슨 열매든지 손에 닿는 대로 마구 따 입에 넣곤 하던 버릇으로 부지중 입에 가져가 한번 덥석 물어 떼었더니 이내 비릿하고 떫직스레한 풀 같은 것이 입에 하나 가득 끼었다.

"아, 풋내 나!"

계연은 입 안의 것을 뱉고 나서 성기 곁으로 갔다. 해는 벌써 점심때도 겨운 듯 갈증과 함께 시장기도 들었다.

"일어나 샘물 찾아가장게."

계연은 성기의 어깨를 흔들었다.

성기는 눈을 떴다.

계연은 당황하여, 쥐고 있던 새파란 으름 두 개를 성기의 코끝에 내어밀었다. 성기는 몸을 일으켜 그녀의 그 둥그스름한 어깨와 목덜미를 껴안았다. 그러고는 입술이 포개졌다.

그녀의 조그맣고 도톰한 입술에서는 한나절 먹은 딸기, 오디, 산복숭아, 으름 들의 달착지근한 풋내와 함께, 황토흙을 찌는 듯한 향긋하고 고소한 고기 냄새가 느껴졌다.

까악까악하고 난데없는 까마귀 한 마리가 그들의 머리 위로 울며 날아갔다.

"칠불은 아직 멀지라?"

계연은 다래 덩굴에 걸어두었던 점심을 벗겨 들었다.

화갯골로 들어간 체장수 영감은 보름이 넘도록 돌아오지 않았다. 떠날 때 한 말도 있고 하니 지리산 속으로 아주 들어간 모양이라고, 옥화와 계연은 생각하고 있었다.

"산중에서 아주 여름을 내시는갑네."

옥화는 가끔 이런 말도 하였다. 그리고 그들은 끈기 있게 이야기책을 들고 앉곤 하였다. 계연의 약간 구성진 전라도 지방 토음은 날이 갈수록 점점 더 맑고 처량한 노래조를 띠어왔다.

그동안 옥화와 계연의 사이에 생긴 새로운 사실이 있다면, 옥화가 계연의 왼쪽 귓바퀴 위에 있는 조그만 사마귀 한 개를 발견한 것쯤이었다.

어느 날 아침, 그녀의 머리를 빗어 땋아주고 있던 옥화는 갑자기 정신을 잃은 사람처럼 참빗 쥔 손을 부들부들 떨고 있었다.

"어머니 왜 그리여?"

계연이 놀라 물었으나 옥화는 그녀의 두 눈만 멀거니 바라보고 있을 따름 말이 없었다.

"어머니 왜 그러시여."

계연이 또 한 번 물었을 때, 옥화는 겨우 정신이 돌아오는 듯, 긴 한숨을 내쉬며,

"아무것도 아니다."

하고, 다시 빗질을 시작하는 것이었다.

계연은 속으로 이상한 생각이 들었으나 아무것도 아니라는 옥화에게 다시 더 캐어물을 도리도 없었다.

이튿날 옥화는 악양(岳陽)에 볼일이 좀 있어 다녀오겠노라면서 아침 일찍이 머리를 빗고 떠났다. 성기는 큰방에서 낮잠을 자고 있었다. 소나기가 왔다. 계연이가 밖에서 빨래를 걷어 안고 들어오면서,

"어쩔거나, 어머니 비 만나시겠는듸!"

하였다. 그녀의 치맛자락은 바깥의 신선한 비바람을 묻혀다 성기의 자는 낯을 스쳐주었다. 성기는 눈을 뜨는 결로 손을 뻗쳐 그녀의 치맛자락을 거머잡았다. 그녀는 빨래를 안은 채 고개를 획 돌이켜 성기의 얼굴을 가만히 바라보았다. 그녀의 두 볼에 바야흐로 조그만 보조개가 패려 할 때, 밖에서 인기척이 났다.

"어머니 옷 다 젖겠는듸!"

또 한 번 이렇게 말하며, 계연은 마루로 나갔다.

성기는 어느덧 또 코를 골기 시작하였다.

성기가 다시 잠이 깨었을 때는, 손님들이 마루에서 막걸리를 마시고 있었다. 계연은 그들의 치다꺼리를 해주고 있는 모양으로 부엌에서,

"명태랑 풋고추밖엔 안주가 없는듸!"

하는 소리가 났다.

나중 손님들이 돌아간 뒤, 성기는 그녀더러,

"어머니 없을 땐 손님 받지 말라고."

약간 볼멘소리로 이런 말을 하였다.

"허지만 오늘 해 넘김, 이 술은 시어질 것인듸, 그냥 두면 어머니

오셔서 화내시지 않을 것이오?"

계연은 성기에게 타이르듯이 이렇게 말했다. 조금 뒤 그녀는 다시 웃는 낯으로 성기 곁에 다가서며,

"오빠, 날 면경 하나만 사주시오. 똥그란 놈이 꼭 한 개만 있었음 쓰겄는디."

하였다. 이튿날이 마침 장날이라 성기는 점심을 가지고 온 그녀에게 미리 사두었던 조그만 면경 하나와 찰떡을 꺼내주었다.

"아이고머니!"

면경과 찰떡을 보자, 계연은 놀란 듯이 소리를 질렀다. 그녀는 그 꽃 같은 두 눈에 웃음을 담뿍 담은 채 몇 번이나 면경을 들여다 보곤 하더니, 그것을 품속에 넣고는 성기가 점심을 먹고 있는 곁에 돌아앉아 어느덧 짝짝 소리까지 내며 찰떡을 먹고 있었다.

성기는 남이 보지 않게 전 앞에 사람 그림자가 얼씬할 때마다 자기의 몸을 이리저리 움직여서 그것을 가리어주었다. 딴은 떡뿐 아니라 참외고 복숭아고 엿이고 유과고 일체 군것을 유달리 좋아하는 그녀의 성미인 듯 하였다. 집 앞으로 혹 참외장수나 엿장수가 지나가는 것을 보면 계연은 골무를 깁거나 바늘겨레를 붙이다 말고, 뛰어 일어나 그것들이 시야에서 사라질 때까지 멀거니 바라보며 섰곤 하였다.

한번은 성기가 절에서 내려오려니까, 어머니는 어디 갔는지 눈에 띄지 않고, 그녀만이 마루 끝에 걸터앉은 채 이웃 주막의 놈팡이 하나와 더불어 함께 참외를 먹고 있었다. 성기를 보자 좀 무안스러운 듯이 얼굴을 약간 붉히며 곧 일어나 반가운 표정을 지어 보였다.

"아, 오빠!"

"······."

그러나 성기는 그러한 그녀를 거들떠도 보지 않고 그대로 자기

의 방으로만 들어가 버렸다. 계연은 먹던 참외도 마루 끝에 놓은 채 두 눈이 휘둥그래져 성기의 뒤를 따라왔다.

"오빠 왜?"

"……."

"응 왜 그리여?"

"……."

그러나 성기는 아무런 대꾸도 없었다. 그녀가 두 팔을 성기의 어깨 위에 얹어, 그의 목을 껴안으려 했을 때, 성기는 맹렬히 몸을 뒤틀어 그녀의 팔을 뿌리치고는 돌연히 미친 것처럼 뛰어들어 따귀를 때리기 시작하였다.

처음 그녀는,

"오빠, 오빠!"

하고 찡그린 얼굴로 성기를 쳐다보며 두 손을 내밀어 그의 매질을 막으려 하였으나, 두 차례 세 차례 철썩철썩하고, 그의 손이 그녀의 얼굴에 와 닿자 방구석에 가 얼굴을 쿡 처박은 채 얼마든지 그의 매질에 몸을 맡기듯이 하고 있었다.

이튿날 장에 점심을 가지고 온 계연은 그 작고 도톰한 입술을 꼭 다문 채, 말이 없었으나, 그의 꽃같이 선연한 두 눈에 어저께의 일에 깊은 적의도 원한도 품어 있지 않는 듯하였다.

그날 밤 그녀가 혼자 강가에 나와 있는 것을 보고, 성기는 그녀의 뒤를 쫓아 나갔다. 하늘엔 별이 파랗게 빛나고 있었으나 나무 그늘은 강가를 칠야같이 뒤덮어 있었다.

"오빠."

계연은 성기가 바로 그녀의 곁에까지 왔을 때 일어나 성기의 턱 앞으로 바싹 다가 들어서며 낮은 목소리로 이렇게 불렀다.

"오빠, 요즘은 어쩌자고 만날 절에만 노 있는 것이여?"

그 몹시도 굴곡이 강렬한 전라도 지방 토음이 이렇게 속삭이었다.

그즈음 성기는 장을 보러 오는 날 이외는 절에서 일절 내려오지를 않았다. 옥화가 악양 명도에게 갔다 소나기에 젖어 돌아온 뒤부터는, 어쩐지 그와 그녀의 사이를 전과 달리 경계하는 듯한 눈치라, 본래 심장이 약하고 남의 미움 받기를 유달리 싫어하는 그는, 그러한 어머니에 대한 노여움도 있고 하여 기어코 절에서 배겨내려 했던 것이었다.

이날 밤만 해도 계연의 물음에, 성기가 무어라고 대답도 채 하기 전에, '계연아, 계연아!' 하는, 옥화의 목소리가 또 어느덧 들려오고 있었다. 성기는 콧잔등을 찌푸리며 말을 하려다 말고 입을 다물어버렸다.

――아, 어머니도 어쩌면 저다지 야속할까?

성기는 갑자기 목이 뿌듯해졌다.

반딧불이 지나갔다. 계연은 돌 위에 걸터앉아, 손으로 여뀌풀을 움켜잡으며, 혼잣말같이, 또 무어라 속삭이는 것이었으나, 냇물 소리에 가리어 잘 들리지 않았다.

이튿날 아침 일찍이 성기가 방 안으로, 부엌으로 누구를 찾으려는 듯 기웃기웃하다가 좀 실망한 듯한 낯으로 그냥 절로 올라가고 말았을 때, 그녀는 역시 이 여뀌풀 있는 냇물가에서 걸레를 빨고 있었던 것이다.

사흘 뒤에 성기가 다시 절에서 내려오니까, 체장수 영감은 마루 위에서 막걸리를 마시고 있고, 계연은 고개를 떨어뜨린 채 마루 끝에 걸터앉아 있었다. 머리를 감아 빗고 새옷――새옷이라야 전날의 그 항라 적삼을 다시 빨아 다린 것――을 갈아입고, 조그만 보따리 하나를 곁에 두고, 슬픔에 잠겨 있던 계연은, 성기를 보자 그 꽃같이 선연한 두 눈에 갑자기 기쁨을 띠며 허리를 일으켰다. 그러나 바로 그 다음 순간, 그 노기를 띤 듯한 도톰한 입술은 분명히 그들 사이에 일어난 어떤 절박하고 불행한 사실을 전하고 있었다.

막걸리 사발을 들어 영감에게 권하고 있던 옥화는 성기를 보자,

"계연이가 시방 떠난단다."

대번에 이렇게 말했다.

옥화의 말을 들으면, 영감은 그날, 성기가 절로 올라가던 날, 저녁 때에 돌아왔더라는 것이었다. 그 이튿날이니까, 즉 어저께, 영감은 그녀를 데리고 떠나려고 하는 것을 하루 더 쉬어가라고 만류를 해서, 그래 오늘 아침엔 일찍이 떠난다고 이렇게 막 행장을 차려서 나서는 길이라 하였다.

그러나 이것은 실상 모두 나중 다시 들어서 알게 된 것이었고, 처음은 그저 쇠뭉치로 돌연히 머리를 얻어맞은 것같이 골치가 땡하며, 전신의 피가 어느 한곳으로 쫙 모이는 듯한, 양쪽 귀가 머리 위로 쭝긋이 당기어 올라가는 듯한, 혀가 목구멍 속으로 말려 들어가는 듯한, 눈 언저리에 퍼러런 불이 번쩍번쩍 일어나는 듯한, 어지러움과 노여움과 조마로움이 한데 뭉치어, 발끝에서 머리 끝까지의 그의 전신을 어디로 휩쓸어가는 듯만 하였다. 그는 지금껏 이렇게까지 그녀에게 마음이 가 있어 떨어질 수 없게 되었으리라고는 너무도 뜻밖이었다. 그것이 이제 영원히 헤어지려는 이 순간에 와서야 갑자기 심지에 불을 켜듯 확 타오를 마련이던가, 하는 것이 자꾸만 꿈과 같았다. 자칫하면 체면도 염치도 다 놓고 엉엉 울음이 터질 것만 같이 목이 징징 우는 것을, 그러는 중에서도 이 얼굴을 어머니에게 보여서는 아니 된다는 의식에서 떨리는 입술을 깨물며, 마루 끝에 궁둥이를 찧듯 털썩 앉아버렸다.

"아들이 참 잘생겼소."

영감은 분명히 성기를 두고 하는 말인 모양이었다. 그러나 성기

는 그쪽으로 고개도 돌려보지 않은 채 그들에게 무슨 적의나 품은 듯이 앉아 있었다.

옥화는 그동안 또 성기에게 역시 그 체장수 영감의 이야기를 전해 들려주고 있는 모양이었다. 지리산 속에서 우연히 옛날 고향 친구의 아들이 된다는 낯선 젊은이 하나를 만났다. 그는 영감의 고향인 여수에서 큰 공장을 경영하는 실업가로, 지리산 유람을 들어왔다가 이야기 끝에 우연히 서로 알게 되었다. 그는 영감에게 함께 고향으로 돌아가 살자고 했다. 영감은 문득 고향 생각도 날 겸 그 청년의 도움으로 어떻게 형편이 좀 펼 것 같이도 생각되어 그를 따라 여수로 돌아가기로 결정을 하고 나오는 길이라——옥화가 무어라고 한참 하는 이야기는 대개 이러한 의미인 듯하였으나, 조마롭고 어지럽고 노여움으로 이미 두 귀가 멍멍하여진 그에게는 다만 벌떼처럼 무엇이 왕왕거릴 뿐 아무것도 분명히 들리지 않았다.

"막걸리 맛이 어찌나 좋은지 배가 부르당게."

그동안 마지막 술잔을 들이켜고 난 영감은 부채와 지팡이를 집어들며 이렇게 말했다.

"여수 쪽으로 가시게 되면 영영 못 보게 되겠구만요."

옥화도 영감을 따라 일어서며 이렇게 말했다.

"사람 일을 누가 알간듸, 인연 있음 또 볼 터이지."

영감은 커다란 미투리에 발을 끼며 말했다.

"아가, 잘 가거라."

옥화는 계연의 조그만 보따리에다 돈이 든 꽃주머니 하나를 정표로 넣어주며 하직을 하였다.

계연은 애걸하듯 호소하듯한 붉은 두 눈으로 한참 동안 옥화의 얼굴을 쳐다보고만 있었다.

"또 오너라."

옥화는 계연의 머리를 쓸어주며 다만 이렇게 말하였고, 그러자 계연은 옥화의 가슴에다 얼굴을 묻으며 엉엉 소리를 내어 울기 시작하였다.

옥화가 그녀의 그 물결같이 흔들리는 둥그스름한 어깨를 쓸어 주며,

"그만 울어, 아버지가 저기 기다리고 계신다."

하는 음성도 이젠 아주 풀이 죽어 있었다.

"그럼 편히 계시오."

영감은 옥화에게 하직을 하였다.

"할아부지 거기 가보시고 살기 여의찮거든 여기 와서 우리하고 같이 삽시다."

옥화는 또 한 번 이렇게 당부하는 것이었다.

"오빠, 편히 사시오."

계연은 이미 시뻘겋게 된 두 눈으로 성기의 마지막 시선을 찾으며 하직 인사를 했다.

성기는 계연의 이 말에, 꿈을 깬 듯, 마루에서 벌떡 일어나, 계연의 앞으로 당황히 몇 걸음 어뜩어뜩 걸어오다간, 돌연히 다시 정신이 나는 듯 그 자리에 화석처럼 발이 굳어버린 채, 한참 동안 장승같이 계연의 얼굴만 멍하게 바라보고 있었다.

"오빠, 편히 사시오."

이렇게 두 번째 하직을 하는 순간까지도, 계연의 그 시뻘건 두 눈은 역시 성기의 얼굴에서 그 어떤 기적과도 같은 구원만을 기다리는 것이었고 그러나, 성기는 그 자리에 그냥 주저앉아버릴 뻔하던 것을 겨우 버드나무 가지를 움켜 잡을 수 있었을 뿐이었다.

계연의 시뻘겋게 상기된 얼굴은, 옥화와 그녀의 아버지가 그녀들을 지켜보고 있다는 것도 잊은 듯이 성기의 얼굴만 뚫어지게 바

라보고 있었으나, 버드나무에 몸을 기댄 성기의 두 눈엔 다만 불꽃이 활활 타오를 뿐, 아무런 새로운 명령도 기적도 나타나지 않았다.

"오빠, 편히 사시오."

하고, 거의 울음이 다 된, 마지막 목소리를 남기고 돌아선 계연의 저만치 가고 있는 항라 적삼을, 고운 햇빛과 늘어진 버들가지와 산울림처럼 울려오는 뻐꾸기 울음 속에, 성기는 우두커니 지켜보고 있을 뿐이었다.

성기가 다시 자리에서 일어나게 된 것은 이듬해 우수 경칩도 다 지나 청명 무렵의 비가 질금거릴 즈음이었다. 주막 앞에 늘어선 버들 가지는 다시 실같이 푸르러지고, 살구, 복숭아, 진달래 들이 골목 사이로 산기슭으로 울긋불긋 피고 지고 하는 날이었다.

아들의 미음상을 차려들고 들어온 옥화는 성기가 미음 그릇을 비우는 것을 보자, 이렇게 물었다.

"아직도 너, 강원도 쪽으로 가보고 싶냐?"

"……"

성기는 조용히 고개를 돌렸다.

"여기서 장가들어 나랑 같이 살겠냐?"

"……"

성기는 역시 고개를 돌렸다.

──그해 아직 봄이 오기 전, 보는 사람마다 성기의 회춘을 거의 다 단념하곤 하였을 때, 옥화는 이왕 죽고 말 것이라면, 어미의 맘속이나 알고 가라고 그래, 그 체장수 영감은, 서른여섯 해 전 남사당을 꾸며 와 이 '화개장터'에 하룻밤을 놀고 갔다는 자기의 아버지임에 틀림이 없었다는 것과, 계연은 그 왼쪽 귓바퀴 위의 사마귀로 보아 자기의 동생임이 분명하더라는 것을, 통정하노라면서, 자

기의 왼쪽 귓바퀴 위의 같은 검정 사마귀까지를 그에게 보여주었다.

"나도 처음부터 영감이 '서른여섯 해 전'이라고 했을 때 가슴이 섬뜩하긴 했다. 그렇지만 설마 했지, 그렇게 남의 간을 뒤집어놓을 이야 알았나. 하도 아슬해서 이튿날 악양으로 가 명도까지 불러봤더니, 요것도 남의 속을 빤히 들여다나 보는 드키 재줄대는구나, 차라리 망신을 했지."

옥화는 잠깐 말을 그쳤다. 성기는 두 눈에 불을 커듯한 형형한 광채를 띠고, 그 어머니의 얼굴을 쳐다보고 있었다.

"차라리 몰랐으면 또 모르지만 한번 알고 나서야 인륜이 있는듸 어찌겠냐."

그리고 부디 에미 야속타고나 생각지 말라고 옥화는 아들의 뼈만 남은 손을 눈물로 씻었다.

옥화의 이 마지막 하직같이 하는 통정 이야기에 의외로 성기는 도로 힘을 얻은 모양이었다. 그 불타는 듯한 형형한 두 눈으로 천장을 한참 바라보고 있던 성기는 무슨 새로운 결심이나 하듯 입술을 지그시 깨물고 있었다.

아버지를 찾아 강원도 쪽으로 가볼 생각도 없다, 집에서 장가들어 살림을 할 생각도 없다, 하는 아들에게 그러나, 옥화는 이제 전과 같이 고지식한 미련을 두는 것도 아니었다.

"그럼 어쩔라냐? 너 졸 대로 해라."

"......."

성기는 아무런 말도 없이 도로 자리에 드러누워 버렸다.

그리고 나서 한 달포나 넘어 지난 뒤였다.

성기가 좋아하는 여러 가지 산나물이 화갯골에서 연달아 자꾸 내려오는 이른 여름의 어느 장날 아침이었다. 두릅회에 막걸리 한

사발을 쭉 들이켜고 난 성기는 옥화더러,

"어머니 나 엿판 하나만 맞춰주."

하였다.

"……."

옥화는 갑자기 무엇으로 머리를 얻어맞은 듯이 성기의 얼굴을 멍하니 바라보고 있었다.

그런 지도 다시 한 보름이나 지나, 뻐꾸기는 또다시 산울림처럼 건드러지게 울고, 늘어진 버들가지엔 햇빛이 젖어 흐르는 아침이었다. 새벽녘에 잠깐 가는비가 지나가고, 날은 다시 유달리 맑게 개인 '화개장터' 삼거리길 위에서, 성기는 그 어머니와 하직을 하고 있었다. 갈아입은 옥양목 고의 적삼에, 명주 수건까지 머리에 질끈 동여매고 난 성기는, 새로 맞춘 새하얀 나무 엿판을 걸빵해서 느직하게 엉덩이 즈음에다 걸었다. 윗목판에는 새하얀 가락엿이 반 넘어 들어 있었고, 아랫목판에는 팔다 남은 이야기책 몇 권과 간단한 방물이 좀 들어 있었다.

그의 발 앞에는, 물과 함께 갈리어 길도 세 갈래로 나 있었으나, 화갯골 쪽엔 처음부터 등을 지고 있었고, 동남으로 난 길은 하동, 서남으로 난 길이 구례, 작년 이맘때도 지나 그녀가 울음 섞인 하직을 남기고 체장수 영감과 함께 넘어간 산모롱이 고갯길은 퍼붓는 햇빛 속에 지금도 환히 장터 위를 굽이 돌아 구례 쪽을 향했으나, 성기는 한참 뒤 몸을 돌렸다. 그리하여 그의 발은 구례 쪽을 등지고 하동 쪽을 향해 천천히 옮겨졌다.

한 걸음, 한 걸음, 발을 옮겨놓을수록 그의 마음은 한결 가벼워지어, 멀리 버드나무 사이에서 그의 뒷모습을 바라보고 서 있을 어머니의 주막이 그의 시야에서 완전히 사라져갈 무렵 하여서는, 육자배기 가락으로 제법 콧노래까지 흥얼거리며 가고 있는 것이었다.

밀다원 시대

부산진에 들어서면서부터 기차는 바다로 미끄러지지 않기 위하여 몸을 뒤로 뻗대었다. 초량역에서 본역까지는 거의 한걸음을 재듯 늑장을 부렸다.

이중구(李重九)는 팔목시계를 보았다. 여섯 시 이십 분. 어저께 세 시 십오 분 전에 탔으니까 꼭 스물일곱 시간하고 삼십오 분이 걸린 셈이다. 스물일곱 시간하고 삼십오 분. 그렇다. 그동안 중구의 머릿속은 줄곧 어떤 '땅 끝'이라는 상념으로만 차 있는 듯했다. 끝의 끝, 막다른 끝, 거기서는 한걸음도 더 나갈 수 없는, 한걸음만 더 내디디면 '허무의 공간'으로 떨어지고 마는, 그러한 최후의 점 같은 것에 중구의 의식은 완전히 사로잡혀 있는 듯했다. 그것은 승객의 거의 전부가 종착역인 부산을 목적하고 간다는 사실 때문만은 아니었다. 부산이 이 선로의 종점인 동시, 바다와 맞닿은 육지의 끝이라는 지리적인 이유 때문만도 아니었다. 또, 그 열차가 자유의 수도 서울을 출발지로 하고, 항도 부산을 도착점으로 하는 마지막 열

차라는 이유 때문만도 아니었다. 이러한 이유를 다 합친 그 위에 또 다른 이유가, 무언지 더 근본적이며 더 절실한 이유가 있는 듯했다.

그러나 중구는 그것을 알 수도 없었을 뿐더러 생각하기조차 싫었다. 그런 채 그는 다만 기차에서 내렸다. 기차에서 내리는 것까지는 어려운 문제가 아니었기 때문이었다. 그것은 서울을 떠날 때 이미 예정되었던 행동이었고, 또, 기차는 이 예정에서 벗어나거나 바다에 빠지지 않기 위하여 부산진에서부터 목이 쉬도록 울며 조심조심 기어온 것이 아닌가. 폼에 내렸을 때까지는 아직도 약 이천 명에 가까운 동지들이었다. 적어도 그들은 오십일년 일월 삼일이라는 최후의 시간까지 자유의 수도를 지킨 같은 겨레의 같은 시민들이요, 같은 시간에 같은 차로 같은 목적지에 내린, 같은 '운명체'인 것이다. 그들의 살벌한 두 눈에도, 위엄 있는 몸집에도, 간사스런 미소에도, 그들이 아직 폼에서 발을 옮기고 있는 동안까지는 다 같이 '동지'로 통해 있었다.

그러나 한번 출찰구를 빠져 나와 그 넝마전 같은 역마당에 발을 들여 놓는 순간부터 약속이나 한 것처럼 그들의 얼굴에서 '동지'는 어느덧 다 죽어버렸다. 출찰구를 통과함으로써 '동지'는 절로 해산이었다. 그리고 해산은 동시에 새로운 자유를 의미하는 것이기도 했다.

중구는 이 '새로운 자유'를 안고 출찰구 밖으로 던져진 채 한순간 전의 '동지'들이 이제는 모두 남이 되어 돌아가는 광경을 물끄러미 바라보고 있었다.

모두들 어디로 저렇게 찾아가는 것일까? 중구는 그것이 신통해서 견딜 수 없었다. 그들이 모두 부산에 친척을 가진 사람들이 아니란 것은 중구로서도 장담할 수 있었다. 그렇다고 해서 그들이 본시 부산 사람들일 리 없음도 또한 말할 나위 없었다. 그렇다면 그들은 모두 어디로 가는 것일까. 어찌하여 그들은 출찰구를 빠져 나오자 마자 그렇게 쓱쓱 찾아갈 곳이 있단 말인가. 어찌하여 그들은 한순 간에 '동지'에서 벗어나 그렇게 용감하게 자유로 행동할 수 있단 말인가. 그들은 이 부산이 '끝의 끝', '막다른 끝'이란 것을 모른단 말인가. 이 '끝의 끝', '막다른 끝'에서 한 발짝이라도 옮기면 바다 에 빠지거나 '허무의 공간'으로 떨어진다는 것을 잊었단 말인가. 그렇지도 않다면 정녕 이 '끝의 끝', '막다른 끝'까지 온 사람은 중 구 자신뿐이란 말인가. 그렇다고 하더라도 어쩌면 이렇게 이천 명 도 넘는 사람 가운데 중구 자신과 같이 서성대고 두리번거리는 사 람은 하나도 없이 모두들 그렇게 용감하게 찾아갈 곳이 있단 말인 가. 이것은 기적이다. 엄청난 기적이다. 중구는 혼자 속으로 이렇 게 뇌까리며 저도 모르게 와아 몰려가고 있는 행렬을 따라 어슬렁 어슬렁 발을 옮겨놓았다. '저도 모르게', 그렇다, 그것은 '동지'의 관성이었는지도 몰랐다.

  중구가 '저도 모르게' 또는, '동지의 관성'으로 이 '기적'의 행 렬 속에 휩쓸려 막 전찻길을 건너서려 할 때였다. "이형은 어디 갈 데 있어요?" 하는 소리가 왼쪽 귓전을 울렸다. 자줏빛 머플러에 손 가방 하나──그것이 중구의 것보다 좀 반짝거리고 배가 불러 보이 기는 했지만──를 든 K통신사의 윤(尹)이었다. 중구는 언제나 하 는 버릇대로 카키빛 털실 장갑을 낀 왼쪽 손으로 입을 가려 보임으 로써 말씀 아니라는 뜻을 나타낸 다음, 이번에는 와아 몰려가고 있 는 '동지'들을 턱으로 가리키며, "모두들 어디로 가는 겁니까?" 하 고 되물어보았다. 윤은 입술을 꼭 다문 채 의미있는 듯한 웃음을 띠 어 보이며, "다 갈 데가 있는 모양이지요." 할 뿐이었다. 전찻길을 건너섰다. 이번에는 중구가 또 물었다. "윤형은 어디로 가시오?" 이것은 그냥 인사가 아니다. 왜 그러냐 하면 아까 윤이 중구에게 먼저 이렇게 물었을 때는, 아는 사람 사이에 건네는 지나가는 인사일 수도 있었지만, 지금 중구와 같이 자기의 처지를 이미 알려버린 다음에는, 어디 좀 같이 따라갈 수 없겠소 하는 의미를 내포하고 있기 때문이었다. 윤은 먼저와 같이 입술을 꼭 다문 채 입안에 소금을 머금은 듯한 웃음을 띠어 보이며, "우리 같은 놈이야 별수 있소? 염치 불고하고 통신사 지국을 찾아가는 길이지요." 한다. 이 '염치 불고'는 중구를 경계하기 위하여 덧붙인 말인지도 몰랐다. 그러나 그것이 중구에게는 도리어 반대적인 효과를 나타내었다. 중구도 '염치 불고'에 한몫 끼기를 '염치 불고' 하고 희망했기 때문이다. 윤은 세 번째 그 소금을 씹고 있는 듯한 야릇한 웃음을 지어 보였다. 그 뿐이었다. 승낙도 거절도 따로 있는 것이 아니었다. 이 경우 중구는 이것을 승낙으로 취하는 자유를 행사하고, 잠자코 그의 뒤를 밟아 가면 되었다.

K통신사의 지국은 보수동이었다. 윤과 중구가 인도받아 들어간 곳은 넓이가 서너 칸이나 남짓 되어 보이는 지국 사무실이었다. 윤은 "할 수 없지, 여기라도 자지 어떡해?" 했다. 중구도 "그럼." 했다. 윤은 또 저녁을 사먹으러 나가지 않겠느냐고 묻는 것을 중구는 싫다고 했다. 나중, 윤이 저녁을 마치고 오는 길에 조그만 소주병 하나를 들고 와서 한 컵 하지 않겠느냐고 하는 것을 중구는 또 싫다고 했다.

테이블 네 개를 한데 붙여서 탁구대 모양으로 만들고, 오버도 입은 채, 털모자도 쓴 채, 중구는 그 위에 자기의 몸을 뉘었다. 어디서인지 문풍지 우는 소리 같기도 하고 피리 소리 같기도 한 것이 울려왔다.

지국장이 불 붙인 초 한 자루를 내어다 주며, "주무실 때는 끄고 주무시이소." 했다. 윤이 고맙다고, 대신 인사를 했다.

중구는 중구대로, 저 촛불이 켜진 공간만큼은, 이 시커먼 얼음 덩이에도 구멍이 나리라고 생각해 보았다. 어쩌면 벽의 얼음도 조금씩은 녹아내릴는지 모른다고 생각하며 고개를 들어 유리문을 바라보았다. 그러나 다음 순간 그 컴컴한 어둠 속에 서 있는 검은 얼음장은 어느덧 중구를 위하여 자장가를 불러주는 시꺼먼 곰이 되어버렸다.

중구는 꿈인지 아닌지 분간할 수도 없는 상태에서 몇 번이고 자기가 벼랑에 붙어 있는 거라고 느껴졌다. 천 길 벼랑에 붙어 있는 거라고 느꼈다. 천 길 벼랑에서 떨어지면, 그 밑은 쉰 길 청수라는 것이었다. 그것이 아무런 연결도 비약도 없이 그대로 기차이기도 했다. 기차는 상당히 경사가 심한 내리막을 달리고 있었다. 기차는 이미 어떠한 방법으로도 정지를 시킬 수 없다는 것이었다. 브레이크가 듣지 않는 자전거가 내리막으로 쏠리는 것보다도 더 무서운 속력으로 바다를 향해 달리고 있다는 것이었다. 그때마다 기차가 미처 바다에 빠지기 전에 중구의 의식과 잠재 의식은 혼선이 되며, 자기의 몸은 지금 벼랑인지도 모르고 테이블 끝인지도 모르는 데서 떨어지려 하고 있다고 느껴지는 것이었다. 이러한 의식과 잠재 의식의 혼선 상태는 밤새도록 무수히 되풀이되곤 하였다.

그러면서도, 중구는 그가 부산에 와 있다는 사실과 K통신사의 지국 사무실에서 자고 있다는 사실과, 윤과 함께 누워 있다는 사실을, 의식과 잠재 의식의 틈바구니 사이에서 한번도 의식하지 못한 채였다. 그만큼 그의 심신은 피로해 있었다.

샐 무렵이 되어, 창장도 없는 유리문──그것이 곧 사무실의 출입문이기도 했지만──에 어린 희부연 새벽빛을 바라보자, 동시에 그의 의식은 현실로 점화되었다. 그것은 섬광처럼 빨랐다. 순간에 그는, 곁에 누워 있는 윤을 의식하고 K통신사의 지국 사무실을 의식하고, 테이블 위를 의식하게 되었다. 그뿐 아니라, 거의 같은 순간에 서울 원서동 막바지 조그만 고가(古家) 속의 냉돌방에 홀로 버려두고 온, 천만(喘滿)으로 지금도 기침을 쿨룩거리고 있을 늙은 어머니와, 충청남도 논산인가 하는 데에 그 친정붙이를 의탁하여, 어린것까지 이끌고 찾아 내려간 아내의 얼굴이 한꺼번에 확 불 켜지듯 했다. 이틀이나 끼니를 놓았을 어머니는 지금쯤 벌써 목에 해수를 끓으며 죽을 시간을 기다리고 늘어져 누워 있을 것이다. 어린 딸년은 그 복잡하고 살벌한 차 속에서 사람에게 밟히고 짐에 치이고 하다 굴러떨어져 죽은 것이나 아닐까, 중구가 지금까지 부산을 '끝의 끝', '막다른 끝' 이라고 생각해 온 것이, 지금 누워 있는 K통신사 지국 사무실의 잠자리가 춥고 불편하다는 뜻이 아님을 깨달았다. 어디서인지 또 바람 소리도 같고 젓대 소리도 같은 것이 들려왔다.

"이형은 그래 문단에 그만치라도 이름이 있으면서 부산에 그렇게도 아는 사람이 없단 말이오?" 윤이 구두끈을 매며 중구에게 물었다. "글쎄 갑자기 생각이 나지 않아서…… 오늘 밀다방이래나 하는 데를 나가봐야지……." 하고, 중구는 혼잣말처럼 받아넘기기는 하였으나, 실상은 '갑자기'가 아니요, 여러 날 두고 생각해 보았고, 차에 오는 동안에도 줄곧 생각해 본 것이 이꼴이었다. 그는 본디 주변머리도 없었지만, 부산엔 또한 아무런 연고도 연락도 없었던 것이다. 오늘 아침, 지국장에게서, "서울서 온 문화인들은 모두 밀다원에 모인다지요." 하는 소리를 듣지 못했던들 그는 지금만큼도 활기있게 지국 문을 나서지 못했을 것이었다.

'밀다원'은 광복동 로터리에서 시청 쪽으로 조금 내려가서 있는 이층 다방이었다. 아래층 한쪽에는 '문총' 간판이 붙어 있었다. 간판 바로 곁에 달린 도어를 밀고 들어서니 키가 조그맣고 얼굴이 샛노란 평론가 조현식(趙賢植)과, 그와는 반대로 키가 훨씬 크고 얼굴 빛이 시뻘건 허윤(許允)이 테이블 앞에 서 있었다. 그들은 중구를 보자 반가운 얼굴로 손을 내밀었다. "당신도 왔군." 하는 것이 조현식이요, "결국 다 오는군요." 하는 것은 허윤이었다. 중구는, 친구란 것이 이렇게도 좋고 악수란 것이 이렇게도 달고 향기로운 술과도 같이 전신에 퍼져 흐를 수 있다는 것을 처음으로 깨달았다.

짐은 어쨌느냐, 가족은 어딨느냐, 차편은 무엇을 이용했느냐, 지난 밤은 어디서 잤느냐 하는 두 사람의 연속적인 질문에 중구는 통틀어 간단히 대답하고, 다시 낯수건과 칫솔과 내복 한 벌과, 그리고 어머니의 사진 한 장이 들어 있는 다 낡은 손가방 하나를 꺼뜩 들어 보이며, 이것이 전부라고 설명을 첨가했다.

현식은, 이층의 다방으로 중구를 인도했다. 층계를 반쯤이나 올라갔을 때부터, 다방에서 나는 사람들의 말소리가 왕왕거리는 꿀벌 떼 소리같이 그의 고막을 울렸다. 중구는 가슴이 두근거렸다. 그는 한순간 발을 멈춘 채, 무엇이 그를 이렇게 즐겁게 하고 흥분시키는 것인가를 생각해 보았다.

"시굴 사람처럼 무얼 그렇게 머뭇거리고 있어?"

먼저 다방에 발을 들여놓은 현식의 핀잔이었다. 중구는 카키빛 털실 장갑을 낀 왼손으로 또 입을 가림으로써 현식의 핀잔을 막아 내는 시늉을 내었다.

다방 안은 밝았다. 동남쪽이 모두 유리창이요, 거기다 햇빛을 가리게 할 고층 건물이 그 곁에 없었기 때문이었다. 한가운데는 커다란 드럼통 스토브가 열기를 뿜고 있고 카운터 앞과 동북 구석에는 상록수가 한 그루씩 놓여 있었다. 그리고 얼른 보아 한 스무 개나 됨직한 테이블을 에워싸고 왕왕거리는 꿀벌 떼는 거의 모두가 알 만한 얼굴들이었다. 중구는 일일이 돌아가면서 인사를 하기가 쑥스러우므로, 가까이 앉아 있는 친구들이나 또는 저쪽에서 일어나 다가온 친구들과만 악수를 하고, 멀리 있는 사람들에게는 목례와 점두(點頭)로써 인사를 치렀다.

"이 양반 그새 시굴 사람 다 됐어, 무얼 그렇게 자꾸 두리번거리고 서 있어?" 현식이가 두 번째 주는 핀잔이었다.

중구는 악수를 끝내고 자리에 앉았다. 그러자 화가 송시명(宋時明)과 여류작가 길선득(吉善得) 여사가 몰려와서 테이블을 에워싸고 함께 앉았다. 언제 왔느냐, 가족은 어쨌느냐, 하는 것으로 질문은 또다시 시작되었다. 중구는 먼저와 같이 통틀어 간단히 대답을 했다. 커피가 왔다. 현식은 중구에게 같이 들자는 인사도 없이, 자기 앞에 놓인 커피잔을 들어 한 모금 먼저 훌쩍 마시고 나더니, 오버 주머니에서 담배를 끄집어내었다. 일체 사교적인 사령이나 형식적인 인사를 통 모를 뿐만 아니라, 가다가는 마땅히 필요한 예의까지도 가급적으로 무시하자는 것이 그의 취미요, 성격인 듯했다. 이러한 그의 위험하기 짝이 없는 '취미'와 '성격'이, 그러나, 의외로 오해를 많이 사지 않는 것은 그의 조그맣고 샛노란 얼굴에 아예 욕기(慾氣)가 조금도 없어 보이기 때문인 듯했다.

"아이고 세상에 인심도 무세라." 하고, 경남 출신인 길 여사가 경상도 사투리로 익살을 부리자, 여러 사람들이 "와아." 하고 소리를 내어 웃었다. "안 되겠심더, 우리도 이러다가는 굶어 죽겠심더." 하고, 길 여사는 사람 수대로 커피 여섯 잔을 더 시켰다. 중구는 여러 친구들의 "식기 전에."라는 권고에 의하여 아직도 김이 모롱모롱 오르는 노리끼한 커피를 들어 입술에 대었다. 닷새 만이다. 한 십 년 동안 시베리아 같은 데 유형살이를 하다 돌아와서 처음으로 커피를 입에 대어보는 듯한 느낌이었다. 그렇게도 커피의 한 모금은 그의 가슴속에 쌓이고 맺혀 있던 모든 아픔을 한꺼번에 훅 쓸어

내려 주는 듯했다. 중구는 입이 헤벌어지며, 곧장 바보 같은 웃음이 터져오르는 것을 어찌할 수도 없었다. 사람이란 무엇일까요, 하고, 몇 번이나 입 밖에까지 말이 튀어나오려는 것을 그는 간신히 참았다.

커피 여섯 잔이 새로 왔다. 현식은 말없이 자기 앞에 두 번째 놓인 커피잔을 테이블 한가운데 옮겨놓았다. 자기에게는 소용이 없다는 뜻이었다. 중구도 두 잔째니까 사양을 했으나 이번에는 길 여사가 듣지 않았다. "평론가가 내는 차는 먹고, 본인이 대접하는 차는 거절하신다는 것은 너무나 불공평해요." 길 여사의 항의에 장단을 맞추듯, 송 화백이 또한 손바닥을 내밀며 '빨리 드십쇼.' 하는 제스처를 부렸다. 중구도 입에 손을 가져감으로써 제스처에 응수를 했다. 중구의 이 제스처는 이미 유명한 것이어서 때로는 곤란하다는 듯, 때로는 거북하다는 듯, 때로는 죄송하다는 듯, 그밖에 수줍다는 듯, 고깝다는 듯, 천만의 말씀이라는 듯, 이러한 모든 델리키트한 감정과 의사 표시를 대변하는 것이었다.

"다방은 어느 날까지 열렸어요?" 이번에는 커피당인 송 화백이 물었다. 이십구일까지든가 삼십일날까지든가, 아무튼 그믐께부터는 거리에 다니는 사람이라곤 거의 볼 수도 없었으니까, 나중은 병자 노인들까지 모두 들것에랑 리어카에랑 태워서 나오는데, 아이유 하며, 또 입에다 손을 가져갔다. 순간 그는 그렇게 해서라도 모셔오지 못한 그의 어머니의 생각이 가슴에 질렸던 것이다.

그때 허윤이 '문총' 사무실에서 이층으로 올라왔다. "허형, 이리 오시오." 하고, 현식이 좋은 수나 있다는 듯이 소리쳤다. 허윤이 무슨 영문인지 모르고 빙긋이 웃으며 곁에 와 서니까, 현식은 "당신들 둘이 잘됐소." 한다. 무슨 말인가 하고 있으니, "허형은 어린애들을 길에 흩어버리고 혼자 왔다지, 이형은 지금 어머니를 서울에 버려두고 왔대잖아.", 그러니 비슷한 처지에 서로 위안이 되리라는 뜻이다. 그 자리에 있던 음악가 안정호(安定浩)와 송 화백은 조금 웃어주었으나 허윤과 중구는 웃지 않았다. 다만 길 여사만이 중구의 흉내를 내느라고 왼쪽 손을 입에 갖다대었을 뿐이다. 길 여사는 이미 나이도 오십이 넘고, 또, 하와이로 미국으로 여행도 여러 번 하고 돌아온 부인이라, 자기 자신이 손해를 보아가면서도 그 자리의 분위기와 남의 감정 혹은 체면 같은 것을 다치게 하지 않으려고, 서툰 제스처와 사교적인 사령을 서슴지 않는 사람이었다. 이 점에 있어, 별반 악의도 없을 뿐만 아니라, 오히려 호의에 가까운 심정으로 남의 아픈 데를 콕콕 찔러주는 조현식 평론가와는 어디까지나 대척적이기도 했다.

점심때가 되었다. 길 여사가 '우동'을 사겠다고 했다. 일행은, 중구를 주빈으로 하고, 조현식, 허윤, 송 화백, 박운삼(朴雲森), 그리고 길 여사, 모두 여섯 사람이었다. 안정호가 다른 약속이 있어 빠지게 되고 그 대신 박운삼이 끼인 것이다. 박운삼은 시인이었다. 그는 처음 잘 보이지 않는 구석 자리에 혼자 '벽화' 같이 앉아 있었으나 이들과는 본디 가까운 사이요, 또, 그의 하도 서글픈 표정으로 앉아 있는 꼴이 마음에 걸려서 중구가 특별히 그를 일행 속에 끌어들였던 것이다.

박운삼은 우동집에서나, 우동을 마치고 나서나 처음부터 끝까지 말이 없었다. 본시 좀 침울한 성격이기는 했으나, 육이오 이전에는 그렇게 벙어리처럼 말이 없는 위인도 아니었던 것이다. 그것이 저렇게 실의한 사람같이 말없이 앉아 있는 것을 보면 무슨 곡절이 있는 듯도 했다. 그러나 아무도 그의 곡절에 대하여 특별히 관심을 가지거나 해명을 해보려는 사람도 없었다.

그날 밤은 조현식을 따라가 잤다. 조현식의 집은 남포동에 있었다. '항도 의원(港都醫阮)'이라는 병원 간판이 붙어 있는 일본식 건물이었다. '경남여중' 교원에 현식의 친구가 있어, 그 친구의 소개로 이 병원의 이층 입원실 한 칸을 얻어들게 되었다는 것이었다. '사조 반'짜리 다다미였다. 거기다 '오시레'가 동쪽 북쪽 두 면에 붙어 있어서 상당히 쓸모 있는 방이었다.

북쪽 '오시레'에는 침구와 옷보퉁이와 트렁크와 책상자와 그밖에 너저분한 피난살이 짐짝들이 들어 있고, 동쪽 '오시레'는 친척들의 침실로 사용되고 있다는 것이었다.

가족은 조현식 부처와 아기 둘과, 어머니와, 과수 누이에 그 아기와 현식의 오촌 조카 이렇게 여덟 사람이었다. 여기다 또 그의 사촌 동생이 이따금 와서 잔다는 것이었다.

중구가 현식을 따라 들어갔을 때는 이 집 주인(의사)의 아들까지 합쳐서 남녀노소 십여 명이나 되는 사람들이 모여 앉아서 할머니와 어린 손자들은 옛날 이야기를 하느라고 자지러져 있고, 젊은 사람들은 윷놀이에 법석을 피는 판이었다.

그들이 들어가자 윷놀이는 곧 걷어치워졌다. 현식의 부인과는 서울서부터 가족적으로 잘 알던 사이였으나 그 누이와 오촌 조카, 사촌 동생들은 모두 처음 보는 얼굴들이었다. 그렇다고 해서 현식이 중구를 그들에게 소개를 시키는 것도 아니었다. 방면이 다르고 계제가 다른데 우연히 자리를 같이했다고 해서 그러한 형식적인 수속을 치를 필요가 있겠느냐 하는 것이 조현식의 그 어떻게 할 수 없는 성격이요 취미인 듯했다.

"저기 가서 소주 한 병하고 오징어 좀 사 오너라." 하고 현식은 국민학교에 다니는 그의 아들 아이에게 돈 천 원을 내어주었다.

"모친께서는 지금 어디 계세요?"

하고, 현식의 부인이 술상——겸 밥상이지만——을 보며 중구에게 물었다. "서울 계십니다." 하며, 중구는 현식의 모친을 한 번 흘끗 보았다. 과연 현식의 모친은 중구의 "서울 계십니다." 하는 말에 놀란 듯한 얼굴로 중구를 바라보았다. 그럼 어머니를 버리고 온 것 아니냐 하는 듯한 얼굴이었다. 갑자기 중구는 목젖이 뿌듯하게 아파짐을 깨달았다. 그럼 부인은 어떻게 됐느냐고, 또 현식의 부인이 물었다. 어린 년(딸) 하나를 데리고 충청도 저의 오라범 댁으로 찾아 내려갔다고 한즉, 부인은 또, 그럼 서울에는 어머니 혼자만 계시는 구먼요 하는 것이 흡사, 이것으로 심문을 끝내는 동시에 너에게는 불효자란 이름을 선언한다——하는 말같이 중구에게는 들렸다.

조현식은 본시 술이 약했다. 그 대신 그의 사촌 동생이 상당한 술꾼이었으므로 중구는 그를 상대로 소주 한 병을 거의 다 마셔버렸다. 처음엔 목젖이 뜨끔뜨끔 아프던 것이 한 잔 두 잔 소주가 들어가면서부터 그것도 씻은 듯이 가셔버렸다. 다만 그의 입에서는 어떤 동기와 무슨 목적으로서인지도 모르게 다음과 같은 넋두리가 흘러나오고 있었다. "돈만 있었으면 나도 사실 어머니를 모시고 부산에 올 수 있었어. 원고료 몇 푼씩 받아서 그때그때 연명을 해오던 우리 처지에 육이오를 치르고 구이팔을 당했으니 깨끗이 빈손이지 어떡해? 사실 원서동의 그 오막이라도 팔까 했지만 섣달 초승께부터 벌써 슬금슬금 남하가 시작되는 판인데 팔기는 어떻게 팔어? 섣달 스무날이 넘어 처가 딸년을 데리고 충청도 저의 오라범을 찾아간다고 했지만, 그것도 부모 없는 친정이요, 평소에 의까지 좋지 못했는데 정 할 수 없어, 죽여줍시사 하고, 찾아가는 판인걸. 거기다 어머니까지 붙여 보낼 수가 있나, 또, 붙여 보낼래니 그만한 밑천이 있나? 어머니는, 조형도 알지만, 벌써 오래된 천만병으로 보행은 어림도 없고, 기차나 자동차도 복잡하게 밀고 밟고 하는 판에는 도저히 오 분도 견디지 못하시지, 리어카나 달구지 같은 것을 구해서 그 위에 타시게 하고 내가 끌어볼 수는 있겠는데, 내 주변으로는 그거 하나 구하기도 하늘에 별 따긴데 게다가 어머니는 찬바람만 쐬면 그냥 기침이 연발하여 숨이 막히시는 판이니 그러다가는 노상에서 지레 죽으실 것 같고…… 또 어머니가 한사코 움직이지 않으려고 만 하시니 괜히 끌어내다 길에서 지레 죽이려느냐고, 이왕 죽는다 면 집 안에서 이불 덮고, 편안히 누워 죽는 것이 얼마나 나으냐고, 그리고 집 안에는 아직 연료와 식량이 다 남아 있으니 정 급하면 일 어나 끓여 먹을 수도 있는데 왜 죽음을 사서 나가겠느냐고…….” 그래서 중구도 차마 혼자 버려두고 떠날 수가 없어 마지막 날까지 서울서 버티다가 일월 삼일의 최종 후퇴에 뛰어들고 말았다는 것 이다.

중구들의 술상이 치워졌을 무렵에는 동쪽 ‘오시레’ 는 이미 이중 침실로 화한 뒤였다. 현식의 누이 모자(母子)가 ‘오시레’ 의 아래층 으로 들어가자 오촌 조카는 이층으로 올라가 눕고, 그러고는 ‘후수 마’ 가 닫히는 것이었다.

중구가 자리에 누워 눈을 감았을 때 무슨 슬픈 안개를 뿜는 듯한 뱃고동 소리가 들려왔다. 그와 동시에, 어젯밤 K통신사 지국 사무 실의 테이블 위에 누웠을 때 들려오던, 그 ‘문풍지가 우는 듯한’ ‘피리 소리’ 같기도 하던 그것이 바로 이 뱃고동 소리였구나 하는 생각이 들었다.

이튿날 아침밥을 끝내자 중구는 또 그 낯수건과 칫솔이 들어 있 는 낡은 손가방 하나를 든 채, 현식과 함께 밀다원으로 나왔다. “오 늘은 오형이 나올라고 했으니 어쩌면 이형 숙소가 해결될 겁니다.” 조현식의 말이었다. “부산 있는 문인이 누구 누굽니까?” 하고, 중 구가 물었다.

물론 중앙 문단에 알려진 사람을 말하는 것이다. "있기는 네댓
명 있지만 다 소용없어요." 조현식의 대답이었다. "하기야 이 꼴 돼
오면 반갑다고 할 사람 없겠지." 중구가 도리어 현식을 위로하는
말투였다. 그들이 마찬가지로 서울서 피난온 사람들이면서도 이렇
게 현식이 주인 행세를 하고 중구가 손님 노릇을 하는 것은 현식이
먼저 내려와 방을 잡았다는 이유만은 아니다. 현식의 아내가 첫째
이 지방 사람인데다, 그는 또 문총 사무국을 맡아 있는 관계로 각
지방에 많은 유기적인 동지들을 가지고 있었기 때문이었다.

"당신 전필업(全弼業)이 알지?" 현식이 물었다. "내 아는 사람은,
전필업이하고 오정수(吳槙洙)뿐이야." 중구가 대답하자, "당신 전
필업이하고는 상당히 친했지?" 하고, 현식이 꼭 심문을 하듯이 묻
는다. "오정수만치는 친했던 편이지." 그러자, 현식은 여기서 말을
뚝 끊어버리고 커피를 홀짝 마시더니 담배에 불을 붙여 물고 의자
에 비스듬히 자빠져버린다.

"그래, 전필업이 만났소?" 중구의 묻는 말에 현식은 한참 동안
담배만 피우고 있더니, 담배의 재를 떨굴 겸 상체를 일으키며 한 일
주일 전에 여기서 만났다고 한다. "내 말 하던가?" 하고 또 중구가
묻는데, 현식은 이에 대한 대답은 없고, "그날도 나는 마침 이 자리
에 앉아 있었는데, 내가 무심코 고개를 드니까 그는 이미 저쪽 들어
오는 문 앞에 서서 나를 빤히 바라보고 있더군. 나는 처음 저 친구
너무 반가운 나머지 어쩔 줄 몰라서 저러고 있나 보다 했더니, 종시
움직이지 않고 그냥 서서 나를 빤히 바라보고만 있잖아? 나는 웃는
얼굴로 손을 들어 보이며 전형 하고 불렀지, 그랬더니 그는 그냥 그
자리에 선 채 고개만 까딱하잖아, 묘한 녀석이라 생각하고 그냥 내
버려두었더니, 나중 저쪽, 내 모르는 신문 기자들 있는 자리에 가서
같이 앉았다가 그냥 쓱 나가버리더군, ……그것까지는 또 존데, 그

리고 며칠 지난 뒤 그 자가 허형(허윤)을 보고 하더란 말이 걸작이
야, 이렇대. 지금까지는 서울 있는 놈들이 문단을 리드해 왔지마는
지금부터는 부산이 수도로 됐으니까 재부(在釜) 문인들이 문단의
주도권을 잡아야 한대, 그래서 이번에는 중앙 문인들이 재부 문인
들 앞에 머리를 수그리고 나와 문안을 드릴 때까지 이쪽에서는 버
티어줄 작정이라는 거야.” 조현식은 그 샛노랗고 바짝 마른 얼굴에
표정 하나 없이 담담한 어조로 이야기를 끝내자, 담뱃불을 비벼
끈다.

“주도권이란 건 뭔고?” 하고 중구가 묻는다.

“모르지, 아마 신문 잡지 같은 데다 글 발표할 수 있는 권리를 말
하는 것 같애.” “그렇다면, 하긴, 전필업이한테는 필요하겠군, 우리
야 뭐 별로 발표할 글도 없고 하니, 필요한 사람들이 가지면 되잖
아.” “그렇다고 해서 누가 무얼 써달라고 하더라도 전필업이를 위
해서 우리는 집필을 거절한다거나 유예해야 한다는 이유도 없잖
아?” “그거야 물론이지.” “그렇다면 문제는 또 복잡해지거든. 왜
그러냐 하면 우리도 쓰고 전필업이보다 우리를 상대하게 되면 어떡
허느냐 말이지.” “그거야 할 수 없지 어떡해?” “그러나 결국 문제
는 거기 봉착되고 마는 거야, 전필업이가 주도권을 가지겠단 말은
우리와 그가 같이 글을 쓰더라도 사회가 우리보다 그를 상대하도록
해달라는 거야.” “해주긴 또 누가 어떻게 해준단 말인고?” “해주지
않으면 제가 그렇게 만든다는 거지.” “만들다니, 어떻게?” “그걸
알고 싶거든 전필업이가 내는 《항도문학》이란 주간 신문을 좀 보시
오, 거기 중앙서 내려온 문인으로서 글줄이나 바로 쓰는 현역 가운
데 벌써 욕먹지 않은 사람이 몇이나 있는가? 그 위에다 좀 더 유력
한 문인에 대해서는, 문전 취식을 했다느니, ‘문총’ 공금을 착복했
다느니, 입에 담을 수도 없는 거짓말로 갖은 인신 공격을 다하고 있

으니까." 두 사람은 벙어리가 된 것처럼 한참 동안 서로 멀거니 건너다보고 있을 뿐이다.

"그런 애들은 몇이나 되는고?" 하고 중구가 먼저 입을 열었다. "모르지, 전필업이 이외에도 그를 쫓아다니는 청년들이 몇 사람 있는 모양이더군." "그 정도 같으면 문제없잖아? 어디서나 이런 놈도 있고, 저런 놈도 있는 거니까." "그러나 다르지, 아무리 이런 놈도 있고 저런 놈도 있는 것이 세상이라 하더래도 이런 정도로 망나니가 용납되진 못했으니까, 지금과 같이 집이 막 쓰러지고 사람이 죽고 하는 전란 중엔 눈에 보이지 않는 정신적인 권위라든가 표준까지도 다 쓰러뜨려 없애버리고 싶은 것이 일반적인 심리 경향인가봐." 조현식은 말을 마치고 또다시 담배를 피워 물었다. 중구는 중구대로 요 며칠 사이 그의 머릿속을 떠나지 않고 있는 '끝의 끝', '막다른 끝'이란 말을 다시 한 번 혼자 속으로 되뇌며 자옥한 연기 속에서 꿀벌 떼처럼 왕왕거리는 다방 안을 돌아다보았다.

오정수는 새까만 세루 두루마기에 새하얀 동정을 넓적하게 달아 입고, 코밑의 인중이 길쑴한 입 언저리 위에 꼬물꼬물 무엇이 기는 듯한 얌전한 미소를 그리며 중구에게로 걸어왔다. "언제 왔어요?" 하는 인사가, 흡사, "언제 왔는기요?" 하는 거와도 똑같은 액센트였다. 그는 중구의 손을 꼭 잡은 채, "오느라꼬 고생 많이 했지요, 가족은 다 오셨십니까, 거처는 정했십니까." 하는 일련의 인사가 다 끝날 때까지는 놓지 않았다.

"오형 인제 잘됐어." 하고, 조현식이 오정수에게 자리를 내어주며 히쭉 웃었다. 오정수는 무슨 뜻인지 알아듣지 못해서, "뭐라꼬요?" 하며 조현식을 쳐다본다. "이형은 오형 나오는 것만 눈이 빠지도록 기다리고 있습니다." "와요?" "이형한테 물어보시오." 그러자 오정수는 또 그 입 언저리에 꼬물꼬물 무엇이 기는 듯한 미소를 띠며 중구 쪽을 바라본다. 중구도 왼손으로 입을 가린다. 거북하다 미안하다 하는 뜻이다. "이형은 지난밤에도 이 다방에서 잤답니다." 이번에는 또 조현식이 말을 붙인다. "정말이오?" 오정수의 얼굴은 심각해진다. "저 다방 색시한테 가 물어보시오." 조현식은 시치미를 뗀다. "그럼 와 진작 나한테 안 찾아왔소?" "환영할지 안 할지 알 수가 있어야지." 조현식의 이 말에 오정수도 농담인 것을 깨닫고, "에이 나쁜 양반!" 하고, 이웃집 아주머니들이 하듯 눈을 흘겨준 다음, 중구에게 고개를 돌리며, "참말이요, 오늘 저녁에는 꼭 우리 집에 갑시대이." 한다. 이거 미안해서…… 하고, 중구가 머리를 긁으려니까 조현식이 곁에서, 잘됐지 뭐, 한다. "정말 잘됐어요." 하고, 곁에 있던 송 화백도 성원을 했다. 뒤이어 송 화백은 "오늘은 오 선생도 모처럼 나오시고 했으니 빈대떡집에나 갑시다. 제가 인도하겠습니다." 했다. 아침에 삽화료를 받았다는 것이다.

일행은 오정수, 조현식, 이중구, 송 화백 이렇게 네 사람에다 작곡가 안정호가 끼여서 모두 다섯 사람이었다.

빈대떡집은 남포동 뱃머리라고 하는 선창가였다. 바로 코끝에서 시퍼런 바닷물이 철썩거리고 있었다. 개인 날엔 대마도가 빤히 건너다보인다는 영도(影島)와 송도(松島) 사이의 아득하게 트인 해변 위엔, 안개 같은 구름이 덮여 있고, 그 구름에서 일어오는 듯한 쩝쩔한 바닷바람과 함께 이따금씩 갈매기 떼들이 허연 날개를 퍼덜거리며 몰려오곤 하였다.

술이 얼근하여지자 송 화백과 안정호는 서로 열을 올리며 기염을 토하기 시작하였다. 그것은 다 같이 대한민국이 예술가들을 천대한다는 요지의 것이었다. "대한민국 예술가들은 다 죽어야 해! 다아!" 그는 몇 번이나 이렇게 소리를 지르곤 하였다. "그놈의 돈들이 다 어딜 갔냐 말야, 몇억 몇조 하는, 천문학적 숫자의 발행고가

다 어딜 갔냐 말야, 그놈의 돈을 다 뭉쳐놓으면 저 영도섬 더미보다 더 클 거 아니냐 말야. 그놈의 돈들이 다 어딜 갔기에 우리는 사변이 나자 그날로 당장 빈손이 되고 거지가 되느냐 말야. 지금 부산에 와서도 처자와 함께 제대로 밥이나 끓여먹고 있는 예술가가 몇이나 있느냐 말야, 그놈의 돈들이 다 어디 가 뭉쳤기에, 몇도 되지 않는 대한민국 예술가들이 다 거지가 돼서 저놈의 바닷물에라도 빠져죽어 버려야 하게 됐단 말인가?" 하고 기염을 토하는 송 화백의 눈에는 불이 척척 흐르는가 하면, "그놈의 돈뭉치들이 다 어디로 갔느냐고?" 하고 시작하는 안정호의 음성은 잠긴 듯하다. "우리 처외삼촌이란 자는 본시 무역하는 사람인데 말씀예요, 이 작자 손에 지금 배가 몇 척 노는 줄 아세요? 일조 유사지시(一朝有事之時)엔 제주도로 가든지 대마도로 가든지, 혹은 일본으로 가든지, 미국으로 가든지 자유자재란 말씀예요, 그러니 그거 어디 저 혼자 하는 일입니까? 돈 가진 놈들은 권세 가진 놈들과 짜고, 권세 가진 놈들은 돈 있는 놈들과 짜고, 권세 가진 놈들은 돈 있는 놈들과 끼리끼리 서로 통해 있고, 예약이 돼 있단 말씀예요." 하는 그의 눈에는 눈물이 어려 있다. 그의 잠긴 듯한 음성이나 눈에 어린 눈물로 보아 그도 아마 그의 처를 통해서 한몫 끼여보려다가 톡톡히 괄시를 당한 모양 같다. "그러니 다 죽고 없어져야지, 저놈의 바닷물에라도 얼른 뛰어들어서 모두 죽고 없어져야지!" 송 화백의 맞장구다.

　"그런데 그 사람 운삼이 왜 그래? 사람이 변한 거 같애." 하고, 중구가 화제를 돌리려고, 어저께 본 박운삼의 이야기를 끄집어내었다. "도무지 말도 하지 않고, 웃지도 않고, 등신처럼 가만히 앉아만 있잖아?" 하는 중구의 말에, 송 화백이, "왜 그렇긴 왜 그래? 상사병에 걸린 거지." 하고 자신있는 듯이 말을 받는다. "사변 전에 늘 데리고 다니던 여자 있잖아? 여의대(女醫大) 학생 말야." "그래 그 여자와 헤졌나?" "헤진 셈이지." "헤진 셈이란 건 뭔데?" "헤진 셈이란 건 어쨌든 결과에 있어서 헤어졌단 말이지." 그러자 일동이 와아 웃었다. 일동의 웃음에 용기를 얻은 듯 송 화백은 말을 계속했다. "당자들의 감정이나 의사로써 헤어진 게 아니고 형편이 그렇게 만들었단 말이지." "형편이라니?" "여자가 애인을 따라 거지가 되어주지 않고, 부모를 따라 외국으로 떠났으니까." "그렇다면 거기엔 당자의 의사가 없는 것도 아니잖아?" "그러나 그렇게 된 게 아니래, 적어도 박운삼만은 지금도 안 그렇게 믿고 있으니까." 여기서 잠깐 이야기가 끊어졌다가, "여자의 아버지가 외교관이던가?" 하고 중구가 다시 물었다. "외교관도 아니지, 본시 주일부(駐日部)에 무슨 기밀한 관계를 가지고 있었나 봐, 비행기로 노상 왔다갔다하던 사람이래." 중구와 송 화백의 문답도 여기서 일단 끝이 났다.

중구는 바다로 향해 고개를 돌린다. 얼얼한 술기운에 퍼런 해면이 비친다. 그 위에서 껑충거리는 허연 갈매기 떼도 보인다. 그와 동시에 그의 머릿속에는 내리막을 달리는 기차가 떠오른다. 최종 열차다. 땅 끝까지 가서는 바다에 빠진다는 것이다. 바다에 빠지지 않기 위하여 기차는 목이 쉬도록 울며 발목이 휘어지도록 뻗대어본다. 그러나 내리막을 달리는 기차는 그 무서운 속력의 관성에 의하여 기어이 바다로 들어가야만 한다. 중구의 눈에는 또 갈매기 떼가 비친다. 자기는 이미 바다에 빠져 있는 겐지도 모른다는 생각이 든다. 자기는 이미 갈매기 떼에 들어 있는지도 모른다는 생각이 든다. 오오, 갈매기여, 갈매기여! 그는 시인 같은 심정으로 갈매기를 불러본다. 그의 머릿속에는, 아까 '밀다원' 안에서 꿀벌 떼처럼 왕왕거리고 있던 예술가들의 모습이 떠오른다. 그들은 다 즐겁다. 바다에 빠져 죽어야 한다고 두 눈에서 불을 흘리는 송 화백이나, 처외삼촌에게 설움을 당하고 목이 메인 안정호나, 거센 물결에 애인을 뺏기고 넋이 빠져 앉아 있는 박 시인이나, 어린 자식들을 길 위에 흩어 버리고 혼자서 하루에 떡 세 개씩으로 목숨을 이어나간다는 허 시 인이나, 늙고 병든 어머니를 죽음에 맡기고 혼자 달아나 온 이중구 자신이나 그들은 다 같이 즐겁다. 다방에서는 꿀벌들처럼 왕왕거린 다. 바다에서는 갈매기 떼처럼 퍼덜거린다. 앞뒤에 죽음과 이별을 두고 좌우에 유랑과 기한을 이끌며, 그래도 아는 얼굴, 커피 한 잔 이 있어서 즐겁단 말인가, 그래도 즐겁단 말인가, 무엇이 즐겁단 말 인가, 하고, 중구는 목구멍까지 올라온 이 말을 끄기 위하여 또 한 번 한숨을 길게 뿜었다.

오정수의 집은 범일동에 있었다. 단층으로 된 일본식 건물이었 다. 온돌방이 하나요, '다다미' 방이 둘인데, 온돌방은 오정수의 부 인과 아이들이 쓰고 '다다미' 방 하나는 오정수의 서재로 되어 있었 다. 그리고 또 하나 '다다미' 방에는 오정수의 일가뻘이 되는 피난 민이 들어 있었다. 뜰은 넓지 않으나 사철나무, 소나무, 벽오동 따 위 정원목과, 라일락, 침정화 같은 꽃나무들도 심어져 있었다. 툇마 루 끝에는, 난초, 사보텐, 종려, 치자, 목련 하는 분종(盆種)들이 일 여덟 개나 가지런히 놓여 있었다.
"새는 기르지 않습니까?" 중구가 물었다. "예에." 오정수는 고개 를 끄덕끄덕했다. 기른단 말인지 기르지 않는단 말인지 알 수 없었 다. 처마 끝에는 빈 새장 하나가 달려 있을 뿐이었다. 기르다 말았 거나 다른 새장에 옮겨둔 모양이었다. "여기서 이런 거나 만지고 심심하면 바다나 내려다보고 하면 혼자 살아도 되겠네요." 하고, 중구가 오정수 말투를 흉내내어 보았다. 오정수는 또 먼저와 같이 "예에." 하고 고개를 끄덕거렸다.
저녁에 술상을 내어오게 하고 오정수는 중구에게 술잔을 건네며, "실상은 조(현식)형 생각도 하고 이형(중구) 생각도 해서 방 한 칸을 비워두고 있었십니대이." 했다. 그것은 이미 조형에게서 들었다고 중구가 말했다. 그러나 오정수는 "잘됐심더, 이형은 혼잣몸이시고 하니 그마아 나하고 여기서 같이 있십시대이." 하고, 입 언저리에 꼬물꼬물 기는 듯한 따뜻한 미소를 띠며 중구를 처다본다. "미안해서······." 하고 술잔을 내었다. 흐리멍덩한 대답이었다.

　오정수의 부인이 들어와서 인사를 했다. 키가 훨씬 크고 몸이 뚱뚱하고 얼굴빛이 거무스름한데다 목소리가 컬컬한 부인이었다. 다만 가늘게 뜨는 실눈에는 어딘지 소녀다운 애티가 있어 보였다. "아무 꺼도 없심니더마는 마아이 드이소." 하고, 절을 한 번 하더니 그냥 나가버렸다. 뒤이어 저녁상이 들어왔다. "아직 좀 더 있다가 가지고 오너라." 오정수가 저녁상을 도로 들여보냈다. "술 좀 더 할란대이." 하고, 그는 또 안쪽으로 향해서 이렇게 소리를 질렀다.

　"이거 냉이 나물이지요, 맛있심대이." 하고, 중구도 다시 지방말을 흉내내었다. 냉이를 여러 가지 양념과 함께 멸치젓에다 버무린 것이었다. "예에, 많이 드이소, 그런 거쯤은 얼마든지 있심더." 오정수도 젓가락 끝으로 냉이 한 토막을 집어 입에 넣으며 이렇게 응수를 했다. "오형은 술이 약해서 안 되겠심대이 고마아." 중구가 또 사투리로 농담을 붙였다. "와 이카십니꺼, 술은 내 혼자 멕에놓고 괜히." 오정수는 이웃집 아주머니들이 하듯 웃음 담긴 얼굴로, 눈을 흘겼다. "부웅", "부웅" 하는 고동 소리가 잦게 들렸다. 그것은 먼젓번 보수동에서 들던 '피리 소리'도 아니요, 어젯밤 조현식에게서 듣던 패앵패앵 하는 소리도 아니었다. 정말 무엇이 떠나가고 있는 듯한, 가슴이 찡찡 울어대는 그러한 소리였다. "저놈의 날라리 피리 소리들 땜에 나는 고마아 못살겠심대이." 중구는 연거푸 술잔을 내며 주정 비슷한 소리를 내었다. 그것이 고동 소리를 가리켜 하는 말이라고는 오정수도 깨닫지 못하는 모양이었다. 사실 거기서 듣는 고동 소리를 '날라리 피리 소리'라고 하기에는 적당하지 않았 었다. 그것은 오히려 중구의 취한 가슴속에서만 나고 있는 소리인 지도 몰랐다. "그러지 말고 한잔 취하이소." 오정수는 중구의 빈잔 에 또다시 술을 쳐주었다. 중구는 취기로 인하여 이미 얼얼한 손으 로 그 술잔을 잡으려 했다. 그때, 갑자기 그의 두 눈에서는 취한 얼 굴로서도 열도(熱度)를 깨달을 만한 뜨거운 눈물이 주르르 쏟아지 며 뜻하지 못했던 울음이 복받쳐오르는 것이었다. 그 순간 취한 가 운데서도, 이건 파렴치다, 언어도단의 추태다, 하는 생각을 하며, 곧 일어나 방문을 열고 뛰어나갔다. 툇마루에서 섬돌 위로 내려서 려 했을 때, 그는 미끄러지듯이 넘어지며 분종을 둘이나 섬돌 위로 굴려 떨어뜨렸다. 오정수가 이내 남포등을 들고 뒤따라 나와 있었 으므로 중구가 섬돌 위에 구르지는 않았으나 분종 돌 가운데 난초 분 하나는 세 조각으로 보기 좋게 깨어져 있었다.

이튿날 아침 중구는 밥상을 물리자, 이내 조현식과 약속이 있다 는 핑계로, 칫솔과 낯수건이 들어 있는 그 낡은 손가방을 들고 일어 났다. "와 이캅니꺼, 한 사알 푹 안 쉬이고." 오정수가 붙잡았다. "인제 매일같이 찾아올 텐데 뭐." 중구의 대답이었다. "예에, 매일 와도 좋고 어중간할 때 와도 좋고, 나는 언제든지 기다릴랍니대 이." "그렇지 않아도 인제 오형이 몸서리가 나도록 올 겝니다."

중구는 정말 무슨 급한 용건이나 있는 것처럼 달음박질을 치다 시피 전차 정류소로 향해 달려 나왔다. 무엇이 그렇게 급한 겐지 자 기 자신도 알 수가 없었다. 덮어놓고, '밀다원'엘 가보아야만 될 것 같았다. 조현식과 송 화백과 안정호와 허윤과 박운삼과 길 여사와 이런 사람들의 얼굴을 한시바삐 보아야 숨이 돌아갈 것 같았다. 정류소마다 전차가 정거를 하여, 사람을 내리우고 태우고 하느라고 꾸무럭거릴 때는 너무나 초조한 나머지 발을 구르고 싶었다.

'밀다원'을 올라가는 층계 중간쯤에서, 닝닝거리는 꿀벌 떼의 소리를 들었을 때 중구는 요 며칠 전과 같은 가슴의 두근거림을 깨달았다. 왜 이렇게 급하며, 왜 이렇게 가슴까지 두근거리는지는 자기 자신도 통 알 수가 없었다.

구석 자리에서 원고를 쓰고 있던 조현식은 고개를 들어 중구를 쳐다보며, "오형 댁 편하지요?" 했다. "편하기는 그만이더군." 중구도 편하더란 말에 힘을 주었다. 그러나 그 이상은 무어라고 말할 수가 없었다. 그는 지금 그 '편하기는 그만인' 오정수의 집에서 감옥을 탈출하듯 달아나온 것이 아닌가. 그것을 오정수의 참되고 올바르고 따뜻한 인격과 조용하고 아늑하고 또한 풍류적이기까지 한 서재와, 깨끗한 침구와, 그리고, 그 구미 당기는 생전복과 생미역과 냉이 무침과 여러 가지 젓갈과 이런 것을 모두 무어라고 칭찬하며, 감사해야 좋을지 모르겠다는 말들을 어떻게 함께 할 수 있단 말인가.

그날 저녁때, 중구는 조현식과 함께 토스트를 먹으며 "나 오늘 저녁에 또 조형 댁 신세를 져야겠는데……." 하고 아침부터 별러온 말을 드디어 입 밖에 내었다. "왜 오형 댁에 안 가고?" 조현식은 의아스러운 얼굴로 중구를 쳐다보았다. 중구는 처음 어떻게 말해야 좋을지 몰라서 한참 동안 머뭇머뭇했다. "너무 멀어서." 처음 그의 입에서 나온 말은 이것이었다. 그와 동시 스스로 한심스럽다는 듯이 필쭉 웃었다. 그러고는 잇달아, "내 맘대로 하라면, 잠은 조형 댁 오시이레 속에서 자고 낮에는 온종일 이 밀다원에 나와 앉아 있었음 젤 좋겠더군, 무엇보다 조형 댁은 이 밀다원에서 가까워서 좋아." 하고, 한숨에 지껄여버렸다. 조현식은 의외에도 중구의 이 말에 놀라지 않고, 오히려 당연하다는 듯이 덩달아 히죽히죽 웃기만 했다. 중구는 조현식의 웃음에 용기를 얻은 듯이 또 계속하였다. "오형 댁보다는 차라리 이 다방 한구석에 자는 것이 훨씬 나을 것 같애, 추운 건 인제 겁도 나지 않아. 아무럼 저 먼젓번 보수동 테이블 위에 잘 때보다 더 추울라고." "오형 댁에서 이까지 오는 데 한 시간 다 못 걸리잖아?" "그래도 그렇지 않아, 굉장히 먼 것 같애, 시베리아 같은 데 혼자 가 있는 것 같애, 가슴이 따가워서 견딜 수 없어, 이 밀다원에서 한걸음만 더 멀어도 그만큼 무섭고 불안하고 가슴이 따가워 죽겠어. 같은 피난민 속에 싸여 있지 않으니 못 배기겠어, 범일동이 어디야? 만 리도 넘는 것 같애."

중구의 푸념은 여기서 일단 그쳐야 했다. 저쪽 구석자리에서 졸고 있던 박운삼이 이리로 옮겨왔기 때문이었다. 박운삼은 무슨 용건이나 있는 것처럼 중구와 조현식이 마주 앉아 있는 자리에 와서 앉더니 그대로 아무런 말도 없었다. 그쪽 구석자리에 앉아 있을 때나 다름없이 그야말로 '벽화' 같이 가만히 앉아 있을 뿐이다. 조현식이 딱하니까, "박운삼 씨 요새 어디 있어요?" 하고 먼저 말을 건넨다. 그러나 박운삼은 역시 벽만 바라보고 있을 뿐 꼼짝도 하지 않는다. 조현식이 같은 말을 또 한 번 물으니, 그때야 고개를 돌리며, "저한테 무슨 말씀 하셨어요?" 하고 되물었다. 조현식이 웃으며 같은 말을 세 번째 물으니, 그때야 "친구한테 있었는데 그 친구가 어저께 결혼을 했어요." 한다. 무슨 뜻인지 요령부득이었다. 그러고는 다시 먼저와 같은 '벽화'가 되어버린다.

한 시간쯤 지났다. 그동안 그 자리에는 송 화백과 허윤이 잠깐씩 앉았다 가고, 길 여사도 와서 한참 이야기하고 돌아갔다. 길 여사의 이야기는 중공군이 부산까지 온다면 어떻게 하느냐는 것이었다. 누구의 가슴속에나 잠시도 떠나지 않고 있는 문제였다. 그러니만큼 아무도 말을 붙이려고 들지 않았다. 어디까지나 양성적(陽性的)인

송 화백이 "중공군이 오기 전에 우리는 모두 바다에 빠져 죽기로 했습니다." 하고, 큰 소리로 외치자, 그 자리에 있던 사람들뿐 아니라 곁의 자리에 있던 사람들까지 "와아." 하고 소리를 내어 웃어버렸다. "잘 알겠습니다." 길 여사는 엄숙한 표정으로 합장을 하더니 그냥 나가버렸다. 그러자 그 자리는 또다시 중구와 조현식과 박운삼과 세 사람이 되었다.

어슬녘이었다. 조현식이 테이블 위에 놓고 있던 담뱃갑을 집어 오버 주머니에 넣었다. 일어서려는 준비 행동이었다. 바로 그때다. '벽화(박운삼)'가 갑자기 이쪽을 향해 고개를 돌리더니 "조 선생." 하고 불렀다. 그는 올해 스물아홉 살이다. 조현식이나 중구 들보다는 일여덟 살이나 젊었으므로 '선생'을 붙이는 모양이었다. 일어서려던 조현식이 도로 궁둥이를 붙이고 앉았다. "오늘 저녁에 제가 조 선생 댁에 좀 같이 갈 수 없을까요?" '벽화'가 건네는 말이었다. "여기 먼저 신청한 사람이 있습니다." 조현식이 웃는 얼굴로 중구를 가리켰다. 그러자 박운삼은 두말도 하지 않고 고개를 빽 돌려 도로 먼저와 같은 '벽화'가 되어버린다. 조현식이 일어선 채 잠깐 망설이더니, "박운삼 씨 같이 갑시다." 한다. 그러자 '벽화'는 무슨 전기 장치에서 움직여지는 기계 인간과도 같이 즉시로 꼿꼿이 일어서는 것이었다.

조현식의 집에서 저녁을 마친 박운삼은 그가 언제나 끼고 다니는 하늘색 책보를 끌렀다.(이것은 중구의 그 낡은 손가방에 해당하는 그의 전 재산이었다.) 그 안에는 세수 도구를 넣은 고무 주머니와 노트 두 권이 들어 있었다. 박운삼은 노트 두 권을 조현식에게 주며, "이거 좀 맡아주시겠어요?" 했다. 조현식은 그것을 받아 그의 부인에게 주며, "이거 내 가방 속에 좀 너두." 하고 나서 중구를 돌아다보며, "이형, 소주 안 먹어도 견디겠소?" 했다. 바로 그때였다. 박운삼이 무엇에 찔린 것처럼 갑자기 일어서며, 어저께 결혼한 친구 녀석한테는 캐나디언 위스키가 몇 병이든지 있다면서, 그 녀석한테 좀 다녀와야겠다고 하더니 그냥 나가버렸다. 그러고는 그길로 그는 돌아오지 않았다.

이튿날 중구와 조현식이 '밀다원'으로 나갔을 때, 박운삼은 어느덧 먼저 와서 '드럼통'(화덕) 곁에 가만히 앉아 있었다. 두 사람이 '드럼통' 곁으로 가도 그는 그들을 보았는지 못 보았는지 역시 꼼짝도 하지 않았다. 조현식이 먼저 알은체를 했다. 어저께 밤엔 어떻게 된 거냐고 한즉, 시간이 늦어졌던 거라고 한마디로 간단히 대답하고는 일어나, 그가 언제나 '벽화' 같이 앉아 있는, 그의 전용석과도 같은 구석자리로 옮겨가 버렸다.

점심때 짐짓했을 때 길 여사가 나오더니, 중구와 조현식에게 긴급히 상의할 일이 있다면서 밖으로 같이 좀 나가자고 했다. 며칠 전에 갔던 '우동' 집으로 갔다. '우동' 셋을 시켜놓고 길 여사가 이야기를 시작했다. 먼저, 정세가 어떻게 되어가는 거냐고, 어저께와 비슷한 말을 또 끄집어냈다. "저놈들이 자꾸 밀고 내려오는 모양이지요." 하고, 조현식은 가볍게 받아넘겼다. 중구도 "중공군이 원주 오산까지 침공해 온 모양이랍니다." 하고, 오전에, 길에서 K통신사의 윤을 만나 들은 정보를 제공했다. 길 여사는 눈을 내리감으며 또 합장을 했다. "아무튼, 서울 방위는 철통 같다고 떠들어대던 것도 필경 저놈들에게 내주고 말았으니 앞으론들 어느 지역에서 반드시 반격한다고 기필할 수야 없는 노릇이지요." 하고, 조현식도 침울한 목소리였다. "하여간 낙관할 수 없지요?" 하고, 다지는 길 여사. 같은 말로 긍정하는 것은 중구다. 조현식의 침묵은 이것을 시인한다는 뜻이다. 길 여사는 목소리를 낮추며, 그래 거기 대한 무슨 대책이 있느냐고 했다. 지금 돈 있는 사람들은 다 만일의 경우에 대처할 준비가 되어 있다. 그런데 우리들은 아무 대책도 없이 다방에만 모여서 우글거리고 있다. 만약의 경우를 생각해 보라. 그것은 비참하다. 그런데 마침 교회 관계로 제주도 가는 배가 한 척 있는데, 사오일 이내로 떠날 예정이다. 자기가 부탁하면 십여 명은 더 탈 수 있게 되겠다. 조현식과 중구가 찬성한다면 그렇게 추진시켜보겠다— 하는 이런 내용이었다. "신중히 생각해 보세요." 하고, 길 여사는 꼬리를 달았다. 조금 뒤, "가서 무얼 먹고 사나?" 하는 것이, 조현식의 첫 발언이었다. "목숨이 첫째요, 먹는 것은 둘째입니다." 길 여사의 답변이었다. "그러나 생활 근거가 전혀 없이야 너무나 막연해서." "다른 피난민들도 다 많이 가잖았어요?" 이렇게 조현식과 길 여사가 문답을 계속하고 있는 동안 중구는 중구대로, 하루 전, 오정수의 집에서 맛본 고독의 무서움을 맘속으로 생각하고 있었다. 그는 어떠한 조건에서든지 '밀다원'이 있는 곳에서 멀리 떠나갈 수는 없다고 생각했다. 그는 최후까지 '밀다원'에 남아 있는 다른 모든 친구들과 행동을 같이하리라 생각했다. 그것이 송 화백의 말대로 설사 바다로 뛰어드는 길이라고 하더라도 그는 혼자 별개 행동을 취할 용기는 나지 않았다. 꿀벌은 꿀벌 떼 속에, 갈매기는 갈매기 떼 속에, 하고, 그는 입에 내어 중얼거릴 뻔했다.

"이중구 씨 소설가께서도 의견을 말씀해 주십시오." 길 여사는 이런 경우에도 유머를 잊지 않았다. "저는 무서워 안 되겠습니다. 밀다원에서 떠나는 것이 무섭습니다." 중구의 명확한 거절을 받은 길 여사는 또 한 번 합장을 올리고 나서, "기회는 한 번뿐이란 사실을 알아두어야 합니다." 하고 응수했다. 이 말에 가슴이 찔끔해진 조현식은, 지난 육이오 때, 서울서 괴뢰군에게 몇 번이나 죽을 뻔했던 일을 상기하고, "며칠이나 여유가 있겠습니까?" 하고, 또다시 현실적 조건을 따지려 들었다. 늦어도 닷새 이내에는 결행되리라는 길 여사의 말에, "그러면 닷새만 더 여유를 주십시오, 그동안 좀 더 연구해 보겠습니다." 하고, 조현식이 꾀를 내자, 길 여사도 찬성한다는 듯이, "두 분 동지께서 반대하신다면 본인도 단독 행동을 취할 용기는 없다는 사실을 믿어주십시오." 하고, 자리에서 일어났다.

세 사람은 다시 '밀다원'으로 갔다. 그들이 층계를 올라서려고 하는데, 위에서 음악가 안정호가 흥분한 얼굴로 내려오고 있었다. "어디서 오세요?" 하고, 안정호가 당황한 목소리로 물었다. 우동집에서 온다고, 조현식이 대답하자, 안정호는 손가락으로 이층을 가리키며 "박운삼 씨가 약을 먹었어요." 했다. "약이라니?" "수면제." "수면제를 왜?" "왜가 뭡니까, 아주 뻗어버렸어요." 순간, 조현식의 얼굴이 파랗게 질린다. 길 여사의 입술이 바르르 떨린다. "얼마나 먹었기에?" 중구가 묻는다. "형편없이 먹은 모양입니다. '페노발비탈' 육십 개에 '새콜사나듐' 다섯 개를 합쳐 먹었다니 말다했지요 뭐." "그토록 몰랐을까?" "모르는 게 뭡니까, 언제나 혼자 앉아 있는 그 구석자리에서 그냥 졸고 있는 줄만 알았지요." 하고 안정호는 의사를 부르러 간다면서 뛰어나갔다.

세 사람이 다방 안에 들어갔을 때 사람들은 서북쪽 구석에 거멓게 둘러서 있었다. "이 망할 자식아! 이 못난 자식아!" 하고, 박운삼의 오버 소매를 잡고 흔들며 엉엉 울고 있는 것은 송 화백이었다. 아무리 그렇기로서니 그처럼 몰랐느냐고, 또, 길 여사가 다방 레지를 나무라듯이 말했다. "언제나 그이 혼자 앉아 있잖았어요?" 레지의 답변이었다. 특히 이날은 무얼 쓰고 있기에 원고를 쓰나보다 하고 아무도 가까이 가지 않았다는 것이다. 나중 눈을 감은 채 벽에 머리를 대고 있는 것을 보고도 언제나 하는 노릇이기에 실컷 졸도록 내버려두었던 것이라 한다.

허윤이 울먹울먹하며 곁으로 오더니 조현식에게 접힌 종이쪽을 내어주었다. 그 첫장에는 '고별(告別)'이라고 제목이 붙어 있었다.

나는 미리 준비하고 있었던 페노발비탈 육십 알과 새콜사나듐 다섯 알을 한꺼번에 먹었다.

나는 진실로 오래간만에 의식의 투명을 얻었다. 나는 지금 편안하다.

나는 지금 출렁거리는 바다 저편에서 나를 향해 웃음을 보내는 나의 애인의 얼굴을 본다. 그리고 지금 나의 앞에는 나의 친애하는 벗들이 거의 다 모여 있음을 본다. 나는 그들이 나를 지켜주고 있는 이 시간 이 자리에서 더 나의 생애를 연장시키고 싶지는 않다.

잘 있거라, 그리운 사람들.

오십일년 일월 팔일
박운삼

박운삼의 자살로 인하여 '밀다원'엔 적지 않은 변동이 생겼다. 다방 문에는 '내부 수리'란 종이 딱지가 붙은 채 여러 날 동안이나 영업을 쉬었다. 뿐만 아니라 아래층도 수리를 하겠으니 '문총' 사무실마저 옮겨달라는 명령이 내렸다.

'밀다원'에서 쫓겨 나오다시피 된 그들은 광복동 로터리 주변에 있는 다른 다방들로 분산되어 나갔다. 로터리를 중심으로 하고, 더러는 남포동 쪽의 '스타' 다방으로 나가고, 절반은 창선동 쪽의 '금강' 다방으로도 나갔다.

'금강'은 '밀다원'보다 면적도 훨씬 좁았을 뿐 아니라 다방다운 시설이나 장치라고는 전혀 없는 어느 시골 간이역 대합실과도 같은 집이었다. 그래서 그런지 그러한 금강의 그 딱딱한 나무걸상에 궁둥이를 붙이고 있노라면 대낮이라도 곧잘 뱃고동 소리가 들려오곤 하였다. 그것이 바로 죽음을 치른 직후라 그런지 뱃고동 소리가 들려올 때마다 중구는 중구대로 지금쯤은 역시 주검이 되어 홀로 누워 있을 어머니의 모습이 떠올라, 자기도 모르게 몸에 소름이 끼치곤 하였다. 그럼에도 불구하고 그들이 줄곧 '금강'으로 나가게 된 것은 '금강' 바로 건너편에 있는《현대신문》에 그들의 친구가 있기 때문이었다.

그렇게 닷새를 지내니 조현식이 길 여사에게 약속한 십삼일이 되었다. 그리고 그때는 이미 그들의 심경도 결정되어 있었다. 십일일경부터 유엔군의 반격이 개시되어 있었기 때문이었다. 따라서 '대책' 문제는 절로 기각이 된 셈이었다.

십오일부터는 중구도 K통신사의 윤의 소개로《현대신문》에 논설위원 일을 보게 되었다. 십육일부터는 조현식이 또한 중구의 소개로《현대신문》이층 한쪽 구석방에나마 '문총' 간판을 옮겨 붙일 수 있게 되었다. 그리고 그때는 이미 원주, 이천, 오산 등지가 유엔군에 의하여 탈환된 뒤였다.

중구가 일을 보게 된 사흘 후에《현대신문》문화란에는 "박운삼의 인간과 예술." 이란 조현식의 평론과 아울러, 송 화백의 컷이 곁들여진 박운삼의 유작시 "등대(燈臺)." 가 게재되었다.

어쩌면 해일(海溢)이 있을
듯한 저녁때
나는
홀로 바닷가에
섰다.

저 어리광을 부리듯한
푸른 물결에
마음은
드디어 무너져
가는가.

먼 바다 저쪽
흰 옷의 신부는
등대같이 섰는데
나는 나를 살라
불을 켜는가.

등신불

등신불(等身佛)은 양자강(楊子江) 북쪽에 있는 정원사(淨願寺)의 금불각(金佛閣) 속에 안치되어 있는 불상의 이름이다. 등신금불(等身金佛) 또는 그냥 금불이라고도 불렀다.

그러니까 나는 이 등신불, 등신금불로 불리는 불상에 대해 보고 듣고 한 그대로를 여기다 적으려 하거니와, 그보다 먼저, 내가 어떻게 해서 그 정원사라는 먼 이역의 고찰을 찾게 되었었는지 그것부터 이야기해야겠다.

내가 일본의 대정 대학 재학중에 학병(태평양 전쟁)으로 끌려 나간 것은 일구사삼(一九四三)년 이른 여름, 내 나이 스물세 살 나던 때였다.

내가 소속된 부대는 북경(北京)서 서주(徐州)를 거쳐 남경(南京)에 도착되었다. 그리하여 우리는 다른 부대가 당도할 때까지 거기서 머무르게 되었다. 처음엔 주둔이라기보다 대기에 속하는 편이었

으나 다음 부대의 도착이 예상보다 늦어지자 나중은 교체 부대가
당도할 때까지 주둔군의 임무를 맡게 되었다.

그때 우리는 확실한 정보는 아니지만 대체로 인도지나나 인도네
시아 방면으로 가게 된다는 것을 어림으로 짐작하고 있었기 때문
에, 하루라도 오래 남경에 머물면 머물수록 그만큼 우리의 목숨이
더 연장되는 거와 같이 생각하고 있었다. 따라서 교체 부대가 하루
라도 더 늦게 와주었으면 하고 마음속으로 은근히 빌고 있는 편이
기도 했다.

실상은 그냥 빌고 있는 심정만도 아니었다. 더 나아가서 이 기회
에 기어이 나는 나의 목숨을 건져내어야 한다고 결심했다. 나는 이
런 기회를 위하여 미리 약간의 준비(조사)까지 해두었던 것이다. 그
것은 중국의 불교학자로서 일본에 와 유학을 하고 돌아간—특히
대정 대학 출신으로—사람들의 명단을 조사해 둔 일이 있었다. 나
는 비장(秘藏)한 작은 쪽지에서 '남경 진기수(陳奇修)'란 이름을 발
견했을 때, 야릇한 흥분으로 가슴이 두근거리며 머릿속까지 횡해지
는 듯했다.

그러나 낯선 이역의 도시에서, 더구나 나 같은 일본군에 소속된
한국 출신 학병의 몸으로서, 그를 찾고 못 찾고 하는 일이 곧 내가
죽고 사는 판가름이라고 생각하지 않았던들, 또 내가 평소에 나의
책상머리에 언제나 걸어두고 바라보던 관세음보살님이 미소로써
나를 굽어보고 있는 것이라고 믿어지지 않았던들, 그때의 그러한
용기와 지혜를 내 속에서 나는 자아내지 못했을는지 모른다.

나는 우리 부대가 앞으로 사흘 이내에 남경을 떠난다고 하는—
그것도 확실한 정보가 아니고 누구의 입에선가 새어 나온 말이지
만—조마조마한 고비에 정심원(靜心院: 남경에 있는 중국인 불교
포교당)에 있는 포교사를 통하여 진기수 씨가 남경 교외의 서공암

(棲空庵)이라는 작은 암자에 독거하고 있다는 것을 알게 되었다.

그날 내가 서공암에서 진기수 씨를 찾게 된 것은 땅거미가 질 무렵이었다. 나는 그를 보자 합장을 올리며 무수히 머리를 수그림으로써 나의 절박한 사정과 그에 대한 경의를 먼저 표한 뒤 솔직하게 나의 처지와 용건을 털어놓았다.

그러나 평생 처음 보는 타국 청년──그것도 적국의 군복을 입은──에게 그러한 협조를 쉽사리 약속해 줄 사람은 없었다. 그의 두 눈이 약간 찡그러지며 입에서는 곧 거절의 선고가 내릴 듯한 순간, 나는 미리 준비하고 갔던 흰 종이를 끄집어내어 내 앞에 폈다. 그러고는 바른편 손 식지 끝을 스스로 물어서 살을 떼어낸 다음 그 피로써 다음과 같이 썼다.

'願免殺生 歸依佛恩'(원컨대 살생을 면하게 하옵시며 부처님의 은혜 속에 귀의코자 하나이다.)

나는 이 여덟 글자의 혈서를 두 손으로 받들어 그의 앞에 올린 뒤, 다시 합장을 했다.

이것을 본 진기수 씨는 분명히 얼굴빛이 달라졌다. 그것은 반드시 기쁜 빛이라 할 수는 없었으나 조금 전의 그 거절의 선고만은 가셔진 듯한 얼굴이었다.

잠깐 동안 침묵이 흐른 뒤, 진기수 씨는 나직한 목소리로 입을 열었다.

"나를 따라오게."

나는 곧 자리에서 일어나 그의 뒤를 따라갔다.

깊숙한 골방이었다.

진기수 씨는 나를 그 컴컴한 골방 속에 들여보내고 자기는 문을 닫고 도로 나가버렸다. 조금 뒤 그는 법의(法衣: 중국 승려복) 한 벌을 가져와 방 안으로 디밀며,

"이걸로 갈아입게."

하고는 또다시 문을 닫고 나갔다.

나는 한숨이 터져나왔다. 이제야 사는가보다 하는 생각이 나의 가슴속을 후끈하게 적셔주는 듯했다.

내가 옷을 갈아입고 났을 때, 이번에는 또 간소한 저녁상이 디밀어졌다.

나는 말없이 디밀어진 저녁상을 또한 그렇게 말없이 받아서 지체없이 다 먹어치웠다.

내가 빈 그릇을 문 밖으로 내놓자 밖에서 기다리고나 있었던 듯 이내 진기수 씨가 어떤 늙은 중 하나를 데리고 들어왔다.

"이분을 따라가게. 소개장은 이 분에게 맡겼어. 큰절〔本刹〕의 내 법사 스님한테 가는……."

"……."

나는 무조건 네, 네, 하며 곧장 머리를 끄덕일 뿐이었다. 나를 살려주려는 사람에게 무조건 나를 맡길 수밖에 없었던 것이다.

"길은 일본 병정들이 알지도 못하는 산속 지름길이야. 한 백 리 남짓되지만 오늘이 스무하루니까 밤중 되면 달빛도 좀 있을 게구……. 그럼…… 불연(佛緣) 깊기를…… 나무관세음보살."

그는 나를 향해 합장을 하며 머리를 수그렸다.

"……."

나는 목이 콱 메어옴을 깨달았다. 눈물이 핑 돈 채 나도 그를 향해 잠자코 합장을 올렸다.

어둡고 험한 산길을 경암(鏡岩)——나를 데리고 가는 늙은 중——은 거침없이 걸었다. 아무리 발에 익은 길이라 하지만 군데군데 나뭇가지가 걸리고 바닥이 패이고 돌이 솟고 게다가 굽이굽이 간수

(澗水)가 가로지른 초망(草莽) 속의 지름길을 칠흑 같은 어둠 속에서 어쩌면 그렇게도 잘 뚫고 나가는지 그저 신기하기만 했다. 내가 믿는 것은 젊음 하나뿐이련만 그는 이십 리나 삼십 리를 걸어도 힘에 부치어 쉬자고 할 기색은 보이지 않았다.

나는 쉴 새 없이 손으로 이마의 땀을 씻어가며 그의 뒤를 따랐으나 한참씩 가다 보면 어느덧 그를 어둠 속에 잃어버리곤 했다. 나는 몇 번이나 나뭇가지에 얼굴이 긁히우고, 돌에 채여 무릎을 깨고 하며 '대사……', '대사……' 하며 그를 불러야만 했다. 그럴 때마다 경암은 혼잣말로 낮게 중얼거리며 나를 기다려주는 것이나, 내가 가까이 가면 또 아무 말도 없이 그냥 휙 돌아서서 걸음을 옮겨놓기 시작하는 것이다.

밤중도 훨씬 넘어 조각달이 수풀 사이로 비쳐들면서 나는 비로소 생기를 얻기 시작했다. 이제부터는 경암이 제아무리 앞에서 달린다 하더라도 두 번 다시 그를 놓치지는 않으리라 맘속으로 다짐했다.

이렇게 정세가 바뀌어졌음을 그도 느끼는지 내가 그의 곁으로 다가서자 그는 나를 흘깃 돌아다보더니, 한쪽 팔을 들어 먼 데를 가리키며 반원을 그어 보이고는 이백 리라고 했다. 이렇게 지름길을 가지 않고 좋은 길로 돌아가면 이백 리 길이라는 뜻인 듯했다.

나는 한마디 언어들은 중국말로 '세 세.' 하고 장단을 맞추며 고개를 끄덕여 보이곤 했다.

우리가 정원사 산문 앞에 닿았을 때는 이튿날 늦은 아침녘이었다. 경암은 푸른 수풀 속에 거뭇거뭇 보이는 높은 기와집들을 손가락질로 가리키며 자랑스런 얼굴로 무어라고 중얼거렸다. 나는 또 고개를 끄덕이며 '하오! 하오!' 를 되풀이했다.

산문을 지나 정문을 들어서니 산 무더기 같은 큰 다락이 정면에 버티고 섰다. 현판을 쳐다보니 태허루(太虛樓)라 씌어 있었다.

태허루 곁을 돌아 안마당 어귀에 들어서니 정면 한가운데 높직이 앉아 있는 가장 웅장한 건물이 법당이라고는 짐작이 가나 그 양옆으로 첩첩이 가로 세로 혹은 길쭉하게 눕고, 혹은 높다랗게 서고, 혹은 둥실하게 앉은 무수한 집들이 모두 무슨 이름에 어떠한 구실을 하는 것들인지 첫눈엔 그저 황홀하고 얼떨떨할 뿐이었다.

경암은 나를 데리고, 그 첩첩이 둘러앉은 집들 사이를 한참 돌더니 청정실(淸淨室)이란 조그만 현판이 붙은 조용한 집 앞에 와서 기척을 했다. 방문이 열리더니 한 스무 살이나 될락말락한 젊은 중이 얼굴을 내밀며 알은체를 한다. 둘이서(젊은이는 방문 앞에 서고 경암은 뜰 아래 선 채) 한참 동안 말을 주고받고 한 끝에 경암이 나를 데리고 집 안으로 들어갔다.

방 안에는 머리가 하얗게 세고 키가 성큼하게 커 뵈는 노승이 미소 띤 얼굴로 경암과 나를 맞아주었다. 나는 말이 통하지 않으므로 노승 앞에 발을 모으고 서서 정중히 합장을 올렸다. 어저께 진기수 씨 앞에서 연거푸 머리를 수그리던 것과는 달리 이번에는 한 번만 정중하게 머리를 수그려 절을 했던 것이다.

노승은 미소 띤 얼굴로 고개를 끄덕이며 나에게 자리를 가리킨 뒤 경암이 내어 드린 진기수 씨의 편지를 펴보았다.

"불은(佛恩)이로다."

편지를 읽고 난 노승은 이렇게 말했다.(그것도 그때는 알아듣지 못했지만 나중 가서 알고 보니 그랬다. 그리고 이것도 나중에야 알게 된 일이지만 이 노승이 두어 해 전까지 이 절의 주지를 지낸 원혜 대사로 진기수 씨가 말한 자기의 법사 스님이란 곧 이 분이었던 것이다.)

그날 저녁 나는 원혜 대사의 주선으로 그가 거처하고 있는 청정실 바로 곁의 조그만 방 한 칸을 혼자서 쓸 수 있게 되었다.

나를 그 방으로 인도해 준 젊은이——원혜 대사의 시봉(侍奉)——는,

"저와 이웃이죠."

희고 넓적한 이를 드러내 보이며 빙긋이 웃었다. 그리고 자기 이름을 청운(淸雲)이라 부른다고 했다.

나는 방 한 칸을 따로 쓰고 있었지만 결코 방 안에 들어앉아 게으름을 피우지는 않았다. 나를 죽을 고비에서 건져 준 진기수 씨——그의 법명은 혜운(慧雲)이었다——나 원혜 대사의 은덕을 생각해서라도 나는 결코 남의 입질에 오르내릴 짓을 해서는 안 되리라고 결심했던 것이다.

나는 아침 일찍이 일어나 세수를 하고, 예불을 끝내면 청운과 함께 청정실 안팎과 앞뒤의 복도와 뜰을 먼지 티끌 하나 없이 쓸고 닦았다.

뿐만 아니라, 다른 스님을 따라 산에 가 약초도 캐고 식량 준비도 거들었다.(이 절에서도 전쟁 관계로 식량이 달렸으므로 산중의 스님들은 여름부터 식용이 될 만한 풀잎과 나무 뿌리 같은 것들을 캐러 산으로 가곤 했었다.)

일을 마치고 돌아오면 손발을 깨끗이 씻고 내 방에 꿇어앉아 불경을 읽거나 그렇지 않으면 청운에게 중국어를 배웠다.(이것은 나의 열성에다 청운의 호의가 곁들어서 그런지 의외로 빨리 진척이 되어 사흘 만에 이미 간단한 말로——물론 몇 마디씩이지만——대화하는 흉내까지 낼 수 있게 되었다.)

아무리 방에 혼자 있을 때라도 취침 시간 이외엔 방 안에 번듯이 드러눕지 않도록 내 자신과 씨름을 했다. 그렇게 버릇을 들이지 않으려고 나는 몇 번이나 내 자신에게 다짐을 놓았는지 모른다. 졸음이 와서 정 견디기가 어려울 때는 밖으로 나와 어정대며 바람을 쐬

곤 했다.

처음엔 이렇게 막연히 어정대며 바람을 쐬던 것이 얼마 가지 않아 나는 어정대지 않게 되었다. 으레 가는 곳이 정해지게 되었다. 그것이 저 금불각이었던 것이다.

여기서도 물론 나는 법당 구경을 먼저 했다. 본존(本尊)을 모셔둔 곳이니만큼 그 절의 풍도나 품격을 가장 대표적으로 보여주는 곳이라는 까닭으로서보다도 절 구경은 으레 법당이 중심이라는 종래의 습관 때문이라고 하는 편이 옳았는지 모른다. 그러나 내가 법당에서 얻은 감명은 우리 나라의 큰 절이나 일본의 그것에 견주어 그렇게 자별하다고 할 것이 없었다. 기둥이 더 굵대야 그저 그렇고, 불상이 더 크대야 놀랄 정도는 아니요, 그밖에 채색이나 조각에 있어서도 한국이나 일본의 그것에 비하여 더 정교한 편은 아닌 듯했다. 다만 정면 한가운데 높직이 모셔져 있는 세 위(位)의 불상(훌륭히 도금을 입힌)을 그대로 살아 있는 사람으로 간주하고 힘겨룸을 시켜본다면 한국이나 일본의 그것보다 더 놀라운 힘을 쓸 수 있지 않을까 하는 생각이었다. 그러니까 나로서는 어디까지나 '살아 있는 사람으로 간주하고 힘겨룸을 시켜본다면' 하는 가정에서 말한 것이지만, 그네의 눈으로써 보면 자기네의 부처님(불상)이 그만큼 더 거룩하게만 보일는지 모를 일이었다. 더 쉽게 말하자면 내가 위에서 말한 더 놀라운 힘이란 체력을 뜻하는 것이지만 그들의 눈에는 그것이 어떤 거룩한 법력이나 도력으로 비칠는지도 모른다는 것이다.

그리고 내가 특히 이런 생각을 더 하게 된 것은 금불각을 구경한 뒤였다. 금불각 속에 모셔져 있는 등신불(등신금불)을 보고 받은 깊은 감명이 그 절의 모든 것을, 특히 법당에 모셔져 있는 세 위의 큰 불상을, 거룩하게 느끼게 하는 어떤 압력 같은 것이 되어 나타났다고나 할까.

물론 나는 청운이나 원혜 대사로부터 금불각에 대하여 미리 들은 바도 없으면서 금불각이 앉은 자리라든가 그 집 구조로 보아서 약간 특이한 느낌이 그 안의 불상(등신불)을 구경하기 전에 이미 들지 않았던 것은 아니다. 그것은 무엇보다도 법당 뒤껼에서 길 반 가량 높이의 돌계단을 올라가서, 거기서부터 약 오륙십 미터 거리의 석대가 구축되고 그 석대가 곧 금불각에 이르는 길이 되어 있기 때문인지도 몰랐다. 더구나 그 석대가 똑같은 크기의 넓적넓적한 네 모잽이 돌로 쌓아져 있는데 돌 위엔 보기 좋게 거뭇거뭇한 돌옷이 입혀져 있었던 것이다. 말하자면 법당 뒤껼의 동북쪽 언덕을 보기 좋은 돌로 평평하게 쌓아서 석대를 만들고 그 위에 금불각을 세워 놓은 것이다. 게다가 추녀와 현판을 모두 돌아가며 도금을 입히고 네 벽에 새긴 조상(彫像)과 그림에 도금을 많이 써서 그야말로 밖에서 보는 건물 그 자체부터 금빛이 현란했다.

나는 본디 비단이나, 종이나, 나무나, 쇠붙이 따위에 올린 금물이나 금박 같은 것을 왠지 거북해하는 성미라 금불각에 입혀져 있는 금빛에도 그러한 경계심과 반감 같은 것을 품고 대했지만, 하여간 이렇게 석대를 쌓고 금칠을 하고 할 때는 그네들로서 무엇인가 아끼고 위하는 마음의 표시를 하노라고 한 짓임에 틀림없을 것이라고 보지 않을 수 없었다.

그러면서도 나는 그 아끼고 위하는 것이 보나마나 대단한 것은 아니리라고 혼자 속으로 미리 단정을 내리고 있었다. 나의 과거 경험으로 본다면 이런 것은 대개 어느 대왕이나 황제의 갸륵한 뜻으로 순금을 많이 넣어서 주조한 불상이라든가 또는 어느 천자가 어느 황후의 명복을 빌기 위해서 친히 불사를 일으킨 연유의 불상이라든가 하는 따위——대왕이나 황제의 권위를 보여주기 위해서는 금빛이 십상이었기 때문이었다.

나의 이러한 생각은 그들이 이 금불각의 권위를 높이기 위하여 좀처럼 문을 열어주지 않는 것을 보고 더욱 굳어졌다. 적어도 은화 다섯 냥 이상의 새전(賽錢)이 아니면 문을 여는 법이 없다는 것이다. 그렇지 않으면 어느 선남선녀의 큰 불공이 있을 때라야만 한다는 것이다.(그리고 이때——큰 불공이 있을——에도 본사 승려 이외에 금불각을 참례하는 자는 또 따로 새전을 내어야 한다는 것이다.)

그렇다면 더구나 신도들의 새전을 긁어모으기 위한 술책으로 좁쌀만 한 언턱거리를 가지고 연극을 꾸미고 있는 것임에 틀림이 없으리라고 나는 아주 단정을 하고 도로 내 방으로 돌아왔다가 그때 마침 청운이 중국어를 가르쳐주려고 왔기에,

"저 금불각이란 게 뭐지?"

아무것도 아닌 것처럼 물어보았다.

"왜요?"

청운이 빙긋이 웃으며 도로 물었다.

"구경 갔더니 문을 안 열어주던데……."

"지금 같이 가볼까요?"

"무어, 담에 보지."

"담에라도 그럴 거예요, 이왕 맘 난 김에 가보시구려."

청운이 은근히 권하는 빛이기도 해서 나는 그렇다면 하고 그를 따라 나갔다.

이번에는 청운이 숫제 금불각을 담당한 노승에게서 쇳대를 빌려와서 손수 문을 열어주었다. 그리고 문 앞에 선 채 그도 합장을 올렸다.

나는 그가 문을 여는 순간부터 미묘한 충격에 사로잡힌 채 그가 합장을 올릴 때도 그냥 멍하니 불상만 바라보고 서 있었다. 우선 내

가 예상한 대로 좀 두텁게 도금을 입힌 불상임에는 틀림이 없었다. 그러나 그것은 전혀 내가 미리 예상했던 그러한 어떤 불상이 아니었다. 머리 위에 향로를 이고 두 손을 합장한, 고개와 등이 앞으로 좀 수그러진, 입도 조금 헤벌어진, 그것은 불상이라고 할 수도 없는, 형편없이 초라한, 그러면서도 무언지 보는 사람의 가슴을 쥐어짜는 듯한, 사무치게 애절한 느낌을 주는 등신대(等身大)의 결가부좌상(結跏趺坐像)이었다. 그렇게 정연하고 단아하게 석대를 쌓고 추녀와 현판에 금물을 입힌 금불각 속에 안치되어 있음직한 아름답고 거룩하고 존엄성 있는 그러한 불상과는 하늘과 땅 사이라고나 할까, 너무도 거리가 먼, 어이가 없는, 허리도 제대로 펴고 앉지 못한, 머리 위에 조그만 향로를 얹은 채 우는 듯한, 웃는 듯한, 찡그린 듯한, 오뇌와 비원(悲願)이 서린 듯한, 그러면서도 무어라고 형언할 수 없는 슬픔이랄까 아픔 같은 것이 보는 사람의 가슴을 콱 움켜잡는 듯한, 일찍이 본 적도 상상한 적도 없는 그러한 어떤 가부좌상이었다.

내가 그것을 바라보는 순간부터 나는 미묘한 충격에 사로잡히게 되었다고 말했지만 그러나 그 미묘한 충격을 나는 어떠한 말로써도 설명할 길이 없다. 다만 나는 그것을 바라보고 있는 동안 처음 보았을 때 받은 그 경악과 충격이 점점 더 전율과 공포로 화하여 나를 후려갈기는 듯한 어지러움에 휩싸일 뿐이었다고나 할까. 곁에 있던 청운이 나의 얼굴을 돌아다보았을 때도 나는 손끝 하나 까딱하지 못하며 정강마루와 아래턱을 그냥 덜덜덜 떨고 있을 뿐이었다.

──저건 부처님도 아니다! 불상도 아니야!

나는 내 자신도 모르는 사이에 이렇게 목이 터지도록 소리를 지르고 싶었으나 나의 목구멍은 얼어붙은 듯 아무런 말도 새어나오지 않았다.

이튿날 새벽 예불을 마치고 내가 청운과 더불어 원혜 대사에게 아침 인사를 드리러 갔을 때 스님은,

"어저께 금불각 구경을 갔었니?"

물었다.

내가 겁에 질린 얼굴로 참배했었다고 대답하자 스님은 꽤 만족한 얼굴로,

"불은이로다."

했다.

나는 맘속으로 그건 부처님이 아니었어요, 부처님의 상호가 아니었어요, 하고 소리를 지르고 싶은 충동을 깨달았으나 굳이 입을 닫고 참을 수밖에 없었다.

이때 스님(원혜 대사)은 내 맘속을 헤아리는 듯,

"그래 어느 부처님이 제일 맘에 들더냐?"

물었다.

나는 실상 그 등신불에 질리어 그 곁에 모신 다른 불상들은 거의 살펴보지도 못했던 것이다.

"다른 부처님은 미처 보지도 못했어요. 가운데 모신 부, 부처님이 어떻게나 무, 무서운지……."

나는 또 아래턱이 덜덜덜 떨리어 말을 이을 수 없었다.

원혜 대사는 말없이 나의 얼굴(아래턱이 덜덜덜 떨리는)을 가만히 건너다보고만 있었다. 그러자 나는 지금 금방 내 입으로 부처님이라고 말한 것이 생각났다. 왜 그런지 그렇게 말해서는 안 될 것을 말한 듯한 야릇한 반발이 내 속에서 폭발되었다.

"그렇지만…… 아니었어요…… 부처님의 상호 같지 않았어요."

나는 전신의 힘을 다하여 겨우 이렇게 말해 버렸다.

"왜, 머리에 얹은 것이 화관이 아니고 향로래서 그러니?……그렇

지, 그건 향로야."

원혜 대사는 조금도 나를 꾸짖는 빛이 아니었다. 오히려 나의 그러한 불만에 구미가 당기는 듯한 얼굴이었다.

"……."

나는 잠자코 원혜 대사의 얼굴을 쳐다보고 있었다. 곁에 있던 청운이 두어 번이나 나에게 눈짓을 했을 만큼 나의 두 눈은 스님을 쏘아보듯이 빛나고 있었다.

"자네 말대로 하면 부처님이 아니고 나한(羅漢)님이란 말인가. 그렇지만 나한님도 머리 위에 향로를 쓴 분은 없잖아. 오백 나한 중에도……."

나는 역시 입을 닫은 채 호기심에 가득 찬 눈으로 스님의 얼굴을 쳐다볼 뿐이었다.

그러나 원혜 대사는 더 자세한 이야기를 들려주지 않았다.

"그렇지, 본래는 부처님이 아니야. 모두가 부처님이라고 부르게 됐어. 본래는 이 절 스님인데 성불(成佛)을 했으니까 부처님이라고 부른 게지. 자네도 마찬가지야."

스님을 말을 마치고 가만히 두 손을 모아 합장을 한다.

나도 머리를 숙이며 합장을 올리고 자리에서 일어났다.

그날 아침 공양을 마치고 청정실로 건너올 때 청운은 나에게 턱으로 금불각 쪽을 가리키며,

"나도 첨엔 이상했어, 그렇지만 이 절에선 영검이 제일 많은 부처님이라오."

"영검이라고?"

나는 이렇게 물었지만 실상은 청운이 서슴지 않고 부처님이라고 부르는 말에 더욱 놀랐던 것이다. 조금 전에도 원혜 대사로부터 '모두가 부처님이라고 부르게 됐다.'는 말을 듣긴 했지만 그때까지

의 나의 머릿속에 박혀 있는 습관화된 개념으로써는 도저히 부처님과 스님을 혼동할 수 없었던 것이다.

"그럼, 그래서 그렇게 새전이 많다오."

청운의 대답이었다. 그는 계속해서 들려주었다.

……스님의 이름은 잘 모른다. 당(唐)나라 때다. 일천 수백 년 전이라고 한다. 소신공양(燒身供養)으로 성불을 했다. 공양을 드리고 있을 때 여러 가지 신이(神異)가 일어났다. 이것을 보고 들은 수많은 사람들이 구름같이 모여들어서 아낌없이 새전과 불공을 드렸는데 그들 가운데 영검을 보지 못한 사람은 하나도 없다. 그 뒤에도 계속해서 영검이 있었다. 지금까지 여기 금불각에 빌어서 아이를 낳고 병을 고치고 한 사람의 수효는 수천수만을 헤아린다. 그 밖에도 소원을 성취한 사람은 이루 다 헤일 수가 없다…….

나도 청운에게서 소신 공양이란 말을 들었을 때 몸이 부르르 떨렸다.

"그러면 그럴 테지……."

나는 무슨 뜻인지 이렇게 중얼거렸다. 그리고 잇달아 눈을 감고 합장을 올렸다. 나무아미타불, 나무아미타불, 나의 입에서는 나도 모르게 염불이 흘러 나왔다.

아아, 그 고뇌! 그 비원! 나의 감은 두 눈에서는 눈물이 번져 나왔다. 나무아미타불, 나무아미타불! 나는 발작과도 같이 곧장 염불을 외었다.

"나도 처음 뵈었을 때는 가슴이 뭉클했다오. 그 뒤에 여러 번 보고 나니까 차츰 심상해지더군."

청운은 빙긋이 웃으며 나를 위로하듯이 말했다.

그것은 그렇다 하더라도 나에게는 아무래도 석연치 못한 것이 있다…….

소신 공양으로 성불을 했다면 부처님이 되었어야 하지 않는가. 부처님이 되었다면 지금까지 모든 불상에서 보아온 바와 같은 거룩하고 원만하고 평화스러운 상호는 아니라 할지라도 그에 가까운 부처님다움은 있어야 하지 않을까. 거룩하고 부드럽고 평화스러운 맛은 지녔어야 하지 않겠는가. 그러나 금불각의 가부좌상은 어디까지나 인간을 벗어나지 못한 고뇌와 비원이 서린 듯한 얼굴이 아니던가. 그럼에도 불구하고 과거의 어떠한 대각(大覺)보다도 그렇게 영검이 많다는 것은 무슨 까닭인가.

나의 머릿속에서는 잠시도 이러한 의문들이 가셔지지 않았다. 더구나 청운에게서 소신공양으로 성불했다는 이야기를 들은 뒤부터는 금불이 아닌 새까만 숯덩이가 곧잘 눈에 삼삼거려 배길 수 없었다.

사흘 뒤에 나는 금불을 찾았다. 사흘 전에 받은 충격이 어쩌면 나의 병적인 환상의 소치가 아닐까 하는 마음과, 또 청운의 말대로 '여러 번' 봐서 '심상해'진다면 나의 가슴에 사무친 '오뇌와 비원'의 촉수(觸手)도 다소 무디어지리라는 생각에서이다.

문이 열리자, 나는 그날 청운이 하던 대로 이내 머리를 수그리며 합장을 올렸다. 입으로는 쉴 새 없이 나무아미타불을 부르며……. 눈꺼풀과 속눈썹이 바르르 떨리며 나의 눈이 열렸을 때 금불은 사흘 전의 그 모양 그대로 향로를 이고 앉아 있었다. 거룩하고 원만한 것의 상징인 듯한 부처님의 상호와는 너무나 거리가 먼, 우는 듯한, 웃는 듯한, 찡그린 듯한, 오뇌와 비원이 서린 듯한, 가부좌상임에는 변함이 없었으나, 그 무어라고 형언할 수 없는 슬픔이랄까 아픔 같은 것이 전날처럼 송두리째 나의 가슴을 움켜잡는 듯한 전율에 휩쓸리지는 않았다. 나의 가슴은 이미 그러한 '슬픔이랄까 아픔 같은 것'으로 메워져 있었고, 또 그에게서 '거룩하고 원만한 것의 상징인 부처님의 상호'를 기대하는 마음은 가셔져 있었기 때문인지도 몰랐다.

나는 다시 눈을 감고 합장을 올리며 입술이 바르르 떨리듯 오랫동안 아미타불을 부른 뒤 그 앞에서 물러났다.

그날 저녁 예불을 마치고 청운과 더불어 원혜 대사에게 저녁 인사(자리에 들기 전의)를 갔을 때 스님은 나를 보고,

"너 금불을 보고 나서 괴로워하는구나?"

했다.

"……"

나는 고개를 수그린 채 입을 열지 못하고 있었다.

"그럼, 너 금불각에 있는 그 불상의 기록을 봤느냐?"

스님이 또 물으시기에 내가 못 봤다고 했더니, 그러면 기록을 한번 보라고 했다.

이튿날 내가 청운과 더불어 아침 인사를 드릴 때 원혜 대사는, 자기가 금불각에 일러두었으니 가서 기록을 청해서 보고 오라고 했다.

나는 스님께 합장하고 물러나와 곧 금불각으로 올라갔다. 금불각의 노승이 돌함〔石函〕에서 내어준 폭이 한 뼘 남짓, 길이가 두 뼘 가량 되는 책자를 받아 들었을 때 향기가 코를 찌르는 듯했다.(벌레를 막기 위한 향료인 듯.) 두터운 표지 위에는 금 글씨로 "만적선사 소신 성불기(萬寂禪師燒身成佛記)."라 씌어 있고, 책 모서리에도 금물이 먹여져 있었다.

표지를 젖히자 지면은 모두 잿빛 바탕(물감을 먹인 듯)이요, 그 위에 금 글씨로 다음과 같이 씌어 있었다.

萬寂法名俗名曰耆姓曹氏也金陵出生父未詳母張氏改嫁謝公仇之
家仇有一子名曰信年似與耆各十有餘歲一日母給食于二兒秘置以毒
信之食耆偶窺之而按是母貪謝家之財爲我故謀害前室之子以如此耆
不堪悲懷乃自欲將取信之食母見之驚而失色奪之曰是非汝之食也何
取信之食耶信與耆默而不答數日後信去自家行蹟渺然耆曰信己去家
我必携信然後歸家卽以隱身而爲僧改稱萬寂以此爲法名住於金陵法
林院後移淨願寺無風庵修法于海覺禪師寂二十四歲之春曰我生非大
覺之材不如供養吾身以報佛恩乃燒身而供養佛前時忽降雨沛然不犯
寂之燒身寂光漸明忽懸圓光以如月輪會衆見之而攢感佛恩癒身病衆
曰是焚之法力所致競擲私財賽錢多積以賽鍍金寂之燒身拜之爲佛然
後奉置于金佛閣時唐中宗十六年聖曆二年三月朔日

만적은 법명이요, 속명은 기, 성은 조씨다. 금릉서 났지만 아버지
가 어떤 이인지는 잘 모른다. 어머니 장씨는 사구(謝仇)라는 사람에
게 개가를 했는데 사구에게 한 아들이 있어 이름을 신이라 했다. 나
이는 기와 같은 또래로 모두가 여남은 살씩 되었었다. 하루는 어미
(장씨)가 두 아이에게 밥을 주는데 가만히 독약을 신의 밥에 감추었
다. 기가 우연히 이것을 엿보게 되었는데 혼자 생각하기를 이는 어
머니가 나를 위하여 사씨 집의 재산을 탐냄으로써 전실 자식인 신을
없애려고 하는 짓이라 하였다. 기가 슬픈 맘을 참지 못하여 스스로
신의 밥을 제가 먹으려 할 때 어머니가 보고 크게 놀라 질색을 하며
그것을 뺏고 말하기를 이것은 너의 밥이 아니다. 어째서 신의 밥을
먹느냐 했다. 신과 기는 아무도 대답하지 않았다. 며칠 뒤 신이 자기
집을 떠나서 자취를 감춰버렸다. 기가 말하기를 신이 이미 집을 나
갔으니 내가 반드시 찾아 데리고 돌아오리라 하고 곧 몸을 감추어
중이 되고 이름을 만적이라 고쳤다. 처음은 금릉에 있는 법림원에

있다가 나중은 정원사 무풍암으로 옮겨서, 거기서 해각 선사에게 법을 배웠다. 만적이 스물네 살 되던 해 봄에, 나는 본래 도를 크게 깨칠 인재가 못 되니 내 몸을 이냥 공양하여 부처님의 은혜에 보답함과 같지 못하다 하고 몸을 태워 부처님 앞에 바치는데, 그때 마침 비가 쏟아졌으나 만적의 타는 몸을 적시지 못할 뿐 아니라, 점점 더 불빛이 환하더니 홀연히 보름달 같은 원광이 비치었다. 모인 사람들이 이것을 보고 크게 불은을 느끼고 모두가 제 몸의 병을 고치니 무리들이 말하기를 이는 만적의 법력 소치라 하고 다투어 사재를 던져 새전이 쌓였다. 새전으로써 만적의 탄 몸에 금을 입히고 절하여 부처님이라 하였다. 그 뒤 금불각에 모시니 때는 당나라 중종 십육년 성력(연호) 이년 삼월 초하루다.

내가 이 기록을 다 읽고 나서 청정실로 돌아가니 원혜 대사가 나를 불렀다.
"기록을 보고 나니 괴롬이 덜하냐?"
스님이 물었다.
"처음같이 무섭지는 않았습니다마는 그 괴롭고 슬픈 빛은 가셔지지 않았습니다."
내가 대답하자 스님은 고개를 끄덕이며,
"당연한 일이야, 기록이 너무 간략하고 섬소(纖疏)해서⋯⋯."
했다. 그것이 자기는 그보다 훨씬 많은 것을 알고 있는 듯한 말씨였다.
"그렇지만 천이백 년도 넘는 옛날 일인데 기록 이외에 다른 일을 어떻게 알겠습니까?"
또 내가 물었다.
이에 대하여 원혜 대사는 전해 내려오는 이야기가 있는데 산(절)

에서는 그것을 함부로 이야기하지 않는 것으로 알고 있으며, 그러니까 그만큼 금불각의 등신불에 대해서는 모두들 그 영검을 두려워하고 있는 셈이라고 정색을 하고 말했다.

원혜 대사가 나에게 들려준 이야기는 다음과 같다. 이것은 물론 천이백 년간 등신금불에 대하여 절에서 내려오는 이야기를 원혜 대사가 정리해서 간단히 한 이야기이다.

……만적이 중이 되기까지의 이야기는 대개 기록과 같다. 그러나 그가 자기 몸을 불살라서 부처님께 공양을 올린 동기에 대해서는 전해 오는 다른 이야기가 몇 있다. 그것을 차례로 좇아 이야기하면 다음과 같다.

만적이 처음 금릉 법림원에서 중이 되었는데 그때 그를 거두어준 스님에 취뢰(吹籟)라는 중이 있었다. 그 절의 공양을 맡아 있는 공양주(供養主) 스님이었다. 만적은 취뢰 스님의 상좌로 있으면서 불법을 배우기 시작했다. 그러니까 취뢰 스님이 그에 대한 일체를 돌보아준 것이다.

만적이 열여덟 살 때――그러니까 그가 법림원에 들어온 지 오 년 뒤――취뢰 스님이 열반하시게 되자 만적은 스님(취뢰)의 은공을 갚기 위하여 자기 몸을 불전에 헌신할 결의를 했다.

만적이 그 뜻을 법사(법림원의) 운봉선사(雲峰禪師)에게 아뢰자 운봉선사는 만적의 그릇〔器〕됨을 보고 더 수도를 계속하도록 타이르며 사신(捨身)을 허락하지 않았다.

만적이 정원사의 무풍암에 해각선사를 찾았다는 것도 운봉선사의 알선에 의한 것이다. 그가 해각선사 밑에서 지낸 오 년간의 수도 생활이란 뼈를 깎고 살을 가는 정진이었으나 법력의 경지는 짐작할 길이 없다.

만적이 스물세 살 나던 해 겨울에 금릉 방면으로 나갔다가 전날의 사신(謝信)을 만났다. 열세 살 때 자기 어머니의 모해를 피하여 집을 나간 사신이었다. 그리고 자기는 이 사신을 찾아 역시 집을 나왔다가 그를 찾지 못하고 중이 된 채 어느덧 꼭 십 년 만에 그를 다시 만난 것이다. 그러나 그때 다시 만난 사신을 보고는 비록 속세의 인연을 끊어버린 만적으로서도 눈물을 금할 수 없었던 것이다. 착하고 어질던 사신이 어쩌면 하늘의 형벌을 받았단 말인고. 사신은 문둥병이 들어 있었던 것이다.

만적은 자기의 목에 걸었던 염주를 벗겨서 사신의 목에 걸어주고 그길로 곧장 정원사에 돌아왔다.

그때부터 만적은 화식(火食)을 끊고 말을 잃었다. 이듬해 봄까지 그가 먹은 것은 하루에 깨 한 접시씩뿐이었다.(그때까지의 목욕재계는 말할 것도 없다.)

이듬해 이월 초하룻날 그는 법사 스님(운봉선사)과 공양주 스님 두 분만을 모시고 취단식(就壇式)을 봉양했다. 먼저 법의를 벗고 알몸이 된 뒤에 가늘고 깨끗한 명주를 발 끝에서 어깨까지(목 위만 남겨놓고) 전신에 감았다. 그리고는 단 위에 올라가 가부좌를 개고 앉자 두 손을 모아 합장을 올렸다. 그리하여 그가 염불을 외기 시작하는 것과 동시에 곁에서 들기름 항아리를 받들고 서 있던 공양주 스님이 그의 어깨에서부터 기름을 들고 부었다.

기름을 다 붓고, 취단식이 끝나자 법사 스님과 공양주 스님은 합장을 올리고 그 곁을 떠났다.

기름에 결은 만적은 그때부터 한 달 동안(삼월 초하루까지) 단 위에서 움직이지 않았다. 가부좌를 갠 채, 합장을 한 채, 숨 쉬는 화석이 되어가고 있었다.

이레에 한 번씩 공양주 스님이 들기름 항아리를 안고 장막(帳幕 :

흰 천으로 장막을 치고 있었다.) 안으로 들어오면 어깨에서부터 다시 기름을 부어주고 돌아가는 일밖에 그 누구도 이 장막 안을 엿보지 못했다.

이렇게 한 달이 찬 뒤, 이 날의 성스러운 불공에 참여하기 위하여 산중의 스님들은 물론이요, 원근 각처의 선남선녀들이 모여들어, 정원사 법당 앞 넓은 뜰을 메웠다.

대공양(大供養: 燒身供養을 가리킴)은 오시 초에 장막이 걷히면서부터 시작되었다. 오백을 헤아리는 승려가 단을 향해 합장을 하고 선 가운데 공양주 스님이 불 담긴 향로를 받들고 단 앞으로 나아가 만적의 머리 위에 얹었다. 그와 동시에 그 앞에 합장하고 선 승려들의 입에서 일제히 아미타불이 불려지기 시작했다.

만적의 머리 위에 화관같이 씌워진 향로에서는 점점 더 많은 연기가 오르기 시작했다. 이미 오랜 동안의 정진으로 말미암아 거의 화석이 되어가고 있는 만적의 육신이지만, 불기운이 그의 숨골(정수리)을 뚫었을 때는 저절로 몸이 움칫해졌다. 그리하여 그때부터 눈에 보이지 않게 그의 고개와 등가슴이 조금씩 앞으로 숙여져갔다.

들기름에 결은 만적의 육신이 연기로 화하여 나가는 시간은 길었다. 그러나 그 앞에 선 오백의 대중(승려)은 아무도 쉬지 않고 아미타불을 불렀다.

신시(申時) 말(末)에 갑자기 비가 쏟아졌다. 그러나 웬일인지 단 위에는 비가 내리지 않았다. 만적의 머리 위로는 더 많은 연기가 오르기 시작했다.

염불을 올리던 중들과 그 뒤에서 구경하던 신도들이 신기한 일이라고 눈이 휘둥그래져서 만적을 바라보았을 때 그의 머리 뒤에는 보름달 같은 원광이 씌워져 있었다.

이때부터 새전이 쏟아지기 시작하여 그 뒤 삼 년간이나 그칠 날이 없었다.

　이 새전으로 만적의 타다가 굳어진 몸에 금을 씌우고 금불각을 짓고 석대를 쌓았다…….

원혜 대사의 이야기를 듣고 있는 동안 나는 맘속으로 이렇게 해서 된 불상이라면 과연 지금의 저 금불각의 등신금불같이 될 수밖에 없으리란 생각이 들었다. 그리고 많은 부처님(불상) 가운데서 그렇게 인간의 고뇌와 슬픔을 아로새긴 부처님(등신불)이 한 분쯤 있는 것도 무방한 일일 듯했다.

　그러나 이야기를 다 마치고 난 원혜 대사는 이제 다시 나에게 그런 것을 묻지는 않았다.

　"자네 바른손 식지를 들어보게."

했다.

　이것은 지금까지 그가 이야기해 오던 금불각이나 등신불이나 만적의 소신 공양과는 아무런 상관도 없는 엉뚱한 이야기가 아닐 수 없다.

　나는 달포 전에 남경 교외에서 진기수 씨에게 혈서를 바치느라고 내 입으로 살을 물어 뗀 나의 식지를 쳐들었다.

　그러나 원혜 대사는 가만히 그것을 바라보고 있을 뿐 더 말이 없다. 왜 그 손가락을 들어 보이라고 했는지, 이 손가락과 만적의 소신 공양과 무슨 관계가 있다는 겐지, 이제 그만 손을 내리어도 좋다는 겐지 뒷말이 없는 것이다.

　"……."

　"……."

　태허루에서 정오를 알리는 큰 북소리가 목어(木魚)와 함께 으르렁거리며 들려온다.

까치 소리

    단골 서점에서 신간을 뒤적이다 『나의 생명을 물려다오』라는 얄팍한 책자에 눈길이 멎었다. '살인자의 수기'라는 부제가 붙어 있었다.

    생명을 물려준다. 이것이 무슨 뜻일까, 나는 무심코 그 책자를 집어 들어 첫 장을 펼쳐보았다. '책머리에'라는 서문에 해당하는 글을 몇 줄 읽다가 '나도 어릴 때는 위대한 작가를 꿈꾸었지만 전쟁은 나에게 살인자라는 낙인을 찍어주었다.'라는 말에 왠지 가슴이 뭉클해짐을 느꼈다. 비슷한 말은 전에도 물론 얼마든지 여러 번 들어왔던 터이다. 그런데도 이날 나는 왜 그 말에 유독 그렇게 가슴이 뭉클해졌는지 그것은 나도 잘 모를 일이다. '위대한 작가를 꿈꾸었다'는 말에 느닷없는 공감을 발견했기 때문일까.

    나는 그 책을 사왔다. 그리하여 그날 밤, 그야말로 단숨에 독파를 한 셈이다. 그만큼 나에게는 감동적이며, 생각게 하는 바가 많았다. 특히 그 문장에 있어, 자기 말마따나 '위대한 작가를 꿈꾸던'

사람의 솜씨라서 그런지 문학적으로 빛나는 데가 많은 것도 사실이
었다.

　나는 다음에 그 수기의 내용을 소개하려 하거니와 될 수 있는 대
로 그의 문학적 표현을 살리기 위하여 본문을 그대로 많이 옮기는
쪽으로 주력했음을 일러둔다. 특히 내가 재미있다고 생각한 소위
그의 문학적 표현으로서, 그의 본고장인 동시, 사건의 무대가 된 마
을의 전경을 이야기한 첫머리를 그대로 옮겨보면 다음과 같다.

　마을 한복판에 우물이 있고, 우물 앞뒤엔 늙은 회나무 두 그루가
거인 같은 두 팔을 치켜든 채 마주 보고 서 있었다. 몇 아름씩이나
될지 모르는 굵고 울퉁불퉁한 둥치는 동굴처럼 속이 뚫린 채 항용
천 년으로 헤아려지는 까마득한 세월을 새까만 침묵으로 하나 가득
메우고 있었다.

　밑동에 견주어 가지와 이파리는 쓸쓸했다. 둘로 벌어진 큰 가지의
하나는 중동이 부러진 채, 그 부러진 언저리엔 새로 돋은 곁가지가
떨기를 이루었으나 그것도 죽죽 위로 뻗어오른 것이 아니라 아래로
한두 대가 잎을 달고 드리워진 것이 고작이었다.

　둘 중에서 부러지지 않은 높은 가지는 거인의 어깨 위에 나부끼는
깃발과도 같이 무수한 잔가지와 이파리들을 하늘 높이 펼쳤는데, 까
치들은 여기에만 둥지를 치고 있었다.

　앞 나무에 둘, 뒤 나무에 하나, 까치 둥지는 셋이 쳐져 있었으나
까치들이 모두 몇 마리나 그 속에서 살고 있는지는 아무도 똑똑히
몰랐다. 언제부터 둥지를 치기 시작했는지도 역시 안다는 사람은 없
었다. 나무와 함께 대체로 어느 까마득한 옛날부터 내려오는 것이거
니 믿고 있을 뿐이었다.

　……아침 까치가 울면 손님이 오고, 저녁 까치가 울면 초상이 나

고…… 한다는 것도, 언제부터 전해 오는 말인지 누구 하나 알 턱이 없었다. 그래서 그런지, 아침 까치가 유난히 까작거린 날엔, 손님이 잦고, 저녁 까치가 꺼적거리면 초상이 잘 나는 것 같다고, 그들은 은근히 믿고 있는 편이기도 했다.

그런대로 까치는 아침저녁 울고 또 다른 때도 울었다.

까치가 울 때마다 기침을 터뜨리는 어머니는 아주 흑흑 하며 몇 번이나 까무러치다시피 하다 겨우 숨을 돌이키면 으레 봉수(奉守)야 하고, 나의 이름을 부르곤 했다. 그것도 그냥 이름을 부르는 것이 아니라 반드시 '죽여다오'를 붙였다.

……쿨룩쿨룩쿨룩쿨룩, 쿨룩쿨룩쿨룩쿨룩, 쿨룩쿨룩, 쿨룩, 쿨룩, 쿨룩…… 이렇게 쿨룩은 연달아 네 번, 네 번, 두 번, 한 번, 한 번, 여섯 번, 그리고 또다시 세 번이고 네 번이고 두 번이고 여섯 번이고 종잡을 수 없이 얼마든지 짓이기듯 겹쳐지고 되풀이되곤 했다. 그 사이에 물론, 오오, 아이구, 끙, 하는 따위 신음 소리와 외침 소리를 간혹 섞기도 하지만 얼마든지 '쿨룩'이 계속되다가는 아주 까무러치는 고비를 몇 차례나 겪고서야 겨우, 아이구 봉수야, 한다거나, 날 죽여다오를 터뜨릴 수 있는 것이다.

어머니의 기침병(천만)은 내가 군대에 가기 일 년 남짓 전부터 시작되었으니까 이때는 이미 삼 년도 넘은 고질이었던 것이다.

내 누이동생 옥란(玉蘭)의 말을 들으면, 내가 군대에 들어간 바로 그 이튿날부터 어머니는 나를 기다리기 시작했다는 것이다. 마침 아침 까치가 까작까작 울자, 어머니는 갑자기 옥란을 보고,

"옥란아, 네 오빠가 올라는가부다."

하더라는 것이다.

"엄마도, 엊그제 군대 간 오빠가 어떻게 벌써 와요?"

하니까,

"그렇지만 까치가 울잖았냐?"

하더라는 것이다.

이렇게 처음엔 아침 까치가 울 때마다 애가 혹시 돌아오지 않나 하고 야릇한 신경을 쓰던 어머니는 그렇게 한 반년쯤 지난 뒤부터, 그것(야릇한 신경을 쓰는 일)이 기침으로 번지기 시작했다는 것이다.

'반년쯤 지난 뒤부터'라고 했지만, 그 시기는 물론 확실치 않다. 옥란의 말을 들으면 그전에도 몇 번이나 그런 일이 있었다고 한다. 몇 달이 지나도록 편지도 한 장 없는 채, 아침 까치는 곧장 울고 하니까, 그럴 때마다 어머니의 눈길엔 야릇한 광채가 어리곤 하더니, 그것이 차츰 기침으로 번지기 시작하더라는 것이다. 첨에는 가끔 그렇더니, 날이 갈수록 점점 더 심해져서, 한 일 년 남짓 되니까, 거의 예외 없이 회나무에서 까작까작 하기만 하면 방 안에서는 쿨룩쿨룩이 터뜨려지게 마련이었다는 것이다.(처음은 아침 까치 소리에 시작되었으나 나중은 때의 아랑곳이 없어졌다.)

그러나 이런 것은 누구나 이해할 수도 있는 일이라고 나는 생각한다. 아들을 몹시 기다리는 병(천만)든 어머니가 아침 까치가 울 때마다 (손님이 온다는) 기대를 걸어보다간 실망이 거듭되자, 기침을 터뜨리고(그렇지 않아도 자칫하면 터뜨리게 마련인), 그것이 차츰 습관성으로 발전하게 되었다는 것은 얼마든지 있을 수도 있는 얘길 테니까 말이다.

그렇게 해서 터뜨려진 질기고 모진 기침 끝에 아들의 이름을 부르고, 또 '날 죽여다오'를 덧붙였대서 그 또한 이해하기 힘든 일도 아니었다. 어머니는 전에도, 그렇게 까무러칠 듯이 짓이겨지는 모진 기침 끝엔 '오오, 하느님!', '사람 살려주!' 따위를 부르짖은 일이 있었던 것이다. '오오, 하느님!', '사람 살려주!'가 '아이구 봉수야!', '날 죽여다오'로 바뀌졌을 뿐인 것이다. 살려달란 말과 죽여달란 말은 정반대라고 하겠지만 어머니의 경우엔 그렇지도 않았다. 오히려 비슷한 말이라고 보는 편이 가까울 것이다. '죽여다오'는 '살려다오'보다 좀 더 고통이 절망적으로 발전되었음을 나타내는 것이 아닐까. 나는 그렇게 생각했다.

따라서 나는 군대에서 돌아와, 처음 얼마 동안은 어머니의 입에서 이 말을 들을 때마다 견딜 수 없는 설움과 울분을 누를 길 없어 나도 모르게 사지를 부르르 떨곤 했었다.

──아아, 오죽이나 숨이 답답하고 괴로우면 저러랴, 얼마나 지겹게 아들이 보고 싶고 외로웠으면 저러랴.

나는 그럴 때마다 어머니가 측은하고 불쌍해서 그냥 목을 놓고 울고만 싶었던 것이다.

그러면서도 나에게는 어머니를 치료해 드리거나 위로해 드릴 수 있는 어떠한 힘도 재간도 없었다. 그럴수록 어머니가 겪는 무서운 고통은 오로지 나의 책임이거니 하는 생각만 절실했을 뿐이다.

그리고 이러한 나의 심경도 누구에게나 대체로 이해될 수 있으리라고 믿는다.

그런데 다른 사람은 고사하고 내 자신마저 잘 이해할 수 없는 일이 이에 곁들여 생긴 것이다. 그것을 한마디로 말하면 나의 심경의 변화라고나 할까. 나는 어느덧 그러한 어머니를 죽여주고 싶은 충동 같은 것을 느끼기 시작한 것이다. 어머니가 '아이구, 봉수야 날 죽여다오.' 하고 부르짖는 것은, '오오, 하느님 사람 살려주.' 하던 것의 역표현(逆表現)이라기보다도 진한 표현 같은 것에 지나지 않는다는 것은 위에서도 말한 대로다. 나는 그것을 충분히 이해하고 있었던 것이다. 그럼에도 불구하고 나는 왜 그러한 어머니에게 죽여주고 싶은 충동을 느끼게 되었을까.

그것도 어쩌다 한번 그런 일이 있었다는 얘기가 아니다. 처음 한 번 그런 일이 있고 나서는 그 뒤부터 줄곧 그렇게 돼버린 것이다. 까치가 까작까작까작 하면, 어머니는 쿨룩쿨룩쿨룩을 터뜨리는 것이요, 그와 동시 나의 눈에는 야릇한 광채가 어리기 시작하는 것이다.(옥란의 말을 빌리면, 옛날 어머니가 까치 소리와 함께 기침을 터뜨리려고 할 때, 그녀의 두 눈에 비치던 것과도 같은 그 야릇한 광채라는 것이다.) 어머니가 목에 걸린 가래를 떼지 못하여 쿨룩쿨룩쿨룩을 수없이 거듭하다 아주 까무러치다시피 될 때마다 나는 그녀의 꺼풀뿐인 듯한 목을 눌러주고 싶은 충동에 몸이 부르르 떨리는 것이다.

그것은 처음 며칠 동안이 가장 강렬했었던 것같이 기억된다. 더 정확하게 말할 수 있다면, 내가 그것을 경험하기 시작한 지 사흘째 되던 날에서 이삼 일간이었다고 믿어진다. 나는 그 무서운 충동을 누르지 못하여, 사흘째 되던 날은, 마침 곁에 있던 물 사발을 들어 방바닥에 메어쳤고, 나흘째 되던 날은 꺽꺽거리며 꼬꾸라지는 어머니를 향해 막 덤벼들려는 순간, 밖에 있던 옥란이 낌새를 채고 뛰어와 내 머리 위에 엎어짐으로써 중지되었고, 닷새째 되던 날은, 마침 설거지를 하는 체하고 방문 앞에 대기하고 있던 옥란이 까치 소리를 듣자, 이내 방으로 뛰어들어왔기 때문에 나는 숫제 단념을 했던 것이다. 그런데도 역시 어머니의 까무러치는 꼴을 보는 순간, 나는 갑자기 이성을 잃은 듯, 나와 어머니 사이를 가로막다시피 하고 있는 옥란을 힘껏 떼밀어서 어머니 위에다 넘어뜨리고는 발길로 방문을 냅다 지르며 밖으로 뛰쳐나갔던 것이다.

그 며칠 동안이 가장 고비였던 모양으로, 그 뒤부터는 어머니의 기침이 터뜨려지는 것을 보기만 하면, 나는 그녀의 '봉수야, 날 죽여다오.' 를 기다리지 않고, 미리(그때는 대개 옥란이 이미 나와 어머니 사이를 가로막듯 하고 나타나 있게 마련이기도 했지만) 방문을 박

차고 밖으로 나와버릴 수 있었다.

이렇게 내가 미리 자리를 피할 수만 있다면 다행이나 그렇지 못할 경우도 얼마든지 생각할 수 있었다. 여기서 먼저 우리 집 구조를 한마디 소개하자면, 부끄러운 얘기지만, 세 평 남짓되는(그러니까 꽤 넓은 편이긴 한) 방 하나에 부엌과 헛간이 양쪽으로 각각 붙어 있을 뿐이었다. 따라서 우리 세 식구는 자고, 먹고 하는 일에 방 하나를 같이 써야 하게 되어 있었다. 그러므로 전날 술을 좀 과히 마셨다거나 몸이 개운치 못하다거나 할 때에도 내가 과연 그렇게 까치 소리를 신호로 얼른 자리를 뜰 수 있게 될진 아무도 장담할 수 없는 일이었다.

여기다 또 한 가지 해괴한 일은 어머니의 기침이 멎어짐과 동시 나의 흥분이 가라앉으면, 나는 어느덧 조금 전에 내가 겪은 그 무서운 충동에 대하여 내 자신이 반신 반의를 일으킨다는 사실이다. 나는 왜 그러한 충동에 사로잡히게 되었던가, 그것은 정말이었을까, 어쩌면 나의 환각이나 정신 착란 같은 것이 아닐까, 적어도 나에겐 이러한 의문이 치미는 것이다.

그런대로 까치 소리와 어머니의 기침은 하루도 쉬는 날이 없었고, 그럴 때마다 나는 대개 방문을 차고 나오는 데 성공한 셈이다.

그러나 방문을 박차고 나온다고 해서 나의 흥분이 감쪽같이 사라져 버리느냐 하면 물론 그렇지는 않았다. 방문 밖에서, 어머니의 까무러치는 소리를 듣는 것이 방 안에서 직접 보는 것보다도 더 견딜 수 없이 사지가 부르르 떨릴 때도 있었다. 다만 방 안에서처럼 눈앞에 어머니가 있는 것은 아니니까 당장 목을 누르려고 달려들 걱정만이 덜어질 뿐이었다.

그 대신 검둥이(우리 집 개 이름)를 까닭 없이 걸어찬다거나 울타리에 붙여 세워둔 바지랑대를 분질러놓는 일이 가끔 생겼다.

어저께는 동네 안 주막에서 술을 마시다가 술잔을 떨어뜨려 깨었다. 그때 마침 술도 얼근히 돌아 있었고, 상대자에 대한 불쾌감도 곁들어 있긴 했지만 의식적으로 술잔을 깨뜨릴 생각은 전혀 없었고 또 그렇게 해서 좋을 계제도 결코 아니었던 것이다. 그런데 마침 까작까작 하는 저녁 까치 소리가 들려오자 갑자기 피가 머리로 확 올라가며 사지가 부르르 떨리더니 손에 잡고 있던 잔을 (술이 담긴 채) 철꺽 떨어뜨려 버린 것이다. 아니 떨어뜨렸다기보다 메어쳤다고 하는 편이 옳을지 모른다. 그렇지 않고서야 마루 위에 떨어진 하얀 사기 잔이 아무리 막걸리를 하나 가득 담고 있었다고는 할망정 그렇게 가운데가 짝 갈라질 수 있겠느냐 말이다.

지금까지 나는 내 자신의 일에 대하여 '내 자신도 잘 모르겠다.'고 몇 번이나 되풀이했지만 이것은 결코 발뺌이나 책임 회피를 위한 전제가 아니다. 그래서 나는 우선 내 자신이 어떻게 해서 어머니의 기침에 말려들게 되었는지 그 전후 경위를 있는 그대로 적어보려고 한다.

여기서 미리 고백하거니와 나는 한번도 어머니를 미워한 적은 없었다. 그렇다고 집에 돌아온 뒤 날이 갈수록 어머니가 더 측은해지고 견딜 수 없이 불쌍해졌다는 것도 아니다. 다만 '봉수야 날 죽여다오.' 가 처음 생각했던 것처럼 그냥 고통을 못 이겨 울부짖는 넋두리만은 아니라고 차츰 깨닫게 되었던 것은 사실이다. 그것은,

"내가 죽고 없어야 옥란이도 시집을 가고 네도 색시를 데려오지."

하는 어머니의 (가끔 토해 놓는) 넋두리가 어쩌면 아주 언턱거리 없는 하소연만은 아니라고 생각하기 시작했을 때부터다. 옥란의 말을 들으면 (내가 군에 가고 없을 때) 위뜸의 장 생원댁에서 옥란을 며느리로 달래는 것을, 옥란이 자신이 내세운 '오빠가 군에서 돌아올

때까지는' 이라는 이유로 거절 아닌 거절을 한 셈이지만, 누구 하나 돌볼 이도 없는 병든 어머니를 혼자 두고 어떻게 시집 갈 생각인들 낼 수 있었겠냐는 것이 그녀의 실토였다. 뿐만 아니라, 정순이가 나(봉수)를 기다리지 않고 상호(相浩)와 결혼을 해버린 것도 아무리 기다려봐야 너한테 돌아올 거라고는, 주야로 기침만 콜록거리고 누워 있는 천만쟁이(어머니) 하나뿐이라는 그의 꼬임수에 넘어갔기 때문이라는 것이다. 상호는 내가 이미 전사를 했다면서, 그 증거로 전사 통지서라는 것까지 (가짜로 꾸며서) 정순에게 내어 보이며 결혼을 강요했다는 것이다.

이것이 사실이라면 정순이는 상호의 '꼬임수' 에 넘어간 것이 아니라, 바로 속임수에 넘어간 것이 된다. 다시 말하자면 '주야로 기침만 콜록거리고 누워 있는 천만쟁이' 보다도 나의 전사 통지서 때문이라는 편이 옳을 테니까 말이다. 그러니까 정순이를 놓친 원인이 반드시 어머니에게 있는 것은 아니라는 말이 된다.

따라서 나도 어머니의 넋두리를 곧이곧대로 듣는 것은 아니다. 그러나 나의 그 '알 수 없는' 야릇한 흥분에 정순이가(그리고 상호가) 전혀 관련되지 않는다고 할 수도 없다.

하여간 나는 여기서 그 경위를 처음부터 얘기할 차례가 된 것 같다.

내가 군에서 (명예 제대를 하고) 돌아왔을 때,——그렇다, 나는 내가 첨으로 집에 돌아왔을 때부터 얘기하는 것이 순서일 것 같다. 그러니까 내가 우리 동네에 들어서면서부터의 이야기가 된다. 그렇다, 내가 우리 동네 어귀에 들어섰을 때 제일 먼저 내 눈에 비친 것은 저 두 그루의 늙은 회나무였다. 저 늙은 회나무를 바라보자 비로소 나는 내가 고향에 돌아왔다는 실감이 들었던 것이다. 저 볼 모양도 없는 시꺼먼 늙은 두 그루의 회나무, 그것이 왜 그렇게도 그리웠을까. 그것이 어머니와 옥란이와 정순이 들에게 대한 기억을 곁들이고 있었기 때문이었을까. 아니, 그것이 고향이 가진 모든 것을 상징하고 있었기 때문일까.

──오오, 늙은 회나무여, 내 마을이여, 우리 어머니와 옥란이와 그리고 정순이도 잘 있느냐.

나는 회나무를 바라보며 느닷없는 감회에 잠긴 채 시인 같은 영탄을 맘속으로 외치며 동네 가운데로 들어섰던 것이다.

나는 지금 '어머니와 옥란이와 그리고 정순이'라고 했지만, 사실은 정순이와 어머니와 옥란이라고 차례를 바꾸고 싶은 것이 나의 솔직한 심정이었을지도 모른다. 왜 그러냐 하면, 내가 그렇게 살아서 고향으로 돌아올 수 있은 것은 오로지 정순이에 대한 그리움 하나 때문이라고 해도 좋았기 때문이었다. 이렇게 말하면 나는 돌아가신 아버지와 병들어 누워 있는 어머니에 대한 불효자요, 가련한 누이동생에 대한 배신자같이도 들릴지 모르지만, 나로 하여금 그 마련된 죽음에서 탈출케 한 것은 정순이라는 사실을 나는 의심할 수 없는 것이다.

그러나 그 '마련된 죽음'과 거기서의 '탈출' 이야기는 다음으로 미루자.

하여간 나는, 나를 구세주와도 같이 기다리고 있는 어머니와 누이동생들 앞에 나타났다.

내가 동네 복판의 회나무 밑의 우물가로 돌아왔을 때, 우물 앞에서 보리쌀을 씻고 있던 옥란이가 먼저 나를 발견하고, 처음 한참 동안은 정신 나간 사람처럼 멀거니 나를 바라보고 있더니 다음 순간 그녀는 부끄럼도 잊은 듯한 큰 소리로 '오빠'를 부르며 달려와 내 품에 얼굴을 묻으며 흐느껴 울었던 것이다. 일 년 반 동안에 완전히 처녀가 된, 그리고 놀라리만큼 아름다워진 그녀를 나는 거의 무감각한 사람처럼 물끄러미 내려다보고 서 있었다. 어쩌면 이다지도 깨끗한 처녀가 거지 꼴이 완연한 초라한 군복 차림의 나를 조그마한 거리낌도 꾸밈도 없이 마구 쏟아지는 눈물로써 이렇게 반겨준단 말인가. 동기! 아, 그렇다. 그녀는 나의 누이동생이었던 것이다. 나는 그때같이 옥란의 행복을 빌어주고 싶은 강렬한 충동을 느껴본 적은 일찍이 없었다.

나는 옥란을 따라 집 안에 들어섰다. 횅댕그렁하게 비어 있는 뜰! 처음부터 무슨 곡식 가마라도 포개져 있으리라고 예상했던 것은 아니지만, 나는 이때같이 우리 집의 가난에 오한을 느껴본 적도 없었다.

"엄마, 오빠야!"

옥란은 자랑스럽게 방문을 열었다.

어머니는 놀란 듯이 자리에서 상체를 일으켰다. 주름살과 꺼풀뿐인 얼굴은 두 눈만 살아 있는 듯, 야릇한 광채를 내며 나를 쏘아보았다. 그러나 기침이 터뜨려질 것을 저어하는 듯, 입은 반쯤 열린 채 말도 없이, 한쪽 손을 가슴에 갖다 대고 있었다.

"어머니!"

나는 군대 백(카키빛의)을 방구석에 밀쳐둔 채, 무릎을 꿇고 절을 했다.

그동안 어떻게 지냈냐든가, 기침병이 좀 어떠냐든가, 하는 따위 인사말도 나는 물어보고 싶지 않았던 것이다. 눈에 뻔히 보이지 않느냐 말이다. 병과 가난과 고독과 절망에 지질린 몰골!

"구, 군대선 어땠냐? 배는 많이 고, 곯잖았냐?"

어머니는 가래가 걸려서 그르렁거리는 목소리로 띄엄띄엄 이렇게 물었다.

그러나 나는 그녀의 묻는 말엔 아무런 대꾸도 없이, 성이 난 듯한

뚱한 얼굴로 맞은편 바람벽만 멀거니 건너다보고 있었다.

——나는 어머니에게 무엇을 가지고 돌아왔단 말이냐. 어머니가 낳아서 길러준 온전한 육신을 그대로 가지고 왔단 말이냐. 그녀의 병을 치료할 만한 돈이라도 품에 넣고 왔단 말이냐. 하다못해 옥란이를 잠깐 기쁘게 해줄 만한 무색 고무신이나마 한 켤레 넣고 왔단 말인가. 그녀들은 모르는 것이다. 내가 그녀들을 위해서 돌아오지 않았다는 것을. 내가 정순이를 위해서, 아니, 정순이와 나의 사랑을 위해서, 군대를 속이고, 국가를 배신하고, 나의 목숨을 소매치기해서 돌아왔다는 것을 그녀들이 알 리 없는 것이다.

"엄마, 또 기침 날라, 자리에 누우세요."

옥란이는 어머니의 상반신을 안다시피 하여 자리에 눕혔다.

"오빠도 오느라고 고단할 텐데 잠깐 누워요. 내 곧 밥 지어 올게."

옥란은 나를 돌아다보며 이렇게 말할 때도, 방구석에 밀쳐둔 군대 백엔 우정 외면을 하는 듯했다. 그것은 역시 너무 지나친 기대를 그 백 속에 걸고 있기 때문일 것이라고 나에게는 헤아려졌다.

나는 백을 끄르기로 했다. 옥란이로 하여금 너무 긴 시간, 거기다 기대를 걸어두게 하기가 미안했기 때문이었다.

"이건 내가 쓰던 담요와 군복."

나는 백을 열고, 담요와 헌 군복을 끄집어내었다. 그러고는 내복도 한 벌, 그러자 백은 이내 배가 홀쭉해져 버렸다. 남은 것은 레이션 상자에서 얻어진(남겨두었던) 초콜릿 두 갑, 껌 두 통, 건빵과 통조림이 두세 개씩, 그러고는 병원에서 나올 때, 동료에게서 선사받은 카키빛 장갑(미군용)이 한 켤레였다. 나는 이런 것을 방바닥 위에다 쏟아놓았다.

그러나 백 속에는 아직도 한 가지 남아 있었다. 그것은 포장지에 싸여 있었다. 나는 그것만은 옥란에게도 끌러 보이지 않았다. 그 속에 든 것은 여자용 빨강빛 스웨터요, 내가 군색한 여비 중에서 떼내어 손수 산 것은 이것 하나뿐이란 말도 물론 하지 않았다. 뿐만 아니라 나는 방바닥에 쏟아놓았던 물건 중에서도 초콜릿 한 갑과 껌한 통을 도로 백 속에 집어넣으며,

"이것뿐야. 통조림은 따서 어머니께 드리고 너도 먹어봐. 그리고 이것 모두 너한테 소용되는 거면 다 가져."

했다.

"……."

옥란은 처음부터 말없이 내 얼굴만 가만히 바라보고 있었다. 그것은 나를 원망하는 눈이기보다는 무엇에 겁을 집어먹은 듯한 표정이었다.

"아무것도 없지만…… 넌 나를 이해해 주겠지?"

"아냐, 오빠, 난 괜찮지만……."

옥란은 무슨 말을 하려다 말고 끝도 맺지 않은 채 방문을 열고 나가버렸다.

——역시 토라진 거로구나. 정순이한테만 무언지 굉장히 좋은 걸 준다고 불평이겠지. 그래서 '난 괜찮지만' 하고 어머니를 내세우겠지. '난 괜찮지만' 어머니까지 무시하고 정순만 생각하기냐 하는 속이겠지.

나는 방바닥에 쏟아놓은 물건들을 어머니 앞으로 밀쳐두고, 접어진 담요(백에서 끄집어낸)를 베개하여 허리를 펴고 누웠다. 그녀가 섭섭해하는 것도 무리가 아니지만, 나로서도 하는 수 없는 일이었다고 체념할 수밖에 없었다.

점심 겸 저녁으로, 해가 설핏할 때 식사를 마치자 나는 종이로 싼것(스웨터)과 초콜릿을 양복 주머니에 넣고 밖으로 나왔다.

"오빠, 잠깐."

부엌에서 설거지를 하고 있던 옥란이 나를 불러 세웠다.

"정순 언닌……."

옥란은 이렇게 말을 시작해 놓고는 얼른 뒤를 잇지 못했다.

순간, 나는 어떤 불길한 예감이 확 들었다. 그것은 내가 집에 돌아온지 꽤 여러 시간 되는 동안 그녀의 입에서 한 번도 정순이 얘기가 나오지 않고 있었기 때문인지도 몰랐다.

"……?"

"결혼했어."

"뭐? 뭐라고?"

당장 상대자를 집어삼킬 듯한 나의 험악한 표정에, 옥란은 질린 듯 한참 동안 말문이 막힌 채 망설이고 있더니 어차피 맞을 매라고 결심을 했는지,

"숙이 오빠하구……."

드디어 끝을 맺는다.

"뭐? 숙이라고? 상호 말이냐?"

"……."

옥란은 두 눈을 크게 뜬 채 나의 얼굴을 똑바로 지켜보며 고개를 한 번 끄덕인다.

"그렇지만 정순이 어떻게……."

나는 무슨 말인지 나 자신도 모르게 이렇게 중얼거리다 입을 닫아버렸다.

옥란이 안타까운 듯이 다시 입을 열었다.

"숙이 오빠가 속였대. 오빠가 죽었다고……."

"뭐? 내가 주, 죽었다고?"

나는 떨리는 목소리로 이렇게 다짐해 물으면서도, 일방, 아아, 그

렇지, 그건 어쩌면 정말일 수도 있었다. 이렇게 속으로 자기 자신을 조롱하고 싶은 충동을 느끼기도 했다.

"오빠가 전사를 했다고, 무슨 통지서래나 그런 것까지 갖다 뵈더래나."

옥란도 이미 분을 참지 못하는 목소리였다.

순간, 나는 눈앞이 팽그르르 돌아감을 느꼈다. 그때 만약 상호가 내 앞에 있었다면 나는 틀림없이, 당장에 달려들어 그의 목을 졸라 죽였을 것이다. 다음 순간, 나는 어디로 누구를 찾아간다는 의식도 없이 삽짝 쪽으로 부리나케 뛰어나갔다. 그러나 삽짝 앞 좁은 골목에서 큰 골목(회나무가 있는)으로 접어들자 나는 갑자기 발길을 우뚝 멈추고 섰다. 그와 거의 동시, 누가 내 팔을 잡았다. 옥란이었다. 그녀는 나의 뒤를 따라오고 있었던 모양이었다.

"오빠, 들어가."

그녀는 내 팔을 가볍게 끌었다.

나는 흡사 넋 나간 몸뚱어리뿐인 듯한 내 자신을 그녀에게 맡기다시피 하며 그녀가 끄는 대로 집을 향해 돌아섰다. 돌아서지 않으면 어쩐단 말인가. 내가 그녀를 뿌리칠 수 있다면 그것은 무슨 이유와 목적에서일까. 그렇다, 나에게는 그녀의 손길을 뿌리칠 수 있는 아무런 이유도 목적도 없었다. 내가 없어진 거와 마찬가지였다. '내' 가 있었다면 나는 무엇을 생각하고 무엇을 행동했을까. 그랬을 것이다. 그렇다. '내' 가 없었기 때문에 나는 나를 가련한 옥란에게 맡길 수밖에 없었던 것이다.

나는 옥란이 시키는 대로 방에 들어와 누웠다. 아랫목 쪽에는 어머니가, 윗목 쪽에는 내가. 이렇게 우리는 각각 벽을 향해 돌아누워 있었다. 나는 흡사 잠이나 청하는 사람처럼 눈까지 감고 있었지만 물론 잠 같은 것이 올 리 만무했다.

해가 지고, 어스름이 짙어지고, 바람이 좀 불기 시작했다. 설거지를 마친 옥란이 물을 두어 번 길어 왔고……. 나는 눈을 감고 벽을 향해 누운 채 이런 것을 전부 알고 있었다.

저녁 까치가 까작까작까작까작 울어왔다. 어머니가 자리에서 몸을 일으키며 기침을 터뜨리기 시작했다.(나는 물론 그때만 해도 까치 소리는 까치 소리대로 회나무 위에서 나고, 어머니의 기침은 기침대로 방 안에서 터뜨려졌을 뿐이요, 때를 같이(전후)한대서 양자 사이에 무슨 관련이 있다고는 전혀 상상도 할 수 없었던 것이다.)

나는 어머니의 그 길고도 모진 기침이 끝날 때까지 그냥 벽을 향해 누운 채, '오오, 하느님!', '봉수야, 날 죽여다오' 하는 소리까지 다 들은 뒤에야 자리에서 몸을 일으켰다. 그러나 어머니의 등을 쓸어준다거나 위로의 말 한마디를 건네보지도 못한 채 그냥 방문을 밀고 밖으로 나왔다.

밖은 완전히 어두워져 있었다. 집 앞의 가죽나무 위엔 별까지 파랗게 돋아나 있었다.

내가 막 삽짝 밖을 나왔을 때였다. 담장 앞에서 다른 동무와 무엇을 소곤거리고 있던 옥란이 또 나를 불러 세웠다.

"오빠 어딜 가?"

"……."

나는 그냥 고개만 위로 끄떡 젖혀 보였다.

그러자 옥란은 내 속을 알아채었는지 어쩐지,

"얘가 영숙야."

하고 자기 앞에 서 있는 처녀를 턱으로 가리켰다.

──영숙이가 누구더라?

하는 생각이 내 머릿속을 잠깐 스쳐갔을 뿐, 나는 거의 아무런 관심도 없이 그냥 발길을 돌리려 했다. 그러나 이와 같은 순간에, 영숙

이 나를 향해 몸을 돌리며 머리를 푹 수그려 공손스레 절을 하지 않
는가. 날씬한 허리에 갸름한 얼굴에, 옥란이보다도 두어 살 아래일
듯한 소녀였다.

——쟤가 누구더라?

나는 또 한 번 이런 생각을 하며, 역시 입은 열지도 않은 채 그냥
발길을 돌리려 하는데,

"오빠 아직 면에서 안 돌아왔어요."

하는 소녀의 목소리였다.

순간, 나는 이 소녀가 바로 상호의 누이동생이란 것을 깨달았다.

——내가 군에 갈 때만 해도 나를 몹시 따르던 달걀같이 매끈하고
갸름하게 생긴 영숙이. 지금은 고등학교 이삼학년쯤 다니겠지.

나는 이런 생각을 하며 소녀를 한참 바라보고 섰다가 역시 그냥
발길을 돌리고 말았다.

"오빠, 영숙이한테 얘기해 줄 거 없어?"

——그렇다, 달걀같이 뽀얗고 갸름하게 생긴 소녀. 그녀는 정순이
나 옥란이를 그때부터 언니 언니하고 지냈지만, 그보다도 나를 덮
어놓고 따르던, 상호네 식구답지 않던 애. 그리고 지금도, 내가 군
에서 돌아왔단 말을 듣고, 기쁨을 못 이겨 찾아왔겠지만, 그러나 나
는 무슨 말을 그녀에게 할 수 있단 말인가?

나는 그냥 돌아서 버리려다,

"오빠 들옴 나 좀 만나잔다고 전해 주겠어?"

겨우 이렇게 인사 땜을 했다.

"그렇잖아도 올 거예요."

영숙의 목소리는 조용하고 맑았다.

나는 '부엉뜸'으로 발길을 돌렸다. 옥란의 말을 의심하는 것은
아니지만 정순이 친정 사람들의 얘기를 직접 한번 들어보고자 했던

것이다.

정순이네 친정 사람들이라고 하면 물론 그 어머니와 오빠다.(아버지는 일찍이 죽고 없었다.) 그리고 오빠래야 정순이와는 나이 차가 많아서 거의 아버지같이 보였다.

나와 정순이는 약혼한 사이와 같이 되어 있었지만(우리 고장에서는 약혼식이란 것이 거의 없이 바로 결혼식을 가지기로 되어 있었다.), 나는 그를 형님이라고 부르지 않고 언제나 윤이 아버지라고만 불렀다.

윤이 아버지는 이날도 나를 반갑게 맞아주었으나 면구해서 그런지 정순이 말은 입 밖에 내비치지도 않은 채, 전쟁 이야기만 느닷없이 물어대었다.

나는 통 내키지 않는 얘기를 한두 마디씩 마지못해 대꾸하며 그가 따라주는 막걸리를 두 잔째 들이켜고 나서,

"근데 정순이는 어떻게 된 겁니까?"

이렇게 딱 잘라 물었다.

"그러니까 말일세."

그는 밑도 끝도 없는 말을 대답이랍시고 이렇게 한마디 던져놓고는,

"자 술이나 들게."

내 잔에다 다시 막걸리를 따라주었다.

"자네도 알다시피 내야 어디 술을 좋아하는가? 이런 거 한두 잔이믄 고작이지. 그런 걸 자네 대접한다고 이게 벌써 몇 잔째야? 자어서 들게, 자넨 멀쩡한데 나 먼저 취하면 되겠나?"

──정순이 일이 어떻게 된 거냐고 묻는데 웬 술 이야기가 이렇게 길단 말인가.

나는 또 한 번 같은 말을 되풀이해 물으려다 간신히 참고, 그 대

신, 그가 따라놓은 술잔을 들어 한숨에 내었다.

"자네야 동네가 다 아는 수재 아닌가? 지금이라도 서울만 가면 일등 대학에 돈 한푼 내지 않고 공부시켜 주는 거 뭐라더라? 장학상이든가? 그거 돼서 집에다 도루 돈 부쳐 보내가며 공부할 거 아닌가? 머리 좋고 인물 좋겠다, 군수 하나쯤야 떼논 당상이지. 대통령이 부럽겠나 장관이 부럽겠나. 그까진 시골 처녀 하나가 문젠가? 자네 같은 사람한테 딸 안 주고 누구 주겠나, 응? 우리 정순이 같은 게 문젠가? 그보다 몇 곱절 으리으리한 서울 처녀들이 자네한테 시집 오고 싶어서 목을 매달 겐데……. 그렇잖나? 내 말이 틀렸는가?"

나는 그의 느닷없이 지루하기만 한 말을 더 듣고 있을 수가 없어,

"그런데 정순이는 어떻게 된 겁니까?"

먼저와 같은 질문을 다시 한번 되풀이할 수밖에 없었다.

"정순이는 상호한테 갔지. 갔어. 상호 같은 자야 정순이한테나 어울리지. 그렇잖나? 자네는 다르지. 자네야 그때부터 이 고을에선 어떤 처녀든지 골라잡을 만치, 머리 좋고, 인물 좋고, 행실 착하고……, 유명한 사람이 아닌가?"

"그게 아니잖아요?"

나는 상반신을 부르르 떨며 겨우 이렇게 항의를 했다.

내 목소리가 여느 때와 다른 것을 깨달았는지 그도 이번엔 말을 그치고, 얼굴을 잠깐 바라보고 있더니 다시 말을 이었다.

"사실은 자네가 전사를 했다기에 그렇게 된 걸세. 지나간 일 가지고 자꾸 말하든 무슨 소용 있겠는가. 참게, 자네가 이렇게 살아올 줄 알았으먼야……. 다 팔자라고 생각하게."

"그렇지만 정순이가 그렇게 쉽사리 속아넘어가진 않았을 텐데……."

"여부가 있나. 정순이야 끝까지 버텼지만 상호가 재주껏 했겠지.

나도 권했고…… 헐 수 있나? 하루바삐 잊어버리는 편이 차라리 날 줄 알았지. 저도 그렇게 알구 간 거고…….”

“알겠습니다.”

나는 곧 자리에서 일어나버렸다.

윤이 아버지는 깜짝 놀란 듯이 따라 일어나며,

“이 사람아, 그러지 말고 좀 앉게. 천천히 술이라도 들며 얘기라도 더 나누다 가세.”

나는 그의 간곡한 만류도 듣지 않고 그대로 돌아오고 말았다.

상호는 출장을 핑계로, 내가 돌아온 지 일주일이 되도록 나타나지 않았다. 직접 그의 집으로 찾아가면 출장을 가서 돌아오지 않았다는 것이나, 주막에 나가 알아보니, 면(사무소)에서는 만난 사람이 있다는 것이었다. 그렇다고 내가 직접 면으로 찾아가서 그의 출장 여부를 알아보기도 난처한 점이 많았다.

그러자 그가 출장을 간 것이 아니라, 면에는 출근을 하되 자기 집으로 돌아오질 않고 읍내에 있는 그의 고모 집에 묵고 있으면서 어쩌다 밤중에나 몰래 (집엘) 다녀가곤 한다는 소문이 들려왔다. 그 무렵 나는 그를 만나기 위하여 동구에 있는 주막에 늘 나가 있었기 때문에 여러 가지 정보를 들을 수 있었던 것이다.

하루는 내가 주막 앞에 앉아 장기를 두고 있는데 저쪽에서 상호가 자전거를 타고 오는 것이 보였다.(그것도 당장 그렇게 알아본 것이 아니고, 술꾼 하나가 저게 상호 아닌가 하고 귀띔을 해줘서 돌아다 보니 바로 그였던 것이다.)

나는 장기를 놓고 길 가운데 나가 섰다. 그가 혹시 모른 체하고 자전거를 달려 주막 앞을 지나쳐버리지나 않을까 해서였다.

나는 길 가운데 버텨 선 채 잠자코 손을 들었다.

그도 이 날은 각오를 했는지 순순히 자전거에서 내리며,

"아, 이거 누구야? 봉수 아닌가?"

자못 반가운 듯이 큰 소리로 내 손까지 덥석 잡았다.

──나야, 봉수야.

나는 그러나 입 밖에 내어 대답하진 않았다.

"언제 왔어?"

──정말로 출장을 갔다 지금 돌아오는 길인가?

이것도 물론 입 밖에 내어 물은 것은 아니다.

"하여간 반갑네. 자, 들어가지, 들어가 막걸리나 한잔 같이 드세."

그는 자전거를 세우고 술청으로 올라서자 주인(주모)을 보고 술
상을 부탁했다.

나는 그의 대접을 받고 싶진 않았지만, 그런 건 아무러나 중요한
문제가 아니라고 생각하고 일단 그가 하는 대로 내버려두고 보기로
했다.

주막에 있던 사람들이 모두 우리에게 시선을 쏟았다. 그것은 그
들이 우리의 관계를 알고 있기 때문인 듯했다. 따라서 나는 될 수
있는 대로 내 자신을 달래며, 흥분하지 않으리라 결심했다.

"자, 들게, 이렇게 보니 무어라고 할 말이 없네."

상호는 나에게 술을 권하며 이렇게 말을 건넸다.

'할 말이 없네.' ──이 말을 나는 어떻게 들어야 할까. 이것은 미
안하단 말일까. 그렇지 않으면 뭐라고 말할 수도 없이 반갑단 뜻일
까. 물론 반가울 리야 없겠지만, 옛친구니까 반가운 체할 수도 있을
것이다.

나는 그가 권하는 대로 잠자코 술잔을 들었다. 물론 맘속으로 좀
꺼림칙하긴 했으나 그것과는 전혀 별문제란 생각에서 일단 술을 들
수밖에 없었던 것이다.

얼마나 고생을 했는가, 주로 어느 전선에서 싸웠는가, 중공군의 인해전술이란 실지로 어떤 것인가, 이북군의 사기는 어떤가, 식사 같은 건 들리는 말같이 비참하지 않던가, 미군들의 전의(戰意)는 어느 정도인가, 그들은 결국 우리를 포기하지 않을 것인가…… 그의 질문은 쉴 새 없이 계속되었으나, 나는 그저, 글쎄, 아냐, 잘 모르겠어, 잊어버렸어, 그저 그렇지, 따위로 응수를 했을 뿐이다. 나는 그가 돈을 쓰고 징병을 기피했다고 이미 듣고 있었기 때문에 그와 더불어 전쟁 얘기를 하기는 더구나 싫었던 것이다.

그러는 중에서도 술잔은 부지런히 비워 냈다. 나도 그동안 군에서 워낙 험하게 지냈기 때문에 막걸리쯤은 여간 먹어 낭패 볼 정도론 취할 것 같지 않았지만, 상호도 면에 다니면서 제 말마따나 늘은 게 술뿐인지, 막걸리엔 꽤 익숙해 보였다.

"그동안 주소만 알았대도 위문 편지라도 보냈을 겐데 참 미안하게 됐어."

——그렇다, 주소를 몰랐다는 것은 정말일 것이다. 내가 소속된 부대는 한군데 오래 주둔해 있지 않고 늘 이동했으니까 말이다. 그러나 위문 편지가 문제란 말이냐.

나는 이런 말을 혼자 속으로 삭이며 또 잔을 내었다.

내가 속으로 무엇을 생각하고 있는지를 전혀 알 리 없는 그는 다시 말을 계속했다.

"영숙이가 말야, 자네 기억하지, 우리 영숙이 말야, 정말 그게 벌써 고삼이야, 자네한테 위문 편질 보내겠다고 나더러 주솔 가리켜 달라지 뭐야. 헌데 나도 모르니까, 옥란이한테 가서 물어오라고 했더니, 옥란이 언니도 모른다더라고 여간 안타까워하지 않데."

——그렇지, 영숙인 물론 너보다 나은 아이다. 그러나 영숙이가 무슨 관계냐 말이다. 영숙이보다 몇 곱절 관계가 깊은 정순이 문제

는 덮어놓고 왜 영숙이는 끄집어내냐 말이다.

나는 또 술잔을 내면서, 이제 이쯤 됐으니, 내 쪽에서 말을 끌어 낼 수밖에 없다고 생각했다.

"정순이 말일세. 어떻게 된 건지 간단히 말해 줄 수 없겠는가?"

나는 두 눈을 크게 뜨고 그를 정면으로 바라보며, 그러나 한껏 부드러운 목소리로 이렇게 입을 떼었다.

상호는 들고 있던 술잔을 상 위에 도로 놓으며 고개를 푹 수그렸다. 그러고는 간단히 한숨을 짓고 나더니,

"여러 말 할 게 있는가. 내가 죽일 놈이지. 용서하게."

뜻밖에도 순순히 나왔다. 이럴 때야말로 술이 참 좋은 음식이란 생각이 들었다. 그와 나는 한동네에서 같이 자랐으며, 국민학교에서 고등학교까지 동창이었기 때문에 우리는 서로 상대자의 성격이나 사람됨을 잘 알고 있는 편이다. 그는 나보다 가정적으로 훨씬 유여했지만 워낙 공부가 싫어서 고등학교까지를 간신히 마치자 면서기가 되었고, 나는 그와 반대로 줄곧 우등에다 장학금으로 대학까지 갈 수 있게 되어 있었지만, 내가 그에게 친구로서의 신의를 잃은 일은 없었고, 또, 그가 여간 잘못했을 때라도, 솔직하게 용서를 빌면 언제나 양보를 해주곤 했던 것이다. 이러한 과거의 우정과 나의 성격을 알고 있는 그는 정순이 문제도 이렇게 해서 용서를 빌면 내가 전과 같이 양해를 할 것이라고 딴은 믿고 있는 겐지 몰랐다. 그러나 이것만은 문제가 달랐다.

"자네가 그렇게 나오니 나도 더 여러 말을 하지 않겠네. 그러나 이것은 자네의 처사를 승인한다거나 양해를 한다는 뜻이 아닐세. 그건 그렇다 하고, 나도 내 태도를 결정하기 위해서 자네하고 상의할 일이 있어 그러네."

"……?"

그는 내 말뜻을 잘 이해할 수 없다는 듯이 고개를 들어 내 얼굴을 유심히 바라보았다.

나는 다시 말을 이었다.

"간단히 말할게. 정순이를 한번 만나봐야 되겠어. 이에 대해서 자네의 협력을 구하는 걸세."

나는 말을 마치자 불이 뿜어지는 듯한 두 눈으로 상호를 쏘아보았다.

그는 역시 말뜻을 알아듣지 못하는 사람처럼 멍하니 마주 바라보고 있다가 시선을 아래로 떨어뜨려버렸다.

"……."

"대답을 주게."

내가 단호한 어조로 답변을 요구했다.

그는 겁에 질린 사람처럼 나의 눈치를 살펴가며 천천히 고개를 들더니,

"안 된다면?"

떨리는 목소리로 물었다.

"그것은 자네 상상에 맡기겠네. 어차피 결말은 자네 자신이 보게 될 것이니까. 다만 자네를 위해서 말해 주고 싶은 것은 자네같이 안온한 일생을 보낼려는 사람이라면 극단적인 행동은 피하는 것이 좋을 걸세."

"자넨 나를 협박하는 셈인가?"

상호는 갑자기 반격할 자세를 취해 보는 모양이었다.

"……."

나는 눈썹 하나 움직이지 않고 그를 한참 동안 묵묵히 바라보고 있었다. 그리하여 먼저보다도 더 부드럽고 더 낮은 목소리로 다시 입을 열기 시작했다.

"나는 지금 자네에게 어떤 형식으로든지 보복을 한다거나, 어떤 유감이나 감정 같은 것을 품어본다거나 그런 것은 단연코 없네. 이 점은 나를 믿어주어도 좋아."

"그렇다면……?"

"내가 정순이를 한번 만나보겠다는 것은 자네에 대한 복수라든가 원한이라든가 그런 것과는 아무런 상관도 없는 문젤세. 아까도 말하지 않던가, '그건 그렇다 하고' 라고. 과거지사는 과거지사대로 불문에 붙이겠다는 뜻일세."

"그렇다면 꼭 정순이를 만나봐야 할 이유도 없지 않은가?"

"내가 과거지사를 불문에 붙이겠다는 것은 자네와 정순이의 관계에 대해서 하는 말일세. 나와 정순이의 관계나 내 자신의 과거를 모조리 불문에 붙이겠다는 뜻이 아닐세. 나는 정순이와 맺은 언약이 있기 때문에 정순이가 살아 있는 한 정순이를 만나봐야 할 의무가 있는 거야."

"그동안에 결혼을 해서, 남의 아내가 되고, 애기 어머니가 돼 있어도 말인가?"

"물론이지. 남의 아내가 돼 있든지, 남의 노예가 돼 있든지, 내가 없는 동안, 내가 모르는 사이에 생긴 일은 불문에 붙인다는 뜻일세."

여기서 상호는 자기대로 무엇을 이해하겠다는 듯이 고개를 두어 번 주억거리고 나더니,

"자넨 너무 현실을 무시하잖아?"

이렇게 물었으나 그것은 시비조라기보다 오히려 어떤 애원 같은 것이 서려 있었다.

"현실? 그렇지, 자넨 아직, 전장엘 다녀오지 않았기 때문에 그런 말을 하고 있는 거야. 자, 보게, 이게 현실인가 아닌가?"

나는 그의 앞에 나의 바른손을 내밀었다. 식지(食指)와 장지(長

指)가 뭉턱 잘리고 없는 보기도 흉한 검붉은 손이었다.

"자네는 내가 군에 가기 전의 내 손을 기억하고 있겠지. 지금 이 손은 현실인가 꿈인가?"

"참 그렇군. 아까부터 손을 다쳤구나 생각하고 있었지만, 손가락이 둘이나 달아났군. 그래서야 어디?"

"자넨 손가락 얘길 하고 있군. 나는 현실 얘기를 하는 거야. 손가락 두 개가 어떻단 말인가? 이까진 손가락 몇 개쯤이야 아무런들 어떤가? 현실이 문제지. 그렇잖은가? 그렇다, 정순이가 이미 결혼을 한 줄 알았다면 나는 이 손을 들고 돌아오진 않았을 거야. 자넨 역시 내가 손가락을 얘기하는 줄 알고 있겠지? 그나 그게 아니라네. 잘못 살아 돌아온 내 목숨을 처리할 현실이 없다네. 그래서 정순이를 만나야 되겠다는 걸세. 이왕 이 보기 흉한 손을 들고 돌아온 이상, 정순이를 만나지 않아서는 안 되네. 빨리 대답을 해주게."

"정 그렇다면 하루만 여유를 주게. 자네도 알다시피 나 혼자 결정할 문제도 아니겠고, 우선 당사자의 의사도 들어봐야 하겠지만, 또, 부모님들이 뭐라고 할지, 시하에 있는 몸으로서는 부모님들의 의견을 전적으로 무시할 수도 없는 문제겠고, 그렇잖은가?"

나는 상호의 대답하는 내용이나 태도가 여간 아니꼽지 않았지만 지그시 참았다. 그를 상대로 하여 싸울 시기는 아니라고 헤아려졌기 때문이었다.

"내일 이 시간까지 알려주게, 정순이를 만날 수 있는 시간과 장소를……."

나는 씹어 뱉듯이 일러주고 자리에서 일어났다.

이튿날 저녁때 영숙이가 쪽지를 가지고 왔다.

작일(昨日)은 여러 가지로 군에게 실례되는 점이 많았다고 보네. 연(然)이나 군의 하해 같은 마음으로 두루 용서해 주리라 신(信)하며, 금야(今夜)에는 소찬이나마 제의 집에서 군을 초대하니 만사 제폐하고 필히 왕림해 주시기 복망(伏望)하노라.

죽마 고우 상호 서

내가 상호의 쪽지를 읽는 동안 툇마루에 걸터앉아 있던 영숙이, 발딱 일어나며,

"오빠가 꼭 모시고 오랬어요."

새하얀 얼굴에 미소를 짓는다.

"미안하지만 좀 기다려줘."

나는 영숙에게 이렇게 말한 뒤 옥란이를 불러서 종이와 연필을 내오라고 했다.

자네의 초대에 응할 수 없음을 유감으로 생각하네. 어저께 말한 대로 정순이를 만날 수 있는 시간과 장소를 내일 오전 중으로 다시 연락해 주게. 만약 정순이가 원한다면, 그때, 영숙이를 동반해도 무방하네.

봉수

내가 주는 쪽지를 받자 영숙은 공손스레 머리를 숙여 절을 하고 돌아갔다.

이튿날 저녁때에야 영숙이 다시 쪽지를 가지고 왔다. 오빠는 오전 중으로 전하라고 일러두고 갔지만, 자기가 학교에서 돌아온 시간이 늦기 때문에 이렇게 되었노라고, 영숙이 정말인지 꾸며댄 말인지 먼저 이렇게 변명을 늘어놓았다.

쪽지엔 역시 상호의 필치로 다음과 같이 적혀 있었다.

군의 회신(回信)은 잘 보았네. 연이나, 정순이 일간 친정에 근친 갈 기회가 도래하여 영숙이를 동반코 왕복케 할 계획이니 그리 양해하고, 그 시기는 다시 가매(家妹) 영숙을 시켜 통지할 것이니 그리 아시게.

상호 서

이틀 뒤가 일요일이었다.

영숙이 와서 언니가 친정엘 가는데 자기도 동반하게 되었노라고 옥란을 보고 넌지시 일러주는 것이었다. 나는 그녀가 왜 나에게 직접 말하지 않고 옥란을 통해 간접적으로 알리는지를 곧 이해할 수 있었기 때문에 더 묻지 않기로 했다. 그 대신 나는 옥란에게 그녀들이 떠나는 것을 보아서 나에게 알려주도록 부탁해 두고 오래간만에 이발소로 가서 귀밑까지 덮은 머리를 쳐냈다.

면도를 마친 뒤, 옥란의 연락을 받고 내가 '부엉뜸'으로 갔을 때는 점심때도 훨씬 지난 뒤였다.

내가 뜰에 들어서자, 장독대 앞에서 작약꽃을 만지고 있던 영숙이 먼저 나를 발견하고 아는 체를 하더니 곧 일어나 아랫방으로 들어가버렸다. 정순이 그 방에 있음을 알리는 모양이었다.

이윽고 방문이 열리더니 정순이, 아, 그 어느 꿈결에서 보던 설운 연꽃 같은 얼굴을 내밀었다. 순간, 나는 그녀가 무슨 옷을 입고, 얼굴의 어디가 어떻다는 것을 전혀 의식할 수 없었다. 다만 저것이 정순이다, 저것이 아, 설운 연꽃 같은 그것이다, 하는 섬광 같은 것이 가슴을 때리며, 전신의 피가 끓어오름을 느낄 뿐이었다. 나는 그 집 식구들에 대한 인사나 예의 같은 것도 잊어버린 채 정순이가 있는 방문 앞으로 걸어갔다. 그리하여 나는 방문 앞에 한참 동안 발이 얼어붙기라도 한 것 같이 우두커니 서 있었다.

정순은 곧 자리에서 일어났으나, 고개를 아래로 드리운 채 입을 열려고 하지 않았다. 영숙도 정순이를 따라 몸을 일으키긴 했으나, 요 며칠 동안 나에게 보여주던 그 친절과 미소도 가뭇없이, 이때만은 새침한 침묵에 잠겨 있을 뿐이었다.

나는 그녀들에게서, '들어오세요.' 를 기다릴 수 없다고 알자, 스스로, 신발을 벗고 방으로 들어갔다.

내가 방에 들어가도, 그리하여, 스스로 자리에 앉은 뒤에도, 그녀들은 더 깊이 얼굴을 수그린 채 그냥 서 있었다.

그러나 나는 실상, 그녀들이 서 있건 말건 그런 것보다는, 내 자신 갑자기 복받쳐 오르는 울음을 누르느라고 어깨를 들먹이며 고개를 아래로 곧장 수그리기에 여념이 없을 정도였다.

내가 간신히 고개를 들었을 땐 그녀들도 어느덧 자리에 앉은 뒤였다.

——이것은 분명히 꿈이 아니다. 나는 정순이를 보았다. 아니, 지금도 정순이는 바로 내 눈앞에 앉아 있지 않은가. 그렇다. 정순이다. 정순이다. 나는 이제 후회하지 않아도 된다.

이러한 울부짖음이 내 마음속을 지나가자 나는 비로소 이성을 돌이킬 듯했다. 나는 고개를 들었다. 그리하여 정순의 얼굴을 비로소 정면으로 바라보았다. 정순은 물론 고개를 수그리고 있었지만, 나는 그녀의 이마를 바라보는 것이라도 좋았다.

"정순이!"

내 목소리는 굵게 떨리어 나왔다.

"이것이 마지막이 될진 모르지만, 이 자리에서만이라도 옛날대로 부르겠어. 용서해 줘요. 영숙이도."

내가 여기까지 말했을 때, 나는 또 먼저와 같은 울음의 덩어리가 가슴에서 목구멍으로 치솟아 오름을 깨달았다. 나는 그것을 참느라고 이를 힘껏 악물었다. 울음의 덩어리는 목구멍을 몹시 훑으며 뜨거운 눈물이 되어 주르르 흘러내렸다. 소리를 내며 흐느껴지는 울음보다는 그것이 차라리 나았다. 나는 손수건을 내어 천천히 눈물을 훔친 뒤 다시 입을 열기 시작했다.

"내가 괴로운 것만치 정순이도 괴로울 거야. 내 이 못난 눈물을 보는 일이 말야. 그러나 내가 정순이를 만날려고 한 것은 이 추한 눈물을 보일려고 한 것이 아니야. 이건 없는 것으로 봐줘. 곧 거둬질 거야."

나는 담배를 꺼내어 불을 붙였다. 연기를 두어 모금이나 천천히 들이켜고 나서 다시 말을 시작했다.

"하긴 이 자리에 앉아 생각하니 내가 전선에서 생각했던 거와는 다르군. 이럴 줄 알았더면 이렇게 하지 않아도 좋았을 것을. 될 수 있는 대로 정순이를, 그리고 영숙이도 그렇겠지만, 너무 오래 괴롭히지 않기 위해서 내 얘기를 간단히 할게."

나는 이렇게 허두를 뗀 다음 내 바른손을 그녀들 앞에 내놓았다.

"이것 봐요. 이게 내 손이야. 식지와 장지가 문질러져 나가고 없잖아. 덕택으로 나는 제대가 돼 돌아온 거야. 이런 손을 갖고는 총을 쏠 수 없으니까. 그런데 말야. 이게 뭐 대단한 부상이라고 자랑하는 게 아냐. 팔다리를 송두리째 잃은 사람도 있고, 눈, 코, 귀 같은 것을 잃은 놈들도 얼마든지 있는데 이까진 거야 문제도 아니지. 아주 생명을 잃은 사람들은 또 별도로 하더라도. 그런데 내가 지금 와서 뼈아프게 후회하는 것은 역시 이 병신된 손 때문이야. 이건 실상 적에게 맞은 것이 아니고 내 자신이 조작한 부상이야. 살려고. 목숨만이라도 남겨 가지려고. 아아, 정순이, 요렇게 해서 지금 여기까지 달고 온 내 목숨이야."

　나는 얘기를 하는 동안에 내 자신도 걷잡을 수 없는 흥분에 사로잡힘을 깨달았다. 나는 다시 담배에 불을 붙인 뒤 한참 동안 고개를 수그리고 있었다.

　정순이와 영숙이도 먼저보다 훨씬 대담하게 고개를 들어 내 얼굴을 바라보곤 했다.

　나는 연기를 불고 나서 다시 이야기를 계속했다.

　"내가 소속된 부대는 ○○사단 ○○연대 수색 중대야. 수색 중대! 정순이는 이 말이 무엇인지를 모를 거야. 그 무렵의 전투 사단의 수색대라고 하면 거의 결사대라는 거와 다름이 없을 정도야. 한번 나가면 절반 이상이 죽고 돌아오는 것이 보통이야. 어떤 때는 전멸, 어떤 때는 두셋이 살아서 돌아오는 일도 흔히 있었어. 그러자니까 원칙적으로는 교대를 시켜줘야 하는 거지. 그런데 워낙 전투가 격렬하고 경험자가 부족하고 하니까 교대가 잘 안 되거든. 그 가운데서도 내가 특히 그랬어. 머리가 좋고 경험이 풍부하대나. 나중은 불사신이란 별명까지 붙이더군. 같이 나갔던 동료들이 거의 다 죽어 쓰러졌을 때도 나는 번번이 살아왔으니까. 얘기가 너무 길군. ……나는 생각했어. 정순이를 두고는 죽을 수 없는 몸이라고. 내가 번번이 죽지 않고 살아 돌아온 것도 정순이 때문이라고. 거기서 나는 결심을 했던 거야. 사람의 힘과 운이란 아무래도 한도가 있는 이상, 기적도 한두 번이지 결국은 죽고 말 것이 뻔한 노릇 아닌가. 위에서는 교대를 시켜주지 않으니까. 결국 죽을 때까진, 죽을 수밖에 없는 일을 몇 번이든지 되풀이해야 하는 내 자신의 위치랄까 운명이랄까 그런 걸 깨달은 거야. 거기서 나는 결심을 했어. 정순이를 두고는 죽을 수 없다고. 나는 내가 꼭 죽기로 마련되어 있는 운명을 내 손으로 헤쳐 나가야 한다고. ……이런 건 부질없는 얘기지만, 정순이! 나는 결코 죽음 그 자체가 두렵지는 않았어. 더구나 생사를 같이하던 전우가 곁에서 픽픽 쓰러지는 꼴을 헤아릴 수도 없이 경험한 내가 그토록 비겁할 수는 없었던 거야. 국가 민족이니, 정의, 인도니 하는 건 집어치고라도, 우선 분함과 고통을 견딜 수 없어서라도 얼마든지 죽고 싶었어. 죽어야 했어. 정순이가 아니더라면 물론 그랬을 거야."

나는 잠깐 이야기를 쉬었다.

정순이는 아까부터 벽에 이마를 댄 채 마구 흐느끼고 있었고, 영숙이도 손수건으로 두 눈을 가린 채 밖으로 달아나버렸던 것이다.

"그런데 어떤가. 돌아와 보니 정순이는 결혼을 했군. 나는 지금 정순이를 원망하려는 건 아냐. 상호의 속임수에 넘어갔다는 것도 듣고 있어."

"아녜요, 제가 바보예요, 제가 죽일 년이에요."

정순이는 높은 소리로 이렇게 외치며 또다시 흑흑 느껴 울었다.

"그런데 지금부터가 문제야. 나는 어떻게 하느냐 하는 문제야. 내 목숨을 말야. 나는 이렇게 해서 스스로 훔쳐낸, 그렇지 소매치기 같은 거지. 그렇게 해서 훔쳐낸 내 목숨이 이제 아무짝에도 쓸데가 없이 됐거든. 내가 이 목숨을 가지고 이대로 산다면 나는 하늘과 땅 사이에 용서받을 수 없는 국가 민족에 대한 죄인인 것은 말할 것도 없지만, 그 불쌍한, 그 거룩한, 그 수많은 전우들, 죽어 넘어진 놈들에 대해서, 내가 어떻게 산단 말인가. 배신자란 남에게서 미움을 받기 때문에 못 사는 것이 아니라, 자기 자신이 외로워서 못 사는 거야. 정순이가 없는 고향인 줄 알았더라면 나는 열 번이라도 거기서 죽고 말았어야 하는 거야. 전우들과 함께, 그들이 쓰러지듯 나도 그렇게 쓰러졌어야 하는 일야. 그것도 조금도 괴롭거나 두려운 일이 아니었어. 오히려 편하고 부러웠을 정도야. 이 더럽게 훔쳐낸 치사

스런 이 목숨을 나는 어떻게 해야 하는가?"

"저를 차라리 죽여주세요. 괴로워서 더 못 듣겠어요."

정순이는 소리가 나게 이마를 벽에 곧장 짓찧으며 사지를 부르르 떨고 있었다.

"정순이 들어봐요. 나는 상호에게도 말했어. 내가 없는 동안 상호와 정순이 사이에 생긴 일은 없었던 거와 같이 보겠다고. 정순이가 세상에서 없어진 것이 아니라면, 정순이가 나와 같이 있을 수만 있다면, 그동안에 있은 일은 없음으로 돌리겠어. ……정순이! 상호에게서 나와주어. 그리구 나하고 같이 있어. 우리는 결혼하는 거야. 이 동네서 살기가 거북하다면 어디로 가도 좋아. 어머니와 옥란이도 버리고 가겠어. 전우를 버리고 온 것처럼."

"그렇지만 그 집에서 저를 놓아주겠어요?"

정순이는 나직한 목소리로 혼잣말같이 속삭였다.

"내가 스스로 목숨을 훔쳐서 돌아온 거나 마찬가지지. 결심하면 돼. 그밖엔 길이 없어. 그렇지 않으면 내 목숨을 돌려줘야 해. 이건 내 게 아니야. 정순이와 같이 있기 위해서만 얻어진 목숨이야. 그렇지 않으면 세상에도 무서운 반역자의 더럽고 치사스런 목숨인걸. 잠시도 달고 있을 수 없는 추악한 장물이야. 어디다 어떻게 갖다 팽개쳐야 좋을지 모르는 추악한 장물이야. 정말야, 두고 보면 알걸."

"무서워요."

정순이는 아래턱을 달달달 떨고 있었다.

"무서울 게 뭐야? 정순이 첨부터 상호를 사랑해서 결혼을 했다거나, 지금이라도 사랑하고 있다면 별도야. 그렇지 않다면 내 목숨에 빛을 주고, 두 사람의 행복을 찾아 나서는 거니까 어디까지나 정당한 일이지 잘못이 아니잖아? 알겠지? 응? 대답을 해줘."

"……."

정순이 대답 대신 고개를 한 번 끄떡해 보였다.

이때 영숙이 방문을 열었다.

"언니, 저기······."

문 밖에서 정순이 올케(윤이 어머니)가 진짓상을 들고 서 있었다.

"국수를 좀 만들었어. 맛은 없지만······. 그리고 아기씬 안에서 우리하고 같이할까?"

그녀는 국수 상을 방 안에 디밀어 놓으며 이렇게 말했다.

정순이는 국수 상을 다시 들어, 내 앞에 옮겨놓으며,

"천천히 드세요. 그리구 그 일은 제가 알아 하겠어요."

이렇게 속삭이고 나서 밖으로 나갔다. 나는 국수 상엔 손도 대지 않은 채 담배 한 개비를 피워 물자 밖으로 나와버렸다.

정순이한테서는 연락이 오지 않았다.

아기 낳고 살던 여자가 집을 버리고 나오려면 어려운 일이 한두 가지일 리 없다고는 나도 짐작할 수 있었지만 끝없이 날만 보내고 있을 수도 없는 노릇이었다.

여러 가지 어려운 점이 많다는 것은 나도 안다. 남편이나 시부모 이외에 아기도 걸리고 친정도 걸리겠지만 죽느냐 사느냐 한 가지만 생각해야 한다. 내가 그랬듯이 말이다. 한시바삐 결행 바란다.

나는 이렇게 쪽지에 써서 옥란에게 주었다.

"이거 네가 정순이 언니한테 남 안 보게 전할 수 있거든 전해 다오. ······역시 영숙이한테 부탁할 순 없겠지?"

"요즘은 우물에도 잘 안 나오니 어려울 거야. 영숙인 오빠를 너무 좋아하지만 아무렴 저의 친오빠만이야 하겠어?"

옥란은 쪽지를 접어 옷 속에 감추며 혼잣말같이 중얼거렸다.

그러나 옥란도 좀체 정순이를 직접 만날 기회가 없는 모양이었다. 그런대로 영숙이와는 자주 왕래가 있어 보였다.

"영숙이한테 무슨 들은 말 없어?"

"걔도 요즘은 세상이 비관이래?"

"왜?"

"그날 정순이 언니하고 셋이서 만났잖아? 자기는 누구 편이 돼야 할지 모르겠대. 그리구 슬프기만 하대."

"자기하고 관계없는 일이니까 모르면 되잖아?"

"그렇지도 않은 모양야. 걘 책도 많이 읽었어. 오빠 한번 만나주겠어? 오빠가 잘 부탁하믄 걘 무슨 말이라도 들을지 몰라……."

"……."

나는 대답을 하지 않았다.

옥란에게 쪽지를 맡긴 지도 닷새나 지난 뒤였다. 막 저녁을 먹고 났을 때 영숙이 정순의 편지를 가지고 왔다.

저의 계획을 집안에서 눈치 채어버렸습니다. 저는 지금 꼼짝도 할수 없는 몸이 되었습니다. 저는 영원히 봉수 씨를 배반할 마음은 아닙니다. 다시 맹세합니다. 언제든지 봉수 씨가 기다려주신다면 저는 반드시 그 일을 실행할 날이 있을 줄 믿습니다. 그러나 지금은 간도 쓸개도 없는 썩은 고깃덩어리 같은 년이라고 생각해 주십시오. 죽지 못해 살아 있는 불쌍한 목숨이올시다. 부디 용서해 주시고 너무 조급히 기다리지 말아주시기 바랍니다.

정순이 올림

나는 편지를 두 번이나 되풀이해 읽었다. 내용이 복잡하다거나 이해하기 힘든 말이 들어 있었기 때문이 아니었다. 무언지 정순이의 운명 같은 것이 거기서 느껴졌기 때문이었다.

——정순이는 이런 여자였어. 참되고 총명하고 다정하고 신의 있는. 그러나 강철같이 굳센 여자는 아니었어. 순한 데가 있었지. 환경에 순응하는. 물론 지금도 그녀가 나에게 거짓말을 하거나 자기 자신을 속이고 있는 것은 아니야. 그러나 환경에 순응하고 있는 거야. 그녀를 결정하는 것은 그녀 자신의 의지이기보다 그녀를 에워싼 그녀의 환경이겠지.

나는 편지를 구겨서 바지 주머니에 쑤셔 넣은 뒤 영숙을 불렀다.

"숙이 나한테 전한 편지 누구 거지?"

"언니 거예요."

영숙은 얼굴을 약간 붉히며 대답했다.

"무슨 내용인지도 알지?"

"……."

영숙은 갑자기 얼굴이 홍당무같이 새빨개지며 대답을 하지 않았다.

"난 영숙일 옥란이같이 믿고 있어. 알면 안다고 대답해 줘, 알지?"

"……."

옥란이 이번에는 고개를 끄덕여 보였다.

"내가 없더라도 옥란이하고 잘 지내줘."

내가 무슨 뜻인지 내 자신도 잘 모를 이런 말을 마지막으로 남기곤 밖으로 훌쩍 나와버렸다.

나는 어디로든지 가버릴 생각이었던지도 모른다. 그야말로 어디로든지 꺼져버리고 싶었던 건지도 모른다. 하여간 나는 방 안에 그냥 자빠져 누워 있을 수는 없었던 것이다. 나는 막연히 정순이를 기다리고 있는 것보다는, 아니 막연히 정순이를 원망하고 있는 것보다는 차라리 내 자신이 세상에서 꺼져버리는 편이 낫다고 생각했는지도 몰랐다.

나는 집 뒤를 돌아 나갔다. 우리 집 뒤부터는 보리밭들이었다. 보리밭은 아스라이 보이는 산기슭까지 넓은 해면같이 출렁이고 있었다. 지금 한창 피어 오르는 보리 이삭에서는 향긋한 보리 냄새까지 풍겨오는 듯했다.

내가 보리밭 사이 길을 거의 실신한 사람처럼 터덕터덕 걷고 있을 때, 문득 뒤에서 사람의 발자국 소리 같은 것이 들려왔다. 그러나 나는 그런 것을 뒤돌아볼 만한 관심도 기력도 잃고 있었다. 나는 그냥 걷고 있었다. 그렇게 걷는 대로 걷다가 아무 데나 쓰러져버렸으면 하고 있었는지도 모른다.

검푸른 보리밭 위로 어스름이 덮여왔다.

그 어스름 속으로 비둘기 뗸지 다른 새 뗸지 분간할 수도 없는 새까만 돌멩이 같은 것들이 날아가고 있었다.

문득 나는 내가 어쩌면 꿈속에서 걸어가고 있는 겐지도 모른다는 생각이 들었다. 나는 발을 멈추고 섰다. 그리하여 아까 날아가던 새까만 돌멩이 같은 것들이 사라진 쪽을 멍하니 바라보고 있었다.

그때다.

"오빠."

거의 들릴 듯 말 듯한 잠긴 목소리였다. 영숙이었다.

나는 영숙의 얼굴을 넋 나간 사람처럼 어느 때까지 멍하니 바라보고 있었다.

──너도 슬프다는 거냐? 나하고 슬픔을 나누자는 거냐?

나는 혼자 속으로 영숙에게 이렇게 묻고 있었다.

영숙도 물론 꼼짝하지 않고 있었다.

──오빠 제발 죽지 마세요. 제가 사랑해 드릴게요. 오빠를 위해

서 오빠의 도움이 될 수 있다면 오빠의 아픈 마음을 위로해 드릴 수 있다면 무슨 짓이라도 하겠어요.

영숙의 굳게 다만 입속에선 이런 말이 감돌고 있는 듯했다.

다음 순간 영숙은 내 품에 안겨 있었다. 그보다도 내가 먼저 영숙의 손목을 잡아 끌었다고 하는 편이 순서일 것이다. 그러자 영숙이 내 가슴에 몸을 던지다시피 하며 안겨왔던 것이다.

그러자 거기서 내가 영숙에게 갑자기 왜 다른 충동을 느끼기 시작했는지 그것은 내 자신도 해명할 길이 없다. 아니 그보다도 갑자기 야수가 돼버린 나에게, 영숙이 왜 자기 자신을 지키기 위해서 마지막 반항을 하지 않았는지 이 역시 해명할 길이 없는 것이다.

하여간 나는, 다음 순간, 영숙을 안고 보리밭 속으로 들어갔다. 그리하여 그녀의 간단한 옷을 벗기고 그 새하얀, 천사 같은 몸뚱어리를 마음껏 욕보이기 시작했던 것이다. 영숙은 어떤 절망적인 공포에 짓눌려서인지, 그렇지 않으면 일종의 야릇한 체념 같은 것에 자신을 내던지고 있었기 때문인지 간혹 들릴 듯 말 듯한 가는 신음 소리를 내었을 뿐 나의 거친 터치에도 거의 그대로 내맡기다시피 하고 있었다.

그녀는 그때 이미 실신 상태에 빠져 있었는지도 몰랐다. 아니 그보다도, 역시, 자기의 모든 것을, 생명을, 내가 그렇게 원통하다고 울어대던 것의 대가를 나에게 갚아주는 것이라고 생각하고 있었는지도 모른다.

이때 까치가 울었던 것이다. 까작까작까작까작 하는, 어머니가 가장 모진 기침을 터뜨리게 마련인 그 저녁 까치 소리였던 것이다. 그리고 이와 동시 나의 팔다리와 가슴속과 머리끝까지 새로운 전류 같은 것이 흘러들기 시작했던 것이다.

까작까작까작까작, 그것은 그대로 나의 가슴속에서 울려오는 소

리였다. 나는 실신한 것같이 누워 있는 영숙이를 안아 일으키기라
도 하려는 듯 천천히 그녀의 가슴 위로 손을 얹었다. 그리하여 다음
순간 내 손은 그녀의 가느다란 목을 누르고 있었던 것이다.

저승새

"다그르르르──."

저승새가 왔다.

툇마루에 앉아 졸고 있던 만허(滿虛) 스님은 눈을 번쩍 뜨며 주름살 그것 같은 얼굴을 쳐들었다. 보리수를 바라보았다.

"다그르르르──."

저승새가 두 번째로 내는 소리였다.

스님의 눈길은 그 소리가 나는, 보리수의 중간 윗가지 쪽으로 쏠리었다. 거기, 비둘기보다 조금 작고 야윈 듯한, 빨강·파랑·노랑·주황, 그리고 잿빛의 오색 실을 꿈속같이 은은하게 감은 그 새는 앉아있었다. 새의 크기와 빛깔은 작년에 왔을 때나, 십 년 전에 또는 그보다 더 아득한 옛날에 왔을 때나 변함이 없어 보였다.

"다그르르르──."

세 번째로 내는 소리였다.

스님의 두 눈에는 차츰 야릇한 광채가 어리기 시작했다. 그의 얼굴은 형언할 수도 없는 황홀한 환희라기보다 차라리 법열에 잠기는 듯했다.

취한 듯한 얼굴로 새를 바라보고 있던 스님은 자리에서 가만히 일어났다. 기둥에 붙여 세워두었던 지팡이를 짚고 섬돌 아래로 내려섰다. 순간, 앞산의 벌건 진달래 벼랑이 이날따라 갑자기 스님의 눈앞에 바짝 다가서는 듯했다.

──오, 가엾은 것……. 이제 나도 따라가야지.

스님의 마음속에서는 웬 까닭인지 이런 말이 속삭여지고 있었다.

해는 바야흐로 하늘 한가운데 있었다.

지팡이가 앞으로 나아갔다. 지팡이를 따라 스님의 발길은 동구 밖으로 옮겨지고 있었다.

어린 사미(沙彌) 혜인(慧印)은 절 뒷산에서 진달래를 꺾고 있었다. 적인(寂印)으로부터 저승새가 왔다는 연락을 받자, 손에 쥐고 있던 꽃도 놓아버린 채, 스님이 계시는 허허당(虛虛堂) 쪽으로 뛰어갔다. 스님에게 이 기쁜 소식을 어서 전해 드리고자 해서였다. 스님은 요 며칠 동안 이 목탁새를 기다리고 계셨기 때문이었다.

혜인이 허허당 앞까지 달려왔을 때 스님과 스님의 지팡이는 이미 그곳에 없었다.

보리수 곁에는 산중 스님들이 거의 다 모여 있었으나 만허 스님은 보이지 않았다.

──스님은 어디로 가셨을까?

혜인은 이렇게 생각하며, 여러 스님들의 야릇한 미소와 눈길들이 쏠리고 있는 보리수 가지 위로 얼굴을 돌렸다. 그리하여, 거기 비둘기보다 조금 작고 야윈 듯한, 빨강·파랑·노랑·주황, 그리고 잿빛의 오색 실을 꿈속같이 은은히 감은, 일찍이 듣던 대로의 그 새를 발견했을 때, 그의 어린 가슴은 걷잡을 길 없이 뛰었다.

 ──오, 저 새는 어디서 왔을까?

 혜인은 왠지 서럽고 아득하기만 했다. 그와 동시, 그의 노스님이 왜 그렇게 여러 날 동안이나 저 새를 기다렸는지도 절로 알아질 것만 같았다. 그의 두 눈에는 어느덧 눈물이 괴었다.

 적인이 다가왔다. 그는 혜인의 두 눈에 괸 홍건한 눈물을 보는 순간, 까닭도 모를 두려움에 사로잡혔다. 적인은 약간 떨리는 듯한 목소리로,

 "스님께서는 벌써 떠나셨나 보다."

 혜인의 귀에 대고 속삭이듯이 말했다.

 "어디로?"

 "샘터로."

 "샘터라고?"

 "……."

 적인은 조용히 고개를 끄덕였다.

 혜인은 왜, 하고 물으려다가 말았다. 왠지 그것을 묻기가 몹시 두려웠던 것이다.

 그러자 적인 쪽에서,

 "스님께서는 전에도 저 새가 오는 날은 꼭 샘터로 가셨어."

했다.

 "그럼 스님께서는 저 새 온 거 보고 가셨을까?"

 "그럼. 지금까지 툇마루에서 저 새를 기다리던 스님인데 새를 봤기에 어디로 가셨겠지."

 적인은 자신 있게 대답했다.

 혜인은 갑자기 적인에게는 아무런 말도 없이 돌아서자 산문 쪽을 향해 걸어가 버렸다.

혜인의 뒷모습을 물끄러미 바라보고 있던 적인은, 그의 뒤를 쫓아 걸음을 옮겨놓기 시작했다. 샘터 마을이 혜인의 생가(生家) 쪽이라고는 하지만, 절에서 그곳까지는 이십 리도 넘는 길인데 이제 겨우 일곱 살밖에 안 된 혜인이 어떻게 혼자서 찾아가랴, 해서였다. 적인은 혜인보다 다섯 살 위였다.

진달래 무렵이 되면 어김없이 이 절을 찾아주는 이 야릇한 새의 이름을, 처음 누가 저승새라고 부르기 시작했는지 그것은 아무도 몰랐다. 그것은 이 새가 나타나기 시작한 지 오 년인가 지난 뒤부터의 일이었다고 한다.

처음엔 목탁새라고 불렀다고 한다. 다그르르르—— 하는, 이상하게 맑고 투명한 소리가, 목탁 소리 같다 하여 처음엔 그렇게 불렀던 것이라고 한다.

그것이 어느 사이엔지 저승새란 이름으로 더 많이 불리게 된 것이다.

목탁새에서 저승새로 더 많이 불리게 된 까닭도 뚜렷한 것이 없었다. 그저 무엇인지 저승을 느끼게 했기 때문인지도 몰랐다. 그것은 동시에 스님들이 그만큼 더 이 새를 그윽하게, 기이하게 생각하게 된 탓인지도 몰랐다.

스님들이 다 같이 이 새를 끔찍이 아끼고 소중히 여기는 까닭은 첫째, 이 새가 해마다 같은 무렵에 어김없이 이 절을 찾아온다는 것과, 그 몸이 무어라 형언할 수 없는 저승같이 은은하고 신비한 오색 빛깔로 감겼다는 점과, 그리고 어느 거룩한 스님의 무르익은 목탁 소리와도 같은 그 맑고 투명한 다그르르르 소리를 내는 것과, 이 밖에도 몇 가지 더 신기한 점이 있기 때문이라 하였다.

'그 몇 가지 더 신기한 점'의 하나는, 오가는 현황을 포착할 수 없는 일이었다. 오는 것은 또 그렇다고 하더라도, 떠날 때의 모습도, 언제 어떻게 사라지는지 아무의 눈에도 보인 일이 없다는 것이었다.

또 하나는 이 새의 나이였다. 만허 스님이 절에 들어오신 이듬해에 처음 나타났다고 하니 적어도 삼십오 년 가량은 된다고 보아야 하겠는데, 그런데도 이 새의 크기나 빛깔이나, 그 내는 소리나가 다 옛날과 똑 같다는 것이다. 그렇다면 옛날의 그 새가 삼십오 년 동안이나 살아 있는 것이거나, 그렇지 않으면, 그 새끼, 또는 새끼의 새끼가 대를 이어 이 절을 찾아주는 것이라고 보아야 할 것이다.

어느 스님이 이 일에 대해서 만허 스님에게 물어본 적이 있는데, 그때 스님은 무어라고 똑똑히 대답하지는 않았지만, 조금 뒤에 혼잣말같이,

"새라고 백 년은 못 사는가."

하고 중얼거렸다고 한다. 그렇다면 스님은 오늘날의 저승새가 옛날의 그 새라고 믿고 있는 것임에 틀림이 없다고들 하였다.

다른 스님들도 만허 스님의 이 말을 은근히 믿을 수밖에 없었는데, 그 까닭은 만약 옛날의 그 새가 아니고 그 새의 새끼나 새끼의 새끼라면 한 해 동안에 어떻게 어미새만한 크기와 빛깔을 지닐 수 있었겠냐 하는 것이었다.

이 절의 스님들이 이 새에 대하여 특히 만허 스님에게 물어보곤 하는 데는 까닭이 있었다. 우선 삼십오 년 전에 이 새를 이 절에서 처음 발견한 것이 만허 스님이었을 뿐 아니라, 그때부터 해마다 진달래 철이 되면, 으레 이 새가 다시 이 절을 찾아올 것이라 믿고, 미리부터 기다리기까지 하는 이도 이 스님이었기 때문이었다.

따라서 해마다 제일 먼저 이 새를 맞이하는 것도 역시 이 스님이다. 게다가 새를 맞는 만허 스님의 얼굴에는 언제나 형언할 수 없는

기쁨과 반가움이 넘쳤다.

이 새가 나타나던 첫해에는 스님의 얼굴이 눈물로 젖었었다고, 어떤 스님이 슬쩍 비친 일도 있었다. 또 어느 해에는, 다그르르르— 하는 소리를 듣자 스님은 자기도 모르게 낮은 목소리로, '오, 남이.' 하고 불렀다는 것이다. 스님의 귀엔 다그르르르— 소리가 어느 사람의 목소리로 들리는 모양이라고들 하였다. 그와 동시에 스님의 얼굴은 환희로 넘치고, 두 눈에는 눈물까지 흥건히 괴었다는 것이다. 그러나 그것을 누가 듣고 누가 보았는지는 아무도 몰랐다. 옛날부터 그렇게 전해지고 있을 뿐이었다.

왜 그것을 들은 사람도, 본 사람도, 똑똑히 나타나지 않느냐 하면, 언제나 그 새를 먼저 맞은 이가 바로 이 만허 스님이었고, 다른 스님들이 보리수 곁으로 모여들 때면, 스님은 어느덧 그곳을 떠나고 있었기 때문이었다. 스님은 자기의 그러한 거동이나 행색을 감추기라도 하려는 듯, 다른 스님들이 모여들기 시작하면 어느덧 산문 밖으로 사라져버리곤 했던 것이다. 그렇게 사라지면, 어떤 때는, 한나절, 혹은 하루 해를 다 넘기고서야 절로 돌아오곤 하였다.

이러한 스님의 거동으로 보아, 스님과 이 새의 사이엔 무슨 남 모를 사연이 얽혀 있으리라고, 사람들은 믿게 되었다.

그러나 스님은 스스로 그 사연에 대하여 이야기한 적이 없었다. 누가 비슷한 말을 물어보아도 스님은 못 들은 척하거나, 밑도 끝도 없는 혼잣말을 몇 마디 중얼거릴 뿐이라는 것이다. 그것이 '새로도 태어나고, 사람으로도 태어나고…….' 였다는 것이다. 이 말을 두고 여러 사람이 오랫동안 되씹고 한 결과, 사람은 죽어서 새로도 태어나고, 사람으로도 태어난다는 뜻이라고 풀이되었다.

이와 함께 사람들은, 저승새가 나타나는 날 언제나 스님이 산문 밖으로 사라지는 일을 수상히 여겨 그 뒤를 가만히 쫓아간 사람까

지 있었는데, 스님이 가는 곳은 언제나 길마재 마을 앞에 있는 샘터
였다고 한다.

그 길마재 마을 앞 샘터는 이 절에서 이십 리도 넘는 꽤 먼 길이
었다. 스님은 이 샘터까지 오면, 샘물을 한 쪽박 떠서 마시고는 그
곁의 측백나무 아래 어느 때까지나 가만히 앉아 있다가 돌아오곤
한다는 것이다.

여기서 절 사람들은, 스님의 '새로도 태어나고'란 말과 샘터를
꼬투리로 삼아 여러 가지로 추측도 하고, 알아보기도 하고, 하여 오
랜 세월이 흐르는 동안 다음과 같은 이야기가 절 사람들에 의하여
은은히 번지게 되었다. 그러나 그것은 나이 든 스님들 사이에서만,
거의 이심전심으로 전해지는 이야기일 뿐 입에 담아 퍼뜨린 사람은
아무도 없었기 때문에, 만허 스님 자신이나, 젊은 스님, 특히 어린
사미동승(沙彌童僧)들에게는 통 유통되지 않고 있는 것도 사실이었
다. 그만큼 산중 스님들은 만허 스님이 살아 계시는 동안은 그런 이
야기가 입에 담아지는 것을 엄숙한 금기같이 알고 있었다.

이런 상황에서, 연세 높은 몇 분 스님들이 알고 있는 어렴풋한 이
야기는 대개 다음과 같았다.

만허 스님의 본디 이름이 경술(慶述)이었다.

경술이 처음 이웃 동네의 남이네 집 머슴으로 들어간 것은 그의
나이 열아홉 살 때였다. 그해 남이는 열다섯 살이었다.

경술은 그 집에서 일 잘하고 얌전한 총각으로 알려지게 되었고,
남이 부모에게서뿐 아니라 온 동네 사람들의 칭찬을 한 몸에 받다
시피 하고 있었다.

그렇게 삼 년째 되던 해 여름이었다. 남이네 큰댁에서는 삼을 익
히느라고 법석이었고, 남이네 식구들은 어저께 하다 남은 보리 타

작을 마무리짓고 있었다.

보리 타작이 대강 끝나갈 무렵, 남이 아버지와 어머니는, 남은 일을 경술과 남이에게 맡긴 채, 큰댁의 삼 벗기는 일을 도우러 갔다.

경술이 일을 마치고, 저녁을 먹은 뒤, 뒷개울에 나가 하루의 땀을 씻고 돌아오는데, 남이는 우물가에서 혼자 목물을 하고 있었다. 어둠 속에서도 남이의 새하얀 어깨와 옆구리가 눈에 띄었다. 순간, 경술은 왠지 피가 머리 위로 확 솟아오름을 깨달았다.

그런데도 경술은 거의 본능같이 삽짝 쪽을 향해 돌아섰다. 그러나 삽짝 밖까지 채 걸어 나가기 전에, 그 곁의 보릿짚가리 위에 픽 쓰러지고 말았다.

아직 잠재워지지 않은 집채 무더기만한 보릿짚가리는 그의 몸을 얼싸안은 채 속으로 빨아들이는 듯했다. 그리하여 그의 몸은 차츰 보릿짚가리 속으로 파묻혀 들어갔다.

몹시 아늑한 생각이 들었다. 그의 나이 여남은 살 되었을 때까지, 이 무렵이면 자주 이렇게 보릿짚가리 속에 파묻혀 놀곤 하던 추억 때문인지도 몰랐다. 그 무렵 숨바꼭질을 하느라고 보릿짚가리 속에 묻힐 때는 머리까지 온통 파묻곤 했던 것이다. 그러나 숨바꼭질이 아닐 때는 몸만 묻은 채 얼굴을 밖으로 내어, 지금과 같이 하늘의 별을 세곤 했던 것이다.

경술이 지금도 몸만 보릿짚가리 속에 묻은 채 하늘의 별을 쳐다보며 어릴 때 생각에 잠겨 있는데 갑자기,

"이 도령."

하는 소리가 들렸다. 남이의 떨리는 듯한 낮은 목소리였다.

"……."

경술은 대답을 하지 않았다. 왠지 목 안이 얼어붙은 듯 대답이 나오지 않았던 것이다.

두 번째,

"이 도령."

하는 소리가 또 들렸다. 먼저보다 조금 대담해진 남이의 목소리였다.

"……."

경술은 이번에도 대답을 하지 못했다.

그의 가슴은 사뭇 와들와들 떨리기만 했다.

뒤이어, 남이의 보릿짚 밟는 소리가 바스락바스락 들려왔다. 남이는 경술이 누워 있는 앞에까지 오자 그 곁에 픽 쓰러지고 말았다.

두 사람은 보릿짚가리 속에 가지런히 누운 채 한참 동안 말이 없었다.

경술은 걷잡을 길 없이 뛰는 가슴을 진정시키려는 듯, 또 아까와 같이 하늘의 별을 쳐다보았다. 삼태성, 좀생이별, 수수떡할머니별들이 차츰 눈에 들어오기 시작했다.

"이 도령."

남이의 목이 잠긴 듯한 낮은 소리였다.

그 목소리에 절로 끌리기나 하는 듯, 경술은 별에서 그녀 쪽으로 얼굴을 확 돌렸다. 베 치마저고리의 남이가 많은 머리를 오른쪽 겨드랑이 밑으로 돌린 채 얼굴을 보릿짚 속에 쿡 묻고 엎드려 있었다.

그것을 보는 순간, 생각할 겨를도 없이 그는 그녀의 양쪽 겨드랑이 밑으로 손을 넣어 허리를 덥석 껴안았다. 남이의 몸뚱어리는 휘영한 밀가루 반죽처럼 부드럽게 그의 품속으로 푹 안겨 들어왔다. 그러나 그 다음으로 그는 어떻게 해야 할지를 알지 못했다. 알 필요도 없었다. 그것만으로도 그는 가슴의 고동이 멎을 만큼 황홀했기 때문이었다.

"남이."

울음이 섞인 듯한 낮은 소리로 그는 겨우 이렇게 불렀다.

"이 도령."

남이 역시 울음이 섞인 듯한 떨리는 목소리였다.

그는 남이를 껴안은 채 다시 보릿짚가리 속에 쓰러졌다.

"남이."

"이 도령."

그네들은 먼저와 꼭 같이 부르고 대답하기를 한 번 더 되풀이했을 뿐이었다.

그의 입술이 가만히 그녀의 입술 위로 가 닿았다. 두 번째 닿았을 때는 떨어지지 않았다. 그리하여 완전히 포개지기 시작했다. 남이의 겨드랑이 뒤를 두른 그의 두 팔뚝은 차츰 더 힘으로 굳어졌다.

남이는 견딜 수 없는 듯 두 손으로 가볍게 그의 어깨를 떠밀었다.

그는 두 팔의 힘을 늦추어주었다.

남이는 숨을 두어 번 내쉬고 나서 다시 보릿짚가리 위에 드러누웠다.

그도 그 곁에 나란히 누웠다. 가쁜 숨을 몇 차례 내쉬고 나서야 그네들의 눈에 별빛이 들어왔다. 삼태성, 좀생이별, 수수떡할머니별…… 늘 보아오던 별들이건만 왠지 이때 따라 유독 아름답게 보였다. 뿐만 아니라, 그 별들이 모두 각각 자기들의 이야기를 속삭이고 있는 것같이 느껴졌다.

"남이."

경술이, 먼저보다는 한결 갈앉은 목소리로 그녀의 이름을 불렀다.

"응."

그녀의 목소리에도 먼저보다 자신이 들어 있었다.

그러나 경술의 입에서는 그 다음 말이 이어지지 않았다.

"이 도령."

이번에는 남이의 낮고 부드러운 목소리가 그를 불렀다.

"응."

경술의 들릴 듯 말 듯한 목소리였다.

그네들의 대화는 거기서 더 진전되지 않았다.

한참 동안 침묵이 흘렀다.

경술이 결심한 듯, 다시 남이 쪽으로 얼굴을 돌렸다.

"남이는 집에서 좋닥 하면 나 따라 살겠나?"

"살잖고."

남이는 결연히 대답했다.

경술은 남이의 한쪽 손을 자기의 두 손으로 움켜잡았다. 그리하여 자기의 가슴으로 가져갔다. 그와 동시에 남이는 그녀의 얼굴을 경술의 겨드랑이에 갖다 묻었다.

그네들의 숨결은 또 아까와 같이 가빠지기 시작했다.

한참 뒤, 경술이 다시 입을 열었다.

"그러믄, 그 맘 변치 말고 있어라이."

"……."

남이는 고개를 끄덕였다. 그리고 조금 뒤,

"이 도령도……."

했다.

골목에서 개 짖는 소리가 났다. 아버지와 어머니가 돌아오시는 기척이었다.

경술은 그 뒤부터 더 열심히 일을 했고, 남이의 부모님은 또한 종전보다 더 그를 아끼며 기려주었다.

남이의 어머니는 전에도 몇 차례나, '얌전한 사윗감'이니 '씨 받을 사윗감'이니 하고 뜻 있이 말했기 때문에 경술은, 자기가 열심히 일만 잘하면, 언젠가는 자기를 사위로 삼아줄지 모른다고 은근히 기대하고 있었던 것이다.

그러나 그해 가을부터 남이의 혼담이 있어, 중매꾼들이 몇 차례 들락날락하더니, 늦은 가을엔 갑자기 혼처가 정해지고 말았다.

남이의 혼담이 정해진 지 사흘 뒤였다. 시월 중순이었는데 달이 환히 밝았다. 경술이 두엄가리 곁에 서서 달을 쳐다보고 있는데 남이가 다가왔다.

"이 도령."

남이의 잠긴 목소리였다. 그 사흘 동안 남이는 무슨 병인지 자리에 누운 채 방 밖 출입이라곤 거의 볼 수 없을 때였다.

경술은 깜짝 놀라 남이를 돌아다보았다. '깜짝 놀라'라고 하지만, 남이의 목소리를 듣는 순간, 경술의 가슴은 불에나 덴 것처럼 싹 오그라들었던 것이다.

"남이."

그는 갑자기 솟아오르는 울음을 누그러뜨리느라고 얕게 떨리는 목소리로 이렇게 불렀다.

"한번 꼭 만나려고 했어."

남이는 이렇게 말하자 뒤를 잇지 못한 채 흑흑 느껴 울기 시작했다.

경술은 고개를 돌려 달을 멀거니 쳐다보고 있었다.

──너 시집 간다는 거 정말이냐. 나는 어떻게 하란 말이냐. 너의 부모님은 나에 대해서 끝내 말이 없었느냐.

이러한 생각이 한꺼번에 머릿속에 떠올랐지만, 이미 물어볼 필요도 없는 듯했다.

다만 남이의 생각이 어떤 젠지 그것만이 궁금했다.

남이도 이러한 경술의 마음속을 꿰뚫어보기나 하는 듯이,

"나 부모님과 싸우는 것보다 차라리 시집 가서 죽어버릴란다."

했다.

그것이, 공연히 해보는 소리라거나, 그에게 미안해서 돌려 맞추는 속이라고는, 전혀 생각되지 않았다. 그녀의 사람됨으로 보아, 부모님의 명에 거역할 용기까지는 없으리라고 평소부터 믿고 있었기 때문인지도 몰랐다.

그렇다고 부모님과 맞서 싸우라든가, 부득이 시집은 가더라도 제발 죽지는 말아달라든가, 그런 말을 할 수도 없었다. 너무나 머리가 어지럽고, 목이 아프고 가슴이 쓰라렸기 때문이었다.

경술이 넋 나간 사람처럼 어리벙벙해 있는 것을 보자 남이는,

"너무 언짢아하지 말어. 난 죽어도, 죽어도, 이 도령 못 잊어. 날 믿어줘."

했다. 죽어도, 죽어도에 울리는 남이의 목소리는, 아무것으로도 바꿀 수 없는 그녀의 굳은 결심을 말해 주고 있었다.

경술의 흐느껴지는 목에서는 아무런 소리도 날 리 없었고, 그런대로 그냥 고개만 두어 번 끄덕이는데, 남이는 다시,

"그럼 이 도령도 마음 변치 말아줘. 나 먼저 저승 가서 기다릴게."

하고는 돌아서 가버렸다.

그날 밤부터 시름시름 앓기 시작한 경술은, 이레 만에, 홀어미밖에 없는 본가로 돌아가고 말았다.

집으로 돌아온 경술은 날이 갈수록 병세가 험해져, 한때는 살아나지 못하리란 말까지 나돌았다.

그의 어머니는 힘이 자라는 대로 약을 구해 쓰다가, 약만으로는 병을 고치기 어려우리란 말이 있자, 이번에는 절에 가서 부처님께 살려주십사고 기도를 드리기도 했다.

그렇게 몇 달이 지나자, 부처님이 돌봐주셨는지 차츰 병세에 차도가 나기 시작하여 다음해 이른 여름에는 자리에서 일어나 거닐

수도 있게 되었다.

여름이 지나고, 추석이 다가올 무렵, 그는 집에서 오십 리 길이나 되는 길마재 마을 앞 샘터에까지 다녀온 일이 있었다. 어딜 갔다 오느냐고 묻는 어머니에게 그냥 약물을 먹으러 갔다 오는 길이라고만 대답했다. 남이가 시집 가 사는 길마재 마을 앞 샘터까지 갔다 온다고는 어머니에게도 털어놓을 수가 없었던 것이다.

그 뒤부터 그는 사흘에 한 차례씩은 이 샘터엘 다녀오곤 하였다. 그러나 한 번도 그 마을 안까지 발을 들여놓은 일은 없었다. 다만 샘터까지 와서, 맑은 샘물을 한 쪽박 마시고는 그 곁의 측백나무 아래 우두커니 앉아 있다가 돌아오곤 했던 것이다.

그렇게 샘터에 다니는 동안에, 경술은 그 샘터에서 다시 한 이십 리 남짓 더 가면 운봉사(雲峯寺)라는 옛 절이 있다는 것을 알게 되었던 것이다.

그해 추석도 지나고, 김장도 끝나갈 무렵, 경술은 그의 어머니를 보고 갑자기 중질을 가겠노라고 하였다.

그의 어머니도 경술이 지금과 같이 목숨을 건지게 된 것도 순전히 부처님 덕분이라고만 믿고 있었기 때문인지, 경술의 이 당돌한 제의에도 별로 놀라 하는 기색이 아니었다. 그녀는 다만 서글픈 눈으로 아들의 얼굴만 물끄러미 바라보았을 뿐이었다.

사흘 뒤 그는 운봉사의 부목(負木)이 되어 들어갔다가, 이듬해 봄에야 정식으로 계(戒)를 받고 중이 되었다.

그는 본디 그의 아버지가 살아 계실 때에 천자문을 겨우 배워두었을 뿐이므로 당분간은 한문 공부를 곁들여 불경을 배우기 시작했다.

그가 큰절(해인사)을 찾아가 참선을 시작한 건 다시 그 이듬해 봄, 그 황홀한 목탁새(저승새)가 나타난 뒤의 일이었다.

그는 해인사의 백련암에서 삼 년간이나 참선을 했으면서도 끝내 그 새를 잊지 못한 채 다시 운봉사로 돌아오고 말았던 것이다.

어린 사미 혜인이 그의 언니뻘인 적인에게 손목을 잡힌 채 길마재 마을 앞의 샘터 가까이 왔을 때는 오후 사이참 때나 되어 있었다.

"저거야."

언덕에 올라서자, 혜인이 손을 들어 가리켰다.

적인도 혜인이 가리키는 쪽을 바라보았다.

두 마장 가량 떨어진 곳에 가무스름한 측백나무가 보였다.

"저 측백나무 아래 샘이 있어."

혜인이 말했다.

절에서 여기(길마재 마을 부근)까지 오는 길은, 나이 위인 적인이 이끌었지만, 마을 근방에서 샘터를 찾는 것은 본디 그 마을에 살았던 혜인이 나을밖에 없었다.

두 사미는 산기슭의 잔디 위에 앉아 다리를 쉬면서도 눈길은 연방 샘터 쪽으로만 팔고 있었다.

"그렇지만 스님께서 아직도 저 샘터 가에 계실지 모르겠어."

적인이 혜인을 보고 말했다.

"말했잖아? 스님은 샘터에 계신다고."

"나도 그렇게 들었거든. 그렇지만 지금까지 계실지 모르잖아?"

두 사미가 이런 말을 나누고 있을 때, 산에서 한 사내가 내려왔다. 턱수염이 더부룩한, 서른댓 살 가량 되어 뵈는 이 사내는 한쪽 손에 술병, 다른 손엔 사발을 포개어 든 채 두 사미 쪽을 잠깐 거들떠보았다.

두 사미도 약간 겁에 질린 듯한 얼굴로 그 사내를 바라보았다.

사내는 두 사미 곁으로 다가왔다.

사내를 바라보고 있던 두 사미, 특히 어린 사미 혜인의 두 눈에 공포의 그림자가 어리기 시작했다.

사내는 두 사미, 특히 어린 사미 혜인을 한참 바라보다가,

"늬 영근이 아니가?"

물었다.

"……."

혜인이 대답 대신 잔디에서 일어나며 말없이 사내를 쳐다보았다.

"늬 여기 웬일고?"

사내는 또 이렇게 물었으나, 혜인은 대답 대신 적인 쪽을 바라보았다. 자기 대신 대답을 해달라는 듯한 얼굴이었다.

그러나 적인으로서는, 그보다 혜인과 이 낯선 사내가 어떤 관계인지를 알 수 없었다. 혜인이 본디 이 마을에서 살다가 (사미가 되어) 절로 들어왔다는 것은 적인도 일찍이 들어 알고 있었지만, 혜인의 태도로 보아 그렇게 가까운 집안 아저씨 같아 보이지도 않았기 때문이었다.

적인도 잔디 위에서 일어났다. 그리하여 먼저 혜인을 보고,

"아는 아저씨냐?"

하고 물었다.

"……."

혜인은 이번에도 그냥 고개만 아래위로 끄덕여 보였을 뿐 입을 열지는 않았다.

그렇다면 혜인에게 그다지 고마운 아저씨는 아닐지 모른다고, 적인은 혼자 속으로 생각했다.

"그냥 여기까지 왔어요. 저기 샘터까지……."

적인이 대답을 했다.

그러자 사내는 적인을 보고,

"한 절에 있나?"

하고 물었다. 한 절에 같이 지내는 사이냐고 묻는 뜻이라고 적인은 알아들었다. 그는 본디 윗녘(기호 지방)에서, 저희 스님을 따라 이쪽 절(운봉사)로 내려온 사미였지만, 그동안에 어느덧 이 지방 사투리에도 익숙해져 있었던 것이다.

"예에."

적인은 합장을 올리며 공손스러운 목소리로 대답했다.

사내는 적인의 유순하고 공손스러운 목소리가 마음에 드는지, 먼저보다 한결 부드러워진 목소리로, 다시 혜인을 보고,

"그렇다면 날짜를 알고 온 게 아니지? 산소에 갈라꼬 온 게 아니지?"

이렇게 물었다.

적인으로서는 무슨 영문인지 짐작할 수도 없는 말이었다.

"……."

혜인은 또 고개를 옆으로 저었다.

그러자, 사내는 다시 거칠어진 목소리로,

"오늘이 늬 할매 늬 아배 제삿날이다. 안 가볼래?"

"……."

혜인은 고개를 푹 수그린 채 역시 대답이 없었다.

"아저씨 어디로 가면 됩니까?"

적인이 대신 물었다.

"어디는 어디라? 산소지. 뫼 있는 데 말이다."

사내는 거친 말씨로 윽박지르듯이 대답했다.

적인은 혜인을 보고 타이르듯이,

"혜인아, 오늘이 너의 할머니와 아버지의 제삿날이라는데 저 아저씨 따라 산소에 가봐야겠구나. 가볼래?"

물었다.

"⋯⋯."

혜인은 고개를 끄덕였다.

그러자 사내는,

"늬들 돈 없제?"

물었다.

어린 사미들에게 돈이 있을 리 만무였다.

"그러면 잠깐, 기다려라."

사내는 이렇게 말하자 아까의 병을 들고 동네 쪽으로 달려갔다. 술을 받으러 가는 모양이었다.

"얘, 저 아저씨 누구냐?"

적인이 혜인에게 물었다.

"일가 아저씨."

혜인이 비로소 이렇게 입을 열었다.

"근데 왜 모르는 척했냐? 첨에⋯⋯."

"아버지 죽고 저 아저씨한테 가 있었거든."

"그런데⋯⋯?"

"막 때렸어. 그래서 동네 아저씨가 말해서 날 절로 보내줬잖아."

혜인의 대답을 듣자 적인도 그들의 관계를 대강 짐작할 것 같았다.

"그런데 말야, 아까 그 아저씨 너의 할머니와 아버지의 제삿날이라고 했는데 그게 무슨 뜻이냐?"

"나도 잘 몰라. 우리 아버진 내가 다섯 살 때 죽었는데, 그날이 옛날 우리 할머니가 죽은 날이래. 그래, 사람들은 우리 할머니가 아버지를 데려갔다고 했어. 그래서 제사도 같은 날이래."

사내가 돌아왔다. 막걸리 한 병과 마른 명태 한 마리가 사내의 손에 들려 있었다.

"아저씨 술병은 제가 들고 갈게요."

적인이 술병을 받아 안았다.

산소엔 무덤이 세 상 있었다. 위의 두 상은 혜인의 할아버지와 할머니의 무덤, 그 아래 한 상이 그의 아버지의 것이라 하였다.

아래 무덤 앞에는 김치 찌꺼기와 명태 대가리가 버려져 있었다. 이 사내(혜인의 일가 아저씨)가 아까 막 다녀간 흔적인 듯했다.

사내는 할아버지의 무덤부터 시작하여 다음엔 할머니 무덤, 그리고 맨 나중은 아버지의 무덤으로 차례차례 옮겨가며, 사발에 술을 따라놓고, 혜인에게 절을 시켰다. 그때마다 따랐던 술은 자기가 마셔버리곤 했다.

석 잔을 따르고 나서도 술은 꽤 남아 있었다.

사내는 그것을 한 사발 따라 적인에게 주며,

"자, 너도 한잔 마셔라."

했다.

적인이 못 먹는다고 하자 사내는 두말하지 않고 자기가 또 훌쩍 마셔버렸다.

술이 얼근해진 사내는 마른 명태를 찢어서 입에 넣고 쩍쩍 씹으며,

"우리 집은 저 할머니 덕으로 망한 거나 같다."

했다.

적인이나 혜인은 사내의 이야기가 무엇을 뜻하는 건지 도무지 알 수 없었다. 사내도 그것을 짐작하는지, 위의 무덤 두 상에서 바른손 쪽을 가리켜 보이며,

"저 할매 말이다, 너한테는 할매지만 나한테 아주머니 뻘이다."

이렇게 말하고 나서, 다시 술잔을 들어 서너 모금 꿀꺽꿀꺽 마신 뒤, 이야기를 계속했다.

"저 할매 시집 와서 이듬해에 아들 하나 낳고 이내 죽었지. 그게 느의 아배다. 덕분으로 느 할배는 평생 홀아비로 아들 하나 키우고 살았다. 그런데 그 아들이, 느의 아배 말이다. 느 할배보다도 한 해 앞서 죽었다 앙이가. 그것도 느 할매가 데려간 거란 말이다. 그러니 느의 할배 속이 얼마나 상하겠노? 멀쩡하던 노인이, 아들 죽자 따라 죽다시피 했다 앙이가. 불쌍한 할배다."

사내는 이야기를 그치고 명태를 한참 쩍쩍 소리나게 씹고 나더니 다시 적인에게 혜인을 가리켜 보이며,

"자(혜인)는 아무거도 모를 거다마는, 자 할매 땜에 이 집은 아주 망한 거다. 어째 하필 자기 죽은 날, 아들을 데려가노 말이다. 그것도 독자 아들을. 하도 기가 막혀서 집안 사람들이 무당한테 가서 점을 쳐봤다 안 카나. 점을 쳐보니 본디 자 할매가 우리 집에 시집 오기 전에 좋아한 남자가 있었다 안 카나? 그 남자 땜에 자 할매는 이내 죽고, 아들 하나 있는 거까지 데려갔다 안 카나? 그래 굿을 해주면 원한이 풀릴 꺼락 하지만 인자 자도 절에 가버렸고 아무도 없으니 귀신도 달라붙을 데가 없어졌다 앙이가."

사내는 이야기를 마치자 또 술잔을 기울였다. 적인도 이제는 사내가 말한 이야기의 윤곽을 대강 짐작할 수 있었다. 그는 혜인을 바라보았다. 혜인은 이야기의 내용을 알아들었는지 알아듣지 못했는지 감감스레한 긴 속눈썹이 눈물에 젖은 채, 곧 울음이라도 터뜨릴 듯한 얼굴로 사내를 쳐다보고만 있었다.

적인과 혜인은 사내를 따라 산에서 내려왔다.

산기슭까지 와서 사내는 마을 쪽으로, 적인과 혜인은 샘터 쪽으로, 각각 방향을 달리하고 헤어졌다.

그러나 그들이 샘터까지 갔을 때, 스님은 이미 그곳에 없었다.

적인은 하늘을 쳐다보았다. 해는 이미 서쪽으로 기웃해 있었다.

적인은 쪽박으로 샘물을 떠서 혜인에게 주었다.

혜인은 손등으로 눈물을 닦은 뒤 그것을 받아 마시었다. 그러고는 남은 물을 땅 위에 버린 뒤, 새로 한 쪽박 떠서 이번에는 그것을 적인에게 주었다.

적인은 보일 듯 말 듯한 미소를 머금은 채 그것을 받아 마시었다.

"절로 돌아가자."

적인은 이렇게 말하며 혜인의 손목을 잡았다.

그러나 두 사미가 절에 돌아갔을 때 만허 스님은 절에도 와 있지 않았다. 으레 먼저 돌아와 계시리라 생각했던 스님이 보이지 않자 혜인은 또 주먹으로 눈물을 닦기 시작했다.

이튿날도, 그리고 그 다음, 다음 날도 스님은 돌아오지 않았다.

절에서는 스님이 큰절(해인사)로 가셨거니 하고 있었다. 그러나 큰절에서도 만허 스님을 보았다는 이는 아무도 없었다.

그러자, 스님이 윗녘으로 정처 없이 떠나갔다는 둥, 어느 산중의 벼랑 위에 가만히 앉아서 열반을 했다는 둥, 여러 가지 소문들이 들려오기 시작했다.

이듬해 봄에도 운봉사의 앞뒷산에는 진달래가 벌겋게 피었다. 그러나 해마다 오던 다그르르르— 저승새는 나타나지 않았다. 다음 해에도, 또 다음 해에도…….

김동리 생애 연보

1913년(1세)   음력 11월 24일 경상북도 경주시 성건동 186번지에
서 부(父) 김임수(金壬守)와 모(母) 허임순(許任順)
의 5남내 중 막내로 태어남. 아명(兒名)은 창봉(昌
鳳), 호적명은 창귀(昌貴), 자(字)는 시종(始鍾). 장
형(長兄)은 한학자 김기봉(金基鳳·凡父先生).

1920년(8세)   경주 제일교회 소속의 계남 소학교 입학. 6년 후 동
교(同校) 졸업.

1926년(14세)   대구 계성 중학교 입학. 부친 별세.

1928년(16세)   서울 경신 중학교 3학년에 편입학.

1929년(17세)   동교(同校) 중퇴.《매일신보》와《중외일보》에 시
「고독」,「방랑의 우수」등 발표.

1933년(21세)   전 5막의 극시(劇詩)「연당(蓮塘)」을 탈고했으나 발
표하지 못하고 원고도 분실됨. 서울 필운동의 범부
선생 숙소에서 서정주를 만나 사귀기 시작.

1934년(22세) 《조선일보》 신춘문예에 시 「백로(白鷺)」 입선. 《카
톨릭 청년》에 시 「망월(望月)」 등을 발표.

1935년(23세) 《조선중앙일보》 신춘문예에 소설 「화랑의 후예」 당
선. 다솔사와 해인사를 전전하며 최인욱, 이주홍,
허민, 김종택 등과 사귐. 시 「폐도시인(廢都詩人)」,
「생식(生食)」 발표. 경주의 본가를 떠나 사천으로
이사.

1936년(24세) 《동아일보》 신춘문예에 「산화(山火)」가 당선됨으로
써 3대 민간 신문의 신춘문예를 모두 돌파하는 전
무후무한 기록을 남김. 상경하여 종로 연건동에 하
숙을 정하고 창작에 몰두함. 단편 소설 「바위」, 「무
녀도」, 「산제」, 「허덜풀네」 등 발표.

1937년(25세) 서정주, 김달진 등과 '시인부락' 동인으로 활동. 시
「행로음(行路吟)」, 「내 홀로 무어라 중얼거리며 가
느뇨」 등과 단편 소설 「어머니」, 「솔거」 발표. 해인
사의 말사(末寺)였던 다솔사 부설 광명학원에서 교
편을 잡음.

1938년(26세) 단편 소설 「생일」, 「잉여설」 발표. 11월 21일 김월
계(金月桂)와 혼인.

1939년(27세) 세대논쟁의 와중에서 유진오와 논전을 벌임. 단편
소설 「황토기(黃土記)」, 「찔레꽃」, 「두꺼비」와 평론
「순수이의(純粹異議)」 발표.

1940년(28세) 단편 소설 「동구 앞길」, 「혼구(昏衢)」, 「다음 항구」
등 발표. 평론 「신세대의 정신」 발표. '문인보국회'
등 일제 어용 문화단체에의 가입을 거부함. 단편 소
설 「소녀」가 전문 삭제를 당함.

1941년(29세) 단편 소설 「소년」 발표.

1942년(30세) 광명학원이 당국에 의하여 폐쇄됨. 백형 범부 선생
이 구속되고 가택 수색을 당함. 이후 8.15 해방까지
절필.

1943년(31세) 조카의 주선으로 징용을 피해 사천에 있는 양곡배
급소 서기로 취직. 경상남도 사천군 정의동 372번
지로 전적(轉籍).

1945년(33세) 사천에서 해방을 맞음. 사천청년회 회장으로 피선.
공산계인 사천인민위원회 참여를 거절.

1946년(34세) 조선공산당 계열의 '문학가동맹'에 대항하여 서정
주, 박두진, 조지훈, 곽종원, 조연현, 박목월, 최태
응 등과 '청년문학가협회'를 결성하고 초대 회장에
피선. 4월 4일 문학의 밤을 개최하여 「순수시의 사
상」이란 제목으로 강연. 단편 소설 「윤회설(輪廻
說)」, 「지연기(紙鳶記)」, 「미수(未遂)」와 평론 「조선
문학의 지표」, 「순수문학의 진의(眞意)」 발표.

1947년(35세) 공산계의 계급주의 민족문학론에 대항하여 인간주
의 민족문학론을 제창, '본격문학'이란 용어를 최
초로 사용. 《경향신문》 문화부장에 취임. 단편 소설
「혈거 부족」, 「달」 등과 평론 「순수문학과 제3세계
관」, 「민족문학과 경향문학」 등 발표. 제1창작집
『무녀도』 상재.

1948년(36세) 김동석, 김병규 등의 좌익 문학평론가들과 논쟁을
벌임. 《민국일보》 편집국장에 취임. 단편 소설 「역
마」, 「어머니와 그 아들들」, 평론 「문학하는 것에
대한 사고(私考)」, 「문학적 사상의 주체와 그 환경」,

「민족문학론」 등 발표. 첫 평론집 『문학과 인간』 상재.

1949년(37세) 기존의 문학단체들을 동시에 해체하고 '한국문학가협회'를 결성, 소설 분과 위원장에 피선됨. 순문학지 《문예》 주간에 취임. 서울대와 고려대에 국문과 강사로 출강. 단편 소설 「형제」, 「심정」 등을 발표하고 장편 소설 『해방』을 《동아일보》에 연재함. 제2창작집 『황토기』 상재.

1950년(38세) 문교부 예술위원과 서울시 문화위원에 피촉. 단편 소설 「인간 동의」, 「한내마을의 전설」 등 발표. 6·25가 발발하자 미처 피난을 가지 못하고 서울에 숨어 지냄.

1951년(39세) 한국문총 사무국장에 피선. 문총구국대 부대장 역임. 단편 소설 「상면」, 「귀환 장정」 등과 평론 「문화구국론」, 「우연성의 연구」 발표. 피난지 부산에서 제3창작집 『귀환 장정』을 펴냄.

1952년(40세) 한국문학가협회 부위원장에 피선. 평론 「전쟁적 사실과 문학적 비판」 발표. 『문학개론』 간행.

1953년(41세) 환도 후 서라벌 예술대학 문예창작과에 출강. 중편 소설 「풍우기」를 연재.

1954년(42세) 예술원 회원 피선. 한국 유네스코 위원 피촉. 시 「해바라기」, 「젊은 미국의 깃발」 등과 단편 소설 「살벌한 황혼」, 「마리아의 회태」 발표.

1955년(43세) 단편 소설 「홍남 철수」, 「밀다원 시대」, 「실존무(實存舞)」를 발표하고 장편 소설 『사반의 십자가』를 《현대문학》에 1957년까지 연재. 자유문학상 수상.

제4창작집 『실존무(實存舞)』 상재.

1956년(44세)   제3회 아세아자유문학상 수상. 단편 소설 「악성(樂
              聖)」, 「원왕생가(願往生歌)」를 발표하고 장편 소설
              『춘추(春秋)』를 《평화신문》에 연재.

1957년(45세)   「꽃」 등의 시와 단편 소설 「아가(雅歌)」, 「목공 요
              셉」, 「여수」, 「남포의 계절」 발표. 장편 소설 『사반
              의 십자가』의 연재를 완결하고 단행본으로 간행.

1958년(46세)   『사반의 십자가』로 예술원 문학 부문 작품상 수상.
              장편 소설 『춘추』를 단행본으로 간행. 단편 소설
              「강유기」, 「고우(故友)」, 「자매」 발표.

1959년(47세)   장편 소설 『자유의 기수』를 《자유신문》에 1960년
              까지 연재. 영화 시나리오를 위해 「달」을 개작한
              「달이와 낭이」, 중편 소설 「애정의 윤리」 발표.

1960년(48세)   장편 소설 『이곳에 던져지다』를 《한국일보》에 연
              재. 단편 소설 「어떤 고백」 발표.

1961년(49세)   5·16 이후 모든 사회단체가 해산된 뒤 한국문인협
              회가 전체 문단의 통합 단체로 발족하자 부이사장
              에 피선. 중편 소설 「비 오는 동산」 완결. 단편 소설
              「등신불」, 「어떤 남」 발표.

1962년(50세)   단편 소설 「부활」 발표.

1963년(51세)   장편 소설 『해풍』을 《국제신문》에 연재. 시조 「분
              국(盆菊)」 발표. 제5창작집 『등신불』 상재.

1964년(52세)   단편 소설 「천사」, 「늪」, 「심장 비 맞다」, 「유혼설
              (遊魂說)」 발표.

1965년(53세)   민족문화중앙협의회 부이사장, 민족문화추진위원
              회 이사 피선. 시 「연(蓮)」과 단편 소설 「꽃」, 「허덜

풀네」를 개작한 「성문 거리」 발표.

1966년(54세)   한국예술문화윤리위원회 상임위원 피임. 단편 소설
               「송추에서」, 「윤사월」, 「백설가」, 「까치 소리」 발
               표. 수필집 『자연과 인생』 간행.

1967년(55세)   「까치 소리」로 3·1 문화상 예술 부문 본상 수상. 단
               편 소설 「석 노인」, 「감람 수풀」 발표. 『김동리대표
               작선집』을 전 5권으로 간행.

1968년(56세)   국민훈장 동백장 수상. 《월간문학》 창간. 단편 소설
               「꽃 피는 아침」을 발표하고 중편 소설 「극락조」를
               《중앙일보》에 연재.

1969년(57세)   단편 소설 「눈 내리는 저녁때」 발표.

1970년(58세)   한국문인협회 이사장 피선. 서울시 문화상 문학 부
               문 본상 수상. 국민훈장 모란장 수상.

1971년(59세)   장편 소설 『아도』를 『지성』에 연재.

1972년(60세)   서라벌예술대학장 취임. 한일 문화교류협회장 피
               선. 장편 소설 『삼국기』를 《서울신문》에 연재.

1973년(61세)   중앙대학교 예술대학장 취임. 명예문학박사학위 수
               위. 《한국문학》 창간. 회갑 기념으로 제6창작집 『까
               치 소리』, 수필집 『사색과 인생』, 시집 『바위』를 동
               시에 간행.

1974년(62세)   『삼국기』의 후편인 장편 소설 『대왕암』 연재 시작.
               장편 소설 『이곳에 던져지다』 간행.

1975년(63세)   장편 소설 『대왕암』 연재 완료.

1976년(64세)   단편 소설 「선도산」, 「꽃이 지는 이야기」 발표.

1977년(65세)   단편 소설 「이별 있는 풍경」, 「저승새」 발표. 소설집
               『김동리 역사소설』과 수필집 『고독과 인생』 간행.

1978년(66세)	장편 소설 『을화』를 《문학사상》에 전재하고 단행본으로 간행. 단편 소설 「참외」 발표. 작품집 『꽃이 지는 이야기』와 수필집 『취미와 인생』을 펴냄.
1979년(67세)	한국소설가협회장 피선. 소년소녀소설집 『꿈 같은 여름』 간행. 중앙대학교 정년 퇴임. 장편 소설 『을화』의 영역판 출간. 단편 소설 「우물 속의 얼굴」, 「만자동경(卍字銅鏡)」 발표.
1980년(68세)	대한민국예술원 부회장 피선. 수필집 『명상의 늪가에서』 간행.
1981년(69세)	대한민국예술원 회장 피선.
1982년(70세)	장편 소설 『을화』의 일역본 출간.
1983년(71세)	5·16 민족문학상 수상. 한국문인협회 이사장 피선. 대한민국 예술원 원로회원 추대. 시집 『패랭이꽃』 간행. 장편 소설 『사반의 십자가』의 불역본 출간.
1985년(73세)	국정자문위원 피촉. 수필집 『생각이 흐르는 강물』 간행.
1987년(75세)	장편 소설 『자유의 기수』를 『자유의 역사』로 개제하여 간행.
1988년(76세)	수필집 『사랑의 샘은 곳마다 솟고』 간행.
1989년(77세)	한국문인협회 명예회장 추대.
1990년(78세)	7월 30일 뇌졸중으로 쓰러진 이래 투병 시작.
1995년(83세)	6월 17일 23시 23분 영면(永眠).

김동리 소설 연보

작품명	구분	발표지	발표일	비고
화랑의 후예	단편	조선중앙일보	1935.1.1-10	
산화(山火)	단편	동아일보	1936.1.4-18	
바위	단편	신동아	1936.5	
무녀도(巫女圖)	단편	중앙	1936.5	
술	단편	조광	1936.8	「젊은 초상」으로 개제(改題)
산제(山祭)	단편	중앙	1936.9	「먼산바라기」로 개제
팥죽	단편	조선문학 속간호	1936.11	
허덜풀네	단편	풍림	1936.12	「성문 거리」로 개제
어머니	단편	풍림	1937.1	
솔거(率居)	단편	조광	1937.8	「불화」로 개제. 「잉여설」「완미설(玩味說)」과 함께 3부작
생일	단편	조광	1938.12	
잉여설(剩餘說)	단편	조선일보	1938.12.8-24	「정원」으로 개제
황토기(黃土記)	단편	문장	1939.5	
찔레꽃	단편	문장 임시중간호	1939.7	
두꺼비	단편	조광	1939.8	재집필하여 창작집 『꽃이 지는 이야기』(1978)에 수록
회계(會計)	단편	삼천리	1939.10	원발표지 미확보
완미설(玩味說)	단편	문장	1939.11	
동구 앞길	단편	문장	1940.2	
혼구(昏衢)	단편	인문평론	1940.2	

작품명	구분	발표지	발표일	비고
소녀	단편	인문평론	1940.7	전문 삭제
오누이	단편	여성	1940.8	
다음 항구	단편	문장	1940.9	
소년	단편	문장	1941.2	「물오리」로 개제
윤회설(輪廻說)	단편	서울신문	1946.6.6-26	
지연기(紙鳶記)	단편	동아일보	1946.12.1-19	
미수(未遂)	단편	백민	1946.12	
혈거 부족	단편	백민	1947.3	
달	단편	문화	1947.4	「달이와 낭이」로 개제, 개작
이맛살	단편	문화	1947.10	원발표지 미확보
상철이	단편	백민	1947.11	
역마	단편	백민	1948.1	
어머니와 그 아들들	단편	삼천리	1948.8	「아들 삼형제」로 개제
절 한번	단편	평화신문	1948.8	원발표지 미확보
개를 위하여	단편	백민	1948.10	
형제	단편	백민	1949.3	「광풍 속에서」로 개제
심정	단편	학풍	1949.3	「근친기(勤親記)」로 개제
유 서방	단편	대조	1949.3.4	
급류	단편	조선교육	1949.4-	원발표지 미확보
검군(劍君)	단편	연합신문	1949.5.15-28	원발표지 미확보
해방	장편	동아일보	1949.9.1-50.2.16	
급류	단편	혜성	1950.2-5	원발표지 미확보
인간 동의	단편	문예	1950.5	
한내마을의 전설	단편	원발표지 미확인	1950	『등신불』(1963)에 수록
귀환 장정	단편	신조	1951.6	
상면	단편	원발표지 미확인	1951	「어떤 상봉」으로 개제, 『꽃이 지는 이야기』(1978)에 수록
남로행(南路行)	단편		1951	소재 불명
피난기	단편		1952	소재 불명

작품명	구분	발표지	발표일	비고
풍우기	장편	문화세계	1953.7-9,54.1-	
살벌한 황혼	단편	원발표지 미확인	1954	『실존무』(1958)에 수록
마리아의 회태	단편	청춘 임시호	1954	원발표지 미확보
흥남 철수	단편	현대문학	1955.1	
청자	단편	신태양	1955.2	
밀다원 시대	단편	현대문학	1955.4	
용	단편	새벽	1955.5	
실존무(實存舞)	단편	문학과예술	1955.6	
진달래	단편	원발표지 미확인	1955	『실존무』(1958)에 수록
사반의 십자가	장편	현대문학	1955.11-57.4	
춘추(春秋)	장편	평화신문	1956.4-57.2	
악성(樂聖)	단편	원발표지 미확인	1956	「우륵」으로 개제 『김동리 역사소설』(1977)에 수록
원왕생가(願往生歌)	단편	원발표지 미확인	1956	『김동리 역사소설』에 수록
수로 부인	단편	원발표지 미확인	1956	『김동리 역사소설』에 수록
아가(雅歌)	단편	신태양	1957.4	
목공 요셉	단편	사상계	1957.7	
남포의 계절	장편	현대	1957.11-	
여수	단편	원발표지 미확인	1957	「최치원」으로 개제 『김동리 역사소설』에 수록
강유기(江遊記)	단편	사조	1958.10	
고우(故友)	단편	신태양	1958.10	
자매	단편	자유공론	1958.12	
당고개 무당	단편	원발표지 미확인	1958	『등신불』(1963)에 수록
달이와 낭이	단편	씨나리오문예	1959.1	「달」의 개작

작품명	구분	발표지	발표일	비고
자유의 기수	장편	자유신문	1959.7-60.4	『자유의 역사』로 개제
아호량기(阿戶良記)	단편		1959	소재 불명
학정기(鶴亭記)	단편	원발표지 미확인	1959	「강수 선생」으로 개제
애정의 윤리	중편	원발표지 미확인	1959	『김동리대표작선집2』에 수록
이곳에 던져지다	장편	한국일보	1960.10.1-61.5.23	
어떤 고백	단편	원발표지 미확인	1960	『등신불』(1963)에 수록
비 오는 동산	장편	여원	1961.1-12	
등신불	단편	사상계	1961.11	
어떤 남	단편	원발표지 미확인	1961	『등신불』에 수록
부활	단편	사상계	1962.11	
해풍	장편	국제신문	1963	
천사	단편	현대문학	1964.4	
늪	단편	문학춘추	1964.9	
심장 비 맞다	단편	신동아	1964.9	
유혼설(遊魂說)	단편	사상계	1964.11	
꽃	단편	원발표지 미확인	1965	『꿈 같은 여름』(1979)에 수록
성문 거리	단편	사상계	1965.6	「허덜풀네」의 증보 개작
젊은 초상	단편	예술원보	1965.12	「술」의 개제, 개작
송추에서	단편	현대문학	1966.1	
상정(常情)	단편	자유공론	1966.4	「아버지와 아들」로 개제하여 『꿈 같은 여름』(1979)에 수록
윤사월	단편	문학	1966.7	
백설가(白雪歌)	단편	신동아	1966.7	
까치 소리	단편	현대문학	1966.10	
바람아 대추야	단편	원발표지 미확인	1966	『까치 소리』(1973)에 수록

작품명	구분	발표지	발표일	비고
염주	단편	원발표지 미확인	1966	『꽃이 지는 이야기』(1978)에 수록
석 노인	단편	현대문학	1967.5	
감람 수풀	단편	신동아	1967.9	
꽃 피는 아침	단편	월간중앙	1968.4	
극락조	장편	중앙일보	1968.3.9-6.17	
눈 오는 오후	단편	월간중앙	1969.4	「눈 내리는 저녁때」로 개제
아도(阿刀)	장편	지성	1971.12-72.6	미완(잡지 폐간)
삼국기	장편	서울신문	1972	
대왕암	장편	원발표지 미확인	1974-75	『삼국기』의 후편
선도산	단편	한국문학	1976.10	
꽃이 지는 이야기	단편	문학사상	1976.10	
이별 있는 풍경	단편	문학사상	1977.8	
저승새	단편	한국문학	1977.12	
을화	장편	문학사상	1978.4	
참외	단편	문학사상	1978.10	
우물 속의 얼굴	단편	한국문학	1979.6	
만자동경(卍字銅鏡)	단편	문학사상	1979.10	
튀김떡 장수	꽁트	광장	1982.3	
서글픈 이야기	단편	이하 원발표지, 연도 미확인		『등신불』(1963)에 수록
마음	단편			『등신불』에 수록
추격자	단편			『등신불』에 수록
조그만 풍경	단편			『등신불』에 수록
회소곡(會蘇曲)	단편			『김동리 역사소설』(1977)에 수록
기파랑	단편			『김동리 역사소설』에 수록
김양	단편			『김동리 역사소설』에 수록
왕거인	단편			『김동리 역사소설』에 수록

작품명	구분	발표지	발표일	비고
강수 선생	단편			『김동리 역사소설』에 수록
눌기 왕자	단편			『김동리 역사소설』에 수록
원화(源花)	단편			『김동리 역사소설』에 수록
미륵랑	단편			『김동리 역사소설』에 수록
장보고	단편			『김동리 역사소설』에 수록
양화(良禾)	단편			『김동리 역사소설』에 수록
석탈해	단편			『김동리 역사소설』에 수록
호원사기(虎願寺記)	단편			『김동리 역사소설』(1977)에 수록
일분간	단편			『꽃이 지는 이야기』(1978)에 수록
숙의 편지	단편			『꽃이 지는 이야기』에 수록
제야(除夜)	단편			『꽃이 지는 이야기』에 수록
농구화	동화			『꿈 같은 여름』(1979)에 수록
매미	동화			『꿈 같은 여름』에 수록
일요일	동화			『꿈 같은 여름』에 수록
꿈 같은 여름	동화			『꿈 같은 여름』에 수록
아버지의 초상화	동화			『꿈 같은 여름』에 수록
용기와 분경이	동화			『꿈 같은 여름』에 수록
실근이와 순근이	동화			『꿈 같은 여름』에 수록
고양이	동화			『꿈 같은 여름』에 수록
새벽의 잔치	동화			『꿈 같은 여름』에 수록
우물과 고양이와 감나무가 있는 집	동화			『꿈 같은 여름』에 수록
The Flowers		Korea Journal	1967.1	「꽃」의 영역
A Mother and Her Son		Korea Journal	1969.9	「어머니와 그 아들들」의 영역
Father and Son		Korea Journal	1972.7	「상정(常情)」의 영역

작품집

『무녀도』, 을유문화사, 1947
『황토기』, 수선사, 1949
『귀환 장정』, 수도문화사, 1951
『실존무』, 인간사, 1955
『등신불』, 정음사, 1963
『김동리대표작선집 1』, 삼성출판사, 1967
『까치 소리』, 일지사, 1973
『김동리 역사소설』, 지소림, 1977
『꽃이 지는 이야기』, 태창문화사, 1978
『꿈 같은 여름——김동리 소년소녀소설집』, 1979

장편 소설

『사반의 십자가』, 일신사, 1958
『김동리대표작선집 2(사반의 십자가, 애정의 윤리)』, 삼성출판사, 1967
『김동리대표작선집 3(해풍, 비 오는 동산)』, 삼성출판사, 1967
『김동리대표작선집 4(자유의 역사)』, 삼성출판사, 1967
『김동리대표작선집 5(춘추)』, 삼성출판사, 1967
『이곳에 던져지다』, 선일문화사, 1974
『을화』, 문학사상사, 1978
『사반의 십자가』(개정판), 홍성사, 1982
『을화』(재판), 문학사상사, 1986

전집

『김동리 전집』(전8권), 민음사, 1995, 1997

오늘의 작가 총서 1

무녀도 · 황토기

1판 1쇄 펴냄 2005년 10월 1일
1판 6쇄 펴냄 2022년 8월 9일

지은이 · 김동리
발행인 · 박근섭, 박상준
펴낸곳 · (주) 민음사

출판등록 1966. 5. 19. 제16-490호
서울특별시 강남구 도산대로1길 62(신사동)
강남출판문화센터 5층(우편번호 06027)
대표전화 02-515-2000 팩시밀리 02-515-2007
www.minumsa.com

ⓒ 김동리, 2005. Printed in Seoul, Korea

ISBN 978-89-374-2001-6 (04810)
ISBN 978-89-374-2000-9 (세트)

* 잘못 만들어진 책은 구입처에서 교환해 드립니다.